U0044963

# 永夜的世界

## ——戰爭大陸（上）

談惟心

# 目次

亞蘭納

# 地底的墓穴

在亞蘭納人生活的世界裡，阿特納爾是一座擁有自治權的龐大中立城市。它們獨立於亞蘭納五國之外，為聖路之地西方邊境的貿易點，主要致力於經濟與商貿發展。由於未受到五國聯盟的庇護，因此阿特納爾投入龐大的資金於武器和防禦之中，這是為了確保整座都市及人民能夠永久處於安然和平的狀態。

市長米約曾經是富有手腕與管理能力的人才，同時在商會中擁有極高的領導能力。他靠著驚人的威望與聲勢在短時間內就被阿特納爾的士商階級推舉為市鎮中的代表人物，阿特納爾在米約的治理下曾一度有過空前的繁華。然而米約受到宮廷法師拉札莫斯的蠱惑，漸漸地失去明理的頭腦，成為一位猜忌眾人、不分是非的領導者。

米約下令處死所有反對他執行政策的侍臣與官員，甚至於他那試著勸告自己的唯一兒子都難逃死厄。為了讓自己死後仍然保有奢華與富貴，米約完全聽從拉札莫斯的建議。他開始命令市民勞民傷財地建造龐大的地下陵墓供他死後長眠之用，現在他那不理智的想法已經沒有人可以阻止。

宮廷行政官藍道爾帶領著追隨他的戰士們群起反抗這位暴虐的領導者，政府的軍隊與反抗軍在阿特納爾市內進行激烈的交戰。

趁著阿特納爾混亂之際，在黑暗深處的未知力量已悄悄地開始布局。

阿特納爾近郊處為五國聯盟的邊防之地——山巖壁壘。

滿頭白髮的神學士史特拉文以小快步走入壁壘之內，他低著頭默默的走著，臉上反光的眼鏡鏡片令他看起來有些陰沉。

後面跟著一位光頭的壯漢康柏，他那光亮的腦袋右側有個刺青的圖騰。雖然面相兇惡粗獷，他卻是不折不扣的神械士，背後扛著一把大口徑的狙擊步槍。

「阿特納爾……我不喜歡這座陰鬱的城市。」來自羅本沃倫的政戰官史特拉文語帶埋怨地說：「如果可以，我不會參與這份工作。」

「是他們沒得選擇了。」康柏在後方回答：「顧問，對於控制恐怖行動的擴張您是最佳的人選。而我，則是最適合將那些不該存於世上的東西摧毀殆盡的人。」

防守嚴實的壁壘指揮大廳中，已經有數人默默地在等待著。

安全檢查點上的檢查專員正仔細的在兩人身上進行掃描。

「謝謝顧問的配合，浪費了您數秒的時間，一切無異常，請進入。」檢查專員禮貌的鞠躬。

兩人步伐未停直接穿越接待處來到大廳。接待處的守備員雖未阻攔，但兩人通過時仍以通信器向大廳的長官回報。

大廳上穿著制服的官員們神情明顯的表現出憂慮，這些都是從五國聯盟派出的特殊作戰專家。

身後背著銀色長劍且穿著白色修道服的維文．葛是來自瑪裘德羅聖殿的騎士，也是這次收復阿特納爾行動的特殊部隊指揮官之一。他代表眾人迎接史特拉文，兩人禮貌性的握手示意。

見到指揮行動幹部到齊，七名指揮官之一的貝爾開始朗聲宣布：「各位戰士們，請稍安勿躁。這陣子以來受到安茲羅瑟那些惡魔們的黑暗力量漸漸蔓延到亞蘭納世界的影響，天空已經不如以往的明亮，連空氣中都飄來令人感到頭暈目眩又腐臭噁心的陰霾，天界的庇護力開始瓦解，相信這也是造成阿特納爾事件的主因。」貝爾拿著報告書繼續說：「我知道各位的通訊器已經接收來自我整理後的詳細任務簡報，五國聯盟派出的特殊部隊及七名領導者將澈底調查阿特納爾事件並且準備接收這個混亂不堪的地區，大家心中都已經有所評估，而我也為大家開通了自由在阿特納爾內出入的特殊權限。」

「兄弟，可以直接出發了嗎？在你重複朗誦著那些簡報上已經有的任務敘述時，我們寶貴的時間已經一去不復返。為了避免進度的落後，我們也該啟程了。」史特拉文環顧著四周，接著問：「艾列金．路易先生與普克中尉呢？」

「兩位大人早已經在登機台等候了。」亞凱．沙凡斯說：「我們的部隊將搭乘飛鷹運輸機由空中直達暴亂的市區中央，直接攻破那個用人民屍骨建造而成的地下陵墓，這使得接收阿特納爾的工作將事半功倍。」

這項任務由五國聯盟分配共三千五百名經過嚴格訓練的菁英士兵並讓七人分別指揮各分隊，以求完美達成此次的任務。登機台上共有三十五艘飛鷹大型運輸機，五國聯盟將以最快的效率鎮壓並收復阿特納爾。

一切準備就緒，運輸機升起的螺旋槳響聲劃破天空，陸陸續續朝著那逐漸被黑暗吞噬的未知城市前進。

位於阿特納爾城市地下設施所在地。這是個多功能性的設備區域，負責整個大城市的能源製造、環境調節、汙水及淨水設備、各種特殊的儲存裝置、以及通訊用的線路集中處等。雖然都是有了年代的陳舊設備，卻仍然是支撐阿特納爾整個城市的運作關鍵之一。

聖殿騎士維文．葛從疼痛及血泊中緩緩轉醒，他發現自己倒臥在碎石殘片內，同時明白自己是由空中墜落至此的。在他強忍著身體如撕裂般的疼痛時，腦袋也回憶起事情發生的經過。那是在一天之前，於飛鷹運輸機內發生的意外……

「各位戰犬們，請整理好自己的裝備，別到時候手忙腳亂。」維文對著近百名的士兵發表演說：「雖然我們是第一批出發的隊伍，但別以為我們先到就可以馬上行動，一切都要遵照我的指揮。為了亞蘭納聯盟的將來，任務一定要順利的完成。」

飛鷹運輸機在此時突然產生激烈的晃動，在機上的士兵們都因震動而相互碰撞著。

「機長，給我好好的駕駛。」維文拿起對講機大罵。

「長、長官，喔不，長官我該對後方還在飛行的各分隊們發出警告，眼……眼前發生了難以置信的事。」

此時飛鷹運輸機的晃動簡直像是要解體了似的，機上所有的人都沒有辦法在同一個地方保持平穩。

「搞什麼？振作一點，我們連目的地可都還沒看見。」維文繼續朝著對講機大吼。

「喔喔……喔！諸神保佑啊！」

對講機的訊號中斷。

防衛系統的電腦發出了警告：「遭遇未確認的異常能量，請確保身上的安全帶完全繫緊。」

來自通訊器的訊號：「這裡是第十三分隊的指揮隊長，我看不見前方的隊伍了，黑色的旋流掩蓋住前方的動向，電腦的導航系統也出現錯誤，恐怕我們將要脫離部隊的航線。」

來自通訊器的訊號：「搞什麼？趕快穿戴救生衣。」

來自通訊器的訊號：「這裡是普克中尉，沒辦法繼續飛行了，想辦法降落。」

來自通訊器的訊號：「……（無法明白的雜音）」

來自通訊器的訊號：「我再說一次，機長，給我想辦法。難道你要一百人的性命都死在你手上嗎？」

從通訊器陸續傳來的都是一些雜亂的訊息，此時已經沒辦法仔細的一一去聆聽。

維文感受到一股前所未見的不明能量正向自己撲過來，只見眼前火花四起，士兵慘叫聲不斷，恐怕是連降落的準備工作都來不及了。

維文及時的抽出背上的銀劍，運用聖系神力張開了自我保護的結界；但他在爆炸中沒辦法阻止自己的墜落，他的雙眼開始被黑色的氣流掩住，整個人像塊破布似的飄在高空中，沒有任何人可以拯救此時的他。

維文嘗試再施展神術控制墜落的速度，雖然落下的速度確實明顯有減緩，但是身上的聖系神力卻疾速流失，他的神智也開始模糊；直到墜落地面之前，他終於完全失去意識。

回想起這一段來龍去脈，維文知道他命大倖存了下來，不過飛鷹運輸機上的士兵卻沒那麼幸運。黑暗的地下區域中他仍然看得見不少摔得不成人形的屍體零碎地散於四周圍，神的祈禱也挽不回這些可憐蟲的性命，維文垂下頭來悲傷地為他的弟兄們默哀。

維文搖搖晃晃的從地上爬起，他試圖打開通訊器確認其他人的情況，可是發話的地方卻嚴重損毀，現在的通訊器只能勉強接收別人發出的訊息。

「茲茲茲茲——」通訊器發出電流般的聲音。

逐漸有聲音傳遞過來，維文知道果然有其他分隊的士兵仍然存活著。

來自通訊器接收的訊號：「兄弟們，快後退。」傳來的是急促的叫喊聲。

來自通訊器接收的訊號：「電磁步槍的威力沒有太大的作用，嘗試使用注入神力彈頭的槍械來攻擊。」

來自通訊器接收的訊號：「開、開什麼玩笑，這是怪物。」

來自通訊器接收的訊號：「有沒有人可以說話？請確認現在的位置。」

來自通訊器接收的訊號：「他媽的，軍醫呢？我的兄弟斷了條胳膊。」

來自通訊器接收的訊號：「該死，別大吼大叫像個娘們，找個好時機快點離開。」

來自通訊器接收的訊號：「停止！別再移動了。」

來自通訊器接收的訊號：「快點，快離開這裡，你的位置在那裡？」

來自通訊器接收的訊號：「不，牠們這些傢伙竟然在啃食我兄弟的屍體。」

來自通訊器接收的訊號：「教官沒教你們遇到安茲羅瑟人的處理方式嗎？該死的，就算你雙腿都斷了也要給我爬來這裡。」

維文內心雖然對目前的遭遇明白了七八分，但是雙耳所聽到的這些不愉快的對話仍然無法讓他面對現實。他拖著傷體準備要離開這個幽暗的地底並找出回到平地上的路線。拉開厚重的鐵門，維文首先要了解他身處何地。房間裡面有部分還在運作的電腦，看著周遭的線路和器械設備，維文明白他正處於能量供應中心。電腦螢幕上顯示錯誤訊息：「由於來自市中心的異常能量超過設施能承受的負載，管控區域的系統已經停止運作。」之後維文打開備用的電力供應系統並嘗試從電腦螢幕上找到出口位置。

出口處為阿特納爾的電能供應廠，是電源儲存與備用電力的設施，裡面有和通訊塔聯繫的工具，但都遭到破壞。裸露的電線發出火光，損毀的器械變成了廢鐵。

維文在這座工廠內沒有發現任何的活人，而且裡面幾乎都是人為刻意破壞的跡象，看來除了不讓阿特納爾有對外求援的機會之外，還有人想讓這座城市成為沒有能源供應的幽暗世界。是誰那麼做？

跳動的螢幕上顯示最後一則阿特納爾的新聞：「反抗軍領袖藍道爾率領的叛軍已經攻入了市政大廳。宮廷顧問拉札莫斯則對此向市民表示叛軍的行動將會失敗，這些人正進行著無智又魯莽的行動。」

維文在此處找到少許醫療設備，為自己做了簡單的治療措施。他到底是該慶幸自己修習的防護神力法術救了他一命，又或是因為好運而讓他苟活下來呢？維文自己也不明白這一點。

來自通訊器的訊息：「這裡是普克中尉，收到此訊息的各分隊及小隊請至阿特納爾第三區會合，再重複一遍……」

由於工廠外部的大型閘門已經關閉，維文不得不來到控制室將它重新開啟。散落一地的文件上寫著感謝的訊息以及中央控制室的操作說明圖。

「感謝來自五國聯盟之一，且以科技著稱的米夏王國提供高效率的處理系統並致贈於阿特納爾。」

維文還沒走出工廠前就已經聞到來自外面空氣裡飄蕩的濃厚腐臭味，這種味道從他以前還在修道院執行任務的時候就曾經聞過並有著非常熟悉且厭惡的感覺。維文明白這正是來自安茲羅瑟世界裡令人作嘔的空氣，也是從那群安茲羅瑟惡魔們身體所發出的惡臭。

牆壁上滿布著雜亂的血印以及髒話，還有讚美安茲羅瑟人的文字與對亞蘭納世界的詛咒等不堪入目的東西。

「阿特納爾的墮落原因不止如此嗎？」維文喃喃自語。

背後，三名外觀衣著像是在此處工作的工人們帶著殺氣，手持利刃與鈍器想要攻擊維文。看著他們的神態以及周身散發出的異樣氛圍，被五國聯盟所特別揀選的指揮官維文立刻了解到在他們身上所發生的奇怪狀況。

「原來——安茲羅瑟的魔爪已經伸到亞蘭納的世界。看看這灰暗的天空、血色的濃霧，以及你們。」維文問：「捨棄亞蘭納人的身分，為了求長生、為了求不老，這就是你們的選擇。就那麼甘願跪於惡魔的腳踝前，侍奉那醜惡的主人？」

「安茲羅瑟的勢力覆蓋整片區域，在生與死的抉擇中我們做出了明智的判斷。」帶頭的工人說：「不久黑暗也會籠罩整個亞蘭納世界，當天界的庇護消失時，就是亞蘭納人完全毀滅的末日。」

「安茲羅瑟惡魔們的期望將不會如願。」維文手按著背後的劍柄。

面目扭曲的工人們貪婪地舔著嘴角。「亞蘭納聯盟與安茲羅瑟人是勢不兩立，因此你沒有任何可以活命的機會，更何況你還受著傷。」

維文的劍已經快速的揮落，身影與三人錯身而過。

「那是當然的，因為我也不會放過亞蘭納的背叛者，以及你們那個投向惡魔勢力的市長。」維文表示：「即使我有傷在身也不會讓你們輕易的離開此處，所以別帶著那種一邊舔著嘴角一邊看著獵物的神情。」

維文收劍轉身離開，遺下的只剩再也無法開口的三具皮囊。

縱使成為了不老永生的惡魔僕從，但在訓練有素的維文以及他那受過聖水祈福的銀色長劍前卻仍是無用武之地，生命也走到了盡頭。

來自通訊器的訊息：「該死的鬼地方！該怪那運輸機的高度不足而讓我順利降落逃過一劫嗎？留下來只是為了讓我看見另一個泥獄。」維文聽出這是來自史特拉文的聲音。

來自通訊器的訊息：「閉嘴，你在抱怨高度不足以摔死你那老骨頭時，你有看見地上那如爛泥般的弟兄嗎？」這次是艾列金．路易的聲音。

普克中尉：「回答我，史特拉文、艾列金，報告你們的位置。」

史特拉文：「目前與我在一起的是戰士康柏，我們的跟班已經一個也不剩了，至於目前的位置我想——應該是阿特納爾的工業區吧？」

艾列金：「這裡是艾列金，我們這剩餘的士兵數約七百五十二名含傷兵的數量，亞凱與貝爾兩人也在隊伍之中，目前位置在住宅一區靠近商業中心的地帶。」

普克中尉：「還有呢？維文呢？在線上嗎？現在連定位系統都無法標示出你們的位置，簡訊也發不出去，所以請保持通話，好讓我還明白你們仍活在世界上。」

維文想要回答，但是發話的地方已經毀壞，接著通訊到此又再度中斷。

能源製造廠管理部為此區的檔案管理中心，同樣負責此區域的網路主控。維文在此尋找新的通訊工具，不過一無所獲，連修理的工具都沒有。

這時，管理部網路電腦的螢幕上突然出現了史特拉文與康柏二人明顯的身影。

「這是幹什麼？是拿著攝影機在拍我們嗎？」史特拉文對著鏡頭露出疑惑的神情。看起來有人正拿著攝影機拍著他們兩人，而且似乎不懷好意。史特拉文後方的康柏舉起他的步槍正對準攝影鏡頭，完全進入戒備的模樣。

畫面突然轉到一名身穿紅袍、禿頭且帶著醜陋笑容的中年人。

史特拉文：「喔！我看到你了，拉札莫斯。」

此時變成了分割畫面，史特拉文和拉札莫斯的臉在畫面上分別為一左一右。

「你明白你現在的狀況嗎？你們就像我的囊中物，史特拉文顧問。」拉札莫斯說。

史特拉文搖著頭，一副回答著全世界最無聊的問題般。「非常的了解狀況，拉札莫斯法師。接著我要和你說，搞些小把戲是沒用的，之後阿特納爾將由五國聯盟來接管，我們不會放任這個地方成為非法的區域。」

「你們說要接管？呵，看你們連腦袋都不清楚了。現在的你們就像在迷宮中四處碰撞的小蟲子，暈頭轉向什麼也做不了。」拉札莫斯露出尖齒笑著。

「洗好脖子在原地等待吧！你們那個市長所修建的陵墓就是埋葬你的最好場所。」史特拉文以拇指對著頸部做出斷首的動作。

康柏朝著攝影機射擊，畫面到此中斷。

來自通訊器的訊息：「第三區的建築物開始生長許多像肉瘤般的生物，它們逐漸佔據這個區域的一部分，這絕對不是什麼好現象。」

亞凱以通訊器發出訊息：「各單位注意，那個區域即將變成安茲羅瑟人的巢穴，保持你們的專注力，然後小心別使通聯中斷……茲茲茲茲茲（訊號模糊）。」

安茲羅瑟人，多麼令人厭惡的種族。

維文十分明白這些惡魔的強大，因為他在很久之前曾親身體會過。

想到這裡，他才覺得剛剛遇到的那三名瘋狂的工人力量太過薄弱，與他的所知大不相同。看情形他們只是惡魔的信奉者而並沒有真正的轉化成惡魔的僕從。

回憶起在瑪裘德羅的修道院裡研修神力法術的情況，維文的老師如此的對他叮嚀著：「安茲羅瑟人被稱為惡魔的原因在那你曉得嗎？」

維文搖頭。「老師，我不曉得。」

「你認為呢？說說看。」

維文思考了一會，緩緩地說：「因為他們有著可怕的力量、速度與破壞力；會用話術欺騙、催眠人；會用幻術迷惑、操縱人；能夠召喚可怕的業火燒盡世間物；能夠操縱天際的風暴摧毀一切；有能夠凍結空氣的冰凍術；也有能夠開山劈石的地裂術；還有不老不死的強韌生命。因此他們是邪惡與恐怖的化身，也是亞蘭納人與天界的大敵。」

老師冷笑了數聲。「你誇張了，雖然強大的力量是原因之一，卻不是主因。」

「那麼——？」維文反覆思考著。

「是殘酷，最純粹也最令人害怕的兇猛性格。」老師肯定的對維文說：「安茲羅瑟人都是沒道理、沒人性、不可理喻的破壞者。他們在這個世界上只為了破壞、殺戮、侵略而存在。殺盡數萬，甚至於數百萬人他們也不會心軟，直到最後變成一條無限延長的血河，這才能滿足他們內心的喜悅。」

維文明白的點著頭。

「亞蘭納世界與安茲羅瑟雖然分處於兩個異地，中間卻只有一座奧底克西山脈作為天然屏障。當安茲羅瑟人越過山巔，突破天界設下的結界，最後穿越跨境傳送門踏上聖路之地的丘陵時，就是亞蘭納世界的存亡之刻，即便我們瑪裘德羅位於五國東北之地最為偏遠，但也是不能夠避免戰火的延燒。」

「那麼，我們也都會死嗎？」維文擔憂的問。

老師嘆了口氣，接著給予他肯定的點頭。

直到維文在某年的任務執行過程裡才對安茲羅瑟人有了深刻的體會。

眼前已是血跡斑斑的死亡之地，所有白袍的院生都已經倒臥血泊之中。

躺在地上的殘軀成了冰冷僵硬的肉塊；有的四肢不全，有的身首異處。不管是那一副屍體，它們都帶著含怨的眼神，到死都不肯瞑目。

只有自己前方那道黑影還直挺挺的站著一動也不動，手中提著某個倒楣鬼的滴血頭顱。

那是個形貌可怕、帶著懾人的冷冽氣息並站在屍體堆上的巨大黑影。

不知道是因為過於黑暗的環境或是由額頭流下的血模糊了他的雙眼，維文總無法看清那黑影的真實面貌。

「院生，你的雙腿發麻了嗎？」黑影發出野獸般低鳴的怪異聲音，像是嘲笑的語氣。「朋友死了，老師也死了，你一個可以依靠的人也沒有了。你還猶豫什麼？快攻過來啊！快點，快！」

維文雙膝跪地，雙眼發出炙熱的怒火，抿緊的嘴唇表達了他極度的不甘。但是他無法動彈，一步也無法動彈。他已經一點辦法都沒有，雙腿在顫抖，雙手也無力再舉劍，身體感受著周圍越來越冷冽的氣溫，他對自己的處境有著前所未有的失敗與氣餒。

「感到無力嗎？沒關係，這個只屬於你和我之間的夜晚還非常的漫長，呵呵……」黑影還在慢慢的玩弄著這一個僅存的獵物。

該死，我需要力量，我需要天界的祝福，我要打倒這個怪物，我要為神殿的同袍報仇。殺掉你！毀掉你！維文的內心不斷的對自己吶喊著。

「孩子，握好你手中的劍。」導師的臉浮現在眼前。「你的敵人將不會給你任何的機會，安茲羅瑟人會在你手腕發軟以及長劍落地的同時撕碎你的身體，不會有任何的同情與猶豫。你需要堅強、堅定的意志，所以保持著你的信念，我們在主神的膝下誠心努力的修習，不能有任何懈怠。」

「看看，睜大你的雙眼看著！」黑影單手舉起了導師的頭顱，那七孔流血的蒼白腦袋正對著維文。「學到了嗎？這才是你最好的課程。」

維文怒火攻心，連聲朝著黑暗的天空大吼。

「對，很好，怒火攻心了嗎？再來繼續戰吧！舉起你的劍刺過來。」黑影持續譏笑著，但不見維文有任何的動作。「不攻過來嗎？假如你沒骨氣的想在我的腳尖前叩首，我也可以考慮多延你幾年的壽命。」

維文將劍尖插於地，雙手緊握住劍柄，身體搖搖晃晃的爬起，他已經怒不可遏。抖動的雙腿依然不聽使喚，維文頓了一下，身體往前斜倒下。

矇矓之間，他看見那黑影的半張臉已經清楚的印在自己的眼前，對方正低頭看著自己。但是現在的維文依然沒辦法完全地看清楚那怪物的全貌，只有對方的聲音仍舊清晰的迴響在耳畔。

「對自己的無能感到懊悔吧？記住你的無力感，好好的躺著，別來妨礙我。」黑影說完話後就立即消失在維文的眼前，在這之後維文也陷入昏迷。

「為什麼？為什麼？他明明只需要一擊就可以結束我，為什麼不殺我？」這個疑問纏繞著維文的內心。

該死，可恨的傢伙！為什麼不殺我？留我下來只是為了向我的國家示威，而我連讓你出手殺我都不配，只是一個用來威嚇別人的工具嗎？

維文想起了這個令他不愉快的回憶，同時他也來到阿特納爾市中心的入口處。

整個阿特納爾的重鎮都在這一棟巨大的基地之內，入口處看起來有層層的把關和嚴格的守備……當然這在陵墓事件發生之前是如此，現在的入口大門根本空無一人。

管制室中的監視系統仍然在運作著，螢幕上顯示出不久之前在上層走廊處的監控畫面，兩個熟悉的人影正在操作著電腦。

「沒辦法，不論怎麼試都沒有辦法進入主系統，本想快點找到拉札莫斯的位置，看來只能放棄了。」史特拉文正操作著電腦。「那個人對我們的行蹤瞭若指掌；我們卻對他一籌莫展，這種處於被動受挨打的狀態真令我滿心不悅。」

「別浪費時間了，走吧！」康柏的身影離開了監控畫面。

主任的辦公桌上擺著一本筆記，是類似日記的心情紀錄本。

「紀錄事項十九：被中央抽調過去的人手越來越多了，為什麼要集合那麼多的人去蓋一座給死人睡覺的墳墓呢？讓專業的工人做不就好了嗎？為什麼連地方的公務員都要調去協助？真是不可理喻。」

「紀錄事項二十八：不過十天的時間，中央的人事調動令又來了，而且之前調去的人全都杳無音訊，就算聯絡了住處和親友也都不明白下落，這可以算是失蹤了嗎？」

「紀錄事項四十三：我終於受不了了，今天下午發了一封公文到行政處，而中央也允諾會給我答覆，但是我覺得這只是在敷衍了事。我想——將會有更多更多的人會在那個奇怪的墓坑中消失無蹤。」

維文在街上看見了幾輛磁浮車，雖然他想騎著這些車直接衝到目的地，但顧慮到城市內的狀況不明，有可能高速的行動會成為那些蟄伏在暗處的敵人他們鎖定的目標，因此他放棄這個念頭。

距離維文所在之處不遠的地方忽然傳來爆炸的聲響。

阿特納爾綜合學院是一所菁英大學，即使是五國聯盟內的高等學府研修出來的學生也不一定有能夠優於此校畢業生的能力。

這裡主修的專業領域包括了科技、神力法術、商業管理與生物醫學。

來自普克中尉通訊器的訊號：「有人發現維文的行蹤了嗎？他還沒和任何分隊聯繫上嗎？」

在校門口出入的人本來需要經過嚴格的管制，不過這時候卻可以自由無阻的進出。至於門口的電腦播報聲是來自某位女性的錄音：「請遵守校規，維持大學生應該有的禮儀，這裡是阿特納爾綜合學院。」

來到一處寬闊的走廊，右側是示範病房，左側為教室，此處是護理學院，經過校門後第一個抵達的大樓。

其中一間教室的教學螢幕沒有關閉，正播放急救教學的錄影。

空氣中飄來淡淡的血味。

順著味道傳遞的方向尋去，維文看見幾個被剖開腹部的屍體。

是士兵，但不是來自五國聯盟的軍人，推測應該是阿特納爾本地的自衛隊。

現場有打鬥的痕跡，血液如花開般的四散，沒看到有向外延伸出去的血痕。在這些屍體附近的一面牆則被轟出了個大洞，剛剛所聽到的爆炸聲應該是由此處傳出。

為了確認這個地方是否有五國聯盟部隊的人在此，維文小心翼翼的一邊留意四周圍狀況，一邊則腳步不停的繼續前進著。

科技學院大樓前方擺著一架迅風星舟，這是天界人最得意的空中戰艦。以亞蘭納人的本事根本不足以明白這種高科技載具的製造與運作原理，充其量只是一個依外形製作，如同玩具般的模型罷了。這模型的展示用意應該是要表達最終科學的發展目標要以天界作為最高端的參考以及向他們致敬之類的意義。

冷氣輸送的通風管上掛著只剩半截的屍體。

維文移動到科學通訊研究室中，再來是使用殘餘的電力和普克中尉進行聯絡。

「維文，很高興你沒事。」普克中尉的表情看起來有些疲憊和憔悴。「為什麼不和我們聯絡？你的通信器壞了嗎？」

維文點頭。

「麥克風呢？好吧！沒關係，就算無法發話也……」普克中尉的影象被強制切斷，接著畫面轉到拉札莫斯那醜陋的臉龐。

「找到了，七名指揮的最後一位，要找你可真困難。」拉札莫斯笑著。「你會像你那些兄弟一樣，全部死在阿特納爾。」

不等拉札莫斯說完話，維文轉身離開了房間，後方螢幕上傳來拉札莫斯的咆哮。「無禮的東西，不將我的話聽完我會把你……」

諷刺的是，一旁的電視影片正播放著歌頌拉札莫斯的噁心橋段。

「偉大的宮廷顧問拉札莫斯先生經過不斷的努力終於發現了有效抑制來自安茲羅瑟世界黑暗

的方法，同時面對邪惡的入侵也提出了勇敢果決的完美策略，讓冀望安居樂業的居民實現長久以來和平的夢想。拉札莫斯先生常年為阿特納爾，為亞蘭納人無私的奉獻，在他帶領下的世界將會一步又一步的走向安定與繁榮。」

電機房旁，一名手持照明設備的男人正驚慌失措的跑來。

「喔！我的天啊！這裡竟還有活人，快、快救我，那傢伙正追趕著我。」男人臉色發青，全身被汗水沁濕。

從電機房內傳來巨大的聲響，好像是某個重物從高處墜落到房間內。

維文大吃一驚，全神戒備。

一名巨大的黑影撞穿鐵壁，手中的利器快速地刺穿眼前那男子的咽喉，接著又俐落地剖開他的腹部，整個過程完整的呈現在維文的眼前，同時他也明白了這一路上那些屍體究竟是被什麼東西殺害。維文定眼一看，那個巨大的壯漢面貌醜惡到完全不像個人，青綠的皮膚外還清楚的看見許多紫紅色的血管滿佈著。

等到壯漢轉身鎖定維文時，維文的銀製長劍已經連刺他的胸膛三下，但都沒命中心臟。普通的亞蘭納人即使沒被擊中致命點，那三下刺入胸腔的劍也足夠令他倒地不起了。可是壯漢完全無動於衷，反而右手舉起重兵器，那砲管發出亮眼的光芒射向維文。

維文避過了砲擊，那一發砲彈的威力卻將一個房間完全貫穿。

「是……電漿砲！」

維文大感吃驚卻也能迅速閃向左側並且再度發動近身攻擊。巨漢也以左手的彎刀不斷的迎接，只是動作十分笨拙，維文的利刃造成了巨漢不少皮外傷。

「頭、咽喉、心臟，你的攻擊方式不錯。」維文在戰鬥中又想起了導師對他告誡過的話：「但是這些弱點對亞蘭納人來說是致命傷，對安茲羅瑟人可就不一定了。」

維文收回了劍，停止練習並專心聽講。

「仔細聽好，面對安茲羅瑟人時只有小心與集中精神，找尋那關鍵的死角才有可能取下惡魔的性命；否則，就算你打碎他們的頭顱、割斷了脖子、貫穿了心臟又能怎麼樣？依然是無濟於事。」

維文不再對這個怪物持續的浪費體力，他佯攻了數回合，拉開距離後轉身逃跑。背後那名巨漢再度對維文發射電漿砲，維文也全數避開，最後他逃離的背影已經完全消失在巨漢的鎖定範圍。

第三棟大樓是神力法術的學院。

前方有塊巨大的牌匾，上面題著字：「神力法術為古神的恩典，偉人們的智慧。唯有心智、精神、體力站在最頂尖的人才有能力修習。掌握神力的流向，洞悉世間萬物，如此才能在黑暗的盡頭中看見那唯一的光明坦途。」

維文躲入圖書館中，直到確定那怪物沒有再次追擊而來。

裡面的書冊在地上散得七零八落，腳下有一本小冊子，那是以《什麼是神力法術？》為書名的一本神術學習入門教科書。

「神力法術，只有不到十分之一的亞蘭納人能夠感受到神力並加以運用。」導師說：「而在這十分之一中能夠達到頂峰的亞蘭納人更是少之又少，身為你的導師，不過我自認神力法術依然沒辦法達到隨心所欲的境界，我的能力不足，不過維文你就不一樣了。」

「達到頂尖就有與安茲羅瑟人一較高下的實力了嗎？」年幼的維文問。

「不容易。」導師搖頭。「對我們來說是門高深的學問與技術，可是對天界人與安茲羅瑟人來說卻是輕而易舉的事。起跑點已經不同，想要追上除了要有過人的天賦外，還需要持之以恆的努力。」

來自通訊器的訊號，是亞凱的聲音：「後方動作加快，第三區的部隊快支撐不住了。」

第三區？不正是普克中尉他那支部隊的駐地嗎？維文想起剛剛與普克對話時，他那半機械化的臉竟然也出現了不好的神情，究竟他們遇到的情況有多惡劣呢？

圖書館內閱覽室的鐵門被鎖上了，終端機的介面顯示出內部發生了火災，為了防止火勢蔓延而啟動的隔離措施。但是由於失去了電力，原本應該要將火勢撲滅的自動消防設備卻沒能啟動。

維文本來不想再此地多逗留，卻在他要離開前聽到閱覽室內傳來微弱的人聲。於是他找到圖書館內的主控室，強行開啟備用的能源，自動消防裝置撲滅閱覽室中的熊熊大火。閱覽室的門終於打開，裡面有位身穿阿特納爾軍隊制服的人臥倒在地，他的身上滿是傷痕，不過所幸受到的創傷都並不深。

這位中年士兵臉色發白，似乎以為自己逃不過這一劫，他下巴那褐色的鬍子抖個不停。

維文扶起全身濕透的士兵，接著幫他處理身上的傷口。同時他發現士兵的手腳被奇特的絲線纏住，那是以神力法術編織而成的線。維文將絲線解開後，那些沒實體的線也隨即消失於眼前。

「為什麼你會讓自己被困在閱覽室內？又為何房間內會無故起火？」維文問。

沉默了半晌，他好不容易才開口。「你不知道我是誰嗎？」那男人打量著維文全身上下，接著說：「我明白了，你們是五國聯盟的人。在大家搶著逃離這個如同熱油鍋般的地獄城市時，你們這些傻瓜還奮不顧身投入墓坑中，這是為什麼？算了，不管如何，我該答謝你救我的恩情。另外，我叫藍道爾，是前阿特納爾的軍官。」

維文站在被火燒過的餘燼內，他拾起一塊沒被燒完的木頭殘片端視著，臉上看起來滿是疑惑。「或許——是那個單手拿著電漿砲的怪物做的好事嗎？」維文問。

「你遇到他了嗎？那個傢伙曾經和我是軍校畢業的同期。」藍道爾哼了一聲。「為了決定這個城市的未來，我們選了分歧的道路。但是要將我困住，他還沒有這能力。」

維文點著頭。見到他安然無事，他也該離開了。

「等一下。」蘭道爾硬忍著傷口的疼痛，慢慢從地上站起。「如果要去市中心的話我和你去，我們可以從學校的後山搭乘載運貨物用的單軌列車前往，這樣可以避開很多不必要的麻煩，同時也是最快的捷徑。」

「行了，我沒有什麼必需要和你一同去的理由。」維文說：「我知道你的現況，你之所以在此苟延殘喘不正是因為戰敗所以才逃到此處嗎？收起你的正義之心，留著有用的生命吧！」

「正義之心？我這麼做不是因為我有什麼狗屁正義之心，我只是不想將我的生命交給安茲羅瑟人，然後過著那人不像人，鬼不像鬼的生活罷了。」藍道爾喪氣地說：「在我的兄弟為了殺死拉札莫斯那條走狗而殉職時，我就應該一起燃盡我的生命，和那個亞蘭納的背叛者同赴黃泉。」

維文看著藍道爾面有不甘的模樣。

「與其說我是逃離，不如說我是被追趕著。」藍道爾解釋：「纏繞著我的絲線，以及閱覽室燃燒的火焰，這全都是拉札莫斯的傑作。」

維文感到十分吃驚。「以這樣的距離，施展這種超遠程的神力法術，這會是區區一名亞蘭納人的能力嗎？」他絕對不相信。

「當然不是。」蘭道爾瞪大雙眼，以顫抖的嘴唇說：「阿特納爾曾經有三架禦敵用的戰術型軍隊專用機，在此次討伐行動中被我方佔據，原以為可以輕鬆收回被拉札莫斯佔據的市政廳。」

「後來呢？」維文想起飛鷹墜落前的情景，令他又感到一陣惡寒。

「被擊落，當然是被擊落了。」藍道爾冷笑了一聲。「而且擊落飛機的東西僅只是一根箭矢。」

「箭矢？拉札莫斯射出的？」

「是從陵墓中射出的，射箭之人的身分為何我並不了解。雖然我們在市政廳外圍就被打得潰不成軍，但是我的眼睛仍然看得一清二楚。」藍道爾說：「我的五官明顯的感受到那來自幽暗深處的邪惡力量，十分強大。」

這個時候，明明是在室內，卻吹來一股腥風。

明明除了維文及藍道爾外沒有其他外人，桌子卻自己凌空飛起，砸向維文。

維文一劍砍落，將木製閱覽桌切半。

窗戶的玻璃不知道是什麼人用什麼方法留下一行以鮮紅的字體寫下的訊息：「歡迎你陌生人，準備好赴死了嗎？」

「你相信我說的話了吧！」藍道爾無奈地聳肩。

藍道爾幫維文稍微修復他那損壞的通信器。

「這樣，有的時候你的兄弟就可以暫時鎖定你的位置。」藍道爾將通信器還給維文，接著注意到他身上的血跡。「你也受傷了嗎？」

「由高空墜落，不過我的身體不同於常人，我有快速的自癒能力。」

「你經過不死者改造？」

「我曾經在安茲羅瑟人的手中死裡逃生。」維文說：「亞蘭納人實在太脆弱了，我想替自己增加一點點與惡魔搏鬥時的籌碼。」

維文驚覺眼前突然有一道帶著惡意的寒光，可是在剎那間又消失無蹤。

兩人經過守衛室前，看到桌子上的報告書，維文順手拿起來看：「最近有人抱怨常聽到奇怪的聲音，這造成了不小的恐慌，請加強貴單位的巡邏點以維護安全。」

「目前已加派人手巡邏並與人員協調，務必挪出更多的時間戒護著這個區域。」

維文在這個時候耳朵又聽到奇怪的低語聲。

腳下像血痕的東西不斷的延伸。

「跟我來！」一道冷徹的陌生聲音穿過空氣，叫人發寒。

兩人互視一眼。維文說：「我們似乎正被人戲弄著。」

走進後山的分岔道，往更高處邁進。

藍道爾拿出望遠鏡查探著底下的動靜，之後他又將望遠鏡遞給維文。

史特拉文和康柏被一群畸形的怪物追趕著，史特拉文逃入地下道內，康柏將魔彈裝入步槍中，擊殺為數不少的怪物。

「越是靠近陵墓，那樣的怪物會越來越多。」藍道爾說：「以阿特納爾為起點，黑暗將擴散至整個亞蘭納世界，誰都逃不出。」

「對！」一具殘破的屍體被扔到兩人眼前。「拉札莫斯代理賜給了我很強壯的身體，非常強壯的身體，任何人都贏不了我的身體。」巨漢右手的電漿砲已經瞄準二人。「只要成就更多功蹟，再殺了你們，那個偉大的黑暗深淵領主將再賜我安茲羅瑟永久的居住權。」

「永遠長眠此處不是更好？」維文拔劍以待。「想將亞蘭納的世界併入安茲羅瑟的領土中，我可不會同意。」

藍道爾橫臂阻擋維文，接著對巨漢說：「你看得清我手中石子的動向嗎？」

巨漢眼睛怔怔地看著藍道爾緊握的右手，只見他將手中的石子往天空用力一拋，巨漢的雙眼也跟著石塊往天空移去，直到石塊落地後，維文與藍道爾早已不見蹤影。

來自通訊器的聲音：「這裡是亞凱．沙凡斯隊長，有一要事通知各分隊。目前已經知道位於第三區的普克中尉所率領的隊伍遭到意外襲擊而失去了聯絡，普克中尉身上攜帶著命令解碼的卡片，任何人在聽到此訊息後立即前往尋找，然後向五國聯盟發出救援的請求。」

拉札莫斯：「蟲子們，繼續掙扎吧！」

維文和藍道爾為了逃離巨漢的追擊而狂奔中。

「他還不是真正的安茲羅瑟人，因此對付他不需要多做考慮。」藍道爾說：「雖然如此，目前一名傷兵與一個不知實力的夥伴，勉強也能當一個人用吧？但是在剛剛那種上坡道的狹窄口作戰對我們太不利。」

「就照你所說的做吧！」維文也不反駁。

離開小坡道回到平地後，兩人也開始遭到怪物與安茲羅瑟信奉者的攻擊。

這些敵人無法造成威脅，很輕易的被解決掉。

「你說的地方在何處？」

藍道爾手指著一個方向。「還有一段距離。」

來自通訊器的聲音：「這裡是艾列金・路易。亞凱大人，你能儘快找到卡片的下落嗎？拉札莫斯派人也想拿卡片，雖然不知道他拿卡片的用途，但肯定不是好事。」

來自通訊器的聲音：「這不是廢話嗎？他們肯定不會拿來做好事。請問貝爾有聽到嗎？你先帶你的隊伍到市區的中央通信塔，這樣即使得不到卡片，你也可以阻止惡意欺騙的訊息傳送到五國聯盟本部。」

來自通訊器的聲音：「我是貝爾，收到您的指令。」

維文和藍道爾一路奔波，沿途砍殺著阻撓兩人前進的信奉者，最終到達回收站。

這裡是市區內的廢棄物與資源回收運輸的地方，之後整理成有用的資源再行利用。回收站底下有單軌列車，往來市區與市郊焚化爐、回收場、工廠之間。來到管制室中，維文發現抽水系統與毒氣管理槽均出現系統故障的文字訊息。

「即使單軌列車有電還能行走，但底下不會淹水或被毒氣包覆嗎？」維文問。

藍道爾聳肩。「我也不曉得，你要一試嗎？」

電腦系統發出警告：「過濾系統無作用，毒氣濃度達到危險等級，請儘速處理。」

藍道爾找到緊急用的防毒面具。

「只有一個面具，你戴上吧！」

「那麼你呢？」維文問：「將我帶到這個地方後你要離開了嗎？」

「我會繼續跟著你，不用擔心我，我再另外想辦法。」藍道爾再次將面具推給維文。「拿去，你推我讓的行為正是浪費時間。」

維文揮手拒絕。只見他一面以衣服暫時掩住口鼻，然後從充滿毒氣的房間內拖出一具被毒死的工人屍體。維文從醫藥箱內拿出乾淨的針筒，再來將針扎入屍體的頸部抽出一些毒血，接著將毒血注射進自己的身體內，注射處再拿酒精棉布擦拭。

「好了，我們走吧！」維文不再需要掩住口鼻。

「不死者的特殊體質真是與安茲羅瑟人不相上下。」藍道爾確認防毒面具沒有漏風的地方才放心的走入充滿毒氣的通道。「我衷心希望你真的會沒事，而不是就這樣被毒死在地底。」

軌道各處都有積水，不過不妨礙列車前進。

確認了列車仍然可以行駛後，兩人隨即關閉車門並以手動的方式發動列車。

「我希望這車子不會剛發動就引起爆炸。」藍道爾苦笑著。

列車上的電腦語音：「下一站抵達處為都會第三區回收站。」

「喔，我臉上這該死的東西密不透風，熱的我想將它摘下。」藍道爾在後節的車廂內抱怨，而原本那個位置應該是用來搬運垃圾的地方。維文則在車掌的位置注意著列車的前進動態，他的表情依然保持十足的警戒。

列車速度雖不快，但在地道內卻沒有任何阻礙，順利的前進中。

正當兩人覺得可以暫時放鬆一下時，忽然自列車後方傳來的一陣閃光快速接近中，電漿砲的威力將後車廂的外表擊碎，列車因此產生激烈的震動。

那名巨漢在後方追著，而且正準備射出第二發電漿砲。

維文拿出身上的聖典，然後撕下其中數頁。飄散的紙張飛向後方，同時這幾張聖典經文形成保護結界擋下電漿砲的二次攻擊。

「神力法術搭配法器的力量果然厲害。」藍道爾讚嘆不已時，那巨漢已經向前一躍，跳上車頂然後死命的搥打。

「他的速度及力量更進化了。」維文大叫著：「再這樣下去恐怕列車將解體。」

從回收站傳來爆炸聲，火花延燒的很快，火舌隨著空氣中的易燃氣體襲捲而來，一發不可收拾。「看來我們不是被火勢吞沒，就是死在這胖子的彎刀底下。」藍道爾一邊笑著，一邊拉動後車廂與車頭的連結把手。

「你做什麼？」維文急欲阻止，無奈後車廂已經載著藍道爾與怪物快速的與車首脫離。

「這還需要猶豫嗎？」藍道爾高聲的對維文喊著：「前進吧！在陵墓底下會有我們再度合力討伐安茲羅瑟人的時候。」

爆炸的火花將藍道爾與巨漢吞入，卻將車頭以一股強大的衝力快速推進。

在列車承受度到達極限前，維文即時的跳出車廂外，逃過一劫。

位於都會第三區的高速運輸道路上，維文緩慢的走著，表情帶著一絲悲傷。路面破爛不堪，道路上也都是撞得稀爛的車子。

「這個地方……」維文看到熟悉的士兵一一倒臥在路上，而且都沒了生命跡象。

這些四肢細瘦、身形佝僂的矮小怪物正分食著士兵的屍體。

維文當然不會放過這些長滿獠牙的怪物們。清理掉礙事的傢伙後，維文從屍體堆內翻找竟發現了普克中尉身上那張重要的命令卡片。拿起士兵屍體身上仍舊完好的通信器，「這裡是維文．葛，我已經得到普克中尉的命令卡片。」

通訊器回應：「這裡是亞凱．沙凡斯，隊長你必須趕緊利用網路通聯中心的設備，卡片會將阿特納爾中發生的一切事情與影象傳達到五國聯盟，他們會派出支援。」

通訊器回應：「我是拉札莫斯，目前阿特納爾的前市長米約人在鐘塔的塔頂，三個小時後布置在鐘塔內的炸彈將會讓他粉身碎骨。」

「這裡是維文．葛，你們的位置都太遠了，我去吧！」

通訊器回應：「這裡是史特拉文，不必管那個半死不活的人。」

「這裡是維文．葛，那個市長是阿特納爾事件的最大證人，可以的話將他帶回五國聯盟。只要能順利把訊號發出並在時限內成功救出人質就行了不是嗎？」

通訊器回應：「不愧是修道院出來的人才，與那些怕事的官僚果然不一樣。你的的確確是個將亞蘭納人的未來視為比自己生命更重要的人，我拉札莫斯就這麼看著你的表現。」

通訊器回應：「這裡是貝爾，第三區內那些怪物的能耐我相信隊長您應該已經深刻地感受到了。如果牠們蜂擁而上的話，再怎麼訓練精良的亞蘭納士兵，只要不會運用神力法術的話依然很難抵抗，要特別小心。」

位於市中央的通訊塔網路控制中心是一座管理阿特納爾區域網路與對外網際網路的高科技管理站。維文試著用命令卡發出求援訊息。

來自通訊器的聲音：「這裡是亞凱．沙凡斯，既然到了資訊管理中心就請做好該做的事，時間是不等人的。」

來自通訊器的聲音：「這裡是史特拉文，請聽我的建議，停止你手邊的動作。」

「史特拉文大人，您的腦袋在想些什麼？」通訊器傳來艾列金的咆哮聲。

「聽我說，在我們各分隊遲遲沒有進一步的回報時，想必五國聯盟對我們的情況早就了然於心。與其貿然的討援兵還不如由接管此處的我們來解決這一切的問題。」史特拉文透過通訊器解釋。

「去你的，我們現在的情況就好比被丟入獸欄內的鮮肉，你要怎麼解決我們目前的困境？更何況我們現在的人手遠遠不足，連任務能不能完成都不知道。」艾列金的聲音聽來十分不滿。

「不，史特拉文考慮的有其道理。」維文回答：「命令卡的取得讓我十分疑惑，就只是唾手可得的距離，為什麼不是拉札莫斯得到卡片？雖然我不知道為什麼，但是拉札莫斯你的目的若是想引來更多送死的士兵，那我可不能讓你得逞。」

拉札莫斯：「失去援軍的你們又能怎麼樣？你們還有下一步棋可走嗎？」

來自通訊器的聲音：「這裡是康柏，我對你們的懦弱感到無言以對。不管是什麼東西在眼前都無所謂，只要舉起槍往前殺過去就對了，解決問題的根源就在咫尺不遠處，非常的簡單……」

來自通訊器的聲音：「……（皆為艾列金的髒話）。」

「心急什麼？」亞凱插入了對話。「拉札莫斯你也不必洋洋得意，我們的隊伍依然保持著最好的戰力，阿特納爾外圍的惡魔信奉者以及那些低等安茲羅瑟生物都在我們的控制下了，我會讓你瞧瞧五國聯盟精銳部隊的強悍。」

維文坐下來給自己點了根菸。雖然在教會中是禁止抽菸的，維文也一直在控制菸癮，但是現在他的心情鬱悶極了，能讓他暫時放鬆一下的方法只剩這個。

「我感覺到了——那熟悉的味道。」維文喃喃自語地說。

鐘塔底層除了有管理整棟大樓的電力裝置外，同時也包括行政管理部門的辦公室。這棟古舊的建築物曾經代表阿特納爾的歷史，現在卻只是個製造混亂的地方。

管理室的電腦出現錯誤訊息：「備用電力不足，大樓管理系統運作停止。」

「這裡是維文．葛，我已經進入鐘塔。」

「我真搞不懂你在那種傢伙身上浪費時間做什麼？」史特拉文說：「他曾經是造成這個城市毀滅的主因之一，就隨著爆炸讓他消失也無不可。」

「他的腦中肯定有著更重要的資料，那會勝過他的性命。」維文回答。

「我贊成維文的意見。」亞凱透過通訊器插嘴：「我們大家好像未曾有過意見完全交集的時候，這不是好事。」

電梯剛巧停在一樓，目前是處於沒有電力的狀態，不過即使電梯有電維文肯定也不會搭乘。攻擊維文的怪物與信奉者並不多，維文感到納悶。

第二層為機械控制中心。

當維文經過電梯口時，二樓電梯門突然打開，明明剛剛因為沒電而停在一樓的電梯現在竟然上了二樓。電梯內的燈光一閃一爍，裡面有著斗大的紅字寫著：「進入。」

此時突然有個綠色的影子由後方想偷襲維文，卻早就被識破。維文轉身反手一抓，將怪物推入電梯內。當怪物的身體撞入電梯後，兩側的牆壁快速的合攏，竟將裡面那隻怪物完全壓扁。

躲過刻意設計的陷阱後，維文更不敢大意。

地板上散落許多的藥用紙盒與藥丸，這些都是治療精神疾病的藥物。

「還有嗎？何必躲藏，都出來。」維文的聲音剛成為這黑暗室內中的回音，搖搖晃晃的影子和不穩的腳步聲馬上就跟著接近維文。

他們原本應該是阿特納爾的居民，不知道為什麼如今神態瘋癲的出現在此，手上更拿著利器與槍械，二話不說攻擊維文。

維文即使不閃不避，他那不死者的肉體也不會因為這些攻擊而死。很快的，他就發現這些瘋子的異樣。

「發現了嗎？」通訊器傳來拉札莫斯的聲音：「他們既不是信奉者，與安茲羅瑟人更無關，這些人只是失去理智而瘋狂，但是他們仍然是普通人類。」

維文輕易避過子彈，也迴身閃掉刺過來的尖刀。

「如何？殺得了普通的人類嗎？」拉札莫斯以譏諷的口吻說。

「你在試驗我？」

「怎麼樣？正義的教士，學習神力法術時最不能忘記的就是保護平民的初心吧？牢記教會宗旨的你究竟會怎麼做呢？」

來自史特拉文的聲音：「雖然我看不到現場的情況，但你低估維文了。」

來自艾列金的聲音：「愚蠢的法師，你以為我們是救世主嗎？」

「夠了。」維文回答：「我的二分法世界非常簡單。不是亞蘭納人的朋友就是亞蘭納人的敵人。」維文揮動銀劍，完全不遲疑，每一劍確實的劃過所有瘋子的頸部。

「這就是答案——亞蘭納聯盟的敵人只有死路一條。」

「保持你如此堅定的意志吧！你的力量還遠遠不夠。」拉札莫斯結束了此次的通訊。

到了鐘塔第三層，拉札莫斯的實驗再度開始。

四名活生生的平民被懸吊在玻璃窗外，一名信奉者拿著刀子站在繩子旁。

「這是什麼意思？威脅我？」

「放下手中的劍，換取他們的生機，你辦得到嗎？」信奉者問。

「我拒絕。」

「難道你想快速殺死我後再救他們嗎？」信奉者恥笑著維文。「我說不定會因為你的輕舉妄動而馬上割斷繩子。」

「你割吧！」維文說：「這樣的距離我沒有把握救得了他們。」

信奉者大笑：「你終於露出你那虛偽的本性，顯示出你的無能。口口聲聲說是為了保護更多亞蘭納人，現在讓你放下劍卻不肯，連近在眼前的四個人都不救，你還有什麼資格高談闊論？」

「我放下武器正好稱了你們的心意，亞蘭納人才會沒未來。」維文以銀劍的劍尖指著對方，「任何人都可以犧牲，只要是為了更多更多亞蘭納人的未來，都需要犧牲，都必須付出；這就是大義。我是如此，他們也是如此。」

「住口！說到底你和我們這種人渣也沒有分別。貪生怕死又一再以偽善的理由掩飾自己的作為，偽裝成正義之士的表象真叫人感到噁心。」說完話，那信奉者立刻割斷繩子。

窗外傳來四人的慘叫，直到他們墜落地面為止，他們臨死前的吶喊一直迴盪在維文耳邊。

「我警告你們，一直做著這種惹惱人的舉動只會讓我更想把你們的頭全部割下來，然後全數排在城垛上昭告天下。」

維文以迅雷不及掩耳的速度將信奉者由上至下一劍兩斷。

「還有一件事，我可不是什麼正義之士。」維文將劍收回。「我既是亞蘭納的審判官，同時也是劊子手。我現在在此宣布你們這些邪惡之徒的罪行，不需經過公審，直接處以死刑！」

維文抵達鐘塔的最頂層，他聞到空氣中的血腥味比前三層還要濃厚。這一層的空曠倒是讓維文始料未及，偌大又空無一物的空間更讓人感到不安；安靜又黑暗的環境彷彿就像這個地方與世隔絕。塔頂上傳來鐘響聲，維文的心臟隨著鐘聲也跳了好大一下，大到連他自己都聽到跳動的聲音。

「嚇到了嗎？」黑暗處一對鮮紅的眼睛閃爍著惡意的光芒。「這次的鐘聲是提早敲響，不過你似乎忘記一件事，炸彈可是有時限的。」

紅色滿佈血絲的眼睛慢慢移動到維文前方，它的主人不是別人，正是那個一直追趕自己的巨漢。「你還有十分鐘的時間。」

「市長呢？」
「那老糊塗就綁在上面的大時鐘前。」巨漢左手的彎刀指著上方。
「炸彈呢？」
「在我體內。」巨漢露出那零零落落醜陋的牙齒笑著。「你這蠢蛋可白費工夫了，不管你贏我或輸我都注定死在此處。」巨漢的話語一結束，後方傳來連綿的爆炸聲。從第一層直至第四層，所有的階梯盡被炸彈摧毀，維文已經沒有退路。
通訊器傳來拉札莫斯的聲音：「普克之後，就是你。」
「也好。」維文拄著劍，倒吸一口氣。「你沒與藍道爾同歸於盡真是你的不幸，不過這也證明你命中注定死在我手中。」
巨漢大吼，右手的電漿砲跟著發射。
維文不退反而往前衝，接著用力一蹬，做出了超越亞蘭納人極限的極高跳躍，直接閃過攻擊。電漿砲的冷卻時間結束，維文的身體卻還沒落地。
「跳那麼高做什麼？你連閃的地方都沒有了。」巨漢舉起砲口瞄準在半空中的維文後，再度發射電漿砲。紫色的破壞光球準確地打中維文，可是詭異的事卻發生了，他的身影瞬間消失在眼前。「影子？是幻影！」
維文不知何時已經近在咫尺。
兵器交擊的響聲充斥在鐘塔四樓的空氣中。

巨漢顯得左支右絀，在劍速快到他那巨大的身影跟不上之際，銀劍馬上刺中他的左肩。

「哼，我有拉札莫斯先生賜我的強壯身體，凡間兵器休想傷我。」巨漢自信的說。

維文嘴角上揚，更加重手腕的力量，只見銀光一落，巨漢的左手臂順著劍勢也落於地面。

「十分鐘可真是太長了。」維文哼道。「第一次對戰還忌憚你的特殊身體，第二次怕波及到藍道爾，第三次的相遇就是你的死期。」

「你……你別得意。」巨漢將電漿砲當作鐵鎚揮擊，維文以左手背輕而易舉的擋下。「在我身體內的可不止是單純的定時炸彈，受到的衝擊太大，它照樣會爆炸，威力足以將這棟樓以及你我毀滅殆盡。」巨漢手中的砲口放出光芒，砲火將地面打穿，維文往後跳離爆炸的範圍。「怎麼樣，你不敢再攻擊了對嗎？」

維文輕笑。「聽說你還沒被正式轉化為安茲羅瑟人，看來我過分小心了。」

「那又怎麼樣！」巨漢舉起砲口對準維文。「只要殺了你，『他』就會給我居住的權利。」

巨漢想再發射電漿砲，不料整把武器卻在這時四分五裂。

「我心裡對安茲羅瑟人忌憚的陰影太深了。若不是這樣，早在第一次見面時就該殺了你，那麼也不會連累藍道爾賠上一條命。」維文問：「你說的『他』是指誰？」

「你、你還有時間顧左右而言他，我體內的炸彈可是隨時都會爆炸。」巨漢一邊說話一邊不停的後退。

維文衝上前，攔腰一斬劃開巨漢的血肉，炸彈隨著劍尖被拉出巨漢的體外。接著維文抓起炸彈往外一擲，炸彈被扔出鐘塔外圍，落地後爆炸的衝擊讓鐘樓也跟著震動。

銀劍的劍鋒指向巨漢的脖子。「然後呢？還有嗎？回答我的問題。」

「這……我……」巨漢跌坐在地上，像是被拔去牙斷了爪的無能猛獸，只能小聲的從喉間發出不滿之聲。

維文以為他將得到他所要的資訊，沒想到遠方飛來破空利箭，穿透了鐘塔的牆壁。只見帶著火焰的箭頭貫入巨漢那肉球似的軀體後，瞬即引發熊熊大火。維文的雙眼順著神力導引的方向，依循箭支發射的位置眺望到十里外，卻沒發現射箭的人。

「遠程神力法術，既無聲無息又快速。」維文的表情滿是詫異。「若是那箭射向我，我能及時躲開嗎？」

再走個幾步目的就達成了。

維文上了鐘塔閣樓，裡面全都是大時鐘的運轉齒輪與電路管線。他打開唯一的通風口，爬出鐘塔外，看到被人五花大綁的市長米約。

正當維文用劍要割開米約右手的繩索時，米約卻不知為何情緒突然暴動起來；他雙眼瞪大，口吐白沫。維文驚覺不對，米約的腹部處卻同時發出強烈的光與熱，隨後驚爆四方，鐘塔三樓以上的樓層盡數化為煙塵。

維文感覺身體痛得彷彿像是他整個人都被撕裂開來般，幾乎每一寸皮膚都要與他分離的那種難受滋味。

「不好了，他比預定的時間還要早醒來。」

維文雖然身不能動、口不能開、目不能視，但是他仍然聽得到他周圍那嘈雜的聲音。這時候維文的耳朵靈敏到好像是貼在每個人的嘴邊聽他們說話一樣的清晰。他似乎知道自己全身正泡在不知名的液體中，這是非常討厭的感覺。

「再度全身麻醉。」

為什麼？為什麼我會在這個地方？維文正思考這個問題。

對了，我和那個安茲羅瑟人戰鬥，大家都死了。而我……卻生存下來。

「可憐的小伙子，他一定受到很大的衝擊。」

「先為他治療身上的傷口。」

沒錯，為了復仇，為了擁有不輸給安茲羅瑟人的堅強身體，我選擇再造自己的身體。

「你確定要這麼做嗎？這手術的副作用可能會大大的減少你的壽命。」

維文模糊的雙眼看著手術台上那個拿著針筒盯住自己的醫生。之後漸漸的……眼前變成一片漆黑。「唔嗚！」

天空好像變得比以往更加漆黑，在那雲層的裂痕中還有一抹染色的血紅，詭異無比。

這個地方令他整個人感到非常抑鬱，視線十分迷芒，景物的邊緣就像上了淡淡的馬賽克。空氣中有刺鼻的味道，是他不曾聞過而且是很難聞又噁心的味道。花草樹木猶如活體般的在蠕動著，看起來它們更像是滿佈血管的內臟。整個世界不時在晃動，維文才發現這個地方的地表很不穩定。似乎整個支離破碎的土地都飄浮在裂面空間上，竟然有這種怪異的世界。

「追隨我而來的陰魂，你的目標就在眼前，你想怎麼做呢？你又能做些什麼？」此人的聲音對維文來說不但很熟悉，而且更令他滿心恐懼。「死在我手中的人多如奧底克西河底的泥沙，帶著怨恨跟著我回來的你是來錯地方了。」這傢伙，是他！是那個可恨的安茲羅瑟人！「來吧！再一步，再靠近我一點，如此我就可以拿走你那脆弱的靈魂。」

怎麼會？我居然隨著這名安茲羅瑟人到了他的世界，為什麼？我究竟怎樣離開亞蘭納的？

維文看著他的腳掌並未接觸地面，而是「飄浮」在地面之上。此刻，腳底下浮現出他從未見過的魔法陣，怪異的圖案與文字激發出閃亮的黃光。

「痛苦、折磨即將遠離你。」

「醒來，亞蘭納人。」

這次又是誰在呼喚呢？維文再次緩慢地睜開眼睛。

「呃嗚。」維文從泥地上坐起身子，同時咳了幾口血，他晃頭晃腦的看了看四周圍。原來他作了以前在不死者改造手術時的夢，後半段則是自己變成靈魂前往安茲羅瑟世界的惡夢。「這是？」他身上纏著繃帶，右胸燒傷的部分幾乎成了焦黑狀。

「救你本不是吾等此行之任務，看在目的相同的份上，閣下就好好休息吧！不死者不會因為這種爆炸就死亡。」一名身披斗篷的男子蹲在地上以同樣的高度與維文對話，在他身後還有兩名同樣裝扮的人正嚴肅的站著。

雖然看不清楚他們的面容，不過他們背部有著很明顯的光形翅膀在飄動，這在幽暗的環境中格外顯眼。那一對會發光的翅膀幾乎快照亮了這塊小區域。

「背生雙翼？莫非你們是……」維文帶著驚訝的口吻問。

「不錯，六天之上——來自光都的使者。」與維文正面平視的天使回答。

剛醒過來的維文直視著他們的翅膀時也難免感到刺目，他同時發覺到自己的雙眼對於有一點亮度的光芒似乎越來越不能快速適應。「來自亞諾瓦爾嗎？」維文再問，他以右手臂稍微遮擋在眼睛前方，避免直視著光形翅膀。

「不是，吾等經由日魅關的威靈城而來，奉聖者之令執行任務。」

「天界的第七據點。」維文臉色為難地說：「你們怎麼可以——五國聯盟高層應該向天界發送報告了，怎麼可以干涉亞蘭納世界的事呢？這是我們的內務。」

「你應該清楚什麼東西穿越了結界，吾等將會淨化源頭。」

「這不在協定範圍內。」維文的肋骨激烈疼痛，他沒有能力阻止這些天界人。

「這已經是爾等能力範圍外的事，天界有理由處理來自安茲羅瑟的禍根。」那名天界人站起身。「請好好休養。」隨即與其他兩名天界人振翅一揚，朝著天際騰空而去。

維文拿起通訊器：「這裡是維文，有聽見嗎？」

通訊器早在爆炸中損毀，沒有任何反應。

雖然身體重創，但由於不死者自我療復的能力很強，維文已經可以勉強起立行走。他將天界人擺在身旁的備用衣物穿上，然後將銀劍重新佩帶，搖搖晃晃的離去。

阿特納爾神殿就位在維文受傷的地方不遠處。

維文進入這間空無一人的信仰聖地，裡面的神像維文再熟悉不過。不管是什麼地方，亞蘭納人膜拜的神像永遠都是那六尊——「創世之神坦海恩」、「真理與智慧之神賽琳芙娜」、「秩序與平衡之神米希爾」、「權力與管理之神艾比歐」以及亞蘭納人的主神「文明與技藝的雙子之神阿加優以及歐霍肯」。神殿管理室中有通訊設備卻沒可攜帶型的通訊器。

「這裡是維文．葛，有人收到嗎？」維文衷心希望備用電力足夠通聯，而不是一台發生故障的機器。

喇叭發出電波聲，看來通聯的訊號並不清晰。「這裡……是……亞凱．沙凡斯。」

「亞凱，有聽見嗎？」

「聽得到。」

「我這邊接收到的訊號不太好，聲音沒有很清楚，所幸還能發送訊息。」
「你怎麼了？螢幕顯示你的定位突然消失，是任務出什麼意外嗎？」
「中計了，拉札莫斯設一堆陷阱等我，米約市長是個晃子。」
「聽你這麼說，那一定是沒救到人囉？」亞凱輕嘆。「雖然早知道是對方的計畫，但你自己還是太粗心了。沒事嗎？」
「一點皮肉傷，不礙事。不過我遇到了數名天界人駐留在阿特納爾，所以幫我通知各隊伍，一定要比他們更快到達陵墓。」
「什麼？他們怎麼能出現在這個地方？」擴音器傳來亞凱的意外叫聲。
「他們想淨化阿特納爾。」
「你是開玩笑嗎？阿特納爾的設施、科技、資料、經濟等，一旦遭到淨化就不能再復原，到時候我們收回一塊龐大的廢地又有什麼用？」
「所以不能讓他們找麻煩。」
「好吧！我會讓部隊加緊腳步。」亞凱說：「對了，史特拉文與康柏的衛星定位也消失了，不知道拉札莫斯又使出什麼手段，你一定要更加小心。」
維文將事情交代完畢後關上通話器，他因傷口疼痛難當而癱坐在椅子上。
門口發出窸窣的聲響，維文手按著劍柄正要動作，那蒼老的聲音卻比拔劍聲更快傳來。「別動武，我是這阿特納爾神殿的管理者。」說話的是一名白袍白鬚的老人。

維文將劍收回鞘中，臉上流露出不信任的表情。

「在這個滿是惡魔信奉者與怪物的都市中會遇到正常人已經變成很奇怪的事了。」老者說：「原本我以為我將在此度過我的餘生，等待著怪物撕裂我的肉體，沒想到還可以遇到正常的人。」

「我是來自五國聯盟的人。」

「是嗎？不過你們來的太遲了，安茲羅瑟人在陵墓底層打開了連接兩地的出入口，無視天界設下的保護措施，之後他們將可以自由的出入亞蘭納世界。」老人的表情充滿落寞。

「目前在城市內出沒的僅只是安茲羅瑟最下層的魔物，這有兩個可能：這些只是安茲羅瑟的前鋒；也有可能高層的安茲羅瑟人還沒辦法自由出入亞蘭納，所以不必過分悲觀。」維文說。

「受到陵墓的影響，城市的市民十之八九都成了信奉者，剩下活著的人應該也不多了。能有如此的精神力量，陵墓底層肯定有個可怕的安茲羅瑟菁英。」老者雙手合十做祈禱狀。「一定是雙子神的庇佑，讓我沒有受到惡魔的影響。」

「為什麼你不認為這是拉札莫斯搞出來的把戲？」維文問。

「這會是一個正常亞蘭納人擁有的能力嗎？」老者走近維文。「可以的話讓我這無用的老人為你治傷吧！我雖不濟，治療的神力法術倒是懂一點。何況你應該是不死者，只要一下子的時間就能讓你的身體恢復正常。」

維文見老者沒有惡意，也就同意讓他幫忙，老者在大殿上施展恢復神力法術替維文療傷。

「這緊急的處理做的真好。」老者仔細檢視傷口。

「是天界人從爆炸中救出我的。」維文面無表情的回答。

「天界人。」老者露出欣喜的神情。「阿特納爾有救了。」

「是嗎？」

老者察覺維文冷漠的神情，問：「你同樣也是神殿出來的人，為什麼有著不信任的表情？」

「不錯，我是來自五國之一的瑪裘德羅。」

「受天界庇護的宗教國，真是太好了。貴國上下無一不對天神虔誠，同樣也對天界表示忠誠。能遇到您真是我的榮幸。」

「對，那個國家連天界的主神『聖潔與光明的聖靈之神艾波基爾』也列入參拜的對象。」維文不屑地說。

「那、那個國家？」老者不明白維文何以用這麼陌生的口氣稱呼自己的故鄉。

「我所做的一切都是為亞蘭納人的付出，而不是瑪裘德羅，更不是天界人。」維文握緊雙拳。

往事歷歷在目，如跑馬燈般呈現在維文眼前。

曾經，我是那麼虔誠又帶著敬畏的誠心跪拜於主神之前。

我向祂祈禱著。

我將一生的精神都付出給祂，我將我的信念也都全給了祂。

祈求尊嚴、祈求真理、祈求安寧。

但是在安茲羅瑟人大屠殺的時候神又在那？

我那麼的盼望神蹟能夠出現、神明能夠降臨，然後保護我如親人般的老師與兄弟，懲罰那個毫無人性的惡魔。

神有出現嗎？

祂何曾回應過我？

曾經，我們是如此的尊敬又相信著有高尚情操的天界人。

我們國家的人用一輩子的時間無微不至的伺候著那些至高無上的天界人。

我們將勞力用在天界人的指示，我們將天界人的道理也灌輸在腦海中——從小到大都是如此。

祈求保護、祈求知識、祈求祝福。

但是在安茲羅瑟人大屠殺的時候天界又在那？

遵照著他們那指示的光明大道而行，得到的卻是這種下場？天界的光芒照耀下，惡魔進來殺了人，又從容的離去。

「聖者沒有下達指示，不宜妄動。汝大戰之後傷勢恢復不容易，請多保重。」

在他們明亮、純淨的外表下，那逐漸遠離我的身影卻是如此的冷漠，那麼的不講人情。

我們全心全靈的奉獻又算什麼？

「老師啊！書上說『宙源』是數個世界的集合體名稱。宙源內又包含了七個世界，其中有我們亞蘭納世界，也有天界和安茲羅瑟世界。然後我也知道創造這個世界的神明共有十二位，但為什麼我們僅只膜拜神殿內那七尊神像呢？」年幼的維文拿著書好奇的問。

「孩子啊！只有跟隨天界人才是正確之途，因為他們是神之子、天神的後裔。除此之外隨意的膜拜其他神是罪孽，也是背叛，這將會被視為異教徒。」老師回答：「所有異教徒的罪比山高、比奧底克西河深。就像安茲羅瑟人、救贖者，他們都是必須被除去的禍害，所以不可以和他們一樣。我們要忠於自己的主神，忠於自己的信仰，信任天界人。這股正義之氣將化為力量，捍衛我們的國家，甚至於自己的生命。」

是這樣嗎？老師你錯了。

到此刻我才終於體會到——只要是「天界人之外」對他們來說都屬於異教徒。

沒有什麼分別，一點也沒有。

維文看著自己身上的傷痕正加速復原，即便他成為不死者這件事早已過很久，但還是對這副「神賜」一般的身體感到驚奇。

「不好了，快來幫一下忙。」

維文隨著聲音擺過頭去探視，老者在黑暗中的身影和另一個人影重疊。老者似乎正扛著某人的身體，賣力的死拖活拉著。

「我在神殿附近發現了這個男人。」老者說：「但是看了他的情況後，恐怕很不樂觀。」維文倒吸一口涼氣，老者也在同時讓那人安躺於地面。維文對這個人熟悉到讓他不想正視對方那蒼白的面容。

史特拉文虛弱的咳了數聲，「維……維文嗎？」眼前的史特拉文滿身是血，頭部似乎遭到猛獸之類的利爪攻擊，半張臉被完全撕裂，面部的骨頭清楚可見。

維文對此感到遺憾，因為史特拉文的傷勢過重恐怕不能久持。原本還在通聯對話的戰友，轉瞬變成這副模樣，維文雖然對戰場上的生與死早有心理準備，但難免感到一絲悲傷。

「普克中尉死了，拉札莫斯利用他的屍體……」史特拉文嘴角不斷流出鮮血。「普克背叛了我們，你……你遇到他，千萬別手下留情。」

「我不會。」維文冷冷的回答。

「康柏與他正交戰中，阻止……阻止普克那傢伙，祝……好運。」史特拉文失去了意識。

維文知道事情又起了變化，他回到通訊處打算發話提醒亞凱等人，可是通訊器卻已沒有足夠的電力可再次啟動。他回到大殿，從史特拉文身上找到聲音紀錄。「阿特納爾陷入混亂，平民存活者寥寥無幾，這個死城已經完全讓信奉者和低等惡魔佔據。不管拉札莫斯在那陵墓下搞些什麼，這座城內的陰霾恐怕超過五國聯盟的理解。康柏與我正試圖殺出一條通到陵墓前的路，希望能早點與其他夥伴會合，阻止拉札莫斯將黑暗的勢力擴張。」

老者嘆口氣，朝著史特拉文雙手合十。「最後一程就請您靜靜的躺在此，我會為您祈禱。」

維文收拾好東西，接著對老者說：「照顧我朋友，雖然也沒什麼好照顧的。」

「你要離開了嗎？」老者問。

「史特拉文都拖命到此了，我還有什麼好說？」維文對老者點頭致意。「就像泥獄的接力賽，我是下一位跑者，然後很有可能會死，因此浪費了您救我的力氣真是過意不去。」

「這、這沒什麼。」

「如果史特拉文又迴光返照，幫我和他說——我們忠烈祠再見。」維文頭也不回地快速離開神殿。

聆聽史特拉文遺留的錄音，也許會有什麼發現。

「這裡是史特拉文的錄音，通往市政廳的主要通道已經被怪物佔滿，我們發現這些怪物雖然原始又殘暴，但是能力卻不比任何的亞蘭納神力法術者遜色，其中有些怪物還具有短程瞬間移動的能力。在爬滿腐爛生命組織的建築物上會看見怪物們從類似『傷口』的洞中竄出，可以明白只要這些生命組織的延伸處到那裡，怪物就能不論多遠，直接開啟牠們想前往的『出口』。」

「令人尊敬的史特拉文顧問，感謝您決定參與此次收復阿特納爾的行動，我們能夠相信您的能力，而且知道此次的任務將會獲得完美的成功。相信您也明白五國聯盟安全理事會一直都在關注阿特納爾的動態，他們的市長以及拉札莫斯都是瘋狂的人，在他們耗費龐大的資源人力在都市內建造陵墓時就該知道這是一個很異常的舉動，同時理事會一致認為在那個挖掘場底下藏有極大的風險。希望您能早點為此次的行動做好準備，我們也將提供您阿特納爾與拉札莫斯的相關資料，如果有任何需要，請聯絡我們安全理事會的委員，我們一定可以給您最好的幫助。」

「史特拉文先生，我是席列巴托。我現在不是以一國總統的身分，而是以你的老朋友的身分給你留話。看到你的名字出現在阿特納爾收復行動的名單內，我真的不知道該恭喜你還是該為你禱告。那個地方目前沒有我們想像中的單純，理事會掌握的情資太少，我認為這次的行動太過貿然與不周密。當然，這是我個人的理解，身為你的摯友，我也希望你能凱旋歸來。不管如何，理事會決定最理想的人選是你們七位，身為聯盟領導階層之一的我也不便多說什麼。我會期待你再次來到安普尼頓，然後我們再一同舉杯暢飲。」

「史特拉文，你應該認得我拉札莫斯的聲音吧？你們這七個不怕死的人真以為能從我的手中收復阿特納爾嗎？告訴你們，在這個亞蘭納人重大改革的時期我對你們還算有耐心，只要你們別來妨礙我，你們還可以保住你們那微不足道的小命，暫時的……」

維文來到阿特納爾的重心地帶——商業區。在這個曾經繁華的地方也有過車水馬龍的時候，與現今的蕭條相比真是令維文感到不勝唏噓。

維文橫劍一砍，將綠皮矮小的安茲羅瑟怪物攔腰劈開，隨後他又躲入建築物的縫隙中。

瘋狂的喊叫與雜亂的腳步聲呼嘯而過，維文知道這個地方聚集越來越多的敵人，自己也不能在大街上暴露太多行蹤。

遠方傳來的步槍響聲與怪物嚎叫交雜而成的聲音讓聽者也感到驚心動魄。

「聽到了嗎？康柏垂死的哀嚎聲，很快地……我也會讓你發出同樣的慘叫聲。」拉札莫斯的聲音竟然在這時直透維文的內心。

維文覺得他在阿特納爾內的一舉一動幾乎都在敵人的掌握中，可是自己勢單力薄又不能光明正大的應戰，讓他心情也慢慢焦躁。雖然這有點違背他想與怪物正面對決的內心，但現在仍然不是逞一時之勇的時候。靠著躲躲藏藏的前進，維文知道他離康柏不遠了。現在他滿心只希望救援的行動能夠及時，因為時間拖得越久，那不安的感覺就越強烈。是否很快地又要失去一名戰友？一種不祥的預兆早已困擾了維文許久。明明知道越是鑽牛角尖於壞事上，那麼壞事就越會發生。但是維文卻完全定不下心，某種討厭的感覺攀上他的內心。

「維文，你不吃飯嗎？侍官命人要將餐點收走囉。」神殿的兄弟在屋後的庭院高分貝的喊著。

「你就讓他們收了吧！別拖延到別人的休息時間。」維文專心的練習他的劍術。

「維文還是沒吃飯嗎？」白髮蒼蒼的管家雙手交叉擺在後腰，徐步走來。

「唉呀！我正想請您將餐桌收拾乾淨。」那弟兄搔著頭，帶著有點苦澀的笑容說：「他老是專注著練習而飲食不正常，真是傷腦筋。」

「維文依然忘不了那場慘劇嗎？」侍官問。

「沒死就該感謝雙子神的庇佑了，怎麼可能忘記。」那弟兄很快的回嘴。

這時，那根拿來試劍的木頭斷成兩半，上半截彈到侍官與神殿弟兄兩人的中間，著實讓兩人嚇一大跳。無視他們的抱怨聲，維文的表情可十分苦惱。

「不行，這種程度不行。」維文雙手佇著劍柄，搖著頭。

維文感覺到了，那股壓抑的討厭預感逐漸在接近他。這種不安更讓維文嚴加戒慎的過生活，絲毫不敢放鬆。過不久，維文收到來自聯盟的徵召單，他被任命為指揮官之一，任務就是收復阿特納爾並將其納入五國聯盟的領地。身邊的弟兄聽聞消息後都一窩蜂擁來恭喜道賀，唯一不感到高興的恐怕只有他本人。

「不祥——接近了。」

直到某天，維文來到聯盟總部。

「喂！維文．葛。」

維文回頭一望，循著叫他名字的聲音看去，那人正是亞凱。

「你身為安普尼頓的貴族後裔，但聽你說話就知道你完全沒有教養，不但不用敬語還直呼我的全名。」維文怒視著亞凱。

亞凱無動於衷，反而拍了維文的肩膀。「哦，請別那麼嚴肅。你不覺得我們之間的感情因此拉近了嗎？」

「我會希望我們保持距離。」

「別那麼冷漠的對待你未來的戰友嘛！」亞凱擺出他那無謂的笑臉。「我知道你有著不死者的堅強軀體，有這麼棒的能力真是令我無比羨慕，那種感覺一定很棒。」

「你也同樣可以擁有。」維文提起步伐往前走。

亞凱緊跟在後方。「我不行，因為我太怕死，那種賭命式的改造身體我可沒有勇氣去嘗試。喂！你走慢些，不是要開會嗎？一起走呀！」

「別把我當成你的平輩，我們還沒那麼熟悉。何況我聽說史特拉文先生也是這次的行動參與者之一，我想他不會喜歡你這種嘻皮笑臉的態度。」

「你知道暗流教派嗎？那個在我們國家內興風作浪的邪教。他們反對偉大的主神，挑戰著我們國家的主權，可是在我以及貝爾、艾列金的翻手之下順利弭平。」亞凱說：「如今我們也能和你們這些亞蘭納的英雄共事，這叫我怎麼能不興奮。這可是要做大事耶！為了這一個重要的任務，我們幾個也得培養好默契，不分彼此，同心協力。」

維文不理會亞凱在後方嘮叨地說個不停，反而被公佈欄上方的通緝犯照片吸引。

「喔！這是什麼長相？安茲羅瑟人的面貌真是讓連看他們的人都感到毛骨悚然。」亞凱看著照片，右臉抽動了一下。

照片上的「人」頭生尖角，面貌恐怖猙獰，齜牙裂嘴的他滿口利牙，膚色為褐色，體毛則是深藍。由於只拍攝面部而非全身照，因此不知道全貌長的怎麼樣，但可以肯定這種長相離「人」這個字還差得遠。

「很少能夠直接拍到安茲羅瑟人的模樣，聽說這個傢伙曾來我們亞蘭納的世界大開殺戒，真是膽大包天。」亞凱說。

維文的手與腳都在顫抖，而且抖個不停，完全停不下來。照片上的臉孔已經開始扭曲，折磨著維文的身心。那張忘都忘不了的臉，正是維文這些日子以來的夢魘。在夜深人靜閉目休養時總讓維文一次又一次的驚醒，他似乎已沒辦法從這股黑暗中抽離。

沒錯，這不是偶然。不管怎麼逃避都沒用，壞事又找上自己了。在時光匆匆流逝之後，又將再次面對那不可改變的慘劇。現在那感覺強烈到讓維文快要窒息，因此他儘可能的不想去思考究竟陵墓下藏著什麼秘辛，自己現在只需要前進，然後完成任務。

突如其來的天搖地動宛如末日來臨，地面的裂痕既大且深，那看不見底的深度彷彿可直達裂面空間。逃避不及的信奉者不是墜入地層中就是被倒塌的建築物掩埋，這地震長達數分鐘之久，之後仍有大小不一、持續不斷的餘震。

阿特納爾警備署是一棟高約數十層，佔地也廣闊的大型建築物。除了壁面有裂痕外，建築物沒受到地震影響而崩塌。外面的安全門已經被不明外力強行突破，因此現在可以自由進出。雖然建築物屹立不搖，但是路面大部分均已坍崩。辦公室內都是四散的文件、信奉者的屍體以及損壞不堪的物件，一再的顯示出這裡曾經發生過激烈戰鬥。屍體上的彈痕來自康柏那把步槍的特殊子彈，可以確定維文要接近的目標已離此不遠。

「近來未經安檢而擅入阿特納爾的陌生人越來越多，估計某個不需要經過授權就可以自由進出的入口出現了漏洞，必須將此事製成報告交給拉札莫斯先生。」讀著警備署內的傳達指令，維文想起史特拉文的錄音紀錄裡似乎也有提到什麼門或是出口之類的話。

越往建築物深入就會發現這整個室內被不明的生物組織包覆的越嚴重。

康柏的屍體倒在地下室的走道旁，他的身體被那種怪異組織漸漸吞噬，腹部處開了個洞，臟器被扯出身體外，死狀悽慘。至於他引以為傲的步槍則下落不明，有可能被惡魔的信奉者拿去使用。

「安息吧！」維文回憶起兩人初見面時的情況。

「你就是瑪裘德羅裡最強的戰士嗎？嘿嘿嘿……」笑聲還沒停止，槍聲就先響起。

維文拔劍揮擊，空氣迴盪著鏗鏘聲，落地的子彈殼成了兩半。

「不錯嘛！普通的鋼製彈頭奈何不了你。」康柏換成他背著的那把大型武器。「那用這把如何？」

「十四點五毫米口徑的步槍，虧你背著這種怪物時還能自由活動。」維文舉劍以待。

「對，搭配祈福過的銀色彈頭，加上內置觸發式爆烈術的藥筒。呼呼呼，不死者的身體能挨得了幾發？」

維文的身形如疾射的流星，劍尖刺過康柏的臂甲。

康柏掄動槍身，但打到的殘影象是清煙般轉瞬消失。

維文已經閃到康柏的背後，劍刃頂在康柏的脖子上。

「我會呆站在原地等你開槍嗎？來自羅本沃倫的神射手——康柏先生。」

「厲害，呼呵呵呵，至少行動的時候我可以不必再顧及白癡的戰友了。」

「對我的試驗到此為止了嗎？」

「我可以承認你夠資格當我的戰友。」康柏點燃菸，輕輕的吸了一口，接著說：「但是這行動光靠蠻幹是不夠的，不管是我還是你，通通都要聽從史特拉文顧問的指揮，懂嗎？」

維文靜靜地蹲在康柏屍體旁，在這個彷彿靜止的空間中，他的內心充滿了絕望感。

「你們都很愚蠢……竟然都先我一步走了。」維文苦笑著。「也好，至少我不會成了你們的絆腳石，你們就走吧！安靜地走吧！你們的血不會白流的，再見。」

維文拿起康柏身上的通訊器，確認可以正常使用。

「聽到聲音嗎？」

「這裡是亞凱．沙凡斯，康柏你的通訊可終於恢復了。」

「認不出我的聲音嗎？」維文冷冷的回話。

「維文？你們會合了嗎？」亞凱問。

「好了，我要報喪事……」

通訊器傳來驚愕的疑聲。

「兩個……還有普克中尉現在是敵人，遇到的話請將他千刀萬剮。」

警備署的中央控制中心可以接收來自阿特納爾各處民眾的報案，使其能迅速的指揮人力前往處理事件。這個地方還存放各種犯罪紀錄、重要檔案，同時也是研擬都市安全的會議集合點。

「維文，我沒想到有與你為敵的一天，你也可以選擇加入我們的陣營，可知道成為安茲羅瑟人的感覺嗎？真是棒透了。」普克透過通訊器對維文發出勸降的通聯。

「你在原地等著別亂跑，我會很快到你那裡。」維文回應。

回憶起那個時候，他們三人已經在打靶的練習場上就定位。

只見三片玻璃圓盤同時各往左、右、中不同的方向飛射而去，康柏舉起手槍飛快地以他神準的技術將中央那片圓盤在高空中擊個粉碎。眾人無不為他的技巧與靈敏度喝采，總算是見識到神射手的實力。

下一個是將飛刀向左邊的圓盤投擲而去的艾列金。他似乎判斷錯誤了，飛刀從圓盤下方穿過而沒射中。雖然大家都認為差那一點點就可以完美命中目標。可是維文認為那可差得多了，艾列金投出去的刀刃連邊都沒擦著。

「哦，這種比賽我不太擅長，總覺得距離感很不好抓。」艾列金如此解釋著。他並沒有為這件事感到丟臉。

最右邊的圓盤即將要落地，可是普克中尉遲遲沒動作。

「唔——你打算放棄嗎？」康柏將手槍的彈匣拆下。

普克中尉比出食指，那指尖指向圓盤將會落地的方向，之後射出一道激光。不偏不倚，圓盤在落地前一刻被擊碎，在場眾人紛紛表示驚嘆。

「真是厲害，米夏王國最得意的改造人果然和人類不一樣，有電腦可以精確的計算物體落地位置，身體的任何部位也都是武器。」亞凱拍手笑著。

「你說錯了。」普克轉頭面對亞凱。「我的身體僅只有一半接受改造，我的腦、心都還是屬於我的而不是電腦控制。也許對你們來說我是機器，但我認為我自己可是不折不扣的人類。」

對一個自我意志那麼堅定的人，會如此輕易的投靠安茲羅瑟人，然後出賣自己的朋友、出賣自己的身心嗎？

一波又一波的怪物從建築物上那些生物組織中湧出，怎麼殺都殺不完。即使維文想用火去燒這些怪異的物質，可是它們完全不為所動。

來自通訊器的聲音：「我是普克，維文你仍然要堅持下去嗎？拉札莫斯大人的耐心已到了極限，大人不會讓你繼續猖狂下去。」

「想以人海戰術擊倒我就來吧！不用多說。」

到目前為止，綠皮矮小的怪物較一開始來說，數量可說是爆發性的增加。但也僅只有如此……

這些小東西連維文的快速恢復能力都不需要用上，不管聚集再怎麼多，都只是在激烈運動前的暖身罷了。

把事情搞得這麼轟轟烈烈，來的卻是一些搬不上檯面的雜兵，這像話嗎？維文開始想著各種可能性，也許事情還沒有那麼糟糕。自己應該還來得及阻止這瘋狂的一切，還來得及在天界人多事的參與下比他們更快一步收復阿特納爾。

資訊室外的螢幕佈告欄吸引維文的目光，那是警備署內某個武器的展示影片。維文對這玩意相當有興趣，他迫不及待的進入資訊室中，打開還能運作的電腦查詢相關資料。

電腦的重要檔案經過加密，但這對維文來說不是問題。五國聯盟在行動之前就做下安排，對於阿特納爾而言，五國聯盟的人與侵入者並沒有兩樣，所有重要的東西都被嚴密保護，只有通過授權的人才得以使用。

維文拿出破解用的侵入晶片，不久之後就順利的解開密碼。雖然在聯盟的準備下，這些防君子不防小人的保護措施就如同虛設，但是這也不算是什麼光明磊落的行為。

維文打開武器庫的門，解開保護鎖密碼，利用預先準備好的聲音通過語音辨識系統，再拿那些死在警備署的衛兵他們的手指與人頭成功通過指紋與虹膜辨識系統。

「阿特納爾警備署全力設計和開發的最強武器——魔族軍火，毫無疑問是目前阿特納爾所擁有的最強生化武器。這把可攜帶式的武器將利用生物體去氧核糖核酸的改造，把細胞內的基因轉換成致命性的猛毒，任何生物一經接觸將死於一旦。每一發彈藥內含十二毫克的生物毒劑，在發射後會因為熱量而產生綠色光束，被擊中的目標半徑約八公尺的生命體必定受到毀滅性的打擊。彈藥爆發後的影響時間約有三十秒，在時間內靠近該範圍仍將受到生物毒劑影響。每一把魔族軍火的彈藥裝填數上限只有四發，彈藥的製作不易，需在關鍵時刻使用。此外我們建議戰場一定要寬廣且開放，避免波及武器使用者自身。以上為最新的武器開發資訊，如有需要請向開發部門索取相關情報。」

最後的目的地——警備署車輛維修工廠。

隨著目光掃視，維文看到對面二樓的高度有個身穿紅色袍子的人正隔著防護玻璃用觀賞表演的目光盯著他，那個猥瑣的表情加上陰險的眼神真令維文抑不住內心的怒火。

左右兩側各傳來鐵閘門打開的聲音，共四道門被打開，然後從車庫內出來的卻不是交通工具。

「拉札莫斯你下來，我們需要好好的聊聊天，我有很多不滿想向你宣洩。」

拉札莫斯嗤笑著。「我何必浪費時間和死人說鬼話呢？你以為你這一路下來都會走得暢行無阻嗎？」

四個巨大的影子緩緩靠近維文，那是從車庫中走出來的怪物。同樣有一顆頭加上雙手雙腳，維文怎麼看都沒辦法當他們是「人類」。壯碩的軀體，凹凸不平的皮膚看起來厚如鐵甲，身體各部位長滿尖銳的異物，看起來像是穿透表皮的骨骼。

「拉札莫斯，就是這小子嗎？你說七名領導中最具威脅的人？」右邊數來第二個怪物說。他沒對拉札莫斯使用敬稱，而且他的血盆大口在說話的同時還會噴出令人感到噁心的唾沫。

這四名怪物的頭長得就像是染上狂犬病的畸形鬼狼，維文終於想到符合他們面貌的最貼切長相。

「會讓這個人走到這個地方該怪的是你拉札莫斯的無能。」最左邊的那怪物不屑地說。

「幹什麼？我叫你們動手。」拉札莫斯生氣的大吼。

最左邊的野獸吐出不明的球狀物，看起來像是一沱唾沫聚集而成的東西。

球狀物撞擊拉札莫斯眼前的防護玻璃，隨即整片玻璃以熔融狀態化出一個不規則形的大洞。

雖然不知道玻璃的防護能力有多強，厚度有多厚。但僅是吐出一口的唾沫就能熔去大部分的防護玻璃，維文在一旁看得不免有些心驚。

「你……你們這是做什麼？」拉札莫斯嚇得往後跌坐在地。

「我們不是你這個卑劣的亞蘭納人命令的對象。」那名嚇唬拉札莫斯的怪物轉過頭，惡狠狠的看著維文。「該你了。」

錯不了，這四名與之前見過的矮小又只會嘶吼的怪物不一樣。他們會說話、會思考，然後破壞力也無法相比，是真真正正的安茲羅瑟人。

維文長吁一口氣，接著快速拔出腰際的銀劍。「來吧！異教徒與怪物都一樣，放馬過來，我陪你們打。」

「我一個就夠了。」最左邊的安茲羅瑟人往前站，其餘的皆退到後方。「四個人欺負一個小動物，算什麼？」

「你、你說我是什麼？」維文被話激怒，一個箭步衝上前，快速拉近兩人之間的距離。很好，我就讓你們後悔。只要一個先死，其餘的安茲羅瑟人都會知道我的實力。維文如此想著。

他的劍尖刺向怪物，怪物也以爪子反擊。爪與劍交擊的那刻，神力法術相互衝擊，現場閃爍著白色光芒，地面轟的一聲隨之龜裂。

橫劈、揮擊、突刺，維文連續三段的攻擊都沒有得手，對方的敏捷度更勝維文的預估。

維文冷哼一聲，往上一躍朝對方左肩一記斜砍，劍刃砍到怪物的皮膚發出清脆的鏗鏘聲，就像砍到鋼鐵一般。怪物不為所動，劍刃也沒讓他受到任何傷害。

怪物一掌拍擊到維文的腹部，將他打飛出去，彈到十幾公尺外的地面。口中酸液砲跟著吐出，維文單手撐地，從地面跳起，閃過酸液。

他衝上前，怪物也連續發出酸液砲，被維文閃過的酸液一接觸地面都腐蝕成大洞。

維文左側斗篷被酸液熔掉一大片，但是他也再度抓近距離，準備朝著怪物的臉一記橫砍。

怪物左臂擋下劍招，右手使出重拳朝維文腹部擊去，這一下又讓維文因拳頭的威力彈飛出去。維文翻身，將劍插在地面讓自己的身體停下。「唔哇呀呀！」維文吐出一大口鮮血，然後轉身逃跑。

「逃到那去都沒用。」怪物由後方追趕。

維文一邊跑，一邊從口中不斷流出血絲。「內臟受創嚴重，那不是普通的拳擊威力。」

怪物攔在維文前方並以瞧不起他的口吻說：「只有如此能耐，就只是一個普通的亞蘭納人，不過你好像特別耐打。」怪物稍微想了一下，接著說：「是那個什麼亞蘭納的高科技不死者嗎？哼，如果是的話那還真是與泥巴沒有兩樣的身體。」

「是嗎？」維文將最後一口流出的鮮血推回嘴內。「我可和其他不死者不一樣，我能利用神力加速身體的恢復能力，你那點力量的拳頭只比裁縫針的威力大一些，有什麼好自豪？」

「哼！是嗎？」怪物使出爪擊，維文以銀劍格檔。

怪物加強手臂的力道意圖直接壓制維文。「廢話說的越多，你的死相會越難看。」

維文一反剛剛的劣勢，神色自若地說：「我曾經遇過一名安茲羅瑟人……他才叫我永生難忘，而且他帶來的毀滅性破壞讓我首次有了絕望的感覺。」維文身上散發出淡淡的銀芒，怪物的爪子竟被劍刃硬生生地壓斷一根。「和那個傢伙比起來，你連當時的百分之一都不到。」

「嗚呀！」怪物急著想收手，卻遲了一步，維文的劍刃將爪子盡數劈斷。

「什……什麼東西？」怪物對於現況還感到一頭霧水，但是右手的疼痛感卻是真實的，怪物痛得直甩手。

「現在這種距離你那三名同伴應該來不及救你。」維文手中的銀劍冷光凜冽。「為自己超渡吧！你們四個應該是殺死康柏與史特拉文的兇手，所以我一個都不會放過。」

「說什麼廢話？」怪物連射三發酸液砲，但維文舉劍突進，他身上的銀芒就像防護罩般，連續穿透酸液砲而且絲毫未傷。銀劍切開怪物的左臂，那手臂落地時發出的聲音就像重甲落地一樣。「啊！為、為什麼？」怪物因疼痛而大叫。

「只會吐口水算什麼攻勢？」維文高舉銀劍。「那麼你還有什麼話好說嗎？」沒等怪物回答，劍刃就已經落下。

維文將怪物的半截腦袋扔到其他三名怪物同夥的腳尖前。

「他只剩一顆腦袋卻還能說話，所以我又將腦袋砍了一半，你們安茲羅瑟人真是想澈底殺死都很難。」維文以手指比了示意他們過來的動作。「三個通通上來，別再浪費我珍貴的時間。」

「你們看吧！我不是早說過了嗎？」拉札莫斯生氣的高分貝大吼著。

「那你又有什麼辦法呢？」其中一名怪物抬頭問拉札莫斯。

「哼，那換我陪你玩。」隨著機械移動時發出的喀吱聲，又有新的敵人出現在維文眼前。

從黑暗步出的怪異傢伙至少有兩、三個成人的高度，他的下半身是八個機械製的長腳部足，看起來和蜘蛛很像。上半身則是那半人半機器的普克，只不過模樣較以前來得陰森恐怖。

維文倒也不是太驚訝。「你、你不是普克吧？他們用你的屍體做了什麼？」他好奇的問。

「做什麼？他們在我死後澈底改造我，讓我成為一個只服從安茲羅瑟人命令的冷血殺人機器……就是如此，這回答你滿意嗎？」普克說。

「是嗎？」維文冷淡的回應。

「你以為真是這樣嗎？哈哈哈，從前的我錯了，錯得太離譜了。」普克大笑。「我從沒想過死亡後竟會意外讓我體會到新世界，成為安茲羅瑟人的感覺是那麼的好。」

「你果然是一具只有普克外形的廢鐵。」維文嗤之以鼻。「不，不對。應該說你現在的模樣遠遠不及普克，我不認識你，你是誰？」

「我是普克，然後你也會變成像我一樣的怪物。」普克說：「不妨告訴你，史特拉文和康柏都是因我的設計而死的，而亞凱他們的部隊也因為我提供的情報發揮作用，現在應該苦不堪言。」

「很好，聽了你這些話我可是完全不再躊躇了。」維文叫道：「告訴你，我叫維文．葛，來自瑪裘德羅。我是五國聯盟對阿特納爾收復行動的指揮官之一，不管是誰威脅到亞蘭納……」

「然後呢？」普克冷冷的問。

「我會完美地執行我的任務。」維文將銀劍自鞘中緩緩抽出。

「廢話！」普克的機械右臂轉變成電磁機槍，朝著維文掃射。

維文往左側快速躲開。

「喂！你們在看表演嗎？為什麼不幫普克？」拉札莫斯叫著。

「我們想看看你改造的玩具能陪客人玩到什麼程度。」怪物之一冷靜的回答拉札莫斯。

「什麼？」維文聽到這些安茲羅瑟人的回話後，立即轉頭瞪向他們。「你們沒看到同伴的死狀嗎？一個接著一個的上，然後好讓我各個擊破，這就是你們將來要論述怎麼失敗時的最好理由嗎？哼，我怎麼不知道你們有這麼堂堂正正？全部一起攻來也無所謂，來呀！」

怪物們依然不動如山。

「普克，你要特別注意這個修道者。」拉札莫斯提醒著。

「你怕我打不過維文嗎？」普克雙眼射出激光將厚重的鐵門割成兩半，不過威力雖大卻沒擊中維文。

「你到底有沒有注意戰況？別在這種要命的時候看輕你的敵人。」拉札莫斯激動地說：「那傢伙的背後扛著那一大包用布裹起來的不知道是什麼，令我很不安。」

普克原本也覺得納悶，經過拉札莫斯的提醒後才想到。「那布包裡面是什麼東西？從剛剛戰鬥中就見你背著，我以前從沒看過。」普克利用電腦卻分析不出內容物，那塊用來包裹的布已經被維文做過特殊的處理。

維文撕下聖典中數頁的經文搭配神力法術做成防護結界，勉強擋下普克射向他的激光。

在一旁觀察的安茲羅瑟人們注意到維文身上特殊的氣息，他快速的移動時彷彿就像銀河般，宛如亮眼的流光穿縮在戰場之中。銀翼落下，普克敏捷的跳開，地面被劈開一條深溝。

普克那笨重的軀體所擁有的機動性比維文預想的要高。

「天神們回應虔誠信徒所賦予的神力，是執法者的威力。」普克說。

「這是我有足夠制裁你們的能力證明。」維文冷眼的瞧著他的敵人說。

普克獰笑。「嘿嘿，是嗎？那你認得這『玩意』嗎？」

伴隨著清亮的槍聲，維文一時愕然，雖然已經向旁邊躲開，左肩依然被子彈打穿。

「呼啊！你……」維文摀著出血不止的左肩，單膝跪地，疼痛寫在臉上。

「康柏最得意的特殊大口徑步槍，即使是不死者的身體也不容易痊癒。」普克輕哼。「有這把武器在手，就算你有什麼把戲也無能施為。」

「難怪……康柏的屍身附近怎麼都找不到那把槍。」維文心中正為自己的大意感到懊惱。

普克的雙肩射出數發紅外線導引追蹤飛彈，這些煩人的兵器讓現在的維文痛苦無比。想抓住對方補充彈藥的瞬間進攻，又怕太過接近會被步槍再次射中。才繞過飛彈的彈道路徑，結果飛彈又從另一旁包圍上來。維文雙手護住頭，任由那來自四面八方的飛彈胡亂轟炸他的身體。不過飛彈威力雖強，普克明白這並不是殺掉維文的竅門。他抓準機會，電腦掃描在爆炸中心的維文，瞄準目標後普克立即扣下步槍的扳機。

煙塵飛揚遮蔽視線，等待塵埃落定之後才在黑暗中慢慢浮現出那蹲在地上的身影。

普克大聲驚呼。「原來那是盾牌嗎？」

維文背在身後的物品由於受到爆炸的波及，包覆在外面的裹布完全燃燒殆盡。出現在眾人眼前的是一把奇形怪狀的兵器，看起來像是槍或是砲？普克本人也不明白，電腦內沒相關資料。

「神力的防護罩勝過科技武器，我的身體要是再挨上一發那步槍的子彈可吃不消。」維文從地上站起。「瞧你驚訝的樣子，你需要更新那蠢腦袋的資料吧？光只是用電腦來計算東西，那不是很浪費它的功能嗎？」

「混蛋！」普克正舉起步槍準備瞄準維文射擊。

維文揮劍的速度更快，劍刃劃出一道海波狀的切口直撲普克。那像是銀色簾幕般的光芒切斷普克右邊的四條部足，普克重心不穩，身體傾倒。

「回答我。」維文問：「你的腦和心還在嗎？是屬於你一個人的嗎？」

「幹什麼？你不繼續攻擊還等什麼？」普克大吼：「你還妄想溫馨的友情呼喚嗎？」

「站起來！普克，快站起來繼續打。」拉札莫斯在二樓著急的直跳腳。

「你的腦和心真的沒變嗎？」維文再問，表情帶點憂傷。

「呵呵呵。」普克笑著。「那又怎麼樣？你以為我還是那個曾與你同生共死的戰友嗎？」

維文搖頭。「不，我並不希望你這白癡回來，我只是要確定一件事。」維文舉起那把怪異的武器對準普克。「下裂面空間治治你那蠢腦袋吧！我有傷在身，不想在你身上繼續浪費無謂的神力。」那武器的發射口釋放出淡淡的螢光，隨即朝著普克倒地的方向射出深綠色的光球。

「啊！這東西很危險。」旁邊的三名安茲羅瑟人紛紛急忙閃避。

普克被綠光彈包覆過後，四周環境也醞釀著不安的情緒。

怪物們發出驚嘆聲。

十幾秒後，綠光逐漸消散，普克仍然完好無缺的待在原地。

「愚蠢，普通的槍砲彈藥是傷不了普克。」拉札莫斯就像是鬆了口氣，慶幸普克沒事的神情。
「把阿特納爾搞成死城，我以為你的能力有多高——我是太高估你了。」維文說：「甚至我還擔心你可能會去幫普克換顆機械腦或機械心臟。顯然我多慮了，你根本沒那種技術，只是個利用別人屍體的大混蛋。」
察覺維文的話中有蹊蹺，拉札莫斯心慌了。「啊！那個沒用的機器人，快站起來呀！」
維文將槍身轉向怪物們。「該你們了。」由於左肩重創，他左手托住槍身時發抖的很明顯。
怪物們卻無視維文的恫嚇，他們集體朝著拉札莫斯所在的方向跪地行禮。
維文終於發現到另一個更大的威脅來到現場。
眼神捕抓到的目標，竟然讓他的心臟差點跳出來。害怕的記憶、通緝單上的惡魔、夜深人靜的夢魘；在數不清的日子中，令維文銘記在心，不能淡忘任何一分的死敵。
「怪物就在你眼前，你打算怎麼做呢？」那巨大的身影就這麼無聲無息的出現，而且直接站在拉札莫斯的身後。不止是維文，連拉札莫斯本人都面帶恐懼，冷汗直流。
「原來……真的是你。」
維文的預感成真，他簡直不敢相信，也不願意去相信。過往悲痛的片段直襲腦海，反覆不斷的哄笑傳至耳廓，帶著血腥的惡臭撲向鼻中，牙齒則是喀喀的作響。
「陛……陛下？」拉札莫斯像是要確認自己耳朵所聽見的聲音，因此發出疑問。但這時的他卻沒勇氣將身體轉向後方，直接用他的雙眼看著那聲音的主人。

「對。」那惡魔領主自後方用他巨大的手掌抓向拉札莫斯的鼠蹊部。

拉札莫斯痛不欲生，張口大叫。「陛下，我是您忠誠的僕人啊！」

「對。」那惡魔重複同樣簡單的回答。

「陛下，我為您拿下阿特納爾，我是誠心的侍奉您。」拉札莫斯一邊露出痛苦難當的表情，一邊急欲解釋。他掙扎的表情顯得很可笑，但維文卻笑不出來。

「對。」惡魔又重複同樣的回答，似乎在戲弄拉札莫斯。

「我……我知道錯了，請原諒我。」拉札莫斯改口求饒。

「你打開了連接亞蘭納的大門，你功不可沒。」惡魔說：「英明的君王對於臣下是有功必賞。」

「那麼……請、請放手。」拉札莫斯痛到快斷氣。

惡魔這才鬆開他的手。

「謝……」拉札莫斯鬆口氣的時間不過一秒，連謝字都還聽不清楚，惡魔的手已經貫穿他的左胸，取出心臟。

拉札莫斯大叫一聲，口中噴出鮮血，隨後被惡魔一腳從二樓踢落地面。

「亞蘭納『走狗』，這塊警備署的車庫專用地就是我賞給你的領地。」

惡魔咬了一口拉札莫斯的心臟，看起來像是在品嘗美食。但才剛入口的瞬間，那惡魔就露出嫌惡的表情，接著也將心臟丟下一樓。「背叛者的心不管是什麼種族，都很難讓人下咽。」

「果然是你……你、你又出現在我眼前。」維文愣愣的自言自語，他的表情明顯呆滯。

「所以說人活得久也不是件好事，我完全不記得曾經在那見過你。」惡魔領主用他難聽的聲調回答。

「人？你說你是人？我永遠都不會忘記你那難看的面貌與難聽的聲音。」

「蒼冥七界的歷史中可沒有你們亞蘭納的存在，對我們來說你們才是連『人』都稱不上的外來物種。」惡魔說：「你該慶幸拉札莫斯這個蠢貨提前將阿特納爾的計畫公諸於世，讓我成為眾矢之的。現在我可忙得不可開交，還得去應付那些長翅膀的蛆蟲，所以——滾吧！」惡魔轉身就要離開，底下的三名怪物躍上二樓，準備跟隨他們領主的步伐。

「你放過我？你想放過我？你打算就這麼離開？」維文驚訝的問。隨後他又舉起魔族軍火對著背向他的惡魔。「開玩笑，給我下來，我還有舊帳要和你算。」

「亞蘭納有兩種廢物：其中一種是像拉札莫斯那樣甘於為利益出賣同胞的被利用者；另一種是像你這個自稱英雄，卻不秤自己斤兩而只想著逞勇送死的無命之徒。你們都是無可救藥的蠢才，仙丹難治。我懇求神聖的哈魯路托原諒你的愚行，再會。」惡魔踏著厚重的步履慢慢離開。

惡魔的聲音漸漸遠離，而維文也因為傷口血流不止，疼痛得讓他跌坐在地。

幽暗的世界又恢復它該有的靜謐。

看著在原地再也動不了的普克，維文鬱悶的內心真是煩躁到極點。

「永別了，普克中尉。」維文長嘆了一口氣。

「唉，你怎麼又跟來了呢？」導師蹲在地上，與年幼的維文相同高度。他以輕柔的口吻問：「不是叫你先回學院嗎？」

維文噙著眼淚，手抓著導師的衣角不肯放。

「傷腦筋。」導師也不知道該怎麼安慰維文，因此非常苦惱。「你真是比起其他同齡的小孩還要晚熟。維文啊！你應該要學會獨立一點。」

「和我一起回家。」維文噘起嘴說。

「不行，老師還有事要做，你就先自己回去吧！」導師輕撫著維文的頭髮。

「不要。」維文拗著性子不肯離開。

導師也沒辦法，只能留下維文，自己走入會議室內。

「你好，我來遲了。」導師和參與會議者一一握手。

時間流逝。等到會議結束，導師整理完資料後也準備離開。

維文不知道平安回去了沒？導師一顆心總是懸吊著。

當他一步出會議室後，簡直啼笑皆非。維文竟然蹲坐在外，一個人瑟縮在牆角。

他就這麼等待著，一直等到會議時間結束。

「你真是……」導師噗嗤一聲，無奈的苦笑。
維文衝上去，緊緊抱住導師的腿。
「好，乖乖。」導師蹲下來抱起維文。「我們回去好不好？」
維文點頭，導師拿手帕幫他將鼻涕擦乾淨。
「你怎麼那麼膽小呢？那以後怎麼辦？」導師一邊抱著維文走路，一邊笑著問維文。
「你會幫我。」維文肯定的回答。
「萬一我沒辦法幫你了呢？萬一你一個人遇到魔狼呢？」導師開玩笑地說：「還有那個會吃人的奇羅花、還有惡魔的信奉者、還有安茲羅瑟人。」
「你會幫我。」維文還是同樣的回答。
導師哈哈大笑，他們繼續朝著回家的路前進。
只是……不知道什麼時候，前方的道路卻被什麼都看不見的黑暗吞沒。
導師靜靜的將維文放下，然後一個人獨自走向黑暗深淵。
在他的身體完全被漆黑吞沒前，導師仍然記得回過頭看向維文並給他一個溫暖的笑容。
維文流下眼淚了。
……怎麼回事？
「呃啊！」維文從疼痛中轉醒，他已經記不得自己怎麼睡著的。
維文看著左肩的傷已經好的差不多了，應該要繼續完成他的任務。

也許是受到夢境的影響，維文表情還有些悵然若失。這時，他發現自己的臉上似乎有些濕氣，他下意識的用手去擦拭，結果手指卻是呈現鮮紅的顏色。

我的眼睛流血了？維文納悶著，他趕緊拿手帕將臉擦乾淨。

維文拿起通訊器，「這裡是維文．葛，亞凱你們的隊伍究竟什麼時候會到？我等待的太久了。」

通訊器沒有任何回應，迴響在四周圍的只剩維文發話過後的回音。

這棟豪華的建築物曾是阿特納爾政治的中心，高官權貴們顯擺、發言、指揮、行政、議事的重地；現在則是覆滿怪異生命組織的房子。它的外形就猶如一隻龐大不會動的噬人怪物，市政廳敞開的大門就像張口等待獵物自己送上來般。冷清、詭異、恐怖等形容詞都不足以完全描繪出市政廳現在帶給維文的感覺。

「是死門；也是不歸路。」維文喃喃地說。

就在此地了吧？通往那個惡魔領主巢穴的唯一路徑。維文覺得要往前再邁進一步都是難事。

如果說世事都有始有終，那麼此地會不會就是這場鬧劇的落幕呢？

唯一的目標，人生的目的。假如連這個剩下來的信念都在此因為失敗而結束，維文有什麼面目到裂面空間面對他的兄弟以及他的導師？

「叫你拯救人質，你卻讓人質全死光了。你怎麼辦事的？」長官光火的罵著維文。

「他們要我放下武器，否則就對人質不利。」維文回答：「所以人質全死，我也將敵人全殺了。報告長官，任務完成。」

那長官暴怒，右手大力的拍擊木桌。「你也算是神官嗎？沒修過神心教育的課程嗎？拯救的行動一切以人質的安危為主，你卻置之不理是對的嗎？」

「我若因此而死才是不對。」維文面無表情的反駁：「若亞蘭納這個世界可以決定一切事物，『它』肯定會選擇我而不是那些毫無還手餘地的人質。為了亞蘭納人的未來，任何人都可以犧牲。」

「你說什麼？為了亞蘭納的未來？少往臉上貼金。」長官罵不停口。

「是，我的理由過於堂皇。」維文嘴角微揚。「什麼人死我都無所謂了，我沒有多餘的眼淚可以流，也沒多餘的時間可以為這些人哀傷的禱告。」

「什麼？」長官有些愕然。

「我什麼都失去了。我能為亞蘭納做的事就是我還存活下來並盡量完成你們給我的指示，這算是你們栽培我的回報。至於我能為我自己做的，就是送上那兇手的首級來悼祭我的兄弟。」

長官看著維文認真的表情，以及他那一雙冷冰冰的眼神，一時感到啞口無言。

「好了。」維文慢慢走入市政廳中。

維文在市政廳保留的陵墓挖掘場報告紀錄中發現一些端倪。

「我們在挖掘的過程發現了一些古老的石板，上面似乎記述著一些有關天神的事跡。但是因為石板歷史悠久再加上文字模糊導致辨識度不足，因此在沒有完整的研究報告出來前只好先由古物鑑定人員保管。」

「在更底層處發現了似乎是神殿的遺跡，這令我們十分訝異。我們立刻回報拉札莫斯先生，之後先生下達了務必保留遺跡完整的命令。初步觀察的結果，神殿內的空間出乎意外的龐大，裡面有一些異樣的結晶物，還有幾個我們研究小組未曾見過的法陣、圖騰。在探索神殿時的氣氛十分壓抑，空氣中飄著腐臭味，在場的人員都表示有一種被人窺視的感覺。雖然懂神力法術的工作人員表示沒感受到神力的存在，但是大家心中總有不安的感覺。」

拉札莫斯回覆報告：「做事不要捕風捉影，請確實認真的負責你們該盡的工作責任。在經過正式發表之前不需要回報太多你的個人想法，同時命令鑑識組的人快點分析出土的古物。接下來的工作請如實繼續回報，但是務必維持你的專業水準，別讓我再重複提醒你。」

「神殿的建築結構開始有分離的現象，初步判斷有可能是所在的地層不穩定。但這是非常奇怪的事，工程人員在事前已經調查過神殿的構造與建築技術都是非常的堅固穩定，也許是有外力介入的關係。另外在更深層的地方，那裡某些石垣被不明的組織開始覆蓋，看起來就像是活生生的生物一樣。為了安全起見已經先拉起封鎖線，不過最近發現那些組織有逐步擴張的趨勢。」

拉札莫斯回覆報告：「知道了，明天我會派人過去了解。」

「石板雕刻的掃描分析結果出爐，部分記載著宙源與七大世界的相關地圖資料。另外上面的圖象並不是我們所知的十二天神，目前尚無法判斷圖象表達的意思。」

維文拿起雕刻的照片觀看，似乎是某個打鬥的情景被當初雕刻的人看到，所以才刻下的石板紀錄。石板上的怪物十分巨大，而與怪物對戰的一群人顯得很渺小。雖然因為模糊而看不清楚人物的面貌與服裝特徵，但可以確定並不是亞蘭納人。

「石板雕刻經過電腦還原並列印成彩圖。我已經將相片發過去給你，好好的和古物學會的學者們研究並討論出結果，拉札莫斯顧問開始催促任務的進度了，別讓我難做。」

維文四處翻找，一下就讓他找到石板雕刻還原的彩色相片。

不看還好，一看著實讓他驚心動魄。這是多麼可怕的構圖，宛如煉獄場景呈現在眼前。

那巨大的怪物確實醜惡，但那些攻擊牠的一群人卻也長得歪七扭八，不成人形。其中一位向怪物發動攻擊之人的長相更是令維文驚心的主因；與那個惡魔領主簡直一模一樣。

會是巧合嗎？

石板的年代分析為三千三百多年前。亞蘭納人有記述的歷史也只有三千多年，在歷史之前所發生的事別說是維文本人，連阿特納爾的學者們也討論不出結果。究竟是什麼樣的因素會在亞蘭納的世界出現這樣的石板構圖？

維文不禁想起那惡魔臨走前留下的一句話：「蒼冥七界的歷史並沒有你們亞蘭納的存在。」

畢竟維文不是歷史學者，這也不是他感興趣的主題，於是他默默的將照片收入口袋，接著繼續往市政廳的其他場所調查。

「安茲羅瑟人稱他們的王叫哈魯路托。」

維文舉手發問：「請問那四個字的意思是什麼？」

導師回答：「據說代表的是——統御四方的王者。」

「原來如此。」維文詳細的將授課內容抄下。

「安茲羅瑟人是很注重階級與血統的種族，他們將階級分成十二階。」

「又沒多少人見過安茲羅瑟人，怎麼知道他們分成十二階？」維文又問。

「書上這麼記錄的。」導師回答。

「那是依照什麼道理分階段的呢？」

「維文，上課要認真，別問一些有的沒有的。」導師做出又氣又沉悶的表情。

「我就是不知道才發問。」維文無辜地說。

「因為你問的問題我也不知道。」導師聳著肩小聲的回答。

直到維文長大成人，然後被徵召為五國聯盟的行動指揮官。在他們某次會議結束的下午茶時間，維文、亞凱、貝爾、艾列金四人正胡亂閒聊。

「安茲羅瑟人階級？當然知道啊！我們這邊還有一個很好的例子，那個貝爾……」

艾列金話還沒說完，亞凱已經朝他的腦門打了一巴掌。艾列金頭上的尖舌帽掉在地上，而他也痛得直摸頭，正想脫口抱怨亞凱的粗魯行為。雖然艾列金臉上戴著時髦的墨鏡，但是仍然可以讀出亞凱的神情；他正叫艾列金閉嘴。

維文看著這一切總覺得很莫名其妙，這三個來自安普尼頓的戰士似乎另有不便讓人知道的事情隱瞞著？

當事人貝爾留著平頭，金髮白皮膚體格強壯的他看起來就像是一名普通的士兵。不過在與他相處後才發現他話並不多，大部分的時間總拿著書在閱讀，一點也沒有戰士的氣息。他只是默默的看著亞凱和艾列金滑稽的上演鬧劇，似乎對他們提到自己也沒什麼太大的反應。

「階級是按照統御能力來區分。」亞凱說。「在安茲羅瑟中越有能力指揮多個軍團的人，他的階級必定越高。雖然通常和自身實力強弱也有相關，但不是絕對。」

維文回憶著以前的往事，不知不覺已經來到市政廳後方的陵墓挖掘場。

市長米約在這個地方想挖掘一個龐大的墓地，怎麼想都不正常。尤其當他又調動那麼大量的人力與物力來進行挖掘工作，想不被注意都十分困難。

維文沿著施工路線走入挖掘場。

一具白骨坐在工地辦公室內，它的手臂平擺在電腦上，看起來是在臨終前打算發出求救的訊息，不過卻沒來得及發送出去。

這真是一個莫名其妙的地方。

維文站在工地的鷹架上由高處往下看，那個挖掘的洞穴口直徑有將近七十米，深度則看不見底。到底是怎麼樣的一個瘋子會挖這種大洞來埋葬自己？這也證明對外所宣稱的陵墓建造工程都是拉札莫斯用來瞞騙世人的說法。

維文順著鐵階梯往下走，洞內每隔數公尺就有照明設備，還不至於讓幽暗遮蔽雙眼。越往下走，那令人窒息的氣氛與無形的壓力一再的讓維文身心備受煎熬。儘管到目前為止這一路走來都平靜無波，維文卻因為洞底傳來的強大神力而感到全身乏力。支持著他繼續往下走的，只有他自己也覺得很可笑的復仇信念。

階梯到一定的深度就不再往下延伸，但是更底層處仍然有類似人工設施的平臺，維文正納悶其他人究竟是怎麼往更深處移動的。

維文懶得再尋找其他路徑，他看準平臺的距離，從高處一躍而下跳到平臺上。當維文打算再繼續往下跳時，背後有微弱的聲音叫住他。

「請……請等等。」這聲音聽來有點熟悉，維文看到平臺後方有一些散落在地的武器以及裝備。更仔細一看似乎有個人正倚著牆邊癱坐在地，看起來軟弱無力的樣子。

「你是？」維文雖然感到有點疑惑，但是他覺得自己不會猜錯。這個人正是之前將他從爆炸中救出來的三名天界人之一，現在則是背部的光之翼消失，像個敗戰的士兵一樣頹廢。

「這……這個。」天界人將一塊六面角錐柱狀形水晶遞給維文，接著有氣無力地說：

「亞……亞基拉爾，阻……阻止。」

「你說的是誰？」維文完全搞不清楚狀況。

天界人的手一放、頭一沉，隨後他的肉體就像乾冰昇華般消失無蹤，遺留下的只剩他生前穿在身上的裝備以及佩帶的武器。

維文看著其他散落在地的裝備，他終於明白剩下兩名天界人去了何方。這也是他第一次見到天界人死在自己的面前，不留下任何皮囊，只剩下那不存在的意念留在維文的心中。

那個惡魔領主將天界人殺害了，維文現在充滿更多的無力感，而通訊器依然沒有任何回應。

維文在此刻抬頭已經看不見來時的入口，往下也看不到盡頭，環顧四周不見人影，寒風由洞底吹起令他格外感到冰冷刺骨。

文件上提到的神殿遺址，維文花費了多少力氣才終於到達？

它的外觀十分陳舊，而且非常奇特，維文從來沒有見過這種樣式的建築物。因為已經事先被人探查過，因此神殿內外被裝置不少照明設備，視線還算清晰。遺址內留有不少研究用的機器，以及臨時的醫療站及辦公室。設施這麼齊全，卻不見半個人影。室內的空間確實很大，可是這樣更顯得十分冷清。現在這個地方唯一能聽到的只有來自維文腳步聲的回音。

天花板因為結構不穩而剝落掉下，雖然沒砸中維文，卻讓他嚇了一跳。

虛驚一場，正當維文要繼續前進時，走沒幾步路就發現眼前多了一具屍體橫躺在地。看到那野獸模樣的頭部就可以確定死者是名安茲羅瑟人。只是與先前所見的怪物略有不同，這名安茲羅瑟人遺留下的神力頗為強大卻依然橫死在此，他的身體正中央插著一支箭，除此之外沒有其他外傷。

這支箭會和擊落五國聯盟飛鷹運輸機的箭矢相同嗎？維文不便貿然拔出箭支觀看，於是他停佇一會，確定這名惡魔沒了氣息，也沒更進一步的發現，維文這才轉頭離去。

最後，維文來到一扇會發出金色光芒，外觀看起來很華麗的石門之前，門扉上方刻著詭異又莫名的圖案。維文稍微端詳這扇石門，然後將石門上的古老文字朗誦出來：「人們自剜雙眼躲避無時不在的恐懼，穿越往昔之間的目光卻依然在注視著，直到內心崩潰為止。」

維文沒有在任何的書籍或經典讀過這段話，自然不知道語意。

仔細一想，一開始就不應該相信阿特納爾研究員的報告，因為他們的水準也就如此。

這棟建築物內室的空間太大了，一路上也沒見到任何天神的神像，完全不像是祭祀、參拜的場所。反而倒像是比較小型的堡壘或是某個人的棲身之處。門扉上的眼睛雕飾正像活物般盯著維文，被思緒攪亂的維文一時感到惡寒，人生中所有不好的回憶片段馬上湧入腦海，像觸電的感覺刺激著他。

維文踉蹌的往後退了三步，就差沒跌倒。他不願再待在這片奇異的石門前，於是使出力氣將厚重的門扉推開。

「花了不少時間等待，獵物上門的過程還真是非常無聊，卻也叫人滿心愉悅。」惡魔領主端坐在他的王座上說。

維文訝異他所在的地方，這與石門外簡直是兩個截然不同的空間。他現在待著的房間就像是「飄浮」的土地，圍繞著這塊圓形土地的則是一片炙熱的岩漿，房間上方倒立著一根又一根的石尖柱，房間中央畫有大型的不知名法陣圖案。

維文吃驚的走下臺階，慢慢的往中央移動。地面的裂痕不斷送上熱氣，維文還沒任何激烈的動作卻已經被汗水沁濕衣襟。

惡魔領主離開王座，向維文走去。

「來，這是你豁盡生命的死戰。」惡魔領主高大的身軀帶著強烈的壓迫感。

維文咽了一口口水，他怎麼會不知道這是生死賭注的戰鬥？看著神態自若的對方，恐怕這位惡魔只將現在的比鬥當成是遊戲的一環。

看什麼玩笑？你以為我是為了什麼而站在此的？維文恨意高漲，在他的想法出現前，他的身體已經衝至惡魔的左前方，舉起銀劍連續三下橫劈。

惡魔輕鬆的用左手掌擋下，等劍勢一過，他立刻回手反擊，維文被撞退十步的距離。

第二回開始，維文用盡力氣不顧一切的衝上前。

惡魔領主訕笑著。他奮力的揮動他巨大的手掌往前拍擊；忽然，他的表情變了。也許是自以為剛剛那一擊可以輕鬆擊中看似衝動又不經思慮的維文吧？惡魔愣了數秒，維文的影子就這麼消失在眼前。

真正的維文繞到惡魔的後方，他揮動加注神力後閃閃發光的銀劍砍向惡魔的頸部。

銀劍接觸到惡魔的皮膚後，發出清脆的敲擊聲。

惡魔怒哼一聲，揪住維文的衣領將他像垃圾似的扔出去。在維文還沒落地之前，惡魔的口中激放紅芒，射出血紅的光波。維文落地的姿勢不好，眼看就要在毫無防備的情況下硬挨這一記。

「願坦海恩的祝福加注吾身……」亞凱口中朗誦著咒文，隨之挺身擋住殺招，防護罩與紅光相衝，整個房間發出強烈的昊光。衝擊連帶捲動風的流向，亞凱紅色的短髮與披風不斷飄動著。而他身上的銀製護胸則反射著神力衝擊的光芒，雙手的袖口皆被熱能燒破。

「真是要命。」亞凱成功擋下後，不斷對著手掌吹氣。「我的手掌可燙死了。」

「反衝護障沒將招式反彈回去？你這施展的不正是高階神力法術嗎？」維文從地上站起，馬上進入戰鬥姿態。

「雙手還在已是萬幸了，你還冀望將對方的神力法術反彈？」亞凱大呼小叫著。「慘了，真是糟糕。這個傢伙不正是天界通緝的第一人嗎？簡直是抽中鬼牌。」

「其他人呢？」維文問。

「就快到了，我擔心著你所以先脫隊，步伐快了很多。」

惡魔不理會半途加入的亞凱，舉起雙手對著兩人，他的手指隨之發出熱線掃向維文。

維文眼明身快，往後跳開，卻被惡魔無限伸長的右臂突然掐住脖子，直往岩漿裡撞去。

亞凱射出一記白色光彈打中惡魔的手臂，這才將維文從危境中救出。

「可怕，利用身體的熱度就能做出這樣的攻擊。」亞凱以右手脫下因為剛被熱線掃過而變成累贅的護胸。

確實是很厲害的人物，但是維文心中卻充滿不解。為什麼這名惡魔前後帶給他的壓力會差那麼多呢？仔細回想……以前在大屠殺時，那些死亡的弟兄們似乎都有一個同樣的死法，以及飛鷹運輸機被擊落那時的情況，最後他想起不久前看到的安茲羅瑟人屍體。

「你……你的弓呢？」維文試探性的問。

「不需要用到。」惡魔直截了當的回答。

不對，直覺告訴維文，這並不是同一名安茲羅瑟人。

「亞凱，你怎麼能先過來？」穿過石門，一名金色長髮，頭戴尖舌帽的男子也走入房間。

「惡魔，我是艾列金．路易，請讓我也加入戰鬥。」艾列金雙手不知何時各變出一柄短匕。

熱氣蒸騰，房間內的四個人各站不同方位，較為巨大的安茲羅瑟人則接收其餘三人敵視的目光。

「這片寬闊的墓穴真是熱鬧呢！」惡魔說。「既然是好朋友，那你們就一同沉入裂面空間下吧！」惡魔雙眼射出激光擊落艾列金向他投擲的飛刀並以強壯的尾巴將衝上來的維文格開。

其餘兩人注意到惡魔領主似乎並不是無堅不摧，集合三人之力將使得他疲於應付。

維文的速度更快了，化成三道無比快速的影子，將惡魔困在中心並合力攻擊。

惡魔領主想移動，腳掌卻又被亞凱發出的神力靈網包住。

艾列金貫注全部神力，瞄準惡魔的死角再射出三支飛刀。

默契十足且攻勢連綿不斷的三個人終於讓惡魔吃到苦頭，艾列金的三支飛刀雖然仍沒擊中致命點，但卻都深深的插入惡魔的背部。

惡魔因疼痛咆哮著。「別洋洋得意。」以惡魔自身為中心，突然形成一股強大的神力風暴同時將三人的身體吹了出去。

眼看將要落入岩漿內，維文以銀劍插地逃過一劫。艾列金背靠著石門，似乎因為他的背部直接撞上牆壁的關係，現在仍然倒在地上。亞凱施展飄浮術在岩漿上方騰空飄著。

惡魔的口中發出紅光，他故計重施再度對準維文射出紅色的光波。

維文雙手緊握銀劍，然後高舉過頭再用力的揮下，劍風混合神力形成令人目眩的銀色簾幕與紅色光波正面衝擊。光波被切開的同時能量隨之消散，而穿越光波的神力法術繼續朝著惡魔本體前進。

惡魔閃避不及被神力法術切成兩半，在他的復原能力還來不及讓傷口癒合前，維文已經舉起魔族軍火並朝著惡魔射出綠色的死亡光彈。

這時，惡魔的身體跳出兩道黑影，綠色光彈雖然正中且消滅目標，不過好像沒有完全達到維文想要的效果。

維文瞪眼一看，他們不正是在警備署中隨著惡魔領主離去的三名安茲羅瑟人嗎？

「原來是騙術，三個人合成單一個體再經過偽裝。」亞凱從空中降下。

餘下的兩名惡魔跳到房間上方，將滿是石尖柱的岩壁鑿破後遁逃。

真正的敵人還沒現身，陷入這場騙局的維文帶著忐忑不安的心情離開挖掘場。他一直覺得有一種邪惡的感覺在引導他，好像在耍著他玩。

「沒事嗎？」貝爾帶著部隊等在挖掘場外面，一見到三人平安無事出來後立刻上前關心。

「這個笨蛋傷到背部，然後維文受了點輕傷，我倒是沒事。」亞凱架著艾列金費力的走到部隊前方。「喂！醫官來治一下這個白癡。」亞凱將艾列金往前一推，艾列金身體不穩直接往前方跌倒。

「這是對傷者的態度嗎？」艾列金破口大罵。

來了，黑暗的力量直襲維文的心頭。

「你的表情怎麼了？你不舒服嗎？」貝爾察覺到維文的異樣。

「你們……你們沒感到到這股氣息嗎？」

亞凱等人回頭望著維文，大家都一臉莫名其妙。

維文終於明白，這股惡念只是單單針對他而來的，其他人都感受不到。

「維文，幸好你沒事。」熟悉的聲音在耳邊迴繞。

維文注視著那個站在貝爾後方的男人。「藍道爾，你還活著？」維文瞇著眼，目光凌厲的看著藍道爾。

「我們的人在警備署發現倒臥在地的他。」貝爾回答。

「是的，我還活著。」藍道爾露齒微笑。

「警備署？」維文疑惑的看著藍道爾。眼前的這個男人，從他身上放出的妖異之力毫無保留的直衝維文。

「一直挑釁我的就是你吧？」維文舉劍砍向藍道爾，劍刃從藍道爾的左肩靠近頸部的地方落下，直接切至腹部。

藍道爾中劍後隨即倒地，血如河流般流向四面八方，像是一朵綻放的紅色花朵。

貝爾從後方抱住維文，大叫著：「等一下，你瘋了嗎？」

所有的士兵皆因維文的舉動而愣住。

亞凱則表情凝重的看著藍道爾。

「起來，別裝蒜。」維文對藍道爾大聲吼著。

哼——藍道爾發出一聲悶哼，接著身體慢慢的從地上浮至半空。他的身體逐漸裂開，越來越巨大的黑影開始張牙舞爪的伸展。

寂靜無聲的眾人只能沉默且怔怔的看著這一切的發生。

「別光看，快阻止亞基拉爾。」五名鼓動著光之翼的天界人突然出現半空之上並朝藍道爾使用神力法術攻擊。

所有的士兵這才如大夢初醒，紛紛拿起槍械向藍道爾射擊，而懂神力法術的戰士也和天界人一樣使用遠程神力法術攻向藍道爾的身體。

艾列金射出四支附帶神力的飛刀、亞凱舉起法杖，翻掌之間化出一顆神力光彈攻擊。

然而這些攻擊僅只是將藍道爾的外殼加速擊碎，惡魔領主雖然身中如雨般飛來的子彈及神力法術，卻在轉瞬間又恢復原狀。

「真正的藍道爾死了嗎？」維文皺起眉頭問。

惡魔領主發出瘖啞的聲音。「是的，早在他進攻市政廳時。」

打從維文一開始遇到的藍道爾就已經是惡魔領主的偽裝。「為什麼你不一開始就殺了我？」維文問。

「那麼遊戲的樂趣何在？」惡魔領主說：「何況我也希望讓你們自己親眼看看陵墓底下的真相，現在你們都明白了嗎？」

貝爾哀聲地說：「他的力量——恐怕他的位階僅次於哈魯路托，這下麻煩了。」

惡魔盯著維文，他的目光完全令維文動彈不得。不會錯的，和大屠殺時一模一樣的感覺，同樣的顫慄、同樣的恐懼、同樣的讓人感到全身麻痺。

惡魔移開他的目光，他伸展右手的手掌，隨即變出一把華麗的金色巨弓。那把弓狀似一隻展開黃金雙翼的鳥般栩栩如生，弓背比惡魔的半身還要大；奇怪的是弓上並沒有弓弦。總之，是一把與那名惡魔本身不相稱的美麗武器。

惡魔領主身著重鎧甲，可是行動時卻一點也沒有遲緩。他拍動背後的箭袋，接著彈起一支箭矢。箭矢迴轉一圈後搭上無弦的弓，惡魔以漂亮的姿勢張弓對準天際，然後發出疾風流星似的一箭。那支箭矢隨即穿過一名天界人的身體，之後箭道卻沒筆直的朝著原來的路徑飛去，反而像是有自我意識般，瞬間又穿過其餘四名天界人的身體。僅僅射出一箭，五名天界人就化為塵煙。

「這個怪物！」亞凱揮動法杖，使出接連不斷的神力飛彈攻向惡魔。

「我叫亞基拉爾．翔，注意你的用詞。」惡魔以身體為肉盾完全接下亞凱的攻擊，接著對他說：「記好我的名字，然後永遠長眠於此。」亞基拉爾揚弓搭箭，對準一名士兵。「其他人別礙手礙腳。」射出的箭支準確無誤地擊中那士兵的心窩。

本以為對方就是單純中箭，沒想到那名士兵的身體爆開後，飛濺出來的血液也變成銳利的箭矢射死了更多士兵。宛如倒塌的骨牌，被血箭射中的其他人同樣也是爆炸開來，血液變成箭矢飛射而出。那些擺出陣列又特別集中的戰士們，通通都沒有辦法躲過災厄。

亞基拉爾再一次朝天射出可怕的一箭。箭矢凌空飛去，然後變成如黑流的漩渦在高空迴轉著。漩渦接著又化成無數的黑箭，朝地面下起了箭雨。沒中血箭而死的士兵反而在這波黑色箭雨過後全數死亡。剩下來的就是用神力勉強擋下箭雨的維文等四人。

「這……這還需要再戰下去嗎？沒有意義了吧？我們全都會死。」艾列金愣愣地說，這時他的臉上滿是斗大的冷汗。

亞基拉爾慢慢的移動腳步接近亞凱。

「混、混蛋，你以為我是最沒用的人就先針對我。」亞凱不斷的使用神力彈攻擊亞基拉爾。

亞基拉爾卻依然慢步走向亞凱，他既不閃也不躲，身體完全承受亞凱的攻擊。就算全身被亞凱的神力法術轟得滿目瘡痍，也是頃刻間的事，他立刻又變回毫髮無傷的樣子。

「怎……怎麼可能？世界上真的有打不死的人嗎？」隨著亞基拉爾越靠越近，亞凱內心恐慌到極點。

艾列金眼看亞凱處境危急，連發八支飛刀擊中亞基拉爾的頭部。

亞基拉爾冷笑著，他一支又一支的將插在腦中的飛刀抽出，丟到地上。

「不行了，這樣對他來說都毫無作用。」艾列金氣餒地說。

亞凱將神力集中於掌心，「不相信你都不會受傷。」隨後發出強大的一招，神力光彈的威力將亞基拉爾的頭化成粉末並隨後將惡魔身後方的建築物轟出一個大窟窿。

亞基拉爾停住了腳步，身體卻沒有倒落地面。失去腦袋的他依舊直挺挺的站著不動，看起來十分詭異。

死了嗎？這個疑問充斥在現場的四人心中。

「嘻！」亞基拉爾的頭部生出肉塊，不到一會就變回原來的頭部。

亞凱連吃驚的時間都沒有，為了自己的生命，他將法杖插在地面，雙手掌心泛著白光，臉上浮現青筋。

「你是我見過的亞蘭納人中，少數的強者之一。豁盡全力雙手同時運使兩種截然不同的神力法術，這種力量即使是我也不可能無傷而退。」亞基拉爾說：「但是你還有力氣嗎？」

正如亞基拉爾的計算，亞凱體力達到極限，勉強使出超過身體負荷的神力法術只是徒增他的內傷。「咳咳……」亞凱氣空力盡，手撫著左胸，口中咳出鮮血。

亞基拉爾低空一箭，射穿亞凱的左膝。

只見亞凱半跪在地，一臉難受的模樣。「你明明可以直接射殺我，卻只是射穿我一條腿，你是什麼意思？」

「別急，墓穴多的是。」神弓搭上箭矢，再次對準亞凱的額頭。

就在這個危急的時候，亞基拉爾後腳跟處冒出無數鮮紅的尖刺，將他的身體刺上半空。貝爾施展神力法術，然後迅速架起亞凱後逃離現場。

紅色尖刺消失，亞基拉爾安然的落地，他轉頭帶著笑容看向維文。「你那些膽小的朋友全逃了，你呢？還嚇得不敢動嗎？」

維文緊握雙拳，力道大到連掌心都讓指尖刺破，染上微微鮮紅。「誰……誰用你多嘴。」受到對方言語的刺激，維文一鼓作氣，揮動銀劍砍殺。但不論怎麼攻擊，結果都是一樣，被劃開的傷口又立刻復原。

「好好的看著你的敵人，然後將長劍刺入他的致命處。」

「閉嘴！」維文銀劍揮落，銀色劍波劃向亞基拉爾，將他龐大的身體連同鎧甲輕鬆切開。

「哼，該死的東西，該死的東西。」維文喘著氣，滿臉是汗。

「哈哈哈，再來。」亞基拉爾的神態就像是小孩子在嬉戲玩耍。

維文發怒了，他對著亞基拉爾拿起魔族軍火並扣下發射鍵射出綠色光彈。亞基拉爾正面迎擊卻不倒，維文怕他不死因此再扣下扳機，最後一發魔族軍火的彈藥就這樣耗盡。

當綠光完全散去，沒想到身中兩發魔族軍火的子彈後，亞基拉爾仍然毫髮未傷。

「這東西可怕到我不敢以肉身硬接。」亞基拉爾笑著。「若不是及時張開防護結界，我可能會身受重傷。」

維文簡直不敢相信他會完好無缺，這真是在自己胡亂的操作下白白浪費了最好的武器。

亞基拉爾此時舉起看似無力的右手臂，沒想到從手背處射出暗器，打碎維文的右側肩胛骨。

「我留你一命，你的表現卻不能讓我滿意。」亞基拉爾身上剛剛被維文切開過的傷口正快速的癒合。瞬間，亞基拉爾再射出左手臂的暗器，這一次貫穿了維文的左大腿。維文癱軟在地，手拄著銀劍撐住身體。

「你的不死者之身呢？站起來，讓我看看你是不是真的不會死。」亞基拉爾輕蔑的看著維文。「站起來，繼續向我攻擊，戰士要有戰士的樣子。快起來！你是人還是蟲呢？」

維文扭曲的臉繼續瞪著亞基拉爾，口中因痛苦而發出嗚咽聲。

「你還好嗎？」貝爾讓亞凱背靠著牆坐下。

「跟在你們身後逃走，我的背傷又更痛了。」艾列金坐在一邊，不斷用手按摩著後背。

「維文呢？他還留在原地嗎？」貝爾環顧四周沒看到維文而感到著急。

「逃命時顧不了那麼多。」艾列金正小心翼翼的警戒著道路，深怕亞基拉爾從後方追擊。

「恐怕來不及了，我們得自尋生路。」亞凱面色蒼白，氣虛無力地說：「這已經不能稱為戰鬥，而是一面倒的屠殺！阿特納爾的收復任務徹底失敗了，活著的我們既見證了安茲羅瑟高階惡魔的厲害，更要回去盡我們的義務完整報告這裡發生的一切。」

「被人民寄予厚望的我們怎麼能這樣臨陣脫逃？我們仍然是人民心目中的英雄嗎？」貝爾不能認同他們那種自私的念頭。

「今日強出頭的英雄，來日冥途上的亡魂。」艾列金哼道：「逞一時之快的英雄也不能為這個世界改變什麼，不過是墓碑上多添一個姓名。」此刻艾列金的通信器響起，在場的三人唯有他身上還攜帶著通訊工具。「做什麼？」艾列金不耐煩的問。「當然是我，連我是誰都不知道嗎？……等等你說什麼？你們怎麼可以這樣，那還活著的我們該怎麼辦？」

「發生什麼事？」貝爾聽完艾列金的通話後，雖然不明白實際的內容，但已經有一種不好的預感。

「五國聯盟高層已經知道阿特納爾變成死城是因為安茲羅瑟人的關係，為了阻止這個地方成為安茲羅瑟人的傳送點，以及防止黑暗的擴散……」艾列金講到此，他的音量越來越小。

「然後呢？我們被犧牲掉了？」貝爾猜測。

艾列金點頭。「三十分鐘後將由米夏王國發射一枚克洛夫型銀龍飛彈，五國聯盟將澈底放棄阿特納爾復興的黎明。」

「那……那不是核子武器嗎？」亞凱面有不甘，但已經無力生氣。

「是席列巴托的提議，他們不能讓這種怪物接近五國聯盟的邊防。」艾列金低著頭，抿著嘴唇說。

三人正苦惱之時，一支天外飛來的箭矢擊中離他們不遠處的一棟三十多層高樓，接著發出轟天巨響，高樓也在箭矢的破壞後應聲而倒塌。

亞凱苦笑的看著。「我們……咳咳，我們還能活著離開嗎？」

貝爾完全目瞪口呆的看向倒塌的高樓。

「他知道我們所在的位置，卻還故意射歪。」艾列金轉身搖著貝爾的肩膀。「清醒點貝爾，現在我們三人的活路全靠你。」

貝爾這時反應過來，露出傻愣的神情。「你說什麼？」

「這樣折磨人，還不如直接給他們一箭來得痛快。」維文對亞基拉爾的做法不屑到極點。

「何必浪費你的力氣去擔心別人？」亞基拉爾站在維文身旁，以睥睨的眼神看著半跪在地上的維文。「天神的光輝是不會施捨給弱者。」亞基拉爾以腳掌踩著維文的臉羞辱他。

「哼，你從以前到現在都沒變，仗著強大的力量欺壓弱勢的人。」維文將臉從腳掌下用力移開。

「征服無能為力的我們你會感到很愉悅嗎？」

「歷史的慘劇一直以來都是如此，你還不了解何謂鬥爭嗎？外來種。」

「會有人阻止你的瘋狂行為，即使那人不是我。」維文說：「五國聯盟遠比你想得更為強盛。惡魔，別小看我們。」

「寄養的寵物得到更好的照料，認不得原來的主人也是理所當然。不過你也記好我的話，亞蘭納的興亡一直都在我翻掌之間。」

「儘管胡扯吧！」

「沒關係，反正這也是遊戲中的一些點綴。」亞基拉爾用他那張恐怖的臉微笑著。「但這次的情況例外，你和我不過都是騙局的受害者。差別在於，我是自願上當；而你們是愚蠢無知。對這個要我殞命的遊戲來說顯然是設計失當，因為我的對手簡直不堪一擊。」

「你這話是什麼意思？」

「就這樣吧！」亞基拉爾揮著手。「還有，在安茲羅瑟的世界中我只是一名微不足道的前鋒、不值一提的戰士。」

從地底逃出的兩名安茲羅瑟人也來到他們對戰的現場。

「陛下，這個半死不活的人就交給我們處理。」他們以鞠躬的姿勢向亞基拉爾請示這項要求。

「可以。」亞基拉爾同意的點頭。

維文顫抖的左手伸入內袋中，接著拿出長型的鐵製盒子。他將盒蓋擊地敲開，裡面裝著一支注射器。

亞基拉爾露出尖齒笑著：「這就對了，沒有抱著賭注生命的覺悟，就沒有上戰場的資格。」

「願雙子之神保佑。」維文用牙齒將手中針筒上的針蓋咬掉，然後毫不猶豫的將針扎入頸動脈中。

「不死者特調藥劑，具有增強恢復能力、筋力、體力、強化精神等功能，但是這種異常增加新陳代謝的東西將使你的身體走向毀滅。」

「你很了解。」維文身上的傷痕加速復原中。

眼看維文做出奇特的舉動，兩名安茲羅瑟戰士也不約而同的左右夾攻他。

銀芒在黑暗的空間劃出兩道迅速又平直的軌跡，兩名安茲羅瑟戰士的身體被切開後，伴隨著銀白色淒厲的火焰消失的無影無蹤，連哀嚎的時間都沒有。

「哈哈，這才不枉我將時間浪費在等待上，還陪你們演一齣無聊的悲劇。」亞基拉爾舉起神弓並搭上箭矢要射擊維文；不料，維文的速度出乎他的預期，他已經快速的起身而且以銀劍斬下亞基拉爾的首級。

亞基拉爾倒退兩步，架在弓上的箭支同時射出且準確的擊碎維文的額頭。

「我沒有在那種情況下飛行過。」貝爾搖頭。

「你不能拒絕，否則我們只能坐以待斃。」艾列金憤慨地說：「上級要我們與阿特納爾一同沉入裂面空間中，我怎麼能接受？這裡不是我們這些勇士的葬身之地。」

「我……我可能沒辦法。」貝爾一臉為難。

「依照米夏王國到阿特納爾的距離來計算，飛彈到達的時間不超過半小時。時間是不等人的，你想要我與亞凱因為你的猶豫不決而斷魂嗎？」艾列金持續說服貝爾。

「貝……貝爾，我知道你不喜歡那種型態，但是你別忘記你自己背負著什麼。」亞凱因為內傷，說起話來感到十分費力。

貝爾低頭沉吟，不過他考慮的時間並沒有太久。只見他將身上的護甲與內衣脫下，接著弓起身體，不久他的背部滲出血絲，漸漸冒出奇特的肉翅。伴隨著貝爾疼痛的嘶吼，肉翅逐漸變大，如同一雙巨大的獸翼。貝爾的雙手各抓著亞凱與艾列金的手，他鼓動背後的獸翼，三個人的身體也逐漸離開地面並以緩慢的速度向天空飛去。

「這種速度太慢了，要是還來不及脫離阿特納爾的範圍，最後我們都會被爆炸的威力波及。」艾列金抱怨著。

「我的翅膀沒那麼有力，在安普尼頓時根本沒有機會飛行，現在光是拖著你們就搖搖欲墜，還求什麼速度？」貝爾滿頭大汗，看得出來他已經盡全力飛行。

「你不是擁有四分之一的安茲羅瑟人血統嗎？」艾列金哭喪著臉。「英雄不長命，難道我要葬身在這個滿是腐臭味的死城嗎？」

亞凱咳著血，有氣無力地說：「別……別再讓貝爾分神了。」

維文收回銀劍，他那被擊碎的額頭正快速復原，而且傷口恢復的速度已經足以媲美安茲羅瑟人的再生能力。

亞基拉爾的頭部被一團黑煙籠罩，看起來完全不像是這個世界的生物。「發揮你肉體的最後極限，為你的兄弟朋友報仇。來，繼續朝我攻擊過來。」

維文維持住戰鬥的架式，他的雙耳除了亞基拉爾的聲音外，還聽得到額頭的傷口再生時骨頭重組的奇特聲響。

亞基拉爾舉起弓，維文又再一次展現他的快速，將亞基拉爾的右手腕切下。

然而亞基拉爾也不甘示弱，他立刻以弓背當作鈍器將維文的身體擊飛出去。惡魔領主的這一記攻擊甚至於讓維文都聽見自己的肋骨爆開的聲音，但他卻沒有任何疼痛的感覺，這才是最可怕的事。

「你的攻擊很厲害，連我的身體都跟不上恢復的速度了。」亞基拉爾看著自己被一團黑煙覆蓋的右手腕。

不過，戰鬥仍然還沒結束。

維文與亞基拉爾互相搏鬥，兩人都倚賴著強大的恢復能力，對於敵手的攻擊全部照單收下，彼此不斷的消耗著生命力。

維文因傷而噴灑的鮮血幾乎將他們戰鬥的場所染成驚人又可怕的顏色。

亞基拉爾因為傷勢的形成又快又多，身體各部位飄著一絲又一絲的黑煙。在黑暗中維文只能看見那怪煙搖動的軌跡，而這些奇特的煙過一會就凝聚成亞基拉爾新的肉體。

聖戰士舉起誅魔的銀色長劍，發出更勝之前的強烈劍芒襲向惡魔領主。

這一次惡魔並沒有硬挨這記攻擊，他向側邊避開。

時間不多了，維文明白自己的身體無法再承受藥劑帶來的劇烈副作用。該怎麼辦呢？眼前的惡魔還保留多少實力？究竟要怎麼樣才能殺死他？我還會有勝算嗎？現實的情況不容允維文繼續冷靜的思考判斷情勢，就這樣直接進攻吧！

「表現得真是勇猛，但是你那副肉身還能維持多久呢？」亞基拉爾臉上繼續掛著險惡的笑容，接著說：「我是安茲羅瑟人中最無能的人。因為我不會用幻術迷惑人，也不會讀取人心。既不能飛翔，也不能隱身藏匿。我沒有召喚業火的能力，也沒有發出強力凍氣的能力。但主神是非常公平的，我也具備了一些其他人沒有的優勢，在你們亞蘭納之前，已足以橫掃這個世界。」

維文的臉上看不出疲態，耳中無法容納其他聲音，他雙眼專注著唯一的目標。

亞基拉爾向後拉開距離，以空隙換取勝機。而現在的維文再繼續負傷下去則對他越是不利，因為他就像一顆即將燃燒殆盡的火球。

一發偏右的箭支擊碎維文的右手，同時手中本來握著的銀劍也跟著彈飛出去。

暴喝一聲，維文揮動左拳採取近身戰。

「你這傻瓜！」亞基拉爾利爪穿過維文的心臟。「你的生命時間開始倒數了，殘酷的夢醒了沒？」

「還沒……至少、至少還有你……你會陪著我……」滿臉是血，維文仍揚起嘴角，露出得意的微笑。

察覺到怪異，亞基拉爾要伸回自己的手臂，卻被維文單手抓住不讓他稱心如意。這時，維文的身體組織馬上與亞基拉爾來不及收回的手臂黏合，兩人現在以最近的距離相望。

一陣刺痛，亞基拉爾這才發現維文拿著尖銳的六面角錐形水晶刺入他的心臟。「去死吧！這是某一位被你殺害的天界人要送給你的餞別禮。」

亞基拉爾發出野獸般的咕噥聲，他拚命的掙扎著，刺入惡魔體內的水晶體也發出耀眼的白光，那神聖的能量將要把惡魔的存在澈底淨化。

「我的使命就要結束。」維文看著在痛苦中翻騰的亞基拉爾，內心的陰霾總算是消散。「而你的世界也將要毀滅。」

天界的神器與惡魔身體的黑暗交互衝擊，維文眼前的亞基拉爾變成一個混雜著黑與白的蠕動物，那形態可說是這個世界上最詭異的東西。

「我贏了，我贏這個惡魔了，你們看見了嗎？」維文帶著欣喜的表情望著天空，往事不再只是回憶，現在就要終止這一切。

惡魔被澈底毀滅，他死了，再也回不來了。

「這是……我們的……勝利。」維文向後倒下，他身體的每一吋皮膚都失去了活力，變成如泥塊般的脆弱並隨著時間的逝去而逐步分解。最後，只剩上半身的他，露出滿足的笑容。

天空劃下一道流星的軌跡，時刻到了，我的願望也已經實現——維文安心地闔上雙眼。

隨著核彈的落下，阿特納爾在蕈狀雲的包覆之中沉入了裂面空間，這座死城已完全的消失在亞蘭納世界。

五國聯盟的收復行動到此終結，高層們承認並且宣布任務失敗。

# 北境

# 燃燒的城

那名囚犯背倚靠著牆，白衣又披頭散髮的他在這晦暗的牢房內看起來就像死氣沉沉的鬼魅般。他不發一語，低著頭不知是醒是睡。

遠處傳來腳步的踩踏聲，由遠至近，接著又傳來厚重的鐵門被打開的聲音。在金屬發出摩擦的短音之後，鐵柵門被輕啟，一道人影走入牢內。

「哼！」囚犯連頭都沒抬。

「大人，長老院已經正在討論關於您的罪行，不久判決就會發佈。」

「嗯。」囚犯有氣無力的回應著：「我不再是你的上司，只是一個帶罪之身，所以你也不必再加敬稱。」

「只是禮貌上……」拜權無奈地說：「假如大人您不固執己見，事態也不會變得那麼嚴重。」

「我雷赫不會沒出息到責備過去的自己，同時也不覺得我有任何的錯。」

拜權想再說些什麼，但是他並沒有把話說出口。兩人沉默了一會，隨後拜權走出房間，將牢門掩上後離開了監獄。

「雷赫那老頑固一定還是相同的回答對嗎？」求利笑著。

拜權沒有回應。他與求利兩人一同走在托佛沉樓區的街道上，一邊巡視一邊聊閒話。在拜權的認知裡，雷赫一直是很有能力的前輩，會提攜後進，對國家大事的處理也很有能力，對甸疆城來說是難得的人才。在議政廳內與他最熟稔的人莫過於自己，但不知道從什麼時候開始，兩人的友情漸漸疏遠了。

拜權明白雷赫只要認定了一件事後就會變得十分固執，任何人不管用什麼理由都很難說服他。這在甸疆城內是一件非常奇怪的事，城內上上下下無論是誰全都只對「真主」托賽因一心一意，全心全神的奉獻真主，大家相信只有真主才能帶領大家度過任何險關。

「住口！當全國軍民士氣高漲，堅決對抗外侮時就只有你唱反調，為什麼要和國民作對？」木鬚長老拍桌厲喝道。

「就是因為大家都不明白利害得失的關係我才反對。」雷赫說：「堅持對邯雨發動進攻計畫那無非就是要和暴君亞基拉爾・翔敵對，這種危險又不智的舉動絕對不可行，別拿甸疆城的存亡開玩笑。」

「你那麼懦弱，應該離開甸疆城，我相信到聖路之地任何一個地區都很適合你。」木鬚語帶嘲諷地說。

「我不是怕與邯雨開戰，但我也不見你們有任何周詳的計畫，這不是太魯莽了嗎？」雷赫說：「你們以為亞基拉爾是什麼人？他是箭無虛發的神射手，是邯雨的最高指揮官，在安茲羅瑟中是僅次於哈魯路托的最高領主，黑夜之王的兄弟，他單槍匹馬面對數以萬計的救贖者，曾經指揮擊殺奧底克西的行動，亞蘭納的頭號通緝犯，天界賜予暴君稱號的男人。」

銅鬚聽不下去，也站了起來。「閉嘴！你想說什麼？你在歌頌你的敵人嗎？」

「我在說什麼你還聽不懂嗎？」雷赫回嘴道：「第一，自從同心共榮協定訂下後，安茲羅瑟二十三區不再有激烈的戰火，我們為什麼要成為第一個打破規矩的國家？那其他二十二區的干涉該怎麼辦？第二，天界注意我們很久了，為什麼要讓他們有進兵的理由？第三，第一陣的目標就是那個危險男人，萬一在相鬥的過程我們沒有任何支援的勢力，後續該怎麼辦？還有……」

「說到底你就是否認掉你自己佩帶的金十字章榮譽，否認我們士兵的精良戰力，否認真主指引的道路。」木鬚嗤之以鼻地說。

「別隨意為我扣上帽子，而且在此我也該提醒你們不要太過沉浸於國民高昂的好戰意志中，然後被表演性質的戰備演習矇住雙眼，自以為軍事能力高人一等。」雷赫話還沒說完就被一連串的厲喝聲打斷。

「你才是個沉溺於和平氣息的沒用廢物，別拿我們與你相提並論。你的行為違反安茲羅瑟人追求勝利的本性，講什麼包裝的虛偽論調，真令人噁心不已。」木鬚罵道。

「你違背真主意志，歌頌敵人的高調，製造國家的不安等等，以上種種的罪名已足夠讓你卸下長老院的位置並入獄。」銅鬚哼道。

但光是這些還不足以讓雷赫啷噹下獄，畢竟只要他在位的一天仍然是位高權重的長老院議員，並不是這邊投個三票表決通過就可以讓他被監禁。事發過後，長老院的其他議員要他向國民道歉，但是雷赫大人並沒有這麼做。

「雷赫大人。」

雷赫並沒有回應，他只是一個勁的獨自往前走，像是在思考著什麼事般，周圍的聲音完全無法入耳。

「雷赫大人。」拜權在後面叫喚他的名字，但雷赫依然沒有任何反應。「請等一下。」拜權忍不住揪住雷赫的衣袖。

「原來——是拜權喔。」雷赫目光呆滯的回應。

「我已經呼喚您數聲，但是您卻頭也不回的逕自往前走。」拜權問：「您最近似乎每天都獨自待在家中，請問是有什麼事情讓您掛心嗎？」

「嗯，確實——有些事不得不讓我多分神去留意。」雷赫問：「但是你來找我有什麼事嗎」

「您也知道上次在長老院裡您的那些發言引起了不小的爭議。」拜權解釋：「木鬚長老特別吩咐屬下要多留意您的一舉一動，因為您的言行有可能再次破壞國家的安定和諧。」

「哼，迂腐的人。」雷赫不屑的哼道，接著又微笑的對拜權問：「來我家坐坐嗎？」

雷赫的居住地十分窄小，這也是他大部分度過光陰的地方。

「只有這個地方才能讓我感到隨心所欲的放鬆心情。」雷赫剛踏入家門前就立刻露出了輕鬆的神態。

是錯覺嗎？在別房的位置似乎傳來一股莫名的氣味，雖聞不出是什麼東西的味道，但有奇特的感覺，拜權不自覺的將目光移向那邊。

「只是我最近新養的寵物，氣味是有點怪，不過我想你應該不感興趣。」雷赫招呼著，「請進來吧！」

雷赫的房間內擺滿了許多有關亞基拉爾的情報資料，原來這一陣子雷赫都在暗中進行調查工作。這也好，拜權稍微鬆了口氣。因為雷赫專注於此，至少不會再引起什麼騷亂。

「知己知彼是勝戰前的首要工作，情報任務是不可或缺。」雷赫一邊拿著他的報告一邊對拜權解釋著。

拜權顯然對此並不關心，敷衍一下後就藉故離開了雷赫的住處。

「如何？」「知道了些什麼？」木鬚和銅鬚長老早就在外面等待拜權的觀察結果。

三人之後回到了軍機院的會議室內。

「他這陣子只專注於調查情報？哼，那就好。」木鬚抽起了煙斗。

「要提防他做出一些出人意表的事情。」銅鬚說。

「就我的所見似乎不必擔心。」拜權回答。

「哼，調查那些東西又能怎麼樣？雷赫早就被排除在行動之外了，而他那些情報也絕對不會被軍機院採用，白費工夫的蠢蛋。」木鬚呼了一口白煙。

「情報就交給調查人員來做就好了，他一介長老院議員竟然去做這些事，這就是不務正業。」銅鬚嗤笑著，「這世界不會有勝過真主力量的人出現，打倒亞基拉爾的勢力只是彈指之間的小事。」

「什麼救贖者的萬人敵啦！什麼暴君啦！什麼奧底克西行動的策劃者啦！全都是騙小孩的，也是亞基拉爾吹噓出來嚇唬人的謊言，再怎麼紊亂的風也影響不了地基穩固的建築，這個世界也不曾有任何的改變，就只是詐術。」木鬚說：「以現實面來看，說穿了那亞基拉爾不過只是天界與亞蘭納所追殺的亡命之徒罷了，什麼領主的只是虛有其表。」

「前陣子真主親自視察演習地，拜權你那天不在場對吧？」銅鬚問。

「是的，大人。」拜權回答。

「可惜了，你沒看到真主是如何的感動人心、恩澤天下。」銅鬚呵聲笑著。

「真主那全身散發的力量真令人顫抖，我們在真主面前簡直渺小的微不足道。」木鬚一邊回憶一邊感動地說：「果真是帶領我們甸疆城未來的唯一希望。」

「這點屬下堅信不移，真主萬歲！」拜權朗聲道。

「真主萬歲！」木鬚與銅鬚也異口同聲地高呼。

原以為雷赫的事件到此告一段落，沒想到這卻只是開端。

到了軍務會議那天，所有甸疆城的高層皆會參與，唯獨雷赫被排除在外；但是，那天他卻出現在軍機院會務廳內，拜權略為吃驚。雖然這還在他的預料之中，只是沒想到雷赫明知道會議名單早就將他的名字移除卻仍是前來與會，而且態度非常強硬的要進入會議室內。

「雷赫大人，請聽屬下一言。」拜權正阻止雷赫闖入。「今天無論如何您都不能進去，真主臨時決定參與這次的軍務會議，您這樣貿然闖入……」

「不，你別擋在我面前。」雷赫一把就推開拜權，往會議室裡走去。

「你做什麼？不是早禁止你出席會議了？」木鬚似乎被嚇了一跳。

「雷赫，你太不知好歹了，在真主面前竟然這麼放肆！」銅鬚喝令著，「來人，將他趕出。」

「我為國事而來，誰要趕我？」雷赫以嚴厲的口吻喝斥。

宮廷侍衛面面相覷，對於銅鬚的命令感到猶豫。兩位長老則是咬牙切齒，盛怒的看著雷赫。

「你近日來的行為父早有耳聞，只是沒想到你膽敢無視父到這種地步，在甸疆城內從來不曾有人質疑過父，你有什麼膽量敢與父作對？」托賽因（男聲）說。

「本來念在你有功在身又位高權重，現在看來你果然不知分寸，父倒後悔給你機會了。」托賽因（女聲）說。

「世人將父的言行奉為圭臬，為何只有你與眾不同？」托賽因（蒼老聲）問。

「既然不識時務就讓我一口吞下他，這樣就一勞永逸。」托賽因（幼兒聲）嬉笑地說。

雷赫立刻身體伏地，以恭敬的語氣問：「侍者罪大惡極，冒犯至高無上的真主，萬死不惜。侍者的命卑賤死不足惜，但心志不移，一心為甸疆城的未來設想，侍者只想明白這次行動的理由，只求死後能將一絲的疑慮抹去，光榮的懷抱信仰而終。」

托賽因震怒，整座軍機院因他的怒氣而劇烈晃動，在座所有的人同時下跪向他們的真主賠罪。「你的疑慮算什麼？父還得重視你的個人想法而為你多做解釋嗎？不照真主指示的大計行事只有死路一條！」托賽因（男聲）高聲吼著。

「慢著。」托賽因（老人聲）回答：「這不止是為了你，但大敵當前，上下一心確實是必要，給予理由也沒有什麼不可以。」

「肯為迷茫的侍者開導，我們永生難忘。」長老院議員齊聲感念地說。

「埃蒙史塔斯家族對這次的行動擘劃已經很久了，以針對囂張跋扈的亞基拉爾及畏縮無用的哈魯路托為目標。我們和天界達成了協議，他們將會對亞基拉爾等人採取觀望，因此以我國為必要的開端，埃蒙史塔斯聯盟終將在此次聖戰後完全掌握魔塵大陸。」

「真主萬歲，願盡全力誓死效勞。」眾人再次齊聲高呼。

「雷赫，你還有什麼意見？」托賽因（老人聲）問。

雷赫神色鎮定，不再有任何疑問。「感謝真主為罪人釋疑。」

托賽因（女聲）說：「再質疑你的真主，你就不會再有第三次的寬恕，馬上離開父的眼前。」

「罪人不敢，感謝真主的寬恕，罪人立即離開。」

數天後，拜權與雷赫一同來到甸疆城內的最高地，俯瞰整個托佛的首都。

「站在高處的感覺就是不同。」拜權深深的吸口氣。

「一股山雨欲來之勢……」雷赫若有所思地說。

「我相信我們的聖戰必勝。」拜權堅信道。

雷赫手指向東南方，「那個地方，敵人有可能會趁虛攻入，一定要重兵嚴加提防。」

「這裡是甸疆城的重心地帶，敵人怎麼會無故直接攻入呢？」拜權搖頭嘆道：「大人，您應該記取教訓。真主對您的寬恕仍然不能令您反省嗎？我國全體軍民上下同心，不會讓敵人有機可趁。」

雷赫露出不可置信的神情。「果然……讓安茲羅瑟人停下戰鬥會變得那麼可怕，你們沉溺在安逸之中太久了，連天生的危機意識都被消磨殆盡。我們與亞蘭納人不同，可以有千年的壽命，甚至於更久。百年前經歷過的戰爭歷歷在目，每一場都叫我印象深刻，我很有感觸，同時也明白一個道理——『絕不可小看好戰的人。』沒錯，我們也曾經是那樣的人。利爪撕碎敵人的身體、尖齒噬咬敵人的內臟，我們曾經都那麼的瘋狂……；可是當瘋狂轉為平靜之後呢？信仰成了我們唯一的依托。我可以明白的告訴你信仰雖是必要卻不是絕對，我們太過信任真主了，以致於矇蔽了雙眼、失去判斷能力。沒錯，在真主的指示下，我們還是可以變回那舐血的戰爭之犬，恢復瘋狂，但我們衝去的絕不可以是一條死路。絕對不行！」

拜權非常不甘心，他直接駁斥了雷赫：「雖然不該這麼說，但您真的是過分懦弱了。敵人已經來到面前撒野了，我們還要回去深思熟慮一番後才決定怎麼行動，這像話嗎？只要今天能殺死敵人，根本不用考慮明天要如何和敵人耗費腦筋的相互算計。安茲羅瑟人就是這樣，只要一個字『殺』我們就會衝向前撕碎敵人，毫不猶豫、直截了當；憑著暴力、憑著衝動、憑著絕對的力量，在敵人身上深深的刺下一刀。」

「哼，我怕的就是有你這種想法的人。你還看不出來嗎？真主給予我的答案是多麼地令我感到絕望。」雷赫說：「我是不曉得埃蒙史塔斯同盟的人用什麼樣的理由說服真主出兵，但不論怎麼想這對我們毫無利益可言，恐怕真主只是成了別人衝前陣的利用對象，而整個甸疆城則是任人擺佈的一枚棋子。不行，我怎麼可以就這樣看著事情發生？我要想辦法。」雷赫負氣離開。

「雷赫大人就這樣葬送自己的前程，固執真是害苦了他。」求利感嘆地說。
「大人的想法總是與眾不同。」拜權回答。
「那你相信雷赫大人真的是兇手嗎？」求利問。
拜權思忖了一會，小聲的回答：「就算是大人，我也不相信……」
軍機院當天的會議並沒因為雷赫的搗亂而中止。
「銅鬚，你安排的如何？」托賽因（老人聲）問。
「啟稟真主，我們最強的部隊將會準時抵達邯雨。」
「派去與亞基拉爾接觸的人選呢？」托賽因（男聲）問。
木鬚回答：「啟稟真主，人選已經定好，庫瓦爾將軍會親自前去做為我方使者，隨後我在神座之下再挑選最強的八名隊長，由他們帶領部隊支援庫瓦爾將軍。」
「哼呵呵，亞蘭納的那個信奉者，叫什麼名字？喔……拉札莫斯可真是幫了個大忙，提供了一個不錯的消息。」托賽因（女聲）笑道：「亞基拉爾一定會被挖掘場下的奧底克西遺跡吸引而前往，他絕不會帶著大部隊越過天界設下的防護網，所以只有少數隨從會跟著他前往阿特納爾。我們事先讓拉札莫斯假意投靠亞基拉爾，再放消息給天界與亞蘭納五國聯盟，讓他們聯合起來對付亞基拉爾，之後再安排庫瓦爾將軍與八名隊長埋伏於遺跡中，就算這一戰不能拿下他的命，也足夠拖上好一陣子。」

「嘿嘿……沒錯。當亞基拉爾被困在阿特納爾之下時，我們的大部隊就朝著沒有領導者的邯雨長驅直入，等亞基拉爾回到魔塵大陸後看到的只剩毀滅與絕望。」托賽因（老人聲）附和著。

「趁此機會將亞基拉爾的黨羽一同翦除，只要亞基拉爾也跟著一塊歸入裂面空間，那麼畏縮不出的哈魯路托如同斷了一臂，他必定有所回應。到時我們埃蒙史塔斯聯盟就……呵呵呵，什麼安茲羅瑟之主，我才不會承認。」托賽因（男聲）興奮的叫著。

底下的群眾齊聲高喝：「真主萬歲！」

計畫開始的數日後，一陣略暖的微風拂過，緩和了原本聚於甸疆城內的冷凍寒氣。

「最近怎麼覺得氣溫有些偏高，我不是很喜歡這種讓人有一股噁心衝到腦頂的感覺。」銅鬚這麼說著，他右爪撕開擺在桌上的不知名肉類，然後豪邁的大口塞入。

「是肉的品質變差了吧？最近豢養的亞蘭納人似乎參差不齊，沒有好好的把優等種與次等種確實隔開，竟讓高高在上的我們吃這種爛肉，我要好好懲罰那些御廚和整理食材的人。」木鬚一口肉也不吃，只是喝著玻璃杯中的紅色液體。「唔……泡血酒的味道就還不錯。」

「不管這些了。」銅鬚拿起布巾擦拭雙手。「你有沒有派人好好監視雷赫？他要是在節骨眼再出來搗亂，後果就不止是被真主一口吞下那麼簡單。」

「不用你交代，我也很珍惜我的項上首級，那個傢伙……哼，等重要的事告一段落後，我不會讓他有好日子可過。」木鬚擰碎手中的玻璃杯。

「大、大事不好了。」一名小兵緊急的衝入兩人用餐的房間內。

「大膽，有事不報告上級竟敢越級上呈，而且還未經通報直接闖入。」銅鬚喝斥。

察覺到事態有異，木鬚擋下銅鬚的怒火。「什麼事就快報告吧！」

「實在是非常抱歉，但是事態急迫。」小兵跪地報告，「屍……屍體，八名神座隊長與他們所率領的部隊……屍體全在廣、廣場上。」

「該死！」木鬚與銅鬚兩人連忙趕至廣場，而那裡已經先被士兵們圍起封鎖線，禁止其他人民靠近。

「律政官丹名、律政官沃勢，你們兩個是最先發現屍體的人嗎？」木鬚看著眼前一排橫躺於地的屍首，簡直慘不忍睹，他內心的怒火已經快按捺不住。

「是的，部隊還沒越過天界的保護網就與我們失去聯繫，因此我們不得不前去確認情況，結果就……」丹名回答。

「有活口嗎？」木鬚再問。

「在我們抵達後只剩下一位隊長還有氣息，但讀心術本來就不是我們兩人專長。」沃勢無奈地說。

「那名隊長死前有說什麼嗎？」銅鬚問。

兩名律政官互視一眼，面有難色，似乎有口難言。

「說說說，快說！他媽的，到這種地步你們以為還有什麼事能瞞住我們！」銅鬚怒火沖天，雙手揪住丹名的衣袍。

「隊長很肯定地說：兇手是──雷赫大人！」
「或葉兄弟不是整天監視著雷赫嗎？」木鬚高聲叫道：「把那兩兄弟叫來我這邊。」
或葉兄弟很快的被帶到木鬚等人面前。
「現在誰監視著雷赫？」木鬚問。
「呃……是律政官拜權大人。」或葉弟回答。
「你們有確實監視著雷赫嗎？」銅鬚問。
「有有，我們絕對沒有怠忽職守。」或葉兄弟同聲回答。
銅鬚大怒，「你們還敢這麼說，看看這些屍體！」
或葉兄弟被士兵們押著看向廣場上那已經堆積如山的屍體，他們瞪大眼睛說不出話。
「雷赫曾經離開過住處對吧？」木鬚充滿指責的語氣問：「你們兩個為什麼不回報？」
「我……我們……雷赫大人畢竟官、官位比我們高，而、而且他只離開了一會，真的只有一會兒的時間，我沒騙兩位大人。」或葉兄弟哭喪著臉求饒。
「所以就是怕被責罰而隱匿不報囉？那要你們做什麼。」銅鬚右臂伸出無數利爪，當場刺死或葉兄弟兩人。
「現在說這些沒用，先找雷赫問清楚緣由。律政官沃勢，這裡交給你處理，趁真土尚未回來前將事情完滿解決。」木鬚交代完畢，隨後領著大部隊一起前往雷赫的住處。
「雷赫出來！」銅鬚氣急敗壞的衝上去。

從屋內推開木門走出來的卻不是雷赫本人，而是律政官拜權。

「長老院議員們請息怒，我已經收到消息了。」拜權面色凝重的緩步走來。

「雷赫現在仍然在屋中？」木鬚問。

拜權點頭。「雷赫大人在裡面。」

「看來我的麻煩真是接連不斷。」雷赫神態自若的走出。

「麻煩？」木鬚想讓自己保持冷靜，儘可能別在這與雷赫起衝突。「告訴你，接下來你要面對的絕不止是如此，我要以謀反的罪名緊急逮捕你，無須經過會議，待真主回歸後再行審判。」

「意料之中，如果是我也會阻止這種愚蠢的行為，但是神座部隊的覆滅確實與我無關，你們抓錯人了。」

「哼，你還想矢口否認。」丹名站了出來，手上拿著一枚閃閃發亮的飾品。「這是在現場發現的東西，大人你不會不認得吧？」

雷赫摸摸身上，發現一向隨身攜帶的金十字章確實不見了。「嗯——看來那的確是我的徽章。」

「你倒很冷靜。」銅鬚快壓抑不住熾盛的怒火。

「有人要嫁禍給我，自然什麼手段都使得出來。如果我真有能力滅了神座部隊，我還會返回這裡嗎？」雷赫辯解。

「我想不會有人知道你意欲為何。」木鬚不以為然地說。

「我能有什麼企圖？我是個連你們要毀掉這個國家都救不了的庸材，我能做什麼？逮捕了我，不久之後你們將會嘗到苦果。更何況在真主的怒火之下，你們也不會安然無事。首先，你們會先因為部隊全滅的事被責備；之後為了彌補神座部隊無法支援庫瓦爾將軍的戰力，你們勢必得再派出其他守城的軍隊補上，這與真主的安排有出入，所以又是一罪。先處決我等於無視真主審判的權利；選擇不處決我，那麼等到真主回來你們又會因連坐法受到牽連。仔細一想，看來我們的靈魂很快會在裂面空間之下相會，相信我等待你們到來的日子並不會太久。」

「你都計算好了，你他媽的！」銅鬚咆哮著。

「喔不！你這蠢蛋，我計算這個幹嘛？對我完全沒有益處。」

「那你倒說說看，或葉兄弟說你離開的這段時間你去了那裡？」木鬚質疑。

「難道我為了食糧不足的問題出外補充也犯了法？」兩名想要對雷赫上手銬腳鐐的士兵都被他推開。「如果我是你的話，我會快點尋找兇手的下落，而不是在此浪費時間在我身上。照我看來，我們城中恐怕已經被人暗中佈下內應。」

「城中所有一舉一動，內心想法的邪正都在真主的掌握中，有什麼人可以躲過真主的聽心術？兇手除了你沒別的人。」銅鬚非常篤定地緊咬著雷赫不放。

「這……昨天雷赫大人確實有和我買過一些要餵亞蘭納人的飼料。」馬上被叫來作證的御廚報告著。

「你不是補充食糧而是拿飼料？你搞什麼？」木鬚不解地問。

「我現在做什麼都得向兩位高高在上的長老院議員報告嗎？」雷赫只覺得可笑。「如果你們沒有自信的話就將案件移交給我如何？我一定能糾出那名內神通外鬼的傢伙。」

「現在你仍然是頭號嫌疑犯，你想我會同意這種事嗎？」木鬚傾著身子，將他的嘴巴湊到雷赫的耳邊輕聲說：「給我乖乖的待在牢獄內，這次無論如何你是逃不掉了。」

雷赫也不願再與他爭辯。「即使只是為了真主，我也能犧牲我的生命。給我聽好，我不會放棄的。」

「科奧隊長！」木鬚唸出名字後，立刻有一名軍人回應他。

「屬下在此。」

「將雷赫關起來，給他上釘銬和釘鍊，然後派重兵輪流看著他，我不想再聽這個人說任何一句廢話。」

「屬下明白了。」科奧帶著士兵，將雷赫押走。

「律政官拜權。」木鬚再度下令：「將城裡東、南、西處的守軍全調過來，我要讓他們去支援庫瓦爾將軍的行動。」

「如此城內防禦大為減弱，敵人趁虛而入該怎麼辦？」拜權對這個命令感到不安。

「敵人要越過三個要塞才能到達我們首都，會有應變之策的。和這個比起來，若是阿特納爾的行動失敗，被真主責罰事小，說不定整個計畫會因此產生變數。」

「既然您這麼說，那屬下立刻去辦。」拜權領令後也離開了雷赫的住處。

「再來——我們該想什麼理由對真主解釋呢？」銅鬚臉上難得露出憂慮的神情，而他身旁的木鬚也同樣垮著臉。

拜權與求利兩名律政官依然在森牢附近邊聊天邊巡查。

「不曉得前線與庫瓦爾將軍那邊的情況是不是順利進行著。」求利那一派輕鬆的臉寫上了他內心的答案。「是將邯雨的士兵全坑埋了呢？還是一把火燒了他們的首都？有把軍官將士的頭砍下來擺在雉堞上？還是將平民的屍首插在旗桿？亞基拉爾會不會在天界與亞蘭納的圍剿下痛哭求饒？或是知道邯雨淪陷的消息而抱頭痛哭？不管是什麼，想到這個就讓我滿心愉悅。」

「哈哈哈。」拜權輕笑數聲。「那麼順利豈不是很無趣？不過畢竟在行動中發生了那件憾事，只希望對於計畫的推動不會造成太大的影響才好。」

兩人在步行之間，忽然不遠處傳來轟天巨響，反應靈敏的二人已經抓住了爆炸的方位。

「這方向……莫非是？」拜權大驚失色。

「不好了，我們快過去。」

他們以自身最快的速度趕到爆炸現場，原本該是守備森嚴的牢獄現在已經成了火堆下的殘骸。在甸疆城內雖然鮮少使用到監牢，而監牢本身也算不上是什麼層層牢固的鐵壁。但畢竟這次關著的是舉足輕重的人物，事關重大，上級早調派重兵防守。不料，最糟糕的情況還是在眼前發生了。

是逃獄？還是被劫獄？是人為造成？還是意外疏失？拜權兩人並不清楚，對處理這種事感到陌生的他們只能盡最大的力氣，以笨拙的方法來處理善後。

「有找到雷赫大人的屍體嗎？」求利大喊。他的腳下有不少燒黑的屍首，而求利也以厭煩的神情不斷將那些屍體踢到一旁。

「我這裡沒發現屍體。」拜權很確定他站的位置正是雷赫的囚禁處，儘管現在只是一個被火焚燒過後零散雜亂的地方。

從現場初步觀察看來，拜權感覺出些許的神力殘留，再加上現場有濃厚的硝煙味，爆炸是因火藥而起的，因此肯定有外來的人介入了這次事件，雷赫被人劫獄的可能性很高。

「我這邊全是被炸個粉碎的遺骸，什麼都沒留下。」求利一邊環顧四周，一邊慢慢走近拜權。

「雖然被火燒過，但某些屍體上確實有發現被利器刺入的傷口，每一下都是致命傷。」拜權蹲在地上翻看著其中一副屍首，得到了訊息。

「我在外圍有感覺到神力殘留，是異族的人劫走雷赫大人嗎？」求利問。

「有可能……」拜權站起身子。「我推斷應該不是直接從外面堂而皇之的攻入，雖然不排除有異族之人潛入我國首都，可是就我所見看來，外面並沒有搏鬥過的痕跡。至於其他看守員的死因可能有人從暗道進入內部後再刺死他們，也可能是被某個進來探監的人，冷不防的攻擊。」

「忠於真主的人會做出殘殺同胞的事？絕無可能！」求利不可置信。

「雖然沒有先例，但是……」拜權因為內心困惑而言語上有些動搖，他不能完全同意求利的話。「或許我們該先追查雷赫大人的下落。」

「不能雙管齊下嗎？」

「發生這種大事，居然到現在只有我們來到現場，這讓我不得不將事情往更壞的方面想。」拜權說：「可能不會有更多的人力了。」

「我不斷聽到雜亂的叫喊聲，空氣中飄來血腥味，有外敵正攻入我們的首都。」求利豎起耳朵聽著。

「雷赫大人的事很重要，必須優先處理。」拜權回答。「相信其他律政官與長老院的反應吧！」

正當他們急思處理之道時，拜權注意到被火燻黑的牆上似乎留著什麼圖案。

「慢著！看我發現了什麼。」拜權拂去焦黑的粉塵，上面有一幅用鈍器刻成的畫，那是以許多簡單的線條構成的簡易圖案。

「這是什麼？好像不是文字嘛！」求利仔細端視著石刻圖。

「字？不是。畫？似乎也不是。」拜權沉吟一會，越看似乎越有眉目。「難道是地圖……嗎？」啊！拜權一聲驚呼，隨即丟下求利立刻衝出。

現場留下一頭霧水的求利。「喂！你發現了什麼？」叫喊聲剛停止，拜權的背影就在求利的目視之下消失無蹤。

「我的猜想會是正確的。」拜權越過小丘陵，熟悉的背影站在頂端眺望著正前方，他的披風隨著風勢搖擺著。「雷赫大人，您果然在此。那幅地圖上的記號就是您曾經在我面前指出的首都防禦方位，那指標的正中央並不是您被囚禁的監獄，而是得以將首都一覽無遺的這個地方。我說得對嗎？雷赫大人。」拜權小心翼翼的慢慢接近雷赫，畢竟他不知道眼前這個逃犯會不會做出什麼令人意外的反抗之舉。考慮到這一點，拜權已經有先下手為強的準備。

雷赫分毫未動，不發一語的依舊站在原地。

「大人？」拜權以為雷赫沒有注意到他。「您沒聽到我的聲音？」

當他站到與雷赫差不多相同的位置時，映入眼簾的景色令他的臉上不由得滑落冷汗。首都各處已經被戰火燒過，所見之地盡是雷赫當時所指可能會被侵入的地方，而今那些守備處早就滿目瘡痍，他自以為長老院或其他律政官能處理的情況居然是這麼的惡劣。

痛苦、沉悶、憂鬱、不滿、盛怒、悲傷、憎恨、暴躁，許許多多來自甸疆城內慘死的平民與士兵，它們死前的負面情緒在此刻全灌入拜權的腦中。

拜權那原本的狂暴天性漸漸被激起。「啊——啊——，邯雨的雜種們，你們這些混蛋竟敢……」隨著情緒的波動，拜權的身形慢慢起了變化。

幽暗的環境，陰鬱的黑影。之後那黑影化作細長的殺人意念伴隨著空氣劃出一道破空脆響，利影深陷入拜權影子的同時，拜權的身體也隨之應聲倒地，而他的身上則牢牢地插著一支箭矢。

「亞基——拉爾——」

「你好，我們偉大的律政官拜權先生。然後，滾回你們偉大的真主身邊吧！這才是『蒙主寵召』的真意。」

拜權的屍體化作濃密的黑煙，就像在宣示著它極強的怨念，黑煙朝著天空不斷的飄蕩，之後才不甘心地化風散去。

「好久不見，老朋友。哼呵呵呵。」亞基拉爾對雷赫行禮，同時嘴角掛著猙獰的笑容。

雷赫毫無懼色的面對那名深不可測的勁敵，陰風不斷穿梭於兩道佇立不動的身影之間，卻吹不走雷赫那逐漸暗淡的臉色。

裝飾華麗的電動閘門打開後，一群黑衣男子快步衝入建築物內，他們剛到大廳，馬上就有五名白袍學者立刻上前攔阻他們。

「你們幹什麼？不知道這裡是皇家法學院所屬的科學鑑證研究所嗎？竟然敢一群人就這樣毫無報備貿然地闖入！」白鬢禿頭的老學究當場破口大罵。

領頭的男子隨即出示證件。「我們是安普尼頓的騎士團、永晝的執法者、沙凡斯特殊機關，請不要阻撓我們的工作。」

「特殊機關又怎麼樣？這裡不是你們為所欲為的地方。」老學究擺出得理不饒人的姿態。

「給我滾出去。」

「呵！」男子冷笑一聲。「恕難從命！」

「你又是什麼身分？」

男子看了一下自己手中的證件，疑惑的說：「不是寫在證件上嗎？您可能有老花眼。我是副機關長尤安．帝特。」

「管你是誰，給、我、出、去！」老學究堅持道。

尤安．帝特雙手一攤。「你是有權利趕我走，但我身後那個可不是你能招惹的對象。」

黑衣人向兩旁退開，亞凱．沙凡斯從人群中走出，他的背後背著鑲上神聖結晶的法杖，表情很明顯的正發怒著。

「需要介紹嗎？這是我們的機關長，也是沙凡斯家族的最高領導人。」

「亞凱大人，您好。」五名學者同時行禮。

亞凱無視他們的行禮，直接拉高音量叫道：「你要趕我的人走？」

「大人，請聽我解釋。」老學究慌忙的說。

「閉嘴！」亞凱毫不留情。「廢話我不想再和你們多說，我就直接表明來意：屍、體、交、出、來。」

「可是總統……」對方話還沒說完，立刻被亞凱打斷。

「我的怒火已經他媽的快要燒光整間研究所了。」亞凱盛怒的說：「告訴你，現在心情不好的時候就別再激怒我，趁我還會和你說好話時就照我的話做，不然我極力克制的衝動，忍耐不再此發洩的情緒可不和你鬧著玩。」

「這……這個……」老學究一臉為難。

「您就把案子還給我們吧！這又不是多困難的事，如果您連簡單的手續都懶得辦的話，不如我替你們效勞如何？」尤安．帝特在一旁幫腔。

「發生什麼事？」另一群人從研究室內走出，其中那位領頭的人顯得特別威風。他的軍裝背後圍著一件刺有安普尼頓國徽的披風，胸前別著近十個閃閃發亮的勳章，再加上他身形高大，更讓人特別有壓迫感。

在場除了亞凱之外，所有人均向他行禮。「總統閣下，您好。」

「亞凱，我應該已經發公文到你們機關了，難道你沒收到？」席列巴托問。

「抱歉，我什麼都沒收到。」亞凱瞪著總統。

「那麼我再發一份給你。」

「請別浪費時間。」亞凱說：「不論您再發幾份，我都一律當看不到。」

席列巴托臉色一沉。「你這是公然抗命嗎？」

「閣下息怒，這件案子一直以來都是由我們機關來負責，我相信不會有人比我們更了解、更專業。所以您不應該將案子移交到別的單位，尤其並沒有事先通知我，這更令人難堪。」亞凱回答。

「我的立意很簡單，貴單位一直以來為國家鞠躬盡瘁、死而後已，而且要負責的事太多了，將一些案件移轉既可以緩解你們的疲勞，更可以有效率的處理，何樂而不為？」

「要其他的案子可以，要多少我給多少，但就唯獨這一個案件不可以。」亞凱不自覺的漸漸加重語氣。

「我們在此爭辯的所有時間都是浪費，既然都是為了國家利益，何不把握時間做好更多的事？」席列巴托想緩和亞凱的情緒，但仍然堅持著自己的決定。

亞凱看起來快要忍不住了，尤安．帝特在一旁擔心他真的會大發雷霆，正神情緊張的死盯著亞凱的舉動。「可以不要一直在這話題上打轉嗎？請您收回命令，並且讓一切回歸正常，因為您那愚蠢的理由完全說服不了我。今天，不管發生什麼事，那名安茲羅瑟人的屍體我一定要帶走。」

席列巴托意味深長的看著亞凱，「呵呵呵。」總統輕笑數聲，在場的人不由得心頭一緊。亞凱認真的表情從未變過，也無懼於現場氣氛的變化。

「亞凱，你跟我去會議室，我好好地和你談談。」說完話，總統雙手交疊於後腰，也不讓隨從跟在旁邊，自己踏著腳步走入會議室中。

尤安．帝特將頭側到亞凱的耳邊，輕聲的嘀咕：「我敢打賭，那老傢伙一定不會和你說什麼好話。」

還需要你提醒我嗎？亞凱內心這樣想著，但始終沒將這句話吐出口。他不發一語的走入會議室中，一眼就看見了總統大人正舒服的坐在沙發上。亞凱將門緊掩，接著坐到總統的正對面。

「來，嘗嘗看，這是不錯的花蜜茶喔！可降你的怒火。」總統親自為亞凱倒茶，當然也給自己倒了一杯。

亞凱雙手放在膝蓋上，事實上他顯得有些緊張。而桌上的花蜜茶他只瞧了一眼，並沒有想拿起來喝的念頭。

「不賞臉嗎？難得我親自為人倒茶。」

亞凱嘴角微揚，露出一副你為我倒茶又怎樣的表情。「當然，國家元首的招待，我這個當人家臣下的當然不能拒絕。」亞凱端起茶杯一飲而盡，隨後馬上吐出感想：「太甜了。」

「好喝嗎？這種花茶很貴，而且有季節性，是我最喜歡的茶之一。」總統笑道。

亞凱搖頭，將茶杯置於桌上。

「給你再來點？」

總統正拿起茶壺要為亞凱倒茶時，亞凱將左手按於壺頂。「閣下，感謝您的美意，甜食不合我胃口。」

「那你喜歡什麼呢？」

「或許來點苦茶與我比較相稱。」亞凱點了一下頭。「抱歉拒絕您的美意，這茶——請留給別人。」

「有人喜歡自討苦吃，我倒是第一次見。」席列巴托語氣尖酸的笑道。

「閣下，屬下對於剛剛的無禮向你致歉，但這案子是關乎到我兩位摯友，無論如何我都不能輕易妥協。」

總統仔細的聆聽，像是在思索亞凱講出的每一個字。

「請收回成命。」亞凱低著頭懇求著。

「那麼……你能改變什麼？」總統又問：「如果我堅持己見，你又能如何？」

「閣下，這不光是我個人的事，阿特納爾事件僅只是一個開端，不久後黑暗將會蔓延整個亞蘭納聯盟。」亞凱以理勸說：「您的決定至關緊要，請不要再刁難。」

「分擔你的憂勞算是刁難嗎？」總統語帶責備的問。

亞凱沉思一會，正猶豫要不要講出重話，這個思考的時間並沒有太長。「你知道我為了國家可以犧牲我的父親、兄弟，在輕重權衡的天秤中，總是有必須被捨棄的。我那些在阿特納爾行動中為了亞蘭納世界成就大義的弟兄們也是同樣，每個都是為了自己的國家與人民在拋頭顱灑熱血。今天你無視這些忠烈志士的精神，將安茲羅瑟視為兒戲來處理。那非常抱歉，我不得不依照自己的方法做事，到時候可不要怪我。」

席列巴托長嘆一口氣，因為說服不了亞凱而臉上露出些許疲態。「從阿特納爾的收復行動到今天也不過短短一個循環的時間，曾經被派去參與任務的戰士如今存活著的只剩你一人，你的處境很令人擔憂，我不得不正視這個事件。將你抽離安茲羅瑟的案子也是逼不得已，國家的支柱短時間內連失其二，我不希望你也發生什麼不測。」

「貝爾與艾列金只是失蹤，將他們視為已死亡未免判斷的過於輕率。」亞凱信誓旦旦地說：「我向您保證，我會負責尋回失蹤的二人，同時也能毫髮無傷的全身而退。」

「我信任你的能力，但國家不能再蒙受更大的損失。」總統感嘆道：「阿特納爾的參與者中，有一名我最好的摯友史特拉文教授，有三名是我國最得意的人才貝爾、艾列金，還有──你。當我失去最好的朋友還有得力的助手時，你……又能明白我的心情嗎？」

亞凱沉默不語。

「你太累了，這段時間辛苦你們，我將會讓你們放個長假。」席列巴托一邊皺起眉頭一邊捻著鬍鬚的模樣讓他看起來更有威嚴。

「不──」亞凱大喊：「放假？開什麼玩笑？我一點也不累。」

「我說：你、累、了。」總統站起身體，背向亞凱：「我放你們三個循環的假，這段時間內不准你們沙凡斯特殊機關的人與公務有任何的牽扯，你們需要好好地休息、冷靜的思考一段時間，而這陣子安普尼頓的重擔就交給我們這些三線人員來扛。」

「絕不！」亞凱憤怒的起身。「你若要這樣，那我……」

席列巴托打斷亞凱的話。「來人啊！送亞凱大人回去，恭敬的送沙凡斯機關所有的人離開研究所，不得怠慢。」說完，總統頭也不回的離開房間。

「大人，請隨我來。」總統的隨扈禮貌的示意。

亞凱怒目瞪著對方，但是那名工作人員仍然輕聲地再一次覆誦：「大人，請離開。」

「那個老傢伙真是頑固。」尤安・帝特與亞凱兩人坐在無人的酒吧內，一邊喝著悶酒一邊發洩不滿。「我們的方法行不通，不如假戲真做，製造個大混亂。」尤安・帝特給自己斟滿酒，然後也給亞凱倒上一杯。

亞凱右手握成拳，用力敲擊木桌，酒杯因為這力道稍微彈起，卻沒有翻倒。「不行，絕不可以在安普尼頓內製造麻煩，這不是我的行事風格。」

「我開玩笑的。」尤安・帝特伸手抓一把瓷盤上的網豆，接著塞入口中，毫不計形象的大口咬著。「我們被留職停薪了，這陣子什麼事都不能做，該怎麼辦？」

亞凱右手拍了尤安・帝特的後腦勺。「小子，網豆就你一人吃嗎？」

尤安・帝特輕撫著後腦，一臉無辜的說：「我以為你不吃。」然後將盤子移到亞凱前方。「給你。」

「我不吃。」

尤安・帝特一臉啼笑皆非。「席列巴托說的沒錯，你的精神很有問題，的確需要休息。」

亞凱拿起酒杯一飲而盡，隨後起身。「這樣不行，晚上我們兩人一起去研究所把那安茲羅瑟人的屍體偷出來。」

尤安・帝特吃驚的看著亞凱。「你認真的？」

「難道你想放三個循環的長假嗎？」

尤安・帝特聳肩，一臉平淡的說：「樂得清閒有什麼不好，難得無事一身輕，又是閣下親自下令讓我們放假的。」

「臭小子，別把我和你相提並論，你跟不跟我去？」

「等等，你先別激動。」尤安・帝特拉著亞凱的衣袍，讓他坐下。「很多時候只需要想一點辦法，問題就可迎刃而解。」

「辦法是你想的嗎？根本就是我的點子。」亞凱又再拍了一下尤安・帝特的後腦。「既然賄賂到了，為什麼不早點把資料拿出來，真的想等我變成盜屍賊嗎？」

「資料是今天才剛到手的。」尤安・帝特拿出密封過的厚紙袋交給亞凱。「拿去。」亞凱嚴謹地接過資料袋，慎重地拆開封口。

在孤立於平原的高峰頂端，那裡有一座受風蝕倒塌許久的灰牆城樓，從外觀與內部構造看得出這座城樓有相當的歷史，亞蘭納人稱之為血刺院。它是一座古老的監獄，不過沒人知道究竟這個地方是多少年前，什麼國家拿來關什麼樣囚犯的地方。

亞凱獨自一人穿過腐朽的前院，用腳踢開生鏽的鐵欄杆，使勁的推開厚重的木閘門，最後他走到血刺院後方，可以遠望阿特納爾的一處高聳懸崖。

他坐在崖邊，任風吹著他的衣袍，風中也不時飄來安茲羅瑟的惡臭味。

「好冷。」亞凱緊拉著長袍，不過這樣並沒有比較暖和。

強風無情的吹拂著，亞凱在風勢中看著遠方那座被毀滅的城市——阿特納爾，內心興起一股滄海桑田的無力感。亞蘭納人是那麼的渺小，強求改變真的不是那麼容易的事。

這個地方距離阿特納爾嚴格說起來也有百里之遠了，但是由阿特納爾緩慢向外擴散的黑暗卻近在眼前。這一團覆蓋天地、伸手不見五指的黑暗圈就如同怪物的血盆大口，吞噬著一切的景物，使人感到絕望。更可怕的是它並非靜止不動，在這短短的一個循環內，這團黑暗就要蓋過亞蘭納聯盟的邊界了。

「它就像黑洞一樣，令人噁心，搞不懂安茲羅瑟人怎麼會在這種地方生活。」亞凱看著黑暗圈喃喃自語地抱怨。

此時，掛在亞凱右耳際的通訊器有了聯繫。

「我親愛的主人。」

亞凱一聽到這個聲音就有點火大。「尤安．帝特，不要在這種時候開玩笑。」

「好吧！我親愛的朋友，這樣可以嗎？」尤安．帝特的回答依然很不正經。「我聽到你那邊嗡嗡作響的風聲了，風很大吧？會冷嗎？」

「夠了。」亞凱真是沒辦法忍受尤安．帝特這種不會看場面說話的個性。「你有什麼事嗎？」

「沒什麼，只是我覺得你像個傻瓜。」尤安．帝特說：「正常人不會想前往那一片死亡之地，就只有你會冒著寒冷和被黑暗吞沒的危險待在那邊，你想等待什麼？」

「我等待什麼？」亞凱重複了尤安．帝特的問句，接著哼道：「艾列金是在六天前檢驗那安茲羅瑟人的屍體後失蹤的。貝爾是在阿特納爾附近探勘時失蹤。現在屍體上找不到線索，你說我在這裡等待什麼？」

「還有，你給我的那份報告資料錯誤百出。那具屍體是在與亞基拉爾起衝突前我就叫人先運走，而報告上寫著從阿特納爾的黑暗圈中運回。黑暗圈到現在還沒有調查隊走進去還能活著出來的，難道屍體是給幽靈運出來的嗎？另外，上面寫的東西絕大部分我早就知道了，這份報告的價值對我來說就和屎沒兩樣。」亞凱生氣地將整份資料丟向空中，任由數十張報告漫天飛舞。

「所以你把報告燒了？」

「沒有，我剛剛讓它們隨風飄去。」亞凱語氣一緩，問道：「我偷偷來到這裡的事，你有和其他人說嗎？」

「我說這些幹嘛？」

「那就好，尤其是總統閣下，更不能讓他知道，他肯定發火。」

「沒錯，你真的很了解閣下。」話剛說完，通訊器立刻換了另一個人的聲音，而且那人的語氣已經接近咆哮。

「亞凱．沙凡斯機關長，沒我的命令你竟敢擅自前往阿特納爾！你馬上……」

一聽到席列巴托的聲音，亞凱的心臟差點彈了出來，他二話不說馬上將通訊切掉。尤安．帝特真不可靠，亞凱嘴唇不斷發出無聲的咒罵著。

掛斷通訊後，懸崖邊又恢復成只有強風與黑暗圈的寂寥世界。

後方傳來騷動聲，起初亞凱還不以為意。但是在第三次細微的騷動被察覺後，亞凱馬上朝著他覺得可疑的方向追了過去。「是誰在監視我？別以為風聲大我就聽不到你的聲音。」亞凱一路追到內庭，卻失去了對方的蹤影。

不見了？亞凱內心充滿疑惑，他四處巡視著。

仔細一想，那真的是人影嗎？如果亞凱沒看錯的話，那道影子的高度只有成人的一半，但動作卻又不像野生動物。也許是因為天色昏暗，看得模糊不清吧？亞凱這樣想著。

話說回來，這座血刺院真是越逛越覺得陰森詭異。方圓百里既沒有城市也沒有零散的住家，雖然此處為亞蘭納聯盟五國之一賀里蘭德的領地，但這座城樓卻又非他們建造。到底是什麼人，又為了什麼目的將這棟建築物蓋在山巔？

亞凱的好奇心沒有維持太久，他又回到原本的地方繼續坐著。

通訊器再度響起。

「這裡是賀里蘭德通訊處，我們偵測到有人類在此活動的跡象。不管你是什麼人，這裡已經被聯盟列為高度危險地區，請儘速離去。再重複一遍……」

亞凱立刻回應對方：「我是安普尼頓的軍務大臣亞凱．沙凡斯機關長。我現在人在此地進行調查工作，不管你們是什麼人，不要過來妨礙我，再重複一遍……」

「咦？是沙凡斯大人嗎？」通訊器傳來女性的聲音。

「閣下是那位？」

「這裡是賀里蘭德的遙殿司祭——茉聆．蘇。」對方回答。

「祀儀大人嗎？喔！好久不見，簡易型通訊器看不到妳美麗的容顏真叫人深感遺憾。」亞凱突然感到精神一振。

「耶——不說閒話，是大總統派您執行任務嗎？」

亞凱不好意思回答對方的問題，藉故岔開話題。「算……是吧！您怎麼會在這裡？被發派邊疆嗎？」他開玩笑似的問。

「不是，我是來觀察黑暗圈擴散的狀況。」

「您觀察多久的時間了？」

「在阿特納爾事件過後，主祀儀大人就立刻指示讓我過來。」

「那麼這附近的事，您肯定很清楚囉？」亞凱問：「貝爾曾經帶了一隊偵查兵來進行任務，您有看到他嗎？」

「有的，五天之前。由於是聯盟指派的工作，因此我們並沒有干涉貝爾大人的行為。」

「也就是他失蹤前的情況你們也一無所知？」亞凱追問。

「失蹤？」茉聆祀儀語帶訝異。「貝爾大人失蹤了嗎？」

發現到自己的快言快語惹禍，亞凱連緊敷衍搪塞過去。「開玩笑的，這當然不可能，妳也知道他的個性有點孩子氣，是故意躲起來讓我找的。」

「聽了您說的話，這才讓我想到，我們確實沒注意到貝爾大人何時離去。」

「沒有的事，請別在意。貝爾早就偷偷回去安普尼頓了，我和總統閣下也是事後才知道，斥責了他一頓。」亞凱有點不知所措。「就這樣吧！找時間我會親自上遙殿拜訪妳們，請代我向龍袍主祀儀大人問安。」

也不管對方還在通聯階段，亞凱就急忙中斷通訊器。

真是該死呀！貝爾與艾列金失蹤的事早就被安普尼頓封鎖消息，自己怎麼會一時說溜了嘴，偏巧還是被五國聯盟的高官聽到。亞凱真想狠狠的打自己幾十巴掌，不過實際上他連一巴掌都打不下手。

亞凱持續的等待，他在等著一個不知道會不會出現的結果。

「似乎比我一開始來的時候更灰暗了。」亞凱注意到黑暗圈的影響，四周環境開始產生變化。相信不多久，血刺院也會被這片陰霾給吞沒吧？待在這裡已經不安全了。於是，亞凱站起身子，想再找一處更好瞭望黑暗圈的地方。

就在這個時候，亞凱發現地上有一道巨大的陰影蓋過他的影子，原本他還以為是受到黑暗圈的影響。沒想到當他抬頭一望時，一隻巨型的白鷹從天空俯衝而下，利爪攫住亞凱的身體後，馬上又飛回高空。

亞凱受到驚嚇，掙扎大叫：「放開我，你這畜牲想做什麼？」他想施展神力法術，但手卻搆不到背後的法杖，只要沒有先使用神聖結晶感應神力，亞凱再強的法術都無能施為。他只能眼睜睜的看著巨鷹抓著自己，掙脫乏力。

白色的巨鷹無視亞凱的嘶吼，一個勁的往黑暗圈振翅飛去。

「黑暗圈？」亞凱吼道：「你這笨蛋飛進黑暗圈內做什麼？你想害死我嗎？」

說時遲那時快，巨鷹和亞凱同時沒入巨大深邃的恐懼之中。

裡面除了伸手不見五指外，濃烈的腐臭味差點將亞凱嗆暈過去。他只能緊急以領子稍微掩一下口鼻，好讓氣味的刺激感減少。此外，亞凱也感覺到在黑暗圈中就像在密閉狹窄的室內一樣透不過氣，呼吸變得十分困難，而且身體也覺得很沉重，連重力都有改變。

不過才進入短短的數分，亞凱已經難受得想死。更別說巨鷹飛行速度奇快無比，強風勁如刀割的撕裂感讓亞凱痛不欲生。

現在他只擔心幾件事：巨鷹的爪子再用力一點，亞凱馬上變成一灘血漿。還有就是巨鷹受不了而墜地，他連帶一同摔落地面；另外，要是中途巨鷹鬆開爪子將他拋落，下場也不會多好過。不管是那一種情況，都不是亞凱現在所樂見。

迷茫之中，亞凱看到遠處的地面有一抹綠色的圓餅，十分顯眼。隨著距離拉近，這才看清那是團綠色的螢光，雖然微弱，但是被包覆其中的人形仍然看得清清楚楚。

「維文？」亞凱不確定他雙眼所見，又再次的對綠光中的人喊著：「你是維文嗎？」

黑暗中的迷失者無力的抬起他的頭，那模樣真叫亞凱難忘。眼前的維文雙眼空洞無眸，膚色死白，身體像是被縫補拼湊而成的布偶，他身穿破爛不堪的鎧甲，一半的身軀都已腐爛成骨。巨鷹很快的飛過迷失者的上空，綠光也隨之消失於後方，永遠在此沉淪。

前後只有短短的數十秒，亞凱都懷疑自己是不是看到幻覺。記憶中的好友，安茲羅瑟的英雄，真的還活在世上嗎？但那個模樣，還算是人嗎？

事情的發展真是太糟糕，僅管是這麼一個方位不清的地方，亞凱還是很肯定這隻巨鷹不斷的往深處飛行中。越過阿特納爾，之後就是綿延不斷的高山——奧底克西山脈。

「放、放我下來，你知不知道你在往什麼地方飛？奧底克西山脈耶！那是天界設下防護網的邊界，區隔著亞蘭納與安茲羅瑟的世界，凡有生命的物體與保護網接觸，瞬間灰飛湮滅。」亞凱也明白他說這些話禽獸根本聽不懂。他只不過是在垂死掙扎，看能否求得一線生機，人活到這種時候，總是有一股悲哀感打從心底油然而生。

就在巨鷹碰觸到天界保護網後，那一瞬間激出強大的白光，與四周圍的黑暗產生極大的對比。強光刺激了亞凱的感官，令他當場不省人事。

亞凱躺在草蓆上翻來覆去，總睡不好覺。他將被子完全蓋住頭，全身蜷縮，但是寒意依舊一波接著一波不知道從什麼地方鑽入被褥內，連骨頭都凍僵了。

「冷死了！」亞凱生氣地將被子踢開，他跑到壁爐前蹲著取暖。

柴火被燒得赤紅，亞凱身體的溫度這才慢慢升高。

「拜託，能給壁爐多加點柴火嗎？」亞凱抱怨著。「屋子凍得讓人待不下。」

「我一點感覺也沒有。」科奧冷冷的回答。「你傷勢還沒完全痊癒才會這樣。」

亞凱在雙掌間呵氣。「另外，我的肚子也很餓，少了能讓我暖胃的東西。」

科奧端了碗熱騰騰的東西給亞凱，但當亞凱看到碗內充滿白色稀稀糊糊又味道難聞的食物後，他的食慾頓時少了一半。

「這是什麼？」

「粥。」科奧簡單地回答。

「我問的是——這是什麼東西煮成的？」

「乳樹的樹汁加上亞蘭納人的血塊烹調而成。因為加了凝血粉，煮出來才有稠狀感。」

亞凱聽完科奧的話後便立刻將碗放下。「乳樹樹汁對我們來說是劇毒，裡面還加上亞蘭納人的血塊，這叫我怎麼喝得下去？」

「愛喝不喝隨便你。」

「這兒有其他亞蘭納人？」亞凱像是想到什麼似的問。

「有，都在圈養處集中養殖，養大後殺來吃。」科奧回答。

媽的，這些安茲羅瑟人真的當亞蘭納人是食物。「那麼總有給亞蘭納人吃的東西吧？」

科奧端起亞凱不喝的粥，然後喝下好大一口，他吃得滿口都是。「這比飼料好吃多了，果然是禽獸，不吃人食。」

到底誰是獸誰是人？亞凱這時不想和他在嘴上針鋒相對。「好，可以請你給我飼料吃嗎？麻煩你。」亞凱語氣加重地說，他說出這句話時，內心可是十足地不悅，若不是身體饑寒難耐，他也不想低聲下氣的求人，尤其是這樣貶低自己尊嚴的求法，這已經是把臉皮往地上擺的程度了。但在異地求生不易，也為了探知兩名好友失蹤的真相，亞凱也顧不得什麼面子。

「圈養處才有，我去拿，你別亂跑。」科奧叮嚀後，離開住處。

亞凱無力的盤坐在地，他倒懷念起在安普尼頓時大口喝湯大口吃肉的日子了，是什麼樣的因由讓他必須忍受這些痛苦？回想起數天前……

冰天雪地的寒冷讓亞凱的意識漸漸恢復，他只記得自己被一隻巨鷹攫走，後來在穿過天界保護網時被強光閃暈，等他再度睜開朦朧的雙眼，就發現自己已經身處在這種惡劣的環境中。

漫天風雪，無邊無際，在一片慘白的世界裡，亞凱感到既寒且痛，他的身體有一種快碎裂的感覺，應該是從高地跌落後才會傷成這樣。現在的他連根手指頭都無力彈動，無情的雪地將要把他整個人埋入冰冷的寒獄中。蒼白的前方好像有一道奇怪的身影逐漸靠近自己，亞凱也不確定那是什麼。等到身影站在自己的前方後，他才看清楚對方的個頭是多麼高大強壯。

對方蹲低身子，但亞凱仍舊看不清他的面容。「我是你們亞蘭納人最討厭的安茲羅瑟人。在這冰天雪地裡，你只有兩種選擇……你願意被你最痛恨的人拯救嗎？」

亞凱不能言語，他在雪地上勉力的掙扎，身體卻沉重如石頭動也不動，徒勞無功。

那巨大的身影明白亞凱表達的意思，他輕而易舉就將亞凱從地上拽起，接著扛到肩頭。亞凱失去最後的力氣，雙眼如掛上鉛垂般的沉重，不過並沒有失去意識。在這段路上，他什麼都感受不到，只覺得路途既漫長，身體又難受的要命。

「喝，你喝。」亞凱只覺得有人拿著溫熱的藥湯正粗魯地灌入自己口中，但眼睛睜不開，看不清對方面貌。

「這是獸醫那裡拿來的藥湯，亞蘭納人可以喝。」對方如此說著。

亞凱並不喜歡這樣，但他也沒得選擇。幸好藥湯終究有發揮功效，亞凱覺得身體好多了，當疼痛獲得緩解後，隨即強烈的睡意襲來，他也就這麼沉沉的睡去。

不知道過了多久，睡意逐漸散去，睜眼的瞬間卻發現自己身處一處幽暗的洞窟內，亞凱滿腹疑惑的坐起。自己睡的地方不是床，而是鋪了蓆子的地板，那名男人就坐在自己的左側，身體靠著木桌，眼睛看著自己。木桌上有一盞從沒看過的奇特燈，在玻璃的燈罩內，有三道紫色的光球不斷的飄動，雖然不明亮，但足夠讓亞凱看清楚這個洞窟內所有的擺飾，包括那個男人的模樣。

他有一張消瘦枯槁的臉，與他高大的身形不搭。他髮如鋼絲，不過並不散亂，而是有經過整齊的梳理。

亞凱與他面對面相視，對方卻一句話也不說，這情況真叫人尷尬。

「那個……真謝謝你。」亞凱先打破這個僵掉的氣氛。「我是安普尼頓的亞凱・沙凡斯。」

對方沒有回應。

「請問這裡是賀里蘭德嗎？」亞凱覺得他這話問得有點蠢，明知道對方身上的氣息分明是……總之亞凱就是不想承認他現在的處境，反正都是會讓他震驚的結果，倒不如先慢慢試探對方的意圖。

「科奧，我的名字。」對方魯鈍地回答。

接下來，亞凱向科奧詢問了很多問題，但都得不到什麼有用的答覆。

在這個地方待了數天，亞凱覺得時間多得用不完，而且越來越沒有意義，再加上成天都昏昏暗暗的，根本沒什麼時間概念可言。想要逃出去，卻又忌憚這裡是安茲羅瑟人的領地而不敢輕舉妄動。

說到此，安茲羅瑟的世界沒有想像中的黑暗，這個被科奧稱為住處的洞穴有著照明設備，岩壁上也會發出淡藍色的幽光。室內雖小，卻不雜亂，該有的都有，原本亞凱還以為安茲羅瑟人只是沒有文化又衝動的惡魔。空氣中雖有怪味，卻不是黑暗圈裡聞到的那些刺鼻腐臭味。好像——眼前所見都和他在亞蘭納裡聽說的有所出入。

科奧嫌棄亞凱身上的腐臭味，因此煮了水讓他洗澡。

亞凱看著木桶內的綠水，猶豫萬分。

「獸醫說，你們可以進去泡，不會有事。」科奧一臉嫌惡地說：「你很臭，就算亞基拉爾主人有命令，我也會趕你出屋外。」

你長得更噁心，竟然還對我說這種話。亞凱滿心的怨言，他脫下衣服進去綠水內浸泡。綠水的水溫適中，不黏稠也沒腐蝕性。

「黑暗圈到底是怎麼回事？」亞凱不止一次問過這問題，他總是覺得可以從這講話有點笨拙的惡魔身上得到答案。

「主上做的事，我不懂；宙源其他地方發生的事，我也不懂。」科奧坐在木椅旁，盯著亞凱沐浴，感覺上比較像是在監視亞凱的一舉一動。「雖然我們極厭惡光，卻也非完全不需要光，有夜視能力者不是所有人，全黑的世界，對我們沒用。」科奧難得講一長串話，亞凱卻聽得有點痛苦。

「這麼說來，阿特納爾後續引發的災害並不是亞基拉爾引起的？」

「我不清楚。」科奧保持一貫地回答。

亞凱拿起洗澡桶旁的衣服，他從口袋裡掏出一枚金色徽章，那徽章設計成四頭八手的人形，後面還刻著奇怪文字。這是研究所的人從那具在阿特納爾挖掘場裡死亡的安茲羅瑟人身上發現的，之後輾轉被亞凱取得。

「看過這東西嗎？」

科奧接過徽章後，語氣平淡的回答：「庫瓦爾將軍的勳章，真主賜予。」
「是什麼人？」亞凱問。
「我們托佛的將軍，被派去執行埋伏亞基拉爾大人的任務。」
「原來是敵對勢力。」亞凱若有所思地瞥了科奧一眼，接著問：「你們與亞基拉爾為敵？」
「托佛所有人是，但我卻不是。」
亞凱呵呵發笑，「原來你是內應。」
「以前不是，現在是。」科奧說：「主上的朋友在我身上施了法術，我的想法就改變了。」
「這就叫洗腦。」亞凱用水搓洗著手臂。
「我不後悔，因為我見到了比真主更令我折服的明君，我願為主上做任何事。」
「安茲羅瑟如想像中是個戰亂的世界。」亞凱的口氣帶著些許怒意。「你們在自己的世界要做什麼沒人管得著，但牽連到我們可真令人惱怒。說穿了，我們互不干涉，要是你們有意將戰火帶至亞蘭納聯盟，早晚聯盟的人會叫你們吃盡苦頭。」
科奧睥睨的看著亞凱，之後輕蔑地說：「我們才不是什麼世界，那是你們亞蘭納人的稱呼嗎？真是沒品味、沒格調。這裡叫魔塵大陸，而你們居住的地方叫聖路之地。」
「只是稱呼不同，有關係嗎？」亞凱有點生氣。
「托佛為何和主上敵對，我不清楚。」科奧說。「讓戰火延燒過去的，是托佛真主托賽因而非吾主亞基拉爾・翔，所以你不要誤會。不過，你誤會我們也沒關係，像你們這些外來種死再多個也沒人會覺得可惜，就以你現在這副模樣是不能有什麼作為的。我的主上對你們的態度就不同了，主上賜你機會，你可以手刃所有甸疆城的人來為你戰死的兄弟復仇。」

亞凱突然覺得科奧的講話方式好像變得犀利許多，同時對他批評亞蘭納的話語感到生氣；但一想到科奧後面那些完全沒有對甸疆城有任何一絲同情心的發言，亞蘭納將來要面對的都是這些冷酷無情的對手，想到這亞凱就不禁打了冷顫。「我憑什麼幫助你們？」

「你不想知道朋友的下落？」科奧立刻抛出亞凱不得不咬下的餌。

「你確定你講的朋友與我有關？」亞凱狐疑的問。

「一個對主上口出不遜，舉止無禮的下等人，我們吊起了他，踩碎他的黑墨鏡；另一名沉默寡言，不願吐實的下等人，我們關起了他，扯掉了他視為珍寶的項鍊。」

亞凱怒火中燒，從澡桶裡猛然站起。「你們想怎麼樣？」

科奧帶著疑問的神情。「是我們想問『你想怎麼樣？』」

亞凱知道自己衝動不得，按下怒火。「好……好吧！先告訴我甸疆城針對亞基拉爾的計畫是什麼？」

「不清楚，我只知道庫瓦爾將軍帶軍隊埋伏於阿特納爾中，再放消息給天界與亞蘭納，讓三方夾擊主上。不過我知道他們不會成功，因為主上是最厲害的。」

亞凱又陷入了思索之中，他充滿疑惑地問：「你們軍隊的士兵都長得和你一模一樣嗎？我是說類似的長相。」

「這不是我們的獸化原形，以人形狀態來說，應該是有區別的。」科奧說。

這就奇怪了，亞凱因為科奧的話而感到有點混亂。在阿特納爾的街道上他們的確被許多怪物攻擊，但如果是以亞基拉爾為主要目標的話，為何還要多生事端，連亞蘭納聯盟也列入被攻擊對象？在挖掘場的底部發現中箭死亡的安茲羅瑟人的屍體只有一具，除此之外全都是亞基拉爾的手下，為什麼？天界方面所派來的那些只能稱得上是偵查兵，連軍隊都不算。至於亞蘭納聯盟出兵的原因只是因為阿特納爾發生暴亂，想趁機奪下控制權而已，跟亞基拉爾也無關，事前更不知道他會出現在挖掘場底部。

「告訴你，其實甸疆城前後派出兩次軍隊，在越過保護網前就已經被主人殲滅，天界與亞蘭納自有主上的暗樁幫忙封鎖消息。」

「就算如此，亞基拉爾未免太神通廣大。」亞凱剛說完，隨即嚇了一跳。「你……你知道我在想什麼？」

「我的讀心術有時能發揮作用，但不是每次都行。」

亞凱本來還當他很愚笨，結果竟意外的機靈。

「禽獸眼中，瞧不起人。」

「你說誰是禽獸？」亞凱拉高音量。

「好了，該起來，泡太久身體會差。」

亞凱含著怒氣從澡桶爬起，他隨手拿了旁邊的布巾擦拭身體。「我問你，你們怎麼越過保護網？」

「隨時都可以，那是為你們而設的，與我們無關。天界說：凡生命體靠近會被毀滅，其實只有你們亞蘭納人碰觸才會有事。」

聽到這個回答，亞凱驚訝的說不出話。

「別問我為什麼，主上可能就知道。」科奧搶在亞凱發問前說。

「既然如此，我又怎麼越過保護網？」

「靈隼，那是生長於天界的原生物種，具有穿越保護網的能力，牠抓著你，你就沒事。帶你來的靈隼是主上飼養的寵物之一。牠有點妄為，總是不聽從主人的命令，主人正思考要怎麼好好再教育牠。你也並非被牠攫著一路飛來魔塵大陸，而是穿過了主上事先解除屏障的跨境傳送門。別以為魔塵大陸和聖路之地間的距離能單純依靠飛行就抵達。」科奧看亞凱穿好衣服，隨即拿出一條鐵鍊。「洗好後，該綁起來。」

「為什麼要綁我？」亞凱大叫。

「怕你亂跑，出去被抓；怕你亂動東西，搞亂屋子。」

「原來在這裡的亞蘭納人都是這樣被對待。」

「亞蘭納人笨笨的，不會說話，只會吃睡，養大後就殺來吃。」

「勸你別把我和你們養殖的亞蘭納人相提並論。」亞凱已經有點氣惱。

科奧想了一下。「也對，你會說話，能溝通，應該不用鍊子。那你會乖乖聽話？」

亞凱嘴角一揚。「就算我不聽話，你也不可能栓我鍊子。」

「是嗎？那還是要綁起來。」科奧拿著鐵鍊要靠近亞凱。

亞凱立刻舉起法杖，右手泛起白光。科奧見到這情形，退後了數步。「你會神力法術，好吧！不上鐵鍊。」

「你真當我寵物嗎？怎麼說我在亞蘭納聯盟也是受人敬仰的英雄，來這裡被你們栓鍊子，想都別想。」亞凱將神力收回。

「亞蘭納的英雄，還是禽獸一隻。」

「我很不想和你一般見識，但你總能挑起我的怒火。」亞凱覺得再和科奧廢話下去，他一定忍無可忍。

「好吧！不管怎麼樣，我們要開始執行主上的作戰計畫。」

「我可沒答應要與你們合作。」亞凱瞪著科奧。「不是你們救了我，我就得對你們言聽計從。更何況我會落到這地步，全是亞基拉爾害的。」

「你還想救回你的兩位朋友嗎？」

科奧的話，讓亞凱愣住了。

「那就乖乖聽話。」

「我不是聽話，我是配合你們，在此之前，我要先見到我的朋友。」亞凱不相信對方會履行諾言，他只想先知道貝爾與艾列金的下落。

「任務結束，就會見到。」科奧說：「你知道，你並沒有與我們談判的空間。」

「食言的人，我會讓他永遠消失，不管是亞基拉爾還是你。」亞凱心有不甘的說。「首先，你總該告訴我亞基拉爾想要我做什麼。」

「任務會告訴你。」科奧露出凌厲的眼神。「最後結果——甸疆城要被消滅！」

「我們試試看。」當科奧拿出簡易型通訊器與亞凱對談時，亞凱簡直不敢相信，安茲羅瑟人竟然會使用這玩意兒。「功能很簡單，短距離溝通沒問題。」

「你是從那裡拿來這東西？」亞凱挑起眉毛，好奇地問：「你會使用？」

「主上為我準備的。」科奧問：「聽說是你們發明的，你自己卻不知道？」

亞凱搔著頭。「除了待在修道院與練習神力法術之外，我對這些機械玩意其實還蠻陌生的。」

「因為你們文明低落，才不得不用這個和你聯繫。」

「安茲羅瑟人用什麼溝通？」

科奧大大的手掌輕碰亞凱的額頭。「這樣，你就應該知道我的想法。」

「這只限近距離吧？若兩人之間離得很遠，別說碰觸了，連人都看不見要如何溝通？」

科奧展開他的手掌，從掌中心變出一片奇特的圓形玻璃片，看起來像鏡子，卻照不出影象。

「特殊的魂系法器只要頻率相同，我們可以將其藏入身體中，你們能嗎？」

亞凱瞪大眼睛說：「簡直難以置信，你們真是不可思議的生物。我就曾經看過亞基拉爾瞬間變出一把金色大弓，我還在想他是怎麼將弓藏起來的。」

「遠距離溝通的方法很多，我手中這叫祕密之言，這是神力魔法基礎科技的造物，只需要與對方交換非常微量的魂系神力，想溝通隨時都可以。當然，這比不上天界人能以心靈直接交流的能力。」

亞凱露出綻開的笑容。「好有趣，能教我嗎？」

「你施展聖系神力法術以什麼為媒介？」

亞凱拿起隨身攜帶的長杖，將它交給科奧。「法杖內藏有神聖結晶碎片。」

科奧舉起法杖，仔仔細細地端視著。「只有碎片——難怪你們永遠無法與天界人、安茲羅瑟人相比。」

這種事根本不需要你提醒，只要是亞蘭納人都知道神力法術難學難精，亞凱抿著嘴唇，儘可能的不要與對方吵架。「你看了半天，想看斷我的法杖嗎？」亞凱語帶譏諷地問。

「嗯——」科奧沉吟半晌，終於回話：「和你身體的聯繫感很強烈，看來你已經定型了，想學其他法術難上加難。」

亞凱將法杖收回。「雖然我對這些聞所未聞的新技能很感興趣，但還是辦正事比較要緊。」

「拿出通訊器就是為了上次和你提到的任務。」

亞凱面有難色。「非這麼做不可嗎？」

「你不管怎麼偽裝，只要在大街上，任何人都能聞出你的味道，片刻後你將會被撕成碎片，連骨頭都不剩。」

「但要我全身赤裸，實在是……」亞凱光是想像這情景，他內心就有千萬個不願意。

「我們養的亞蘭納人不會有衣服可穿，要潛入一定得這樣。」科奧說：「我會準備一個移動式的木牢，外面蓋上黑布，你就脫光進去，我會拉著你到圈養處。」

在異地生存，亞凱沒有太多的選擇，最後他依然只能放下自尊。

在脫去法袍坐上木牢車之前，亞凱擔心自己裸身受不了寒冷的氣溫，先吃了幾顆火棗恆定體溫。果然，火棗發揮功用，托佛的氣候變得溫暖如春。但比起寒風的刺骨，衣不蔽體的羞恥感更令亞凱覺得難受。

科奧拉著蓋上黑布的木牢車一路走過大道，接著穿越短距離傳送門，來到一處綠湖泊旁。科奧一邊單手拉著車，一邊沿著湖岸走。在牢車內的亞凱不時偷偷拉開黑布，觀看外面的景象。這可是他第一次在安茲羅瑟人居住的都市參觀，他的好奇心快壓死他了。

外面的世界是更大更寬廣的洞穴，每一位甸疆城的居民都在他們居住的洞穴外做出各種不同的布置，街道上則是相隔一段距離都有紫色光芒的石燈柱當照明，加上整片岩壁上隱隱約約冒出的淡藍光，時亮時暗，完全是亞凱想像之外的奇觀。

「住的地方怪，連人也奇怪。整個街道上死氣沉沉，路人之間也沒有什麼互動。」亞凱細聲地評論。

「不是叫你安靜嗎？」科奧將亞凱掀開的黑布再度掩上。「你死了可不關我事。」

亞凱在木牢車中沒好氣地回著話：「任務結束後，我會立刻和你分道揚鑣。」

科奧也不加思索的回應：「我會立刻一口吃了你。」

「我倒期待那一天的到來，願雙子之神庇佑你。」亞凱這次一點也不想讓科奧在言語佔上風。

「安靜，前面來了麻煩的人。」

律政官拜權在路上叫住科奧。科奧讓木牢車停下，之後與律政官行禮。

「很重的味道。」拜權稍微露出嫌惡的神情。

「屬下正送亞蘭納人到圈養處。」

「科奧隊長連這種工作也做嗎？」拜權問。

「工作都是有益的。」科奧回答。

「守衛隊長還肯做這種粗賤的工作，你的心態不錯。」拜權走到牢車旁，將黑布掀開看裡面的亞蘭納人。

亞凱被這突如其來的舉動嚇到，他看見一名膚色黝黑、兩眼發出深色綠光的男子正看著他。那個人的鬍鬚與髮絲相連，每一條都像是會蠕來蠕去的細長軟蟲。亞凱被嚇得可不輕，他急忙裝成癡呆的模樣表現給對方看。

拜權斜眼瞟一下木牢車內的亞凱後就將布巾再度蓋上。「辛苦了。」他點頭示意科奧可以離去。

科奧行禮，拉著木牢車不急不徐地繼續前進。

「那個人的長相真驚人，他的頭髮和鬍鬚都是蠕蟲直接長在皮膚上嗎？」亞凱等過了一段時間後，忍不住向科奧詢問。

「沒用的問題就少問。」科奧面無表情的說：「剛剛你扮傻很像，繼續保持。」

「我什麼尊嚴都沒了。」亞凱只覺得難為情到想死。「在安普尼頓，我可是沙凡斯家的機關長，軍務大臣議事官……」

「很夠了。」科奧冷冷地說：「回不去的話，你只是別人眼中的大餐。」

「正因為如此，我非常的忍耐，已經夠多了。」亞凱早就快受不了這種生活。「還不如正大光明的一戰，死了倒輕鬆。」

「快到了。」

「那麼快？」亞凱十分訝異。「剛剛我有注意到我們穿過一道奇特的門，之後再從另一端出來時，景色就截然不同。」

「安茲羅瑟的神力魔法科技，將定位兩端地點的距離以縮短空間的方式進行移動的傳送門」科奧解釋。

亞凱驚呼：「這遠比車和飛機快多了，要是能將這種技術帶回去……」

「你們學不會的。」

亞凱發現木牢車停止晃動。「到了嗎？」

「我會送你進去。」

「你要用什麼理由？走失？撿到？」

「都可以。」科奧語氣平淡。

「難道你們管理亞蘭納人是那麼樣沒有秩序？」

「當然不會。」科奧猙獰的輕笑著，不懷好意的說：「管理員會發現從來沒有看過你，然後為了避免衍生事端，他們在你的屁股上草率地用烙印來標記你後，再一腳踢你進籠舍內。」

「掩人耳目的行動就到此為止，我自己想辦法潛入。」亞凱確定四下無人後，狼狽地爬出木牢車，面色不快。

科奧拿出一只白色錦囊交給亞凱。「收好，別被發現。」

亞凱攤著雙手。「你看我全身上下有能藏東西的地方嗎？」

科奧不理會亞凱。「裡面只有幾個餵養人在管理，我引開他們。」接著他漫步似的走入。

圈養處建於綠湖畔旁，鑿岩壁而成，看起來像個避難所。出入口只有一處，等科奧帶著餵養人笑嘻嘻地走出後，亞凱便發揮自己的能力潛入。

裡面非常陰暗，只有通道中央有一支石燈柱，兩側像是牢房，關著亞蘭納人。亞凱剛進入這地方就聞到一股潮溼酸敗的味道，裡面還夾雜著糞水的惡臭，狹小的空間不時發出嗚咽般的聲音。

「豈有此理，真的把人當牲畜在養。」亞凱看著籠舍內髒兮兮的亞蘭納人，一股怒意油然而生。

這些亞蘭納人一看到亞凱，就衝過來拍著木欄，咿咿呀呀的不知道在說些什麼，似乎是在乞討食物。

「原來你們連語言的能力都沒有。」亞凱輕抽一口氣，然後拿出錦囊內的開鎖工具，輕易的就將鎖打開。「用這種像屁一樣的鎖關人，你們安茲羅瑟人也覺得有優越感嗎？」

「什麼聲音？」一名安茲羅瑟人來到旁邊，亞凱因為專注於籠舍上的工作而忽略了警戒。

「你這兔是怎麼跑出來的。」然後他看了一下敞開的木欄門，叫道：「上一個值班真該死，想讓我背黑鍋嗎？」

亞凱情急下將錦囊丟入木欄內，然後躺在地上磨蹭，嘴巴也發出唏哩呼嚕的怪聲音。

「糟了，還好沒被人發現你跑出來。」餵養人一腳踢亞凱入籠舍內，接著將門再度鎖上。

「滾進去，你這髒東西想害我丟工作不成？」

反覆地把鎖和籠門檢查一遍又一遍，確定不會再有意外發生後，餵養人才倖倖然離去。

籠內的亞蘭納人好奇地爭著那只被亞凱丟入的白色錦囊。

「夠了夠了，那是我的東西，還我。」亞凱左臂遮著口鼻，右手揮趕他們。

這群亞蘭納人竟反過來黏著亞凱不放，出乎意料之外。惡臭與髒亂令亞凱充滿不耐地奮力將他們推開，等他拾起地上的白色錦囊再看到那五、六名蹲在角落顫抖的亞蘭納人後，他覺得自己剛剛的態度錯了。

亞凱長嘆了一口。「我覺得我和你們根本是兩個世界的人，怎麼會這樣呢？要是連我都不同情你們，就真的沒人可救你們了。等著吧！那些貪食的惡魔將會付出代價。」

圈養處外，科奧正嘗試用通訊器和亞凱聯絡。「喂！聽到嗎？」

通訊器回應：「聽到了。」

「完成了嗎？」

「嗯，我還將柵門鎖都動了手腳，雖然外表看起來依然很堅固，實際上只要蠻力夠大……」

「快點出來，我們還有其他地方要去。」

亞凱從入口處走出，正和科奧迎個正著。「媽的，我偷偷摸摸的想溜出去，誰知道外面早就沒人了，你把他們都引去那兒？」

「官階高於他們，想要做什麼就做什麼。」科奧拉著木牢車。「進去，快點。」

「你行行好，我肚子餓到差點和裡面那些可憐的弟兄爭食飼料。」亞凱摸著肚皮抱怨：「你不能先填滿我的胃嗎？」

「不要讓雷赫大人等！」科奧面露惱色。

亞凱回到木牢車內坐下。「我們的行動應該沒被人發現吧？」

「也許吧！」科奧拉著木牢車開始移動。「我的腦識被主上封鎖，真主的意志統合能力對我沒用，對你這個亞蘭納人也沒用。我們要小心的只有長老院木鬚和銅鬚以及律政官拜權。」

「拜權？那個盤查你的人？」

「對，讓我嚇得心驚膽跳，幸虧大人公務繁忙才沒將注意力放到你身上。」

兩人前往雷赫的住處途中，另一名律政官又將他們攔下。

「科奧隊長，您運著彘要去那？味道可真重。」求利問。

「雷赫大人指定的糧食，我代為運送而已。」

「雷赫大人嗎？」求利哼道。「若是吃東西可以讓他安份的話，你就幫他送去吧！」

「屬下告退。」科奧繼續拉著木牢車前進。

到達目的地後，亞凱總算能穿上衣服。

「這傢伙挺氣派的。」亞凱邊整理服裝儀容，邊環顧四周。「雖然這個地方少了花草布置，但看起來就像庭園。」

「對方是我國的高官貴爵，不會怠慢。」

「你終於來了。」隨著聲音掃視而去，亞凱看見的是身穿銀色華麗護袍的男子，他肩披銀紋斗篷，胸上紋有特殊的徽飾，額頭有一根短短的犄角。最令亞凱訝異的莫過於那名男子的臉長得粗獷威武，與亞蘭納人的長相完全無異。

「雷赫長老。」科奧鞠躬。

亞凱也是懂得看場面的人，他也迅速地向對方敬禮。

「就是他嗎？」雷赫嚴格審度的目光上下打量著亞凱。「從異地來到此處的亞蘭納人。」

「長老，他將可以成為您的助力。」科奧說。

「有沒有用由我來判斷，你先離開，免得其他長老發現你親近我。」雷赫命令似地說。

「遵命。」科奧唯唯諾諾，依照雷赫的指示離開。

待在原處的亞凱仍然一臉不可思議的猛瞧著雷赫的面容。

「朋友，不要那麼驚訝。」雷赫以輕鬆的語氣與亞凱對話，試圖拉近距離。「這張臉是修飾很多次才有的，得來不易。以後你將會遇到更多接近亞蘭納人模樣的我們。」

朋友？不知道為什麼亞凱對雷赫口中說出的這兩個字感到非常突兀，似乎將朋友這兩個字用得太廉價了。「如果要你變成你們最厭惡、鄙視的亞蘭納人，您在同儕間不會受到恥笑嗎？」

「怎麼會，我依然是我。」雷赫輕擺著手說：「朋友，您對我們成見很深。我知道您有不好的刻板印象，在這個甸疆城內的居民也把亞蘭納人當作牲畜來圈養。這些愚蠢的人窮極一生都待在這個深邃、晦暗的洞穴內與世隔絕，他們也從沒見過在聖路之地上的亞蘭納聯盟進步到什麼程度，所以眼界狹小可想而知。」

「你們殘害我的同胞是事實。」亞凱一提起這個就特別咬牙切齒。

雷赫微笑道：「安茲羅瑟人重視的唯有生存，相信我，在肚子飢餓難耐時，我們會連自己的同胞也一口吞下。」

「這是逼不得已這麼做的藉口嗎？」亞凱譏諷道。

「朋友，我們與你們沒有什麼分別的，在死後歸入裂面空間下時，都會成為支撐蒼冥七界靈柱的一部分。」雷赫說：「我們同時擁有智慧的人形體與狂暴的獸形體；在理智與殘忍中掙扎著；在原始與文明的交界創造文化。很多時候，主宰著我們行動力的源頭就只是那為了求生的天性，而非本性。」

「這不都是相同？」亞凱笑說：「不用那麼刻意做作，我就是知道你的處境才會來的。」

雷赫也莞爾一笑。「朋友，我們同樣都是在宙源這殘酷的環境中苟延殘喘的生活著，即使為了生活方式的不同而有爭執，但我相信能理性溝通者，終會有跨越族群藩籬的一天。」

「想要排除芥蒂那有什麼問題？」亞凱拍著肚子。「先讓我飽餐一頓什麼都好談，不過我可不希望你為我準備烤亞蘭納人的肉排。」

究竟亞基拉爾與甸疆城間的爭執到了什麼地步，亞凱不知道也不想過問。住在雷赫居處的日子也過了數天，亞凱發現雷赫總是忙碌著，他沒有一刻閒暇的時間可以和亞凱深談，經常在一頓飽餐或是稍微休息後，他就匆忙出門，然後有好一段時間都不見人影。至於這時間是多久，亞凱也沒有確切去計算。利用這閒暇的時間，他可以翻遍雷赫的住處，看完他的數百本藏書。

「你倒悠哉。」科奧冷不防的出現，嚇到了埋首於閱讀中的亞凱。

「你知道你的行為非常沒有禮貌嗎？」亞凱厲聲道。

「莫非你在這做什麼虧心事？」科奧忍俊不禁。
亞凱不耐地說：「我在此很沒安全感，行嗎？」
「好了。」科奧招手。「我們也該離開了，事先種下的果樹應當已經結果，那就得去收成。」
由科奧的口中得知雷赫其實早就是被囚禁之身，按照時間點來說大約在阿特納爾事件過後他就一直被關在牢獄之中，正因為科奧的幫忙他才有暫時離開監牢返回住家的時間，當然這是不被允許的。難怪雷赫總是來去匆匆，亞凱總算明白箇中因由。
「雷赫大人有在家養殖亞蘭納人的興趣，在甸疆城內，大人算是與亞蘭納最親近的人。正因為大人養的那亞蘭納人最近死亡……」
亞凱接上科奧後面沒講的話。「所以你要我代替那名死亡的亞蘭納人？」
「你又有施展神力法術的能力，大人會很開心地接納你。」
科奧雖然這麼說，但自從他將亞凱送進雷赫家後，亞凱跟雷赫幾乎沒有互動的時間，這樣真的可以拉近距離嗎？亞凱抱持著懷疑的態度。
不過現在不是回想這件往事的時候，科奧在進去監獄之前和亞凱耳提面命的叮嚀著，一定要在看到火光的時候再引爆他事前埋於監獄內外的炸藥。「即使是我們，也聞不到定雷珠的硝煙味，就這樣將他們全部炸光吧！」
亞凱內心有了更可怕的想法，假如不照約定就胡亂的按下引爆鈕又會如何？「就這樣將他們全部炸光吧！這不正是科奧最希望的嗎？」一開始本來只是抱著好玩的心態，隨著時間一分一秒過去，科奧也沒再進一步指示，完全不曉得劫獄的過程到底順不順利。亞凱莫名其妙的就將按鈕按下，在他自己也沒注意到的時候……

銅鬚在席間來回踱步，看著銅鬚焦慮又帶點怒意的神情，一旁的木鬚安撫著。「您這樣焦急有什麼用？坐下來等吧！來喝一杯緩和一下情緒。」

「這都經過多久了？」銅鬚不自覺地拉高音量。「派去阿特納爾的庫瓦爾將軍沒回報，真主帶兵攻打邯雨的前線也沒有戰報回傳。我看最高興的莫過於在牢籠內的雷赫了。真主這一次親征耗費了不少時間，就因為這樣讓他的死期一延再延。」

「夠了。」木鬚示意銅鬚坐下。「難道你對真主的能力是那麼的不信任嗎？再說雷赫在囚禁期間省了我們不少力氣，他也無能施為，反正他絕躲不過死期，讓他再逍遙一陣子也無妨。」

「他真的什麼事都做不了嗎？」銅鬚意有所指地問。

「科奧正嚴密的監視著。」木鬚肯定道。

「我就是擔心科奧看不住那個人。」銅鬚靠近木鬚，接著刻意壓低音量。「不如我們先一步……」

木鬚搖頭。「不行，真主既然打算親自審判，我們就不可以先斬後奏。」

「這一切都是為了托佛。」銅鬚說：「留這個不安定的份子下來一定會壞事，尤其最近局勢又特別曖昧，會發生什麼事沒人可以預估。」

木鬚心中也有同樣的想法，但是他身為長老院的議員，必須顧及法規，要遵從真主的決定。若是連高層的他們都悖逆真主的命令，那麼國家豈不會大亂？「絕對不可以，一定要由真主親自審判。既然都是為了托佛，相信真主自然會指引一條大道。」

兩人正為此爭論不休時，殿外的衛兵匆忙來報：「亞蘭納人……造反了。」

甸疆城的大道上，赤裸的亞蘭納人四處狂奔。高聲的嘶吼與見人就攻擊的衝動性情完全顯示出他們失去本性的瘋狂，和進入獸化狀態的安茲羅瑟人相同，只是兩邊的立場反了過來。

亞蘭納人畢竟弱不禁風，雖然制服他們容易；但數量一多，儘管不會造成嚴重的破壞，卻帶來令人生厭的混亂與麻煩。

被衛兵壓倒在地的亞蘭納人，就像野獸受困一樣的嚎叫，他們極盡力量的掙扎、反抗。疲於應付的衛兵也不再有耐性，他們抽出利劍、或伸出利爪，朝著心臟一刺——利劍頓時通過胸膛；利爪瞬間掏出心臟。可悲軟弱的亞蘭納人，就像困在柵欄中狂奔亂衝的弱小動物，被掠食者輕易又無情地宰殺。

盛怒的木鬚叫來餵養人，他怒不可遏的殺了三名餵養人其中之一。「瞧你們幹的好事！」

另外兩名餵養人連忙跪地求饒，他們也不知道為什麼亞蘭納人能衝出籠舍。不知者的理由都是藉口，造成的混亂更不會讓這些愚蠢的人保持無罪之身。當求情已不可能獲得生機，死亡便隨之降臨。木鬚立刻將餵養人通通處決。

律政官丹名前來報告：「長老，場面都在控制之中，但要完全平息還需要時間。」

木鬚給了丹名新的命令。「查出這些禽獸脫籠的真相，同時調查屍體，我要知道他們發狂的原因。」

「這些雜種，竟敢作亂！」銅鬚的重靴踩在一名亞蘭納男性頭上，當他足部的力道一加強，腳下的人頭立刻暈開一片混合著腦漿的悲慘色彩，連哀叫都辦不到。「有看到求利和拜權嗎？」

沃勢一臉抱歉的回答：「大人，屬下已經聯絡數次，他們仍然沒有回應。」

木鬚還記得他特別囑咐拜權，要他多加留意雷赫的動靜，每隔一段時間都要紀錄他在牢中的動態。難道……獄中出事了？

今日的氣氛特別不同，空氣中隱隱約約有著不安感。到底是什麼？陌生的異味在風中飄蕩，隨風而至的還有雜沓的軍靴聲以及被一群惡意的眼神注視著的不快。

「有濃烈的殺意。」一旁的銅鬚身有所感。

不錯，敵人來了。他們大大方方、堂而皇之的入侵甸疆城，而且人數還不少，可能將是足以翻覆整個首都的可怕危機。

木鬚面色凝重，他輕搖著手。「傳哨者果羅何在？」

面如死灰，身如泥地一般的果羅由地面下緩緩浮起。「長老大人，您在召喚我嗎？」

「去，快去！」木鬚急促地命令道：「通知城內的貴族，要他們馬上來見軍機院的會議室見我。然後也領我的命令，告訴城外的主教，讓他們集合部隊。」

果羅的身體如分裂的蠕蟲一分為五，在接下木鬚的指示後再度潛地並往不同的方向離去。

「只憑城內的守軍夠嗎？」銅鬚問。

「若真的苦守不住，也只能使用大傳召令請真主回歸了，這是逼不得已的做法。」

城內守備隊與入侵者已經開始激烈的交戰，雙方各憑氣勢進行戰鬥，不過人數上的差異幾乎使得托佛駐軍一開戰就先落於下風。

「副相巴隆、左相克其恩、小相范席里，你們來得晚了。」木鬚坐鎮指揮，在他身後有一面巨大的影象螢幕，上面出現甸疆城各處交戰的情形。

小相看著螢幕，他臉上的四顆眼睛同時瞪大，內心不由得一驚。「這是邯雨的軍隊嗎？他們是怎麼越過托佛的要塞直接來到首都？」

副相直接坐在圓桌旁，他口中叼著雪茄，眼耳口鼻都冒出畸形的怪異黑煙，那些煙濃烈到完全看不清副相的臉。「對方一定有一名強大的咒術師，他使用雲界傳送術將邯雨的軍隊全傳進我國之內。」

「重點是什麼人讓這名傳送師進來我國的？」雷赫曾經說過甸疆城內有奸細，莫非真被他料中？木鬚開始思索雷赫之前講過的話。

「安茲羅瑟有這種能力的人不多。」左相的五官就像將兩張臉硬是緊黏在一起，非常擁擠，他一開口時都不知道究竟是左右那一張嘴說的。「只有他了——『死亡的引渡人』、『白衣惡靈』、『永恆的』塔利兒，被譽為最強的咒術師，哈魯路托的麾下。」

木鬚厲聲道：「神聖的甸疆城豈是那種妖人惡徒可以隨意進入的？哈魯路托既然輕視我們，那我就要讓他的手下來得了卻回不去。」

「交給我們處理。」副相接下這工作。

木鬚點頭。「人手並不足，帶齊你們的手下，然後一起行動吧！別給敵人各個擊破的機會。塔利兒也不是什麼容易應付的人，請務必要一擊得手。」話說完，在木鬚那充滿疣的深色厚皮突然擠出一顆滿是黏液的綠色眼球，而且能夠在空中飛行。「讓法眼跟著你們，我要即時掌握戰場的動態。」

大門被轟然撞開，拜權踉蹌的走入，他的右手按著剛剛才被亞基拉爾以箭矢射穿的部位，雖然已經恢復的差不多，但受傷處依舊隱隱作痛。「雷赫大人逃獄了！」

副相看著拜權，馬上就知道發生何事。「律政官大人，你的氣息微弱，死過一次了嗎？」

「替命術發揮了功效。」拜權的臉上表現出驚恐。「亞基拉爾出現在城內，我就是死在他的箭術下。」

木鬚心情一沉。「阿特納爾的偷襲行動失敗了，派去的人全數殉難，所以這陣子以來都沒有消息傳回。我早該知道，不，是應該要有所準備的，我卻忽略了這一點。」木鬚站了起來，他因憤怒而顫抖著身體。「好個亞基拉爾，連亞蘭納聯盟與天界人都奈何不了你嗎？」

副相等一行人追蹤異能的來源，他們想解決麻煩的源頭，卻與蜂擁而至的邯雨軍士兵迎面相撞，兩方激烈的交火。

「這些人在糾纏我們。」副相騎在全身漆黑的夢魘上。「直接繞過他們，以塔利兒為主要目標。」

右手化成一把長型鐮刀的魁梧男子名叫夫雷，是副相的手下，他衝上前砍出一條通道，三名貴族跟在他後方一齊殺出包圍。在靠近綠湖的位置，塔利兒手中的養屍儀杖發出紫藍色的引導光束，類似空間漩渦的傳送通道正在形成。

「果然是塔利兒！」左相指著前方大吼。「他又想開啟通道，不能如他所願！」

左相、小相與夫雷三人疾如離弦之箭，朝塔利兒的位置奔去，卻被一旁衝出的不明黑影半途攔道。頭戴尖舌帽的金髮男子手中飛刀揮灑而出，劃出數道優雅的銀色流光，安茲羅瑟人回擋的同時也被逼退。

「還有逃出的亞蘭納人？」副相雖然心中納悶，卻覺得他們不像自己國家內養殖的禽獸。

「沒禮貌啊！」男子挑著臉上的墨鏡。「我還沒報上我的大名勒。」

還有另一名氣息怪異的短髮男子從後方慢慢走到墨鏡男身後。第三位則是身穿銀白色盔甲，右肩上還扛著騎士重矛的戰士。他的皮膚滿佈濃密的棕色體毛，方臉闊嘴還帶著尖牙，耳廓圓又大。戰士直接站到兩名亞蘭納人前方，帶著毫無畏懼的神色。

「安茲羅瑟人還和亞蘭納人合作，不覺得羞恥嗎？」副相不屑地哼道。

銀盔戰士恭敬地說：「久聞甸疆城三相大人的大名，今日能與諸位在戰場上相遇，倍感榮幸。下人名為克隆卡士，來自辰之谷。」

「喂！有先後順序好嗎？我是安普尼頓的受勳紳士艾列金．路易。」接著他指向一旁的短髮男。「這位是安普尼頓的爵士貝爾。」

「亞蘭納聯盟？為何進犯吾國？」副相指責艾列金。「聽說你們很痛恨我們安茲羅瑟人，沒想到你們竟然背棄雙子神的信仰，選擇幫助多克索之子，那麼我就代替你們的主神送你們到裂面空間下贖罪。」

「吾主將要來到此地了，他是一位不殺降將的慈悲者，如果諸位大人肯的話……」克隆卡士勸道。

眼看塔利兒將要施法完成，副相不得不趕緊催促眾人強行衝陣。

左相和小相分別進攻艾列金與貝爾，夫雷則纏著克隆卡士。副相騎著夢魘飛過眾人的上方，他在半空中使用魂系神力之術，黑色魔法箭筆直的貫穿塔利兒的頭部。

咒術師塔利兒頭腦碎裂卻絲毫不動，他的儀杖依然在架構著通道，而頭部的傷害竟再次癒合，就像什麼事都沒發生過。

看著普通的法術攻擊對塔利兒完全不奏效，副相使足全力，打算再次使用更激烈的神力法術來制服他。卻在此時，副相又被一道無形銳利之氣橫空劃過，夢魘猛地翻身，幸好他拉緊轡繩，否則就要從半空之上跌落。

「克隆卡士的對手是副相大人和您的隨從喔！」克隆卡士一邊帶著笑容，一邊將夫雷的鐮刀手臂給格開。

艾列金與左相爭鬥之間，他看見副相那稀奇古怪的座騎，一時分神。「那就是夢魘嗎？有天馬的外形，肉身卻是一團黑漆漆的霧。」隨後，他在戰鬥中馬上被左相擊飛出去。艾列金在地上翻滾數圈，然後又可以立刻站起來，似乎沒有受到嚴重的傷害。「好險，幸好沒事。」

貝爾也明顯地處於劣勢，小相看準對方的空隙，直接強行突破。

「左相、小相，你們別浪費時間在廢物身上，先中斷雲界傳送術的施法。」副相命令似的叫著，克隆卡士手中重矛閃耀，透明的利風隨即劃過副相的身體，從空中滴落的鮮血一碰到地面馬上化煙消散。

看到艾列金與貝爾的防線被破，克隆卡士本打算退後護住塔利兒，不料夫雷的左手伸長，變成了黏膠似的網狀物綑住克隆卡士的盔甲。夫雷用力拉扯，想將對方拉近，之後銳利的鐮刀手臂將可以輕易砍下克隆卡士的人頭。

克隆卡士重矛直插入地，不讓身體移動。夫雷見克隆卡士頑強抵抗，馬上積極進攻，他揮刀衝向前。克隆卡士見狀立刻拔起重矛，回身擋擊，但他同時也失去阻擋左相和小相進攻的機會。

左相拔劍砍向塔利兒的頸部，劍刃卻深深陷進塔利兒的肉身中無法拔出，塔利兒本人卻安然無恙。

「左相大人，剛剛我就擊碎過他的頭骨了，這個男人的致命處不在頭部。」副相駕著夢魘降落在地，他打算看情況配合另外兩人的攻擊。

小相在一旁看得清楚，他相準塔利兒的心臟，這一次要讓他澈底回歸裂面空間中。

雖然這是場殘酷的戰爭，但畢竟是三個人圍殺一名正處於施術狀態且無法動彈的男子，說起來也不光彩。不過要是連這樣都殺不死對方，那顏面更是盡掃落地。

一聲驚呼，小相發出驚恐的高叫聲，他的頭部正被一隻大手給抓個正著。

從雲界傳送通道衝出的黑影，他的另一手也同時捏住左相的臉。左相根本還不知道發生什麼事就被對方逮到。

「『辰之谷統治者』，『安茲羅瑟最強之槍』，『黑夜之王』、『霸王』、『無畏者』加列斯．辰風領主。」想不到傳送通道內竟出現了意想不到的可怕人物，副相已經明白自己勝算渺茫。

加列斯冷笑著，他的長相也很接近亞蘭納人，不過頭上有一對很短的角。他黑色的短髮因風飄逸，雙手向兩側伸展看起來像是巨大的十字架。左右兩隻粗壯的手死死地抓著左相與小相的首級。他們發出痛苦的嗚聲，卻無力掙扎。

「三相大人，讓我將你等的名字從這魔塵大陸除去。」加列斯的雙手冒著煙，左相與小相的痛苦聲變得更尖銳，他們的血肉正被吸收，彈指間就化成一張皺皮，猶如洩了氣的球。直到左相、小相都被吸得一乾二淨後，加列斯才鬆手，任由那兩張皮癱軟地垂落地面。

加列斯張狂地大笑。「副相大人，還有你。」

夫雷撇下克隆卡士，他迅捷地抱住加列斯的小腿護主。「大人，您先走。」

副相騎著夢魘，倉皇地逃離。

夫雷身體的部分血肉織成一張黏性十足的肉身網，緊緊網著加列斯。

加列斯似乎對這舉動感到光火。「你是什麼角色？竟然敢靠近我！」不同於克隆卡士，加列斯強力的肌肉一張，夫雷的肉身網馬上斷裂，本人也被彈開。

「克隆卡士，就這程度你也不能應付嗎？豈不是讓亞蘭納人看笑話！」加列斯的身後背著一根巨大的長棍，就在他將夫雷格開後，他立即抽出棍子朝夫雷的頭頂往下猛力一敲，棍尖處將地面敲裂，夫雷的身體則散成肉塊，漫天飛舞。

「哎！」克隆卡士搖著頭。「霸王您還是先追副相大人比較要緊。」

艾列金冷冷的看著這一切，就像玩具人偶，沒有什麼太大的反應；倒是貝爾傻愣地坐在地上，雙腿有些發軟，站不起來。

「哼！不走嗎？」加列斯轉頭對艾列金說。他的腳步踩踏聲又沉又響，天曉得他的武器和身上的護甲到底有多重。

副相等人慘敗的戰況都在木鬚的法眼監看之中。

「加列斯竟然出現在此！那麼真主帶兵攻打邯雨時，對方防守的主力是誰？」木鬚一想到這可能也落入亞基拉爾的計算中，心情就更加低落，也不免為出外遠征的軍隊擔憂起來。

求利與丹名幾乎同一時間回來。求利發現拜權比他更快返回，雖有點訝異，但馬上看出不對勁之處。「你死過了？是誰殺的？」

「是亞基拉爾。」拜權低聲說。

「是他救走雷赫大人？」

拜權搖頭。「從屍體最後的目光所見，我早就看到兇手是科奧隊長。只不過當時急於追趕雷赫大人，所以沒對你說。」

「木鬚大人，我查到圈養處的籠舍鎖有被破壞的跡象。雖然外觀不明顯，不過只要稍加用力，那鎖就會馬上鬆掉。」求利報告著。「還有，從飼料中發現裡面摻入會讓亞蘭納人發狂的藥物。」

一道靈光令拜權的思緒頓時清晰。「原來……那時科奧隊長才會帶那莫名其妙的亞蘭納人到圈養處。」

事實已經很明顯。「將那叛逆找出來，死活不論。」木鬚無處發洩的蠻力往圓桌拍擊，木製大桌破損了一角，發出極大的聲響。

「那麼我們該去支援銅鬚大人和沃勢嗎？」丹名問。

木鬚點頭。「嗯，你們去，但拜權狀況不佳就留下。」在他們臨走前，木鬚還不忘叮嚀道：「別強守，以支援及拖延為主，真的撐不住就立刻後撤。」

求利與丹名整備好身上的護具與武器，對木鬚行道別禮後離開會議廳。

「我有打算召集你們四位律政官，在情勢逼不得已之時使出大傳召令將真主召回托佛。」

「真主進攻邯雨中，貿然將真主喚回，恐怕被問罪時會禍及你我。」拜權一臉不安的說：「大傳召令畢竟與塔利兒施展的傳送術不同，不但只能召回真主一人，我們四名施術者也會因此筋疲力竭，魂系神力耗盡。」

「只有偉大的真主能讓風雨飄搖的甸疆城安定下來，假若托佛被賊寇攻破，那麼進攻邯雨的行動就毫無意義了。」托佛的危境已經非常緊迫，沒有再多的思考時間了。木鬚明白對方是有備而來，以城內現有的人力來看能不能死撐著都是問題。

丹名與求利在半途發現亞凱與科奧的行蹤，這兩人一路躲藏，但亞凱身上的氣味卻難以遮掩，以致於暴露蹤跡。

「你們二人應該先去支援銅鬚大人。」木鬚透過跟隨的法眼發號施令。

「既然半路上相遇了，豈能放過玷污神聖甸疆城的叛徒與一條禽獸？」丹名說。

「我有同感，怎麼能讓他們逍遙快活呢？」求利面帶怒容。「殺他們的工作輕而易舉，只需要一下子工夫。」

他們兩人帶著部隊追擊而去，亞凱與科奧分頭竄逃，丹名緊追著亞蘭納人；而求利誓要清除叛徒。

隨著吆喝聲逐漸增加，那些安茲羅瑟惡魔已經拉近彼此間的距離。論體術與神力法術，亞凱在亞蘭納裡已經算是佼佼者，但這些惡魔更加可怕，他們不但來勢洶洶，而且速度奇快無比。

當亞凱穿過既陰暗又被攻打得滿目瘡痍的街道上時，他覺得自己像極了獵物，後方則是緊追不捨的狩獵者。丹名從高處躍下，直接攔住亞凱。後方的惡魔淹至，每一個都帶著渴望鮮血及難抑殺戮本性的神情。

亞凱率先出招，他拔出腰際的劍刺向丹名的胸部，可是卻被對方單手輕易制下。那律政官丹名的神情可怕至極，他陰險的六顆眼睛死盯著亞凱不放，眼眸升起憤怒的火焰，裡麵包含著復仇的殺意與怨恨，像要將亞凱完全燒盡。亞凱想將劍抽回，力量卻遜於對方，背後一隻利爪趁機劃破他的背部，血染衣袍。丹名同時出拳打向亞凱的臉，亞凱腳步不穩跌倒在地，他只覺得頭昏眼光，兩眼被紅暈蓋過，他的頭流下鮮血，鼻孔裡充滿血氣，可能連鼻血也流了。

後方另一個惡魔撲上來，亞凱翻身卻沒完全躲過，被對方的尖齒嘶咬下臂膀上的一小塊肉。這些傢伙一個接著一個，難道想整死我嗎？亞凱當下覺得自己無助又弱小。

一名惡魔又衝上前，亞凱命在旦夕，即使氣力不足也只能硬著頭皮出招了。他迅速拿起背後的法杖，左手泛光，亮白的圓形法術彈疾射而出，將惡魔擊飛。

丹名意外訝異。「你懂聖系神力法術？」

亞凱拄著法杖站起，神力同時充盈於雙手之間，兩名惡魔要聯合包夾襲擊時，亞凱左右手各發出神力彈將他們打退。

「雙使神力法術？雖然這不是什麼神技，以亞蘭納人的本事能有這種發揮，我倒是另眼相看。」丹名這可不是發自內心的誇獎，而是語帶輕視的感覺。

「不需要你的褒揚。」亞凱滿臉是血，大口的喘著氣，看來神力法術不但使他疲累而且更加重傷勢。亞凱強打起精神的高聲叫道：「別小看我們，你們這些混蛋竟然敢把亞蘭納人當成是畜牲。好，我今天就站在這裡，看你們誰吃得了我。」

「少自以為是。」正後方又跳出一名惡魔。「一隻禽獸而已，還真以為能與我們相鬥嗎？我一個就可以了。」

亞凱轉身惡狠狠的瞪著對方，右手再次將神力蓄勁於掌中。其實亞凱的體力已經到了極限，自從來到安茲羅瑟的世界後，他就沒有飽餐過，休息時也總是睡不入眠。而托佛這個建於深洞中的都市又寒又暗，環境的不適應也是難受的原因之一。身體與精神一而再的損耗，再加上現在身負重傷，如今的亞凱只剩不服輸的個性在硬撐。

在丹名的眼神示意下，那名惡魔張開大口朝亞凱撲去，這一次一定要咬斷這隻禽獸的脖子！

意外。

「呃啊！」惡魔被四面八方疾射而來的箭支貫穿，倒在地面抽動。

什麼人？丹名與他的手下緊張的四處張望，他們絕對想不到竟然在自己的首都內反被敵人團團包圍。別說聲音了，連一點味道都沒有。亞基拉爾的部下竟然有這種隱匿的本事，太叫人感到意外。

數量相當多的邯雨弩箭兵和弓手隊將他們手中的武器全數瞄準包圍圈中的托佛軍，只要一聲令下，他們立刻全身插滿箭支成為活靶。

一名看起來像是發號施令的人站出來發言，他微笑著。「抱歉，律政官大人。那位從亞蘭納遠道而來的先生可是吾主的座上賓，你們殺不得，將他交給我們如何？」

「交給你們？」律政官的表情乍變。「邯雨未免也太看不起我們托佛了，你們以為能夠說來就來，說要人就要人嗎？哼！我就偏不如你們所願。」

丹名冷不防地回手攻向亞凱，無情凜冽的利爪筆直地刺過去，亞凱被對方快速的身法嚇到，驚愕中高舉法杖橫擋。但……卻是慢了一步。

「呃呀！」亞凱滿臉是血，他瞪大雙眼以不可置信的神情看著自己那刺痛的左胸；在心臟的位置處，丹名的手指貫入其中，滲出的血流從袍子處沿著丹名的手臂流下，這一擊完全命中亞凱的致命部位，不會再有生機。

丹名嘴角微微一笑，得意的神情寫在臉上。「看吧！我殺了你們邯雨的人，你們又能耐我何？很不甘心對吧！很快的，下一個死的就是你們這些雜碎！」

嘻！亞凱的表情似乎有異。當丹名注意到的時候，亞凱早已微微抬起他那原本是無力垂落的面容，而且以一種幾乎詭異的獰笑在看著自己。

丹名心想不妙，他果真無法將手抽出亞凱的身體。「替、替身術？」眼前的亞凱失去了原先的膚色，取而代之的是上面刻著險惡笑容的木偶，而丹名的手就是身陷其中。

在那裡！丹名隨著目光游移，在左上方的高處，塔利兒早就無聲無息的將亞凱救走，兩人飄於半空。

「嘿、嘿、嘿。」木偶發出似笑非笑的聲音後，丹名覺得一陣悶熱感襲來，冒煙的木偶發出激烈的聲響與強光，現場捲起爆炸的強風，丹名的肉體就這麼和木偶的殘片混雜成一堆髒亂的碎屑。

托佛軍隊驚慌失措的竄逃，卻被隨之襲來的滿天箭雨蓋過，當箭支無定向的亂飛時，淒厲的慘叫聲此起彼落。弓兵隊直到叫聲漸漸消失後才停止射擊，現場宛如一座亂葬崗，而墳墓都是以屍體為基石，身上的箭支為墓碑。

至於中途兵分兩路，前去追趕科奧的求利則因急於剷除叛徒，不知不覺在追逐之中與後面的士兵走散了。等到他發現時，自己則變得孤單一人，連科奧的蹤跡也失去。

洞內的冷風吹動著衣袖，不安的氣氛讓求利警戒著四周。

忽然，在求利環掃的視線中，前方好像多出一條人影。「唔……你是？」求利還沒看得清對方的面貌，他心中早已有底，為求勝機，因此搶先出手。

求利雙手伸長的手指宛如利鞭，被揮中者，輕則皮開肉綻；重則四分五裂。指鞭破風聲響，將道路劃出長長的刀痕，十分整齊俐落。求利運使之間已經計算好敵人的方位，許多變長的指鞭將化成綿密的殺網，而目標只有眼前一人。

啪的一聲！所有的利鞭打在對方的雙手掌心，不，應該說對方本領更高，竟將所有的指鞭以雙手緊緊的抓住。

「邯雨之主——亞基拉爾？」

閃亮的銀製頭飾下暗藏一對冷澈的雙眼，亞基拉爾不改他一貫自信的笑容。「呵呵，律政官大人，您好。」

求利驚愕的臉上滑下斗大的汗珠。

木鬚完全坐立不安，他從其中一隻法眼裡看到丹名的死亡過程，至於跟隨求利的法眼則罕見的跟丟了追蹤者。不過即使沒看到求利的情況，回返的魂系神力也說明了求利的結局。

「都死了。」拜權一想到自己只能在原處等待同伴的死訊傳回，他的內心滿是不甘，身體因為過分的激動和怒意而顫動不已。

「兩個不聽勸的蠢材！」木鬚罵道：「若不是還有一次替命術的復生機會，再加上情勢惡劣，我會讓這兩個抗命的人受懲罰。」

「就算死戰，也要守住我們唯一的聖域。」

「你別忘記我交代的事，現在馬上與求利、丹名、沃勢三人會合，使用大傳召令讓真主回歸。」

「那您呢？」拜權擔心的問。

「把心思放在旬疆城上，亞基拉爾也許再過一會就會來到軍機院了，你立刻離開，我不許你返回，無論如何都要將真主召回。」木鬚訓斥道。

城前的殺伐聲不斷，但這卻已是旬疆城的垂死掙扎，他們將所有的衛兵壓在前線，勉力的苦撐邯雨軍的進攻。無奈對方的人數眾多，洶湧如海潮，一波接一波殺之不盡。不，在這種劣勢下托佛實在也很難有還手的機會，神座衛兵被打得節節敗退。

邯雨方的領隊是一名三層高的巨人，壯碩的身材外只穿著簡單的護甲，身體上滿是墨綠色的體毛，面貌醜陋，口有獠牙，還有一對皺起的大耳，兩眼似乎隱約發著令人恐懼的亮綠色光芒。

「正面一拳就打倒你們了，托佛也沒什麼強者。」

「庫雷！」怪物領隊隨著名字的叫喚聲將目光移去，喊他名字的正是沃勢。

「律政官大人，就算您叫在下的名字也沒用，主上早就下了命令，不論平民或是高官，一律處死！」

沃勢以輕視的口吻說：「若你不是躲在大部隊後方，豈由得你猖狂。」

庫雷呵聲笑道：「沃勢大人覺得不公平嗎？那你也可以自行了斷，不必出語挑釁！」庫雷的冷靜程度完全與他的外表不符，這在沃勢的意料之外。

不過當庫雷看著頑強抵抗的沃勢之後，內心翻湧的戰鬥之血也開始不安份了。

「雖然主上常告誡我們：『戰場不是兒戲，別輕易隨著敵人的話起舞』。」庫雷輕拭著他那斧頭的鋒利邊緣。「偶爾陪陪你們這些蠢蛋也不錯。」

暴喝一聲，庫雷也不管前面是自己人或是敵人，他一路衝撞，將擱在前方所有的障礙物撞開，因為他眼中的目標只有一人。

沃勢往後跳開，拉出長遠的距離，而原本他站的地面卻被鑿開一個大洞。庫雷那不是純粹的攻擊，而是蘊含魂系神力的魔法武器，即使大斧沒有真的劈到地面，那可怕的壓力也足以摧石斷金。沃勢雙手正要結印，庫雷毫無喘息的猛烈攻勢卻迎了上來，兩人相鬥，平分秋色。

銅鬚想幫忙，無奈抽不出身。眼看敵人漸多，援軍又遲遲未到，加上神座衛兵損失慘重，他也只能暫時喊退。

沃勢連連出招，待庫雷被逼得轉採防守後，他以奇快的身法趁機飛出戰圈。

「慢著，勝負還沒分出，你想去那？」

「哼！留待真主回歸後再收拾你。」沃勢卻沒注意到暗伏的危機，五支黑如墨的利器劃空而來，沃勢來不及閃躲，右足連中兩箭，其餘三箭釘在他的足緣前方幾寸之處。如果單是右腳受傷，倒還不至於影響移動，問題是沃勢跌落地面後，兩隻腳卻沉重的像是與地面結合，連抬起腳都沒辦法。待他正眼看了偷襲自己的利器後，驚聲叫道：「原來是釘影弩箭，我要命喪於此了！」

偷襲者的身影從眼前閃過，手中利器在灰暗的環境之中流瀉出數道銀龍，沃勢的世界瞬間變成數個分割畫面並隨後暗淡。

庫雷看見那名偷襲者正踩在沃勢那具骨肉分離的屍體上，當下怒不可遏，提斧快速攻去。

「唉！庫雷你不分青紅皂白攻擊？」

「影休大人，你不懂規矩嗎？竟插手別人的勝負之爭！」

影休向左後方挪移身體半步，躲過庫雷手中巨大的可怕斧頭。巨人庫雷左手接著拍下，卻被影休擋下後推回，庫雷被影休這借力使力的反推力道逼得差點腳步不穩。

「再來的話，我手中的餘暉可要瞄準你囉！」影休輕笑著，似乎沒將他們的衝突放在心中。

「傻瓜，別讓主上找藉口懲罰你。我們的時間不多，快速地攻下旬疆城才是目的。」

「不接受對方的邀戰就算了，既然接受了就要分勝負，戰鬥就是這樣。」庫雷不滿地咕噥。

「沃勢剛不就想逃了？他要著你玩呢！」影休說：「加列斯霸王的軍隊也順利進入旬疆城了，我們該過去與他們會合。」

法眼隨即傳回前線的戰情，不過現在的木鬚可沒有空接收訊息了，因為在他眼前出現了更糟糕的狀況；這不但是他現在的個人危難，更是讓整座旬疆城淪陷的最大原因。

會議廳內滿是斑斑血跡與屍體，闖入者正神情得意的看著他的戰果。

「我們一定會為邯雨無端侵略本國的行為向昭雲閣提出控訴！」木鬚怒道。

亞基拉爾一臉蠻不在乎，「歡迎，去昭雲閣公義法庭告我吧！」

「回去吧！亞基拉爾領主，旬疆城不是你該來的地方。不，應該說你根本不該攻擊托佛，此舉的愚昧將使你與邯雨同樣要付出慘痛的代價。」木鬚高舉著手中權杖，一臉怒容。「你擅自破壞了天界禁鬥的規定，又違反安茲羅瑟停戰的合約，而且我國為埃蒙史塔斯家族的同盟，你們將會遭到無情的報復。」

亞基拉爾將腳邊的屍體踢開，拉出木椅，優雅地坐在一堆慘死的旬疆城衛兵中間。「同盟？你們不是藩屬國嗎？還真會往臉上貼金。」他掩嘴竊笑著。「貴國大費周張的在阿特納爾送我一份大禮，我不還禮未免說不過去，別人可會指責我一個堂堂領主失了禮數。」

「住口，你想怎麼樣？在接到大傳召令後，真主將會返回聖域，將你等這些邪惡之徒揚手掃盡。」木鬚的叫聲近似吼叫，情緒十分激動。

「木鬚大人，好歹您也是戰場指揮官，難道還真覺得我來此是純粹友誼參訪嗎？『以血還血，有仇報仇』一向是我們安茲羅瑟人奉行的宗旨，問我想怎麼樣？這話豈不是愚蠢？這可是戰爭耶！」亞基拉爾以舌舔去手背上沾到的鮮血，在他的笑容中卻有一對鋒銳無比的眼神。「我要的結果早就注定了，手段與過程不過是點綴罷了。我知道這點，你們高高在上的埃蒙史塔斯家族也知道，甚至於天外之上的天界都知道，就貴國一無所知。我真不知道您有什麼臉在這大放厥詞！而且您敢直呼我的名字，難道不知道安茲羅瑟的社會裡，位階低的人向位階高的人攀談時應該加敬稱嗎？連這點規矩都不懂，有什麼資格和我談安茲羅瑟的約定？木鬚大人，我敬你是托佛的在上位者，現在給你兩條路選：第一，在我面前自盡，保留你自己的最後尊嚴。第二，讓我出手，我將叫你求生不得，求死不能。你想要那條路自己選吧！等你們那愚昧的真主返回後，我還會砍下他那四顆尊貴無比的首級，然後將血灑遍你們的聖域，嘿嘿！」

「你不過是利用我國厚顏無恥的叛徒來開雲界傳送門，這種不光彩的事你也能稱為戰術嗎？我看人稱北境帝王的亞基拉爾大人正將他自己的臉皮往腳下踩呢！怎麼與我們正面一決的膽量都沒有嗎？」木鬚反唇相譏。

「唉呀？帶著微笑為我們邯雨軍隊敞開大門的不是你們托佛的人嗎？我還以為你們都很熱情好客呢！」亞基拉爾笑道：「聽說貴國也派軍隊來我邯雨作客，現在正進退維谷啊！就不知道是我們誠懇招待比較好，或是貴國更親切有禮呢？唉呀呀！說我厚顏無恥又沒膽量？我只是魔塵大陸中的一個無名客，你們早在幾百年前就該知道了，若是提早防範，無恥的我也就不能得逞，真是太遲了。現在，我們就要無恥地殺光你們囉！該怎麼辦呢？要怎麼阻止我呢？」

木鬚怒極攻心，一句話也說不出。

「連話都說不出，真可憐吶！需要給你們時間請救兵嗎？要找誰呢？鬼牢的齊倫大人嗎？還是埃蒙史塔斯智囊團的梵迦大人？哼！別傻了，配當我對手的只有天界。像木鬚大人您這種人，還是停息閉目，乖乖在裂面空間下長眠吧！」亞基拉爾抽著煙管，接著像是想起了什麼似的，輕拍著自己的額頭傻笑。「唉呀呀！您瞧我都忘記了我丟給您的選擇了。如何？考慮好了嗎？還是不能下定決心的話，那就由在下來決定大人您的下場囉！」

木鬚被亞基拉爾那一閃即逝的濃烈殺意給震懾住，身體開始無法遏止顫抖。

戰事暫告一段落，這個被托佛百姓稱為聖域的地方如今飄滿血味，因為在洞內的關係，濃郁的味道一直都沒有消散的跡象。

街道上這時杳無人跡，死氣沉沉。邯雨的軍隊盡情的破壞托佛的建築物，所有的財物、貴重物品和有價值的東西全被搜括一空，他們沿途殺害的平民和衛兵凌亂的陳屍在各處，看起來就像地獄的場景圖。

辰之谷和邯雨的聯軍佔領了甸疆城最重要的信仰中心無妄宮作為臨時的議事和歇息之處，他們在宮外設了一些營地，此刻正值部隊的用餐時間。

加列斯霸王揮動長棍怒擊宮殿中央的托賽因神像，有著四張臉的神像頭顱被打得粉碎。

「這像蛆蟲一樣的人真當他自己是神嗎？有夠不要臉的東西。」加列斯將龍脊棍擺在一旁，大搖大擺的跨坐在聖座上。

「一路上沒看到其他十二天神的神像，看來他們不允許參拜其他神祇。」克隆卡士走到長桌一旁坐下，他們在神殿裡大擺宴席，所有烹煮好的食物陸續由下人端上桌。

影休走入神殿內，對加列斯作揖。「霸王，巡視的人發現拜權等四名律政官，他們可能要使用大傳召令將托賽因召回。」

「讓托賽因回來不正是你們邯雨的計畫嗎？」霸王拿起不知名的肉來大口一咬，肉汁同時滴落。

「我擔心霸王的手下不知情而前往攔截，既然霸王已經有命令傳下，在下也就放心。」

「影休大人。」克隆卡士拿起斟滿的酒杯一飲而盡。「別對我家老爺用這麼沒禮貌的口氣說話。」

「那銅鬚那些人呢？」加列斯問。

「他們拼死殺出城外與前來馳援的兩名主教會合，現在正和我軍對峙中。」

「是毗休無度和端念童這兩個老傢伙嗎？」加列斯舔著油膩的手指，表情輕蔑的說：「都是些強弩之末，沒什麼樂趣。」

「霸王威武。」影休禮貌地鞠躬。

「翔呢？怎麼還沒看到他？」

「主上和塔利兒先生以及兩名亞蘭納人還有事要處理。」影休問：「您有事的話，需要在下派人傳話嗎？」

「不用了啦！」加列斯揮手。「你看我的頭腦像是會想事情的嗎？打架我在行，思考的事就交給翔去處理就好，我也不曾過問他什麼事。總之，他需要我幫忙時，我一定幫。」

「謝謝霸王。」

「不過最近翔怎麼和亞蘭納人走得那麼近？先是來了兩個……現在又多了一個。」加列斯給自己倒滿酒，正要大喝時，克隆卡士微笑著舉杯靠近，加列斯立刻將酒放下。「你想和我敬酒？仗打勝了嗎？有什麼好慶祝的？」

克隆卡士先是一愣，接著無辜的說：「老爺，屬下只是出於禮貌啊！」

「不需要你的多禮，你手抖著呢！」

克隆卡士疑惑地看著自己的雙手。「抖著？沒有這回事吧！」

「有，我看你連劍都舉不起來了。」加列斯嚴厲的說。

「這怎麼會呢？」克隆卡士有一種即將要挨罵的感覺。

「你以為我不知道你在訓練時常背著我在偷懶嗎？連三相這種爛貨都應付不來，你丟了辰之谷的面子，叫別人看笑話，認為我訓練無方。」加列斯說：「我正考慮調你到後方保護輜重運補的工作。」

「老爺，您也有看見了，三相大人他們又不是小角色。」

「你還想繼續待在你的位子上的話，從現在開始到回去辰之谷都不許你喝酒。」加列斯將擺在克隆卡士面前的酒全掃到地上。

「老爺，別剝奪我唯一的樂趣。」克隆卡士帶著哀求的語氣說。

「我說的話你不聽嗎？」當加列斯怒目一瞪，克隆卡士再也不敢吭聲，悶著頭用餐。

木鬚被邯雨軍釘在十字架上，他極力的想掙脫，但特殊的鋼釘蘊含咒系神力的力量，導致木鬚的恢復能力發揮不了作用，不論如何使力都是徒勞。他反而因此神智變得更不穩，看起來更像是受困的野獸。

庫雷以石塊丟擲木鬚，不偏不倚地命中頭部。「閉嘴，階下囚沒資格大聲嚷嚷。要不是吾主留你一命，你早就讓我大卸八塊。」

這些看守木鬚的邯雨士兵們把托佛的戰死者身上的衣物除去，然後拿利刀將內臟掏出後，肉塊切齊便開始以火烘烤。

「烤香一些，最近你們的廚藝真是越來越差，害得我在打仗時被迫吃很多難以下咽的東西。」庫雷吩咐著一旁負責烤肉的小兵。

「是的，庫雷大人。」小兵忙著處理前置作業，他們將碎肉、骨頭、內臟、頭顱全部直接棄在一旁，環境變得和屠宰場沒兩樣。

庫雷邪惡地對木鬚一笑。「看吶！我正要吃你們的百姓還有士兵，會把這些屍體一個不剩地吃個乾淨。」

「呵哈哈……」木鬚帶著瘋狂的神態大笑。「托佛沒有人畏懼死亡，他們全是英勇的戰士，真主會為我們報仇，將你們澈底淨化！」

庫雷嗤之以鼻地哼了一聲。

「各位托佛的勇士啊！你們的事蹟將會長存，你們的犧牲不會白費，長眠吧！真主會為你們復仇。」木鬚突然仰天大喊。

庫雷搔著耳朵，不滿地抱怨著。「吵死了！我真受夠這老神經病。」

「等真主回歸後，祂會讓你們復活。到時候請回應真主的呼喚，從裂面空間下爬回人世，然後舉起憤怒的長槍，直刺敵人的心窩。殺、殺、殺！將他們澈底殺光，完完全全地粉碎這些侵犯聖域的惡徒，讓他們嘗到天罰的滋味！」木鬚不理會庫雷，繼續高聲吶喊。

「老糊塗，你語無倫次了嗎？一下子叫他們安眠，一下子又說會復活他們，如果我是托佛的子民，肯定把你當成神經病。」庫雷譏諷道，他的獠牙在顫動著。「我倒想問問你們那位瘋狂的真主，他究竟在什麼地方展現過他的鳥神蹟，有見證人嗎？要是真那麼神通蓋世，怎麼甸疆城被攻破時卻沒見到這位偉大的真主來拯救你們？」

「住口！」木鬚喝斥。「誹謗真主的人、進犯聖域的人、以及屠殺信徒的人，你們全都是罪人！應該被千刀割、萬刀剮而死。」

「很好。」庫雷忍不住氣，立刻下令。「小子們！拿四根骨筋插入木鬚的身體，放他的血。我看是你先死還是我們先死，來比比韌性怎樣？」

木鬚被凌虐的慘叫聲傳遍整個營區，連和邯雨軍紮營處保持一段距離的亞凱都聽到這野獸般的嘶吼。亞凱．沙凡斯獨自一人孤獨地燒著柴火，雙眼怔怔地看著火堆中心，目光無神，表情明顯地悶悶不樂。

「小子，你在這裡，害我到處找。」

光聽講話的語氣，亞凱就知道是科奧來找他，但是腳步聲不單調，後面還跟了另一個隨行的人。從科奧的位置飄來陣陣的肉味，亞凱也分不清到底是香還是臭，他的嗅覺變得有點遲鈍。

「別靠近我。」亞凱冷冷地說，他現在完全不想看到安茲羅瑟人。

「我聽說我們的貴賓身受重傷……你還好嗎？」說話的人穿著一襲黑衣猶如暗夜的蟄伏者，長及肩的黑髮半遮面，給人一種難以親近的冷酷感。那人帶著和他外表形象不符的輕笑問：「你好，亞蘭納人。我自我介紹，我的名字叫影休。我們帶了點食物來，你吃嗎？」

這名男子的模樣更與亞蘭納人雷同，不過自從亞凱知道這些安茲羅瑟人可以輕易改變外貌後，對這點也就沒太大的訝異。「我說別再靠近了！」亞凱的語氣轉為嚴厲。

「我們好像不太受歡迎。」影休攤著雙手說。科奧跟著點頭附和。

亞凱氣悶的繼續將木柴丟入火堆中，木鬚那鬼吼的叫聲真是要令他發瘋了。

「看起來傷勢有稍微好轉，你的恢復能力好像比一般的亞蘭納人更強，不過飢餓會讓你的體力透支，精神也變得不好。何必那麼倔強？我們沒有惡意。」

科奧在一旁補充道：「不止倔強，更虛弱，一碰就受重傷，這裡環境不適合他們。」

「你一個人坐在這裡，是害怕看到成堆的屍體嗎？還是對托佛人起了憐憫之心，不忍看到他們的死亡？」影休問。

亞凱不以為然地說：「我管你們安茲羅瑟人死幾億個都和我沒關係，我也不關心。我只想知道我和你們的約定什麼時候要兌現？我的朋友呢？什麼時候讓我回亞蘭納？」

「事情還沒結束，何必急。」影休聳肩說。

「哼！我早料到你們的回覆是什麼了。」亞凱冷笑。

「吾主必會遵守信諾，不用擔心，先養好身體比較要緊。」影休與科奧各將一盤肉糊端到亞凱面前，盤上的食物還飄著煙，熱騰騰的。不過，看起來並不美味。

亞凱只是輕瞥了這兩盤東西一眼，語氣平緩的問：「這是什麼肉？」

影休指著左邊那盤。「這是亞蘭納人的肉，另一盤是托佛人的肉，怕不合你胃口，所以拿了兩種口味讓你選。」

亞凱胸中一股怒氣差點就要爆發，可是他看對方的表情又不像是在惡整他，因此忍住不動。

「你們……是認真要我吃這些嗎？」

「怎麼？不能吃嗎？這對你來說應該沒有毒，我們這裡很多東西你們都不能吃，想到就覺得麻煩。」科奧說。

「這些東西是給人吃的嗎？你們連同伴都吃，我可做不到。」亞凱啐道。

「又不是讓你茹毛飲血，這肉都烤熟的，只是焦了點，為什麼不吃？」影休點點頭。「沒錯，你們很高尚，不願意吃人肉。那你要怎麼活？光靠喝水嗎？要這樣慢性自殺還不如拿把劍割自己的頸子更快。」

「既然如此，當初問你時，何必要我救？」科奧繼續笨拙的講著話，亞凱倒希望他閉上嘴。

「以亞蘭納的尊嚴，這樣死掉不更好？」

尊嚴？一聽到這詞，亞凱啞然失笑。「為了生存，我在街上赤身裸體著，吃那些餵養牲畜的飼料，我什麼榮譽、面子都丟到地上碎光了，還有什麼尊嚴？」

「你的兩位朋友不也一樣和我們一起過活。」影休納悶著。

「我才不信，肯定是你們拐騙，他們不可能和你們同流合污。」亞凱篤定的說。

「合作也好，同流合污也好。一旦與黑夜並行，你們將不再受到光明眷顧。以天界人的影響力以及亞蘭納人對我們的排斥，即使你等三人回到聖路之地，日子還會好過嗎？你應該明白這點。」影休說。

確實，不管再怎麼隱藏都是瞞不過天界人的耳目。「那又怎麼樣？這是威脅？」

「不是威脅，只是告訴你一個重點，人是要靠自己活下去。什麼騎士榮譽、什麼豐功偉業都是這個世界稱讚『活人』的騙術；『死人』能夠得到的除了輕輕一聲嘆外，就是毫無意義的鞠躬。」影休勸道。

亞凱完全明白，但就是嘴上不饒人。「閣下想必不知道什麼是名譽之心吧？流芳百世的頌讚總好過遺臭萬年的咒罵。」

「隨便你，愛吃不吃你自己的事。」影休轉身背向亞凱。「喂！科奧隊長，我看我們還是先離開。」

科奧點頭並尾隨在影休身後。

等到兩人身影漸漸在眼前消去後，亞凱長嘆口氣。這些安茲羅瑟人真是可惡，他們這種惡劣的性格真不知道是與生俱來還是後天養成，也許看到別人陷入困境正是他們最大的樂趣吧？這也是這個種族一直飽受厭惡的原因。

雖然他們又醜陋又卑劣，但亞凱還是將其中一盤碟子拉到自己面前，他實在餓壞了，在和他們繼續賭氣之前，自己一定會先餓死在異鄉。

亞凱舔著嘴角，心裡十萬分的猶豫。安茲羅瑟人的肉，這到底是該吃還是不吃？

躊躇的手抓起一塊肉片，亞凱將鼻子湊上去聞了又聞，嗯！好像沒什麼異味。僵硬的嘴勉強張開，亞凱輕咬一小口，他閉著眼，屏著呼吸在品嘗。不過彈指之間，他就像是碰到什麼天大的災難，以非常誇張的表情馬上將肉吐出來，接著拿起水壺來漱口。

「好噁心的東西！」亞凱不斷的將唾液吐出，就像吃到滿嘴沙一樣。「完全腐敗酸臭，吃起來又硬又老又燒焦，我的鼻腔和嘴巴全是他媽臭乳酪的氣味。這下好了，我一輩子刷牙都沒用了。」亞凱嘴上不滿地叨叨罵個不停，並以袖子用力的擦著嘴唇。他真想馬上漱口將味道除去，真搞不懂安茲羅瑟人是怎麼把這玩意兒當成珍饈來品嘗的。

這是最不得已的選擇，亞凱將另一盤碟子也拉到自己面前。他以哀傷的神情看著碟子上的肉。「如果我是這盤肉，被別人吃的時候我一定很不甘心。現在我要吃你們，你們也是一樣的心情嗎？」亞凱抓起肉片，和剛剛的恐懼不同，他的內心五味雜陳。「食者與被食者的立場常常不是我們本身可以決定的。被食者不願被食，而食者只是為了延續生命就可以那麼自私的犧牲你們嗎？如果今天要被宰殺的是我，那我一定滿心憎恨安茲羅瑟人。……也許我也是自私的，但我已經沒有辦法，你們願意幫助我嗎？我會連你們的生命一併珍惜地活下去。若有來世，再報答你們；如不願意幫忙，那麼請儘管恨我吧！將我當成一名無血無淚的殺人狂，若有來世，請痛快的給我一刀。願創造之神坦海恩永遠祝福你們，坦海恩將與我們同在。以雙子之神阿加優與歐霍肯為名，保佑你們前往裂面空間下時能心靈平靜、無牽無掛，今世之罪就此終止，光之門已在來世之路為你們敞開。等我死後也到了底神柱時，請允許我親口對你們賠罪。諸神慈悲，為我見證。」

亞凱將肉吃盡，痛苦的他完全吃不出肉味，心中的情緒也陷入憂鬱的漩渦之中無法自拔。直到他將肉完全咽下後，亞凱內心有一種自己最該死的想法。可恨的是，他什麼也不能做，既不能自殺也沒辦法報仇。像深淵般的空虛感，以及這陣子以來壓抑的情緒，讓他快要崩潰。

當木鬚因為受虐又發出哀嚎後，亞凱隨手抄起了劍，憤怒地衝往營區內。在那裡，他看到木鬚正被邯雨軍隊鞭打，還嘲笑著他，似乎以此取樂。

亞凱二話不說，舉起劍來當場卸掉木鬚的一條腿，墨綠色的血順著傷口噴濺而出。

營區內的邯雨士兵們雖然因為這突如其來的狀況而愣著，卻也沒阻止亞凱的行為。

「去你的，不長眼的安茲羅瑟人，只會飲酒作樂和凌虐人，當我們都畜牲是嗎？你們這些操他媽狗娘養的混蛋！」亞凱對著木鬚破口大罵。

這聽在庫雷的耳中很不是滋味。「喂！亞蘭納人，你兜了一圈是在罵我們嗎？」他的聲音如洪鐘般響亮，一對綠眼怒視亞凱。

亞凱聽完庫雷的話後，用手在地上抓起一把泥土，從正想發出囁嚅之聲的木鬚口中塞入。

「閉嘴！我沒要你說話，一開口就想放屁，你們拉得出屎來嗎？」

庫雷可忍不住對方的挑釁，勃然大怒地站起他那三層高的身子。「這分明是衝著我講的，你這條禽獸有膽再說一次！」

儘管有傷在身，周圍又全是衝動的安茲羅瑟人。亞凱卻不懼反笑，臉上盡是得意的笑容，同時他的左手也抓緊了法杖，擺出隨時都可以戰鬥的架式。「肥彘，我是安普尼頓的沙凡斯軍務大臣亞凱，勸你最好牢記我的名字。不然，等到我直接刻在你臉上時，你想忘都忘不掉了。」

「你這狗東西……」

庫雷正舉起大斧要砍那個口出不遜的亞蘭納人時，影休阻止了他。「喂！沙凡斯先生是陛下的貴賓，別動手動腳。」

庫雷忍著氣坐了下來。「他可不是我的貴賓。」

「長的那麼巨大，腦子好像不怎麼靈光，有點可悲。」亞凱繼續口不擇言。

庫雷只當沒聽到，否則他清楚自己真的發起脾氣來，那場面可不好收拾。

「就讓他發洩吧！反正木鬚大人也不會死。」影休指揮著小兵。「你們將木鬚大人安全地送到主上那兒去，主上大人要親自審判這位托佛高官了。」

「要他做什麼？」庫雷問。

「身為臣下就該盡忠職守，不要多問，懂嗎？」影休說：「我們兩個也該是時候到前線整理一下環境了，可不能讓城外那些藏頭縮尾的人找機會溜進來。」

「真……真主啊！偉大的真主。」拜權躺在地上，氣若游絲。

托賽因在接受臣下的召喚時就知道自己一手辛苦創立的基業到底發生了什麼事，當他一回到聖域甸疆城後，眼前盡是瘡痍滿目、斷垣殘壁。

四名使出大傳召令的律政官都氣空力盡的倒在地面。只有一種可以解釋這情況的理由，那就是他們都已經為這國家犧牲了一次生命，因此在替命術發揮作用後，在還來不及回復氣力時就勉強發動大傳召令，如今已經油盡燈枯。

拜權見到真主回歸後，就像在荒洋中迷航的孤舟終於獲得了救援，托佛將要絕處逢生。他舉起無力的手，面帶虛弱的微笑。

托賽因怒哼一聲，揚手之間便將四人剩餘不多的生命力全數吸收。隨後，開展的獸翼鼓動，朝著甸疆城中心，如離弦之箭般疾射而去。

邯雨軍隊移往前線，科奧與亞凱待在原本的營區中正無所事事。忽然，瀰天蓋地的龐大壓力直衝而下，兩人為此大吃一驚。科奧更是在毫無防備中被一股吸力迅速地拉上高空。

亞凱目瞪口呆一看，一名巨大的有翼人正振翅飄飛半空上。

人？那真的是人嗎？開展的八條肢臂就像觸手般噁心的搖曳著，兩條強而有力的腿也像是野獸的蹄子。除此之外，因為環境昏黑的關係，亞凱就看不清楚了。儘管如此，光是托賽因那宛如魔王降臨的可怕氣勢就夠亞凱震撼不已。

「你以為有塔利兒那個雜種封鎖你的意識父就不知道你已經背叛托佛了嗎？」托賽因（男聲）吼道。

「哼！哈哈……」科奧只是發出低鳴般的苦笑，沒有回話。

「我就先殺了你，再找亞基拉爾那個孬種算帳！」托賽因不知道對科奧做了什麼，天上竟下起了血雨，科奧散落的內臟還掉到亞凱的頭頂上。

托賽因發現了亞凱的存在，僅只花費一眨眼的時間，那個怪物就已經來到亞凱的面前。

亞凱連退數步，倒抽一口涼氣，這是他這輩子見過最噁心的怪物。

那名黑壓壓的巨人有著四張臉，同時頭部可以像鳥類一樣自由的轉動，看起來就像沒有頸骨的人。其中有著笑容扭曲的白面女，看起來十分奸佞；滿是皺紋且形貌枯槁的老人，有一股說不出的陰森恐怖感；帶著哀愁表情的小孩，這張臉最面目可憎，尤其是當他張口說話露出滿嘴參差不齊的尖牙時更讓人感同身受。

「怎麼會有該死的亞蘭納人在這兒？」和亞凱說話的是一張嚴厲怒相的男子，他和拜權一樣，有著像蠕動蛆蟲的鬍鬚。

怪物，不要靠近我！亞凱心跳加速，腳步慢慢的往後挪。

托賽因身上有許多華麗的裝飾與金製品，不知道是象徵他地位崇高或是代表他愛慕榮華。他赤裸的上半身是結實的胸膛，而頭顱上的四張臉也滿佈於他的皮膚上，大小不一，看起來比較像是長了滿身的瘡。不同的是，這些瘡會隨著頭上不同的臉說話而跟著對應的臉也發出同樣的聲音，就如同許多音箱同時發出回音般。

托賽因一邊蹣跚的走近亞凱，一邊伸展著他八條長過膝的手臂，每一隻手上都持有不同的神器。「這個也是和亞基拉爾一夥人前來搗亂的，死吧！死吧！」小孩的臉說起話來齜牙裂嘴的，只要看了都會心生厭惡。

不過亞凱可沒打算跟眼前的怪物一較高下的意思。

當托賽因正揮掌要攻擊眼前的亞蘭納人時，天外飛來一支銳不可當的利箭，直直貫入他的手掌中心。「恭迎真主回歸，在此等候您許久了，就連我也快要成為您的忠實信徒！」亞基拉爾冷不防地出現在面前。加列斯由空中降下，他的獸翼收回後，隨即變回原來的皮膚。

一隻羽白的巨鷹以雙爪攫著亞基拉爾的雙肩緩緩降落，看來亞基拉爾並不會飛翔。

亞凱越看越覺得這隻飛禽相當眼熟，這不正是害他掉入安茲羅瑟世界的元兇嗎？

「退開，此處沒你的事。」亞基拉爾完全是命令式的口氣。

不需要你說，我也不想留在這裡。假如亞凱也有一對翅膀，他必定一刻也不想逗留，馬上飛出這個令他作嘔的地方。

倒是亞基拉爾的長相好像變得判若兩人，完全與亞凱在阿特納爾時初見到他的印象一點都不符。眼前的他不再是個面容兇惡的怪物，儘管頭上仍然長著一對有別於亞蘭納人的倒勾雙角，如今的他可是一頭藍髮，長相年輕斯文的少年。從身上的氣息判斷應該就是本人無誤，到底為何前後會有那麼大的差距，亞凱也不明白。可以確定的是，這些安茲羅瑟人長得越像他們亞蘭納人，他就越覺得噁心，也覺得毛骨悚然。

「聽說您特地帶人來拜訪我們邯雨，可惜在下因事外出未能招待，今日特地前來賠罪。」亞基拉爾依舊維持著他皮笑肉不笑的表情。

「賠罪？」托賽因（女聲）高分貝的叫聲聽起來格外刺耳。「拿你等二人的命來也賠不起！這些不中用的東西竟然讓外人侵入了這神聖的領域，你們和我那些無用的手下通通都要以死謝罪！」他的心中仍然在怪罪木鬚等人守城不力。

托賽因舉劍朝著亞基拉爾當頭劈落，加列斯先一步衝到亞基拉爾前方，以長棍抵住劍鋒。

「此為托佛聖殿八神器之一的處刑斬，砍下你等不敬之徒的首級再適合不過。」托賽因（老人聲）說。

加列斯架住攻勢後，馬上將劍格開，隨後揮動長棍連番快攻，托賽因一時被擊退。

「我聽說加列斯有一把舉世無雙的神戟，怎麼只是根普通的長棍？」托賽因（女聲）問。

長棍？亞凱怎麼看那都不像根棍子，倒不如說他是某個不明生物的脊骨，棍身還會發出邪惡的氣息。如果那真的是脊骨，那個生物的身形一定很龐大，因為那根脊骨大到加列斯要用扛的，不過他單手揮動倒是沒問題，也許沒有外表看來那麼笨重吧？

這名叫加列斯的人怒眉時的神情絲毫不遜於托賽因的男臉，同樣給人畏敬的迴避感，再加上他紋著半胛的刺青，就算他長得一副亞蘭納人的模樣，看起來也不像善男信女。

不曉得是不是因為現場的魂系神力特別強大的關係，他們三人的對戰總會有一陣一陣讓人窒息的壓迫感傳來，這與亞凱體內的聖系神力相衝，造成他身上的傷勢再度爆發，鮮血直流，逼得亞凱不得不遠離這三個惡魔。

若是不懂神力法術的普通亞蘭納人，只要隨意接近加列斯，恐怕會有致命的危險。以亞凱粗略的估計，他的實力可能還在亞基拉爾與托賽因之上。更遑論他是以人形的狀態應戰而非原始的獸形。

同樣激烈的戰鬥也發生在不遠之處。

感應到真主的回歸，那些駐紮在旬疆城外，承受冰天雪地凍骨的托佛殘兵敗將也鼓足氣勢往前衝陣。

庫雷揮動斧頭對付毗休無度主教手下兩名神座隊長，克隆卡士手中的重矛也與端念童主教手下兩名隊長的兵器互相交擊，發出輕脆的鏗鏘聲。

「以目前雙方兵力的差距，我們要衝過這道敵人築成的防線可說難上加難。」副相說。自從逃過加列斯的追殺後，他好不容易才與銅鬚等人會合。

銅鬚抿著嘴唇。「這只是障眼法，我讓毗休無度再另派一名隊長從另一側潛入，目的是救回木鬚。現在城中有真主鎮守，亞基拉爾等人不足為慮。」

戰況激烈，一時未見勝負，而托佛軍也毫無撤離的打算。卻在這時，半空中掉下一具插滿弩箭矢的屍體。「宛倫隊長？」端念童手下的一名隊長看見同伴慘死，在驚惶失措時，被克隆卡士一記重矛突刺擊中致命處，當場死亡。

銅鬚緊急下撤退令，托佛軍又再次敗逃。

「唉呀！這支殘兵敗將勁旅又後退了，真沒意思。」影休帶著他的弩兵隊來到戰場上。「這些人內鬥很在行，打起仗來卻不怎麼樣。」

庫雷追殺而去，他以體形優勢撲倒毗休無度手下的隊長之一，在對方還來不及抵抗時，長著獠牙的血盆大口早就一口將他的腦袋啃去大半。

「胖子，你輸了。」克隆卡士將敵人梟首後高舉對方的首級笑道。

「胡說什麼？」庫雷嚼著敵人的腦漿，不滿的叫囂著。「他媽的，又不是和你比快，是比殺人數。」

「你怎麼就不認輸？」克隆卡士有點不悅。

庫雷擺著手。「你等等。」他走到一名弓兵前，咆哮道：「你不長眼？剛剛箭射到我了你知道嗎？」

「庫雷大人，抱歉。」小兵雖然賠不是卻已經太遲。庫雷一把就揪起了他，像捏死小蟲子般直接讓這名弓手斷氣。

「庫雷，不要無謂惹事生非，我們也回去崗位守著。」影休帶著他的手下先一步離開戰場。

「說得對！」克隆卡士臨走前還不忘酸他一句。「死胖子，你蠢過亞蘭納人。」也不管在後面暴跳如雷的庫雷怎麼回罵。

加列斯與托賽因相鬥百餘回合仍不見勝負，兩人體力也毫無消減，戰意高昇。

「偉大的真主可是神威赫赫受萬人景仰，只要您的彈指，加列斯會連靈魂都灰飛湮滅，請勿再禮讓。就讓我等見識神威，施展神力法術吧！」一旁的亞基拉爾未出手，仍在說風涼話。

加列斯啼笑皆非的回頭說：「這雜種實力就這樣，竟有臉將自己神格化。追隨者是蠢蛋，所以他是蠢蛋的神，『愚昧與無知之神——托賽因』，名列第十三天神，受後人景仰。」

他們兩人的一搭一唱，澈底惹惱托賽因。

強大的魂系神力蔓延整個洞穴，亞凱躲得老遠，身上的神力仍舊起連鎖反應而翻騰不已，就像鼓漲的氣體在血管內亂竄，痛苦的表情一覽無遺。

現在這種山雨欲來的氣氛，正是戰前的最好詮釋。

「呼——啊——」亞凱踉蹌地走到空無一人的無妄宮，他人還沒踏入殿內就已經扶著宮殿入口的石樑柱喘不過氣。他的喘息夾帶著唾液與血，從嘴邊沁出。

托賽因等惡魔領主散發出來的強大魂系神力令亞凱身上暗傷爆發，再加上環境影響造成的不適。亞凱頭昏眼花、雙腿無力，如今他的精神狀況又不佳，隨時都會昏厥。

自後方傳來非常劇烈的暴風，那是因巨大的爆炸而產生的，夾帶著巨響與光熱。亞凱被吹得身形不穩，他背靠著石柱手擋住強光。儘管如此，風中夾帶的碎石還是沙沙地擦過他的身體。

究竟這些惡魔們在進行怎樣的戰鬥，根本超乎正常人的想像，也沒辦法親眼見證，畢竟光是保持距離，亞凱的肉身就覺得很勉強。

前方飛過一道撲天蓋地的高大身影，夾帶疾風暴雨的氣勢，降於無妄宮的頂端。

滴落的是——血嗎？亞凱輕拭著由天空滴落到臉頰上的淡紅色液體。

無妄宮的頂端現在正有一名巨人在歇息著，外觀與托賽因相像，但是面容變得相當恐怖。

當然不會有其他人，正是托佛領主托賽因本人。在與加列斯戰鬥的過程裡，他恢復了獸化原形，解放全力。手中注入魂系神力的處刑劍發揮出最強攻擊力，傾力一擊逼得加列斯也只能豁命硬擋。巨大的劍刃劃空而下，加列斯雖身受重傷，但處刑劍也應聲而斷。

同為八神器之一的戒律杖亦被注入魂系神力加持，從亞基拉爾頭頂砸落，不過並沒有直接命中要害。亞基拉爾同樣受了傷，戒律杖卻也超過耐用度，杖身粉碎。

連失兩神器，不過托賽因不以為意，打算趁勝追擊。

忽然，飄飄渺渺、若隱若現的黑色鬼魂從四面八方圍住在中心點內的托賽因並朝他胡亂攻擊。托賽因因此分神，加列斯已經挺著長脊棍直刺而去，棍尖撞擊神器之一的聖銀盾發出強大的光芒，在盾崩裂開的同時，長脊棍貫穿托賽因的獸化之身，托賽因負傷而退。

戰鬥的過程亞凱當然不知道，他一心只想遠離這些怪物，但他們仍然將戰圈拉近亞凱。他又再度身陷可怕的囹圄中，如同困於地獄般的熱油火海裡，真是天要亡我了嗎？亞凱絕望地想著。

加列斯舉起龍脊棍追殺過來，滿身是血的他仍然看起來勇猛無匹，死命的盯著他的獵物。

亞基拉爾衣襟既髒且破，他反倒悠悠地慢步行走，頭、臉及身上各處都是傷口，不過嘴角還是一如既往地露出自信的微笑。跟在這名惡魔領主身後的是咒術師塔利兒，甸疆城陷落的推手之一，以非常不可思議的能力打開空間通道，令邯雨軍隊長驅直入，避免了正面衝突的犧牲。

一想到有這種妖怪生活在安茲羅瑟的世界，亞凱的背脊不禁升起惡寒。當亞蘭納與安茲羅瑟在未來的那一天交戰時，這怪物在亞蘭納的領地內打開空間之門，什麼防線、科技、神力法術再強大都沒用了。

原本亞凱以為他是一名膚色漆黑的怪人，仔細一看才發現塔利兒的皮膚其實是完全沒有血色的蒼白，他的身體各部位紋滿了類似經文的刺青，就因為連臉上也都是滿滿的咒文黥面，才會讓亞凱有這種錯覺。

這名咒術師足不著地，就像幽魂似的飄離地面，加上他一身白袍及白色長髮，還有手上那一根像是人乾之類的噁心法杖，造成塔利兒看起來比鬼魅更加的駭人恐怖。

不曉得這怪物是不是在盯著自己，由於他的一對眼球都沒有瞳孔，所以不知道塔利兒在目視何處。雖然他曾經救過自己，但亞凱依然誠心希望他別把目光擺在自己身上，因為他是目前帶給亞凱視覺恐懼最強烈的安茲羅瑟人。

被逼到絕路的托賽因站在無妄宮的頂端，仍然不改桀驁不馴的笑容。「亞基拉爾、加列斯，你們兩個將會領教到托佛真主的怒意。」托賽因將魂系神力運使到極限，整座甸疆城顫動不已，他雙腳下的無妄宮首當其衝，整棟偌大的建築物逐漸崩塌摧毀。在煙塵彌漫中，托賽因的身體開始變得細長且詭異的扭曲著。他變得像泥漿，之後與塌陷的無妄宮一起隱入地面，托賽因整個人就這麼消失在斷垣殘壁中。

同一時間，托佛的居民、士兵及甸疆城外的援軍，他們的身體就像是受到共鳴，撕心裂肺的痛苦哀嚎不絕於耳。在吼聲中，所有的托佛人就像被融化的冰一般，整個人被地面逐漸吸收、吞沒。

因為被綑綁而動彈不得的木鬚也出現相同的情況，他已經沒有辦法阻止這一切。「不，我求求你，偉大的真主啊！請不要與我連結。」可悲的是他所說的話並沒有傳到他所信奉的真主耳畔，在他以變形的臉喊出最後一聲無力的嘶啞慘叫後，癱軟彎曲的身形便沒入腳下的方吋之地中，無聲無息地失去蹤影。

魂系神力釋放出的強勁暴風與漫天飛舞的破片讓亞凱無法穩住腳步，也沒辦法看清楚情況。就在風停，震動也停止後，亞凱驚愕不已的目光落在一片狼藉的廢墟中，整個托佛也變得平靜無聲。

忽然，大地激盪著令人不安的鼓譟，這種感覺慢慢地由弱轉強。

亞基拉爾以戒備的神情低聲道：「注意，他來了！」

震地響聲如野獸低鳴般劃空而來，由地底發出的衝擊撞開亞基拉爾與加列斯兩人。

巨大的惡魔之手拔地而起，這隻手臂是所有托佛人的冤魂與泥土地結合而成，代表著托佛的憤怒與最終的反擊，誓必以憎恨的意志將所有的入侵者完全擰碎。

亞基拉爾躲過巨掌的拍擊，可是在迴避的過程中被無聲無息從地底鑽起的惡魂攫住了雙足，瞬間的行動受制讓他暴露在死亡的危機中。充滿怨念的巨掌再次當頭落下，即使強如亞基拉爾也沒能躲過這波攻勢……

加列斯以龍脊棍頂住巨掌的中心，勉強能夠苦苦支撐著不倒。儘管他強行抵住了正面揮來的死亡魔手，另一邊卻還得掃除不斷冒出的惡魂。如此連綿不斷的攻擊終究讓他疲於應付，全身汗流浹背。

毫無自保能力的亞凱被塔利兒救走，兩人騰於半空中，暫時躲過災厄。

腳底下可怕的場景就像人間煉獄，讓亞凱不由得驚聲連連。

無數的惡魂將地面覆蓋，數層樓高的巨手聳立在惡魂間。加列斯一人獨戰所有敵兵，儘管它們前仆後繼而來，加列斯全身負傷卻依然屹立不搖。

亞凱看見扭曲的土地上浮現托賽因那四張形貌可怖的面孔。

一聲怪異的吼叫，巨大的頭張開血盆大口將加列斯整個人活生生的吞入。

數秒後加列斯立刻破腦而出，並放聲挑釁。「少得意洋洋，我還沒用盡全力。」

亞基拉爾也從成群的惡魂中躍出，同時以強勁的魂系神力箭矢清出了一塊立足之地。

托賽因的聲音變得更加重疊，好像有幾百個音箱同時發聲。「可恨的入侵者，你們要為自己的愚行感到後悔，今天我要讓兩大領主同葬於托佛。」

「你的夢還沒醒嗎？托佛已經澈底失敗了。」亞基拉爾滿臉都是血跡，不過看起來並沒受到很沉重的打擊。

「兩個半死不活的人憑什麼大放厥詞？」

「來啊！」亞基拉爾沉穩的說。語氣中帶著自信。

宛如應驗著亞基拉爾的話，一切都照著他安排的劇本進行著，所有惡魂與巨手同時停止了攻擊。

「怎麼？不繼續嗎？」亞基拉爾明知故問。

「你……你做了什麼？竟然……動彈不得了。」托賽因以尖銳的聲音著急似地吼叫。

「雷赫這條忠犬完完整整地把您的弱點告訴了我。」亞基拉爾故意行一個卑躬禮。「偉大的真主啊！我真的很敬佩你，能夠讓整個托佛上下一心共同抵禦外敵，就連我邯雨軍都不一定能夠那麼齊心協力。但是——不管在何處總會有那麼一個異心者，連你們托佛也不例外。你一定要特別小心這種人，因為他就像毒瘤一樣，在體內會逐漸擴散，最後摧毀本體。正所謂星星之火足以燎原，看來您遇到了致命的火苗。」他無視於托賽因痛苦的高吼聲，還刻意放慢講話速度。

托賽因構築的世界正在崩解，站在螢光中的亞基拉爾與加列斯宛如天降的死神。

所有的惡魂、魔手受到本體的影響而石化，變得脆弱到一碰即碎。

「下去裂面空間為宙源撐柱子，然後順便去怨恨您那不中用的手下——木鬚。他正是我為您斟上的最後一杯毒酒，您澈底安息吧！」

加列斯暴喝一聲，龍脊棍化成一道強勁無比的光柱朝托賽因襲去；亞基拉爾隨後以附魔的箭矢搭上弓弦疾射而出，箭支像是天際怒雷，兩個人一前一後，神力法術攻勢配合無間，給托賽因造成完美的致命打擊。

托賽因痛苦嚎叫，強大的魂系神力與來自托佛人民的生命力從破口中傾洩而出。托佛千秋萬世的真主托賽因，就此殞落。

塔利兒與亞凱回到地面，托賽因臨死前的魂系神力讓整個托佛山動地搖，地面變得支離破碎，亞凱也被嚇到魂不附體。

本以為真主一死後危機就會消失，誰知道天外突然飛來不明異物，直接與亞凱的胸部撞上，衝擊力道之強讓他連驚呼的時間都來不及，當場倒地昏厥。

「亞凱，醒一醒。」

聽到有人在呼喚自己，亞凱從昏迷中轉醒。他受到外力的衝擊後，腦中變得一片空白，醒來時頭並不痛，但是呼吸感到困難，胸部疼痛鬱悶。

「太好了，幸虧你沒事。」和他說話的人是貝爾，在他身旁站著艾列金。

「貝爾、艾列金，你們果然還活著！不過這到底是怎麼回事？」亞凱終於見到他的老朋友，並迫不及待想知道事情的來由。

「我因為和領主大人有協定，所以只能以詐死的方法從亞蘭納偷偷轉到安茲羅瑟。」貝爾說：「亞基拉爾大人的手下把艾列金誤認是我，就在要下殺手時，艾列金向他們投降才保住一命。」

「胡說什麼？我和你一樣都是詐死過來的，因為我說想參觀安茲羅瑟的世界。」艾列金反駁貝爾的說法。

「現在這都不重要，亞凱傷得很重，得先幫他。」

「為了你們這兩個人……唉！」亞凱胸中又是一陣悶痛。「是誰救我的？」

「是塔利兒大人。」貝爾說。

原來是那個穿白袍的怪異法師，他好像救了我不少次。「想不到安茲羅瑟人也會救亞蘭納人，我該感謝他嗎？」

「呃……大人並沒完全治好你的傷。亞基拉爾大人說托賽因的心臟寄附到你的身體內，沒有辦法完全取出，只能壓抑住它對你的影響。」
貝爾的話無疑讓亞凱大受打擊。「托賽因？是那個托佛的魔王——這怎麼會？那我該怎麼辦？」
「我們得先離開這裡再說，托佛很危險，亞基拉爾大人和他的手下都離開了。」貝爾一邊從地上拉起亞凱一邊催促著。
「你怎麼一直叫亞基拉爾大人？」亞凱不敢相信他的耳朵。「你轉向投靠惡魔了？」
「現在這是重點嗎？再不逃就危險了。」艾列金也幫忙架著亞凱。
此時，托佛無來由的天搖地動，城市頂端傳來響亮的爆炸聲，隨後洞窟內的石柱與大石頭不斷落下，砸毀了許多甸疆城內的建築物以及地形。
「那是什麼？」三個人異口同聲、不約而同地叫出聲來，他們瞪大雙眼，看到了這世界上最奇妙的生物從天而降。
一隻巨大無比的紅焰龍由天空盤旋而下，牠的振翅令地面帶來強大的勁風與炙熱的高溫。
亞凱等三人勉強以神力抵擋。
這條龍的頭部長著犄角、有四目、開闊的大口中長滿尖牙、一對尖垂的大耳，牠身覆赤紅鱗片，龐大無比的身軀幾乎掩蓋甸疆城的上空，有六隻長著利爪的部足，背生四翼，後面是一條揮動有勁的長尾。牠的長頸、獸翼、足部和尾巴等處都燃著熊熊烈火，即便這條龍什麼都不做光是在天空飛舞就已經給人帶來十足的壓迫感。

「這、這是從那裡來的巨龍？」艾列金驚呼著。

「我想牠應該是擊碎山脈後從洞頂飛下來的，難怪亞基拉爾大人要我們快離開。」貝爾無法把目光從龍的身上移開，說不定那條龍一個不高興就會向他們發動攻擊。

趁著巨龍什麼事都還沒做時，三人組朝著南方迅速逃去。

等亞凱他們都離開後，紅火龍鼓足氣勢，只見牠發出可怕的怒吼，熱浪由牠的口中噴發而出，焚燒的火焰由甸疆城的中心地帶開始向外擴展，不多久甸疆城就完全浸在無情的大火之下。

「亞基拉爾，我已經完成交易，你又欠了我一筆債務，下次再見就是你要償還之時。」巨龍的聲音傳遍整座甸疆城，只見牠又再度鼓動翅膀，之後便從洞頂的裂口疾速飛馳離去。

# 遲暮

獨自一人於樓臺高處飲酒的馬勒首相望著眼前被白雪覆蓋的守眉城，不自覺地仰頭長嘆。

「莫非我再也看不到守眉城的全貌了嗎？還有那道以築工自身屍骨堆積而成的頌潔長牆也埋沒在大雪之中……」他覺得自己消沉的意志也跟著大雪飄落，最終被冰封起來。

馬勒首相越喝越急，煮過的一壺酒又再接過一壺，想藉著飲酒來融化冰冷的內心，可是身體留下來的依然只有無窮盡的寒意。

自從亞基拉爾舉兵以來，大雪之勢就一直沒有消退的趨向。

這些被天界稱之為叛亂的行為在魔壟大陸的東北區並沒有引起太大的風波。由於靠近天界威靈城的關係，安茲羅瑟小規模的動亂很快就被平息，但這波動亂在南方卻燃起了燎原大火，誓必要將天界燒盡才肯罷休。動亂的後續將可能會引發更強勁的連鎖效應，各地的領主都會挾帶著這股氣勢與天界開戰，而此戰將沒有盡頭，恐怕會一直持續到天界或安茲羅瑟任何一方被澈底毀滅為止吧？

昏暗的天色下，陣陣的冷風襲身，數百名的農工仍舊不畏嚴寒的在農地耕作。

「動作快一點，必須趕在暴雪來臨前儲備農作物。」督導那長鞭似的手臂不斷揮擊地面，發出嚇唬人的聲音。

阿楠萬斯整理好自己負責的耕地後，坐在田緣旁休息。

督導一鞭打在阿楠萬斯背上，叱道：「誰說你能休息的？」

那鞭擊看來很重，但阿楠萬斯似乎不以為意。他笑道：「督導大人，在作物收成之前還有一段時間，急也沒用。」

「你這是為你自己偷懶找藉口嗎？」督導瞥向阿楠萬斯。「我懂了，你還以為自己很年輕，仍有戰鬥能力，所以不想進行補糧的後備工作是嗎？」

「我確實是這麼想的。」阿楠萬斯打趣的說：「安茲羅瑟人不就是這樣嗎？一直到老都是這樣的面容，你也看不出我的老態。」

「廢話少說，看看你的耕地，居然還有乾屍塊。不是已經告訴過你，枯雪藤吸收不了乾屍塊的養份，要先將乾屍磨成粉才能當肥料，你根本沒有盡心。」督導哼道。「你們這些老東西、殘廢者，以前說不定是偉大的戰士，但現在的你們不要說戰鬥，恐怕連自我復原的再生能力都沒有，還有什麼臉擺架子？」

「督導大人的意思是——我們這些都是不中用的人嗎？」蘇刺不知道什麼時候站到督導的後方，臉上帶著憤怒的表情。

蘇刺這句話一出，所有的農工群起反抗。「對啊！什麼意思？是瞧不起老兵嗎？」「解釋清楚，老人又怎麼樣？」「媽的，沒有我們這些人，你們還能過這種安穩生活嗎？」抱怨聲此起彼落，眾人吆喝不斷。

在群情激憤下，督導有可能被這些惱怒的人們當場撕成碎片吞下，因此他也不得不退讓。

「好吧！我知道了，讓你們先休息，去休息，可以嗎？」

「所以說剛剛應該直接將那狗娘養的東西分屍，直接拿來止餓。」蘇刺餘怒未消。

「別激動，畢竟我們仍被天界管理中，殺死督導後續很麻煩。」阿楠萬斯輕笑著。

蘇刺搖頭，不以為然。「所以我一直反對天界管理我們，既然是蒼冥七界內最兇惡的安茲羅瑟人，那就應該拼死應戰，打到剩一兵一卒為止，而不是像馬勒首相那條狗一樣，對天界人卑躬屈膝，以自己的尊嚴換取榮華富貴。」

「好了，先吃東西吧！」阿楠萬斯將盤子端到蘇刺面前。

看著盤子上的幾條枯雪藤，蘇刺的確氣消了，但是卻轉為沮喪。「又是這東西，只有幾條枯雪藤根本吃不飽。」

阿楠萬斯嚼著枯雪藤，津津有味的吃著。「因為很像神經、血管的味道，所以還挺好吃的，可惜份量太少。」

「我們餓了好幾百年，都沒吃什麼像樣的東西。」蘇刺拿著枯雪藤，難過的說：「再這樣餓下去，別說什麼再生能力，還會因飢餓而死。」

阿楠萬斯呵呵大笑。「又不是亞蘭納人，從沒聽過我們安羅瑟人會餓死的。不過這也是沒辦法的事，因為糧食要給年輕的戰士食用，餓著肚子沒辦法作戰。」

「都是馬勒首相那狗東西，說什麼要共體時艱，我們挨餓受苦時他卻在登高樓臺上大吃大喝，這都是阿諛奉承換來的。以前的我們講求『官以任能，爵以酬功。』有實力的人自然能攀得到高位。現在完全不是這麼一回事，只要能服從天界的都能當領主。什麼安茲羅瑟傳統的十二分階，根本被當成笑話，要是哈魯路托出現的話肯定會泣不成聲。」蘇刺越說越激動。「還有，為什麼食物一定只能給年輕人？只要讓我們吃飽的話，我們也可以有強大的戰力。」

阿楠萬斯揮著手。「不可能的，我們經年累月的舊傷讓身體的恢復速度大幅減慢，再加上長期使用神力法術的後遺症，想要像以前一樣使用強大的魂系神力只怕力不從心。」

「那是你對自己沒有自信，告訴你，我可是……」阿楠萬斯制止了對方正要說出口的話。「好漢不提當年勇，夠了。還不如關心今天動員令的發佈結果。」

蘇刺嬉笑道：「原來你還是有在注意這件事，嘿嘿。我告訴你，我一定能再次被徵召回去當戰士，我有不輸年輕人的體力，要我一直在這裡埋頭耕作，還不如早點一刀了結我。」

「沒那麼容易的，機率實在太低了，想被揀選為勇士比攻破天界還難。聽說黑雪的影響越來越大，到時候有可能因為糧食問題又縮減人數。」

「才不會。」蘇刺反駁。「照我看，因為最近時局不穩，有可能發生大規模的戰爭，所以動員人數一定會增加。」

「沒用的，只要天界施加的壓力不斷，再加上糧食惡化的情況一直不解決，我們的問題就沒轍。老兵不死，只是凋零。」阿楠萬斯無奈的搖頭。

「那怎麼行！」蘇刺一臉焦慮。「動員令的發佈間隔一次比一次還要久，再不被選到的話我可忍不下去了。」

這時，蘇刺的兩名兒子突然發生爭執。「住嘴，我不允許你做這樣的行為。」大哥叫道。

「怎麼了？」蘇刺問。

「父親大人，你看二弟。」

蘇刺的小兒子全副武裝，氣勢十足。「父親大人，您回來了。」小兒子對他的父親行禮。

「你穿這樣打算去那？」蘇刺問。

「我打算與組織的成員一同反抗馬勒首相的統治，持續放任那傢伙擔任守眉城的領導對我們毫無益處。」小兒子說：「再者，我們也不能對現今這種壓迫的體制繼續保持不聞不問的態度，應該要更積極……」

大兒子重重打了小兒子一巴掌。「自以為是的無毛小子，你懂什麼？馬勒首相再怎麼說好歹也是安茲羅瑟人，這個時候把劍尖對準自己人不正是稱了天界的心意？」

「大哥，你聽我說……」

大兒子又賞了小兒子一巴掌。「閉嘴！你以為我不知道你和你那些酒肉朋友在想什麼嗎？你們只是覺得帥氣，單純意氣用事，同儕之間想要較量一下戰功的高低，所以就開始胡作非為，你們這些無謀之輩。」

這正是守眉城這個地方的縮影，完完整整地將兩派的心聲表現在蘇刺一家的爭執上，阿楠萬斯不勝唏噓。「我看我還是先回去吧！」

「父親大人，歡迎回來。」

「你在做什麼？」阿楠萬斯見兒子拿著他的愛劍正遊晃著，不知道在忙何事。

「喔！我的劍有點問題，正想拿去給鐵匠看。」
「那劍給我，看看是什麼狀況。」
兒子將劍交給他的父親後，問：「等一會不是要發佈動員的名單嗎？」
「還有大約四刻的時間，不急，先幫你修劍。」阿楠萬斯微笑道：「機率非常的低，別抱太大的期待。」
「重返戰場可是父親大人的心願，要是能順利進入動員名單就好了。」兒子貼心的說。
阿楠萬斯仔細的端視兒子的愛劍，他以磨石輕輕地磨著，接著拿布將劍刃擦拭乾淨。
「父親大人，請用。」兒子端來一杯酒與一盤肉。
阿楠萬斯回絕了兒子的好意。「我不是說了嗎？在我回到戰場之前不與你們年輕人爭食。」
「不要緊的，還有多的食物。」
「我可不希望我們父子走到要互相啃食的那天。」阿楠萬斯笑著。
「放心吧！到時候我也不會留情，我一定能勝過父親的。」
「希望如此囉。」阿楠萬斯接著說：「你的劍身經過多次重鑄已經變得太薄，很可能會折斷，應該要去換一把了。」
「這太可惜了，它可是我最珍惜劍。」兒子接過劍後，滿是遺憾。
「你剛剛拿劍去做什麼？這肉又是那兒來的？」阿楠萬斯雖是滿腹疑惑，但很快就想通了。
「沒看到你的女人，難道你又……」

「沒錯，那東西留之無用，倒不如光榮的發揮她剩餘的生命價值。」兒子說：「父親大人，請別再讓我娶妻了。男子漢生於沙場也死於沙場，傳宗接代這種事就留給沒出息的男人去做。何況如同亞基拉爾．翔陛下或是漢薩．伊瑪拜茲陛下等等有名的領主們，不也是終身一妻未娶？」

「大家都抱著這種想法的話，安茲羅瑟人就沒有新血可言了。」

「不會那樣的。」兒子說：「太久沒有戰爭了，現在的人口數多到糧食短缺，還需要去和別人爭奪才有得吃不是嗎？」

真該因為戰爭而死的，就在百年前的那一天……活著的目的也不知道為什麼，留著這無用之軀在苟延殘喘，阿楠萬斯最近這種想法越來越強烈，但他還是希望自己在這晚年還可以如同以前年輕的時候那麼的意氣風發。

「不吃的話我就先拿去保存了。」兒子將食物端起離開房間。

嵌在牆上，一面如同池水般輕柔的特殊螢幕浮現出影象。

「現在公佈守眉城後備動員召集名單……」一長串的姓名以跑馬燈的方式呈現在螢幕上。

阿楠萬斯非常仔細的看著，深怕一個不注意就漏看自己的名字。

然而，他失望了。

阿楠萬斯帶著憤懣的表情來到兒子房間。「你幫我再次確認名單。」

「剛剛我已經看過了，沒有父親大人您的名字，很遺憾的……」兒子強顏歡笑。「即使是如此，父親大人您還是……」

阿楠萬斯唯一的希望破滅，壓抑不住的情緒爆發，他一語不發獨自一人低落地走出家門。

後備指揮部內已經擠滿了許多內心同樣不平與怨懟的老兵。

「這是第幾次了你們自己說，你們的名單根本不公平。」一名老兵對著現場的負責人員咆哮。「我要等到什麼時候才能重新上戰場？你們打算往後都讓我耕種到腐朽為止嗎？」

「請安靜，我們的名單經過抽籤，絕對公平公正。」

「是不是公平馬上就讓你知道，看看我還能不能上戰場。」那名老兵近距離揮動臂上的銳利的皮膚，將那負責人的頭削斷。

負責人在地上摸索了半天才將頭裝回，他生氣的叫道：「你敢攻擊我？你知道這裡是什麼地方嗎？」

衛兵立刻將那人押住，然後排成一道人牆把其他抗議的人阻隔在外。

「死老頭，讓你看看自己只剩多少斤兩。」負責人示意後，衛兵一人一刀將那名老兵的四肢軀幹當場解體。負責人啐了一口。「一刀一刀的割也能讓你死亡，這樣的恢復能力也敢叫囂？你們這些行將就木的人真是叫我作嘔，一想到我晚年也有可能會變成你們這些浪費糧食的廢物，我就全身起疙瘩。」

「會不會有可能真的是出錯？」阿楠萬斯輕聲問。

「絕對不會。」負責人篤定的回答。

「哼，誰不知道那些都是內定人選。」蘇刺同樣憤恨難抑。

「我解釋過了，這些過程都是抽籤得來的。」

蘇刺搖著頭。「別說謊，這幾年死亡的人口總數扣去補充人數再扣去後備名單人數，根本沒有達成總和。」

「並不是說死多少人就要補充多少人。」負責人回應：「你們也知道糧食配給政策和天界施壓等因素，我們每年對於徵召的比例都在下修，這也是高層決定的事。」

「相關的公文呢？我怎麼覺得你們在推卸責任？」蘇刺不服。

負責人無奈的說。「馬勒首相的諭令早就下達了。」

「那你快唸出來，我們要聽聽那混蛋說些什麼！」

負責人攤開手上的筆記，大聲地誦唸：「我，本人馬勒僅代表守眉城的政府向各位同胞發表重要聲明。守衛與榮譽是我們制訂法規的大前提，每個同胞都要有保家衛國的犧牲精神，忠於自己的領地，忠於自己的領主，這是每一個身為安茲羅瑟人的使命、義務。誠如各位所知，黑雪的擴散已經影響到整個魔壥大陸北境地區，食糧問題更加惡化，我們不得不減少徵召人數。各位昔日的英雄們，我們非常了解你們那股想要再一次馳騁於戰場上的衝動；但時局不定，我們也只能決定我們認為對的事，造成眾人的遺憾實屬抱歉。我從政以來一直不斷的做選擇，只要是對人民以及守眉城有利的事，我都要努力的做，不斷的檢討。相信我們，讓大家一起共體時艱，度過難關。」

大雪紛飛，阿楠萬斯獨自一人漫步在早已天寒地凍的田野間，他的身體冒出陣陣白煙。

「阿楠萬斯，原來你在此閒逛，怪不得在你的居處沒看到人。」蘇刺從後方叫住阿楠萬斯。

「看來政府希望我們陪伴這些田梗作物直到終老。」阿楠萬斯苦笑。

「去他的共體時艱，天界人不希望我們這些散兵游勇再次聚合所以才給政府施加的壓力。亞基拉爾陛下造成的動亂已經夠讓他們傷神，所以守眉城的士兵徵調人數以後也只會少不會再多。」蘇刺細聲地說：「聽說有人打算殺害馬勒。」

「這算是新聞嗎？大家都是嘴上說說而已。」

「即使不是我們，也有人這麼做了。」

「是什麼人？」阿楠萬斯倒是好奇了。

「今天在城北處充斥著魂系神力，你感覺不到嗎？」

「真的是年紀大了吧！我沒有這種感覺。發生什麼事了嗎？」

「邯雨的軍隊在守眉城附近與天界第七軍團交戰，擒下了掠、陣、奇影三名協防守眉城的天界征伐隊長，隨後大軍駐紮在頌潔長牆附近。除此之外，特密斯大人派士兵到登高樓臺處，綁回了馬勒首相與他的政府官員，要一起去看嗎？」

艾列金．路易從黑哨鐵翼張開的尖喙處走出，即使全身做好防寒措施，這劇烈的嚴寒還是讓艾列金直打哆嗦，身體抖個不停。

「這是什麼鬼世界，陰暗又寒冷，我整個人好像結冰了。」艾列金凍得全身結滿霜雪。「特密斯，你看我是不是很像一支冰棒？我現在的身體可比冰棒還要硬。」

「等到暴風雪過了才讓你下來，你還有什麼不滿嗎？」特密斯騎在一頭霜豹上，威風凜凜。

「在戰爭時你們亞蘭納人一點用處都沒有。」

「我冷得不能動，更何況還是和天界交戰。我在天空上有為你們吶喊助威，這已經是我的能力所及。」艾列金看著那頭高大威猛的霜豹，估計光是牠的腳掌就有半個亞蘭納成人那麼大。只要牠猛力一擊，恐怕自己只剩下一灘血漬。「這傢伙看起來很兇，應該不至於攻擊我吧？」

「那倒未必，如果牠想的話，我也攔不住。」特密斯一臉事不關己的表情。

「牠的毛就像一根一根的冰柱，再看看牠那一對尖牙，哇喔！真是帥氣。」

「看夠了嗎？」

艾列金吐出一口白煙，雙手摩擦生熱。「得讓我先抱怨完吧？你們其他士兵都搭乘普通的飛空船，為什麼只有我要搭那什麼黑哨鐵翼？」

「那是尊榮的象徵，不是普通人能乘坐。」

「在空中顛得太厲害，我差點沒將我的早餐全吐光。」艾列金看著黑哨鐵翼，它的外表就像一隻被拉長的某種巨大飛禽，共有兩對羽翼，全身漆黑。艾列金從它的喙進入中空的身體內部，裡面有著和普通飛機一樣的乘客艙，此外還有螢幕可以看到外面的景色，這讓艾列金搞不懂這到底是生物還是機械。

艾列金比亞凱還要早來到安茲羅瑟世界，除了同樣對環境充滿不適，也對這些惡魔創造的神力魔法生物或神力科技工程感到匪夷所思。

雪地上跪著三名長著羽白翅膀的人，他們衣衫單薄，寒冷對他們來說似乎沒太大的影響。

「特密斯，汝的進攻真是不智，天界威靈城七軍團的軍隊馬上就會趕來。」

他們三人並沒有特別掙扎，但是表情充滿鄙視與不屑。

「誰給他們說話的權利？」面貌兇惡的特密斯有著戰狼的封號，他的一對尖耳在不高興時會呈直角立著。露出嘴唇外的尖齒讓牠看起來野性十足，身體大部分布滿鬃毛，半人半獸的模樣。

手下馬上封住這些天界俘虜的嘴。

「你來操作攝影器材，我要你完整拍下處決的過程，資料稍後得要回傳。」特密斯從霜豹背上跳下，以命令的口吻對艾列金指示。

「要我當攝影師？難道我是過來拍極地長征嗎？若要做這種工作還特別讓我來這寒冷的地方幹嘛，你們不會隨便找個人掌鏡就行了嗎？」艾列金試著操作機器。「這是亞蘭納的科技產品，你們怎麼弄來的？還好我會使用。」

特密斯不加思索的回答：「因為你就是那個隨便的人，你以為你夠資格與我並肩作戰嗎？現在我是指揮官，你要聽我的命令還是要抗令？」

「我有說不做？」艾列金口中唸唸有詞。「去你的指揮官，老子有一天叫你跪著舔鞋底。搞不懂恐怖份子怎麼那麼喜歡搞這套……」

邯雨的士兵在特密斯對著鏡頭宣布完罪行後，立刻處決三名天界人。

艾列金語帶驚呼。「我第一次看到天界人死亡的模樣，雖然透過鏡頭來看有點不真實，卻很震撼。」艾列金將攝影機收起。「你應該多一點咒罵，讓對方感受怒氣。」

「這不是小孩子的挑釁，這是給天界的警告。」特密斯說：「將影音資料多拷貝個幾份。」

「大人，已將馬勒首相和他的閣員帶到。」手下向特密斯報告。

守眉城的安茲羅瑟人長相怪異，他們手腳細長，頭形又細又癟，沒有毛髮，有一雙扁平的白眼眸，沒有嘴巴，但在喉部的位置有個長滿利齒的開口，估計是直接從喉部咽下食物。

這些高官被上了手銬腳鐐，魚貫地來到刑場。

「你好，馬勒首相閣下。我們近百年不曾見面了，想不到今天會在頌潔長牆前相聚，可惜，我們沒有敘舊的時間。」特密斯禮貌性地打招呼。

原以為刑場旁邊是一片迷濛的冰霧，實際上卻是一道表面雪白色，兩側綿延而仲的長牆，當艾列金靠近一看才發現了這個以屍骨堆疊而成的建築，令他嘆為觀止。

「我承認我確實有私心，可是我做的一切卻都是以守眉城的福祉為優先。」

「您還真是振振有詞，馬勒閣下可是將天界勢力引入守眉城的禍首，為了人民？別傻啦！不如說是為了自己。你們互相配合的可開心了，天界接收安茲羅瑟的訊息不費吹灰之力，還能輕易的壓制與他們作對的勢力，而你就穩坐守眉城的領導之位，倒挺舒適的不是嗎？」特密斯一揮手，後方的士兵馬上在他們的手銬與腳鐐上掛上重物。

「我甘願為人民受死，全都是為了保護這個城。」馬勒語氣平淡的說：「守眉城沒有任何領主階級的人守護，不歸入任何家族，沒有隸屬的勢力，最該死的是我們非常靠近日魅關的威靈城。你要我們依著本性和天界拼至一兵一卒嗎？還是恬不知恥的歸順？保持現今的和平已是我最大的努力，就算我不能讓守眉居民安然過日，也能讓這座城池完整無損。」

「閣下，收起你那自以為是的想法。在你一廂情願地要和天界高談和平論時，對方可是將你萬般算計在心。你曾經睜開過你那瞎掉的眼睛正視你的領民嗎？哼！你既然有自知之明，了解自己在安茲羅瑟的位階低，那又有什麼和天界談判的資格？你認為的善成為別人眼中的惡，是好是壞就由他人評斷，而我可以很確定的告訴你，現在你將嘗到苦果。」

「我無話可說。」馬勒撇過頭。

「你也不需要多說，吾主亞基拉爾陛下決定要接收此地，作為對抗威靈城的前哨。」特密斯滿身殺氣的走近馬勒，每一步都令人膽戰心驚。「你知道與天界合作過的人是沒資格生活在哈魯路托轄下的領地？很遺憾地，亞基拉爾領主有令，一個不留！首相閣下，你就帶著你的和平論到裂面空間下建立屬於你的理想國。」

馬勒與他的部屬一個接著一個身體被貫入冰柱頂端，手腳的重量加上冰柱的銳利，隨著時間過去，他們的肉體逐漸被撕裂，直到支離破碎為止。

守眉城圍觀的居民冷冷的看著他們被處刑，不發一語。

邯雨軍隊在登高樓臺與守眉城各處插上邯雨旗幟宣示主權。城內青壯年紛紛要求加入軍隊，阿楠萬斯與蘇刺等老兵也沒放過這個從軍的機會。

「資源收集的如何？」特密斯向艾列金詢問。

「差不多了，不過我很納悶，這是我的工作嗎？」艾列金一直以為他是指揮官之一，如今看來只不過是個後勤工作的負責人。

「你想指揮，但安茲羅瑟人會服你嗎？」特密斯說：「你還有很多工作要做，別浪費時間。」

「不管我做的再多，底下的人還是不會服我。」艾列金很肯定這一點，他在這裡受到的歧視也夠多，自己的處境如何自然內心有數。

「我們服從強者，只要你有實力，底下的人也不會有意見，安茲羅瑟的階級制度就是如此，如果真想讓我舔你鞋底的話，證明你自己給我看。」

艾列金有點慌亂。「那只是隨口說說的，不要當真。」

城內廣場聚集了所有投誠者。邯雨除了要先清點人員外，還要評估可以納入軍隊的數目。

「馬勒閣下是個愚蠢的人。」特密斯對著廣場上的所有人大聲地宣告。「農耕一向都由僕役、使喚魔、奴隸、雜工、下人來負責，只派老人去做這種事是資源的浪費，我們絕對珍惜有才的人，在邯雨軍中，每個人都能在戰場上發揮他的最大價值。」

底下掌聲和喝采聲此起彼落，良久不息。

「等待動員的前輩們，現在就有一個證明你們自己的機會，這可是亞基拉爾領主的賜予，絕無僅有的機會。」特密斯停頓一下，接著繼續說：「投誠的老邁戰士中，如果有你們的子女，請拿下他們的性命，證明你們自己還是有不輸年輕人的能力；如果無子無女者，拿下同樣一名年輕士兵的命，一樣能被認可。年輕人們也是相同，若想證明自己能勝過歷練豐富的老兵，請別留手，只有站在勝利頂端的人有資格享受俸祿，有資格獲得榮譽。」

會這麼做的很大原因之一就是糧食的不足。只有想辦法去蕪存菁，留下戰備能力精良的戰士才算是有效的收納這些降兵。艾列金在一旁冷眼觀看，他懂得這個道理，只是他想不透為什麼特密斯只是動動嘴皮就想挑動親子之間的互相殘殺，難道對安茲羅瑟人來說戰場遠比親人更重要嗎？

鐵爪揮落，蘇刺光是格擋就令他手腕發麻。「你知道兩個兒子中，為何我選擇你嗎？」

「我知道，因為父親大人您該退位了。」小兒子往蘇刺的腹部攻去。蘇刺負傷，跌了一跤。

「抱歉，父親大人請原諒我。」小兒子走到蘇刺面前，以悲憫的眼神看著他的父親。

「你是個不懂世故的傻瓜，所以我才選你。」蘇刺朝小兒子的下顎打了一記重擊，小兒子倒地，立場對換。「戰場上不要同情你的敵人。」蘇刺毫不留情地將劍刃刺入他兒子的致命部位。

本該是一擊得手；但蘇刺負傷在前，力怠在後，他的手無力將劍再刺得更深，反被小兒子抓住了機會瞬間回手反擊，蘇刺再也不能反抗，倒落塵埃。

「唉，歲月——真是無情啊！」蘇刺苦笑，他已用盡了最後的氣力。

阿楠萬斯和他的兒子卻在決勝時刻，兩人互視佇立不動。其實有那麼一刻，阿楠萬斯是很想放棄這個名額。

「父親大人，請開始吧！」他的兒子向他致意。

若是能以戰士的身分死去，真是人生最幸福的一件事。「如果這是我能對你做的最後試煉，那麼我不會留手的。」

兒子意味深長的看了父親一眼。「如果……好多的如果。如果父親您是敵人就好了，那麼我可以毫不猶豫。如果我是一把劍就好了，那麼我也可以毫不猶豫。我常常在想，假如父親大人與我在戰場上相會的那一天會是什麼情形？我好想明白，也好怕去明白，我想知道我是否已經超越了父親大人，是否有資格繼承您手中的劍；但我也怕失去，因為這失去的人，是我尊敬一輩子的父親大人。」

「振作一點可以嗎？你現在面對的只是一個再簡單不過的題目，對於一名老人，你若不勝才會是恥辱。」阿楠萬斯嚴厲的說：「人生就是這樣，這個社會非常的現實又殘酷，你以後走的路將會堆滿屍骨，這本來就是一條只有強者才能走下去的路。還記得我以前的教誨嗎？還記得我第一次教你練習戰鬥的初衷嗎？每個人都會有這一天，這是個很好的機會，試著殺掉我吧！別當個需要在父母的羽翼下過活的孩子，這不止是和我的勝負之爭，也是你自己的勝負之爭。」

兒子環視四周，點著頭。「我明白了，大家也都是這樣。」

「別當我是父親，我也是一名戰士，現在還是你的敵人，舉劍來！」

大雪又飄落了，酷寒考驗的不止是肉體，更是人心。

阿楠萬斯與子揮劍相鬥，平分秋色，兩人以最簡單的劍術與體術互搏，不依靠魂系神力，純粹力量與技術的較勁。

周遭的聲音雖吵，人群雜沓，此時對戰的兩人眼中也只有對方的存在，宛如這個地方是他們專屬的鬥技場。

阿楠萬斯與子鬥了近百回合，各自負傷，臉上卻都是呈現愉悅的神情，是父親看到兒子的成長；也是兒子在父親面前展現了實力。

最後，兩人身影交會的瞬間，兒子手中的劍狠狠地刺入阿楠萬斯的身體，本來就脆弱的劍身在此時折斷了。

「啊！」阿楠萬斯吐出微弱的聲音，他知道自己命不久矣。

「父親……大人。」兒子的手輕微地發抖，抓不住的劍柄掉落在地。

放眼四處，這裡成了人間煉獄，血濺得到處都是，橫躺的屍體也盡是殘缺不全。勝利者取下死亡者身體的一部分作為戰利品，這是再正常不過的事。

「我……很欣慰。」這是兒子從阿楠萬斯的口中所聽到的最後一句話，讓他這輩子都會印象深刻。父親死在自己手中了，但他的表情並不痛苦，反而是帶著笑容走完他人生的最後一程。笑容代表的是父親終於能以戰士的身分死去，亦或是兒子的成長讓他感到滿意？這個問題恐怕再也沒辦法獲得解答。

阿楠萬斯之子再次拾起斷刃，他割下父親身上特有的階級印記並交給邯雨徵兵的負責人。

「很好，歡迎你加入。」

終於得到資格了，阿楠萬斯之子淡淡一笑，那是個沒有表情的僵硬笑容。

雪勢加大，不知不覺中這片戰地已經疊上一層厚厚的雪，阿楠萬斯、蘇刺等戰死的屍體也全被厚雪掩埋。直到身體停止激烈的運動後，留在戰場上的勝利者才慢慢地感受到冰雪凜冽的寒意直襲全身。

## 暗殺

甸疆城建在一座巨大的洞穴內，裡面沒有晝夜之分，但如果有時鐘的話，會發現長居於此的人生活作息都很正常。托佛人在一定的時間內會出來活動，然後過了這段時間整座城又恢復死亡般的寂靜。

邯雨軍的襲擊確實讓甸疆城毀於一旦，亞基拉爾縱容他的士兵燒殺搜括，托佛居民與神座衛士死傷不計其數，物資被一掃而空。

從表面上看來似乎是如此，但亞基拉爾其實並未趕盡殺絕，只要有人背棄托賽因的教義並宣示加入邯雨都會被留下活口，這在安茲羅瑟的世界是罕有的事。

邯雨軍保留了一些資源給托佛的投降者讓他們得以生存，還能藉此重建家園，甚至於少部分邯雨士兵因接受命令而留下來幫忙進行重建的工作。

魔塵大陸上的每一塊土地都有自行恢復的能力，再加上托佛領區的建築物多是鑿洞建成，因此重建的工作並沒有太困難。不過既然要重建，當初又為何大肆破壞？亞基拉爾對托佛人民的解釋是：「破壞舊有的制度，才能建立新的秩序。」

邯雨人不斷對托佛人進行安撫的工作，他們不會對前任領主托賽因進行批評，反而是持續加深托佛人對天界的不好印象，讓他們相信天界會趁托佛衰弱時一舉攻城，加強他們護衛城池的決心。久而久之，托佛人對亞基拉爾的不滿與恨意開始轉移到天界身上，與其把刀尖指向自己人得不償失，還不如去針對天界這個大敵。

召隅是前任托佛律政官拜權的手下，他留在托佛內觀察一陣子後，察覺到人心的轉變隨著時勢的推進既快又迅速。

「一群厚顏無恥的傢伙，不思考為真主復仇，反而淪為敵人利用的棋子。」召隅蔑視他所有降於亞基拉爾的同胞。

托佛之戰中，他並非以投誠換取生機的人，而是在朋友的協助下躲藏著，直到大部分邯雨軍都撤出甸疆城為止，再等到局勢穩定後才敢出來。

清晨時分，街上一絲寂寥。

「今天一定要……」召隅每次一想到國破之恨，都會讓他氣憤難當。

「請好好努力。」朋友在門口送行後，轉身就要離開。

「等會。」召隅叫住了他。「我的武器呢？」

他的朋友看了他一眼。「武器？我現在連你的武器都要幫你保管嗎？」

「我之前不是交給你了嗎？」

「似乎有這麼回事，你等會。」朋友轉身進入住處，等了一會，他的朋友才拿出一個小布包。「拿去。」朋友將布包遞給他的表情充滿不耐煩。

「怎麼用布包起來？」

「蘊含魂能的神力武器不遮掩一下會啟人疑竇。」

「你最近的態度很不積極。」召隅質疑著。

「沒有這回事，我要集合反抗志士、要聯絡人，比你忙碌多了。」朋友輕哼。「倒是你，想要去那裡我是管不著，別給我惹出大麻煩來。」

召隅無意與他的朋友發生沒意義的衝突，他快步離去。

路上隨處可見邯雨人，而且人數有越來越多的趨向，再不快點行動恐怕托佛的領主位子真要換人坐了。

教徒廣場上空無一人，偌大的廣場裡只有召隅自己的腳步聲迴響著。他找了個看起來舒適的地方坐下，背包放在旁邊。召隅思考著不久前發生的事，越想越奇怪，召隅敏銳的察覺到朋友最近似乎也漸漸受到大環境的影響。儘管他的朋友看起來沒有什麼明顯的改變，可是內心確實開始有動搖的跡象。

回想起真主托賽因駕崩，邯雨大軍長驅直入的那一刻，召隅與他的友人都怒不可遏，甚至覺得就算犧牲性命也不要緊，心裡只想與敵人同歸於盡。

以前與現在完全是天壤之別，大家在追尋真主時彷彿所有人都合為一體，忠心不二且誓死追隨，召隅也對這種服從的榮譽心感到非常驕傲。

在安茲羅瑟悠久的歷史上，甸疆城好歹也是輝煌於北境的大國城都，沒有軍隊敢進攻，沒有敵人敢侵犯。可是當真主一死，這種耀眼的光環就像鏡子落地般碎得四分五裂。

以安茲羅瑟人的壽命來說，召隅確實非常年輕，他活著的一百多年歲月中都是在真主的教誨下成長，非常安穩，沒有戰亂。

亞基拉爾打過什麼樣的戰爭？為什麼成名？他有什麼能力？召隅一概不知。他只知道亞基拉爾當北境的帝王很久了，位階僅次於哈魯路托，自從天界發佈他的通緝令後，就常常東躲西竄，似乎是個名氣大過實力的領主。「那樣的人也敢侵犯我們的境域。」召隅越想越火大。

倒是廣場修復的速度實在很快，已經比起之前還要整齊美觀，這完全出乎召隅的意料之外。

廣場中央的水晶柱上有一面透明螢幕，會定時回報在魔塵大陸上的各種新聞。

「目前邯雨軍隊突破聖巒河的邊境，擊敗天界威靈城的先鋒部隊並且收復守眉城。」最近這種為亞基拉爾造神的新聞好像不少，召隅如此想著。今天他來此的目的就是聽說亞基拉爾會來到教徒廣場，大概是想宣示他的主權。召隅布包內暗藏一把附魔短匕，任憑亞基拉爾有再強的魂能護身，只要朝致命處一擊，就算不死也會重殘。

這種專門擊破魂能的特殊武器可是得來不易，今天只要亞基拉爾一出現，不論如何都要想辦法靠近，趁其不備偷襲得手。召隅才不管那個該死的領主有多大的本事，不成功便成仁，只要為了真主，什麼犧牲都值得。

「你好。」一名看起來不懷好意的人從後方突然冒出。

不過召隅的回應卻是很冷淡。「什麼事？」

「你知道亞基拉爾閣下什麼時候會來嗎？」

召隅從頭到腳仔細打量著對方，那個人身形瘦小，模樣猥瑣，臉上只有一顆斗大的眼睛，瞳孔看起來十分透明。

「不曉得，你有什麼事嗎？」召隅問：「你好像不是托佛人，也不像是邯雨人，不管你是誰，這座城現在不歡迎外人，請你識相點，快離開。」

「不歡迎？我聽說托佛的主權轉移，早就申請了採訪許可，沒聽過有人要趕我走的，你倒是第一個。」

「所以你想做什麼？」召隅懷疑起對方的意圖，內心也暗自戒備。

「聽說亞基拉爾閣下會來，當然是搶第一手消息。」那人咧嘴露出笑容。

召隅摸不著頭緒。「第一手消息？」

「天界稱呼我這種職業叫做觀察者，永恆之樹的住民稱為紀錄員，救贖者稱為情報人，亞蘭納稱為記者，安茲羅瑟稱為天生眼，就是在下的職業。」

召隅輕視的斜眼看著對方。「是嗎？那你辛苦了。」

「真的是很辛苦的工作，為了所有安茲羅瑟人的情報，我們深入戰場四處奔波，把最新的消息傳到世界各處。」那個人把眼珠摘下來，這顆透明的凍狀物看起來有點詭異。「只要把看到的東西透過神力法術傳到衛星上，就像你看到水晶螢幕上所呈現的影象般，會完完整整的顯示在你們面前。」

「你想採訪亞基拉爾，何必費工夫？那種人一點採訪價值都沒有。」這時，召隅靈機一閃，要是透過天生眼的轉播，自己在鏡頭前刺殺亞基拉爾一舉得手，那麼一定會成為魔塵大陸的名人。「呃……沒關係，反正這也是你的工作，我就不妨礙你。」

「現在人也不多，我就慢慢的等。」那人將眼珠裝回，坐在召隅的附近。

「你為什麼想要採訪那個傢伙？」

「那還用說，亞基拉爾閣下可是有名的領主，不採訪他難道採訪你嗎？」天生眼想了一下，忽然驚疑的問：「為什麼你對領主說話不用敬稱？這是有罪的。」

「那得看他是我的領主或是侵略者來斷定。」

「我以為托佛人已經承認了新領主，看來並不是這樣。」

「的確是如此。」召隅說：「沒節操的人滿處都是，我真不知道還該不該拿他們當同胞來看，忘記真主恩惠的人真的暴增不少。我真是不懂，古代人應該是對領地盡保護之責，對領主盡心盡忠才是，為何人心就可以這麼善變？」

「嘿嘿，你還很年輕嘛！對安茲羅瑟的歷史又了解多少？不過這種行為的確在百年之前就已經引起注意，尤其是最近這一陣子好像特別明顯。」

「我擔心所有的托佛人都會被洗腦，就算只有我一人，也要堅持到底。」

天生眼帶著笑容看向召隅。「大家都習以為常了，就你一個特別不同，會很難在這裡生存。」

「你要做怎麼樣的採訪？可以的話希望你能進行一些有共鳴的報導，喚回托佛人的意識。」

「大家都麻痺了，做這種事也不會引起什麼迴響。」天生眼擺著手。「這種吃力不討好的事還可能讓我丟掉性命，我必須拒絕您的請求。」

「是嗎？那我也不強求。」召隅露出興味索然的表情。

「嘿嘿嘿。」天生眼冷笑數聲，接著說：「其實這正是凝聚安茲羅瑟人意識的最佳時機。」

召隅不明白對方的意思。

天生眼站起身，往前走了一段距離，在他腳下橫擺著一具屍體。天生眼反覆注視著，可能是在觀察屍體的死因並加以判斷中。

「有什麼好看的？」召隅低頭一看，是托佛人。在他剛來的時候並沒有特別留意這塊區域，所以不曉得這個位置死了個人。

「你不知道他死亡多久了嗎？」

召隅微微搖頭。「這個地方每天都有人死亡，有什麼好大驚小怪。有的時候為了一點無聊的小事就會互相砍殺，沒有什麼動機可言。」

「沒關係，過來幫我抬走它。」

「你要抬去那？」召隅問。

「亞基拉爾閣下要來廣場，別把這煞風景的東西擺在這。」

「這和我有什麼關係？」召隅嗤之以鼻。

天生眼手指向自己。「你看我這模樣搬這大塊頭會輕鬆嗎？年輕人幫個忙，好歹也是你們托佛自己人。」

誰曉得他是不是投向亞基拉爾的變節者？也罷，幫個小忙而已。召隅心不甘情不願地和天生眼一人一邊，將屍體扛到草叢旁。

「丟這嗎？」召隅問。

「你要吃了屍體也行。」說完，兩人用力一丟，屍體沉重地落入草圃間，食肉的植物發出喀吱喀吱的細碎聲。

「我沒飢餓到需要以自己人為食。」召隅心情煩悶，為這種無聊的事竟浪費他寶貴的力氣。

兩人返回之前的地方繼續等待，召隅東張西望，廣場上不知不覺已經多了不少人。托佛人也有，外地人也有，以前教徒廣場可是平民聚集在一起聆聽長老們禱告的肅穆之地。

召隅再怎麼不以為然也改變不了現況。

「我認為托佛人現今的反應屬於正常情況。」天生眼說。

召隅在一旁聽得倒是心不在焉。「嗯，是。」他點燃一根紙菸，吸了一口，濃得化不開的黑煙從他臉上數十個孔洞飄出。

「說到菸。」天生眼拿出一袋精緻的小布囊說。「聽說亞基拉爾陛下喜好旱菸，我特別準備了非常高級的磨碎菸葉，陛下一定會滿心喜悅。」

「年輕人，你有興趣加入遠征長弓隊嗎？」一名邯雨軍的召募員向召隅詢問意願。

「遠征長弓隊？」

「這可是絕無僅有的機會，不是一般志願者都能夠參加。」召募員繼續說：「現在這種戰亂又不穩定的時局正是你們展露頭角的最好機會。相關的弓術技能將交由邯雨直屬的大宗師為新兵教導，你們既能得到新技能，又能夠獲得榮耀。重點是，訓練及作戰期間糧食的供應絕對不是問題，你也明白現在糧食有多缺乏了。只要在作戰時發生意外，我們會根據你的功勞與應該得到的俸祿換算成固定比例，將之配給予你的親族，如何？」那人喋喋不休的說個不停。

若不是怕太引起別人注意，召隅絕對不會讓他輕易離開，他儘可能的壓抑住情緒。

「你不參加？你竟想放棄這麼好的機會？無論怎樣都不肯加入我們嗎？真是沒出息的東西，你也配當戰士嗎？」召募員悻悻然離去。

「聽說亞基拉爾陛下快要到了，真不枉我等了一個早上。」天生眼興奮的叫著。

「這很值得興奮嗎？」

天生眼笑道：「這又不是說見就可以見得到的普通人。他可是北境的帝王，人稱神射手的英雄。因為他的關係，安茲羅瑟人終於又再度舉起劍和天界來個正面對決，光這一點就應該感謝亞基拉爾陛下。」

召隅撇過頭去，任由天生眼自言自語。

「耐心的等，我們可以繼續沒聊完的話題。」

「別對我歌頌亞基拉爾，我聽了反感。」

「不是這樣的。」天生眼說：「世界上的每一種生物個體數都該有一定的臨界點，就像亞蘭納人，該出生時就順其自然地出生，該死亡時就順其自然地死亡。即便他們科技與神術都建立起基礎，人口總數開始微幅增加，但是蒼冥七界這殘酷的環境還是讓脆弱的他們死亡機率高居不下，也因為如此，亞蘭納的人口數一直都固定在差不多的數值。」

「天界、安茲羅瑟、救贖者可不一樣。天界人長壽、我們則不老、救贖者不會因為壽命而死亡。所幸自然的調整機制發揮作用，三族的出生率都很低，再加上連年不斷的戰爭，人口的消長還是能獲得平衡。可是自從天界名義上控制了我們之後，和平的時光長達近千年之久，這段時間內文明與醫療的改進即便是出生率低的我們也可以明顯感覺到人口正以倍數增加，你曉得現今安茲羅瑟的人口總數目嗎？」

「五十多億吧？我不是很確定。」

天生眼有點訝異。「你這是多久前的數據了？起碼差了快二百年，現今光是魔塵大陸二十三區內的人口數就有七十八億六千多萬人。」

「比我想像的擁擠，但……這又怎麼樣？」

「人口數與糧食成長數不成正比，自然就會有人挨餓。飢餓不會使我們死亡，卻會令我們力量衰弱，精神變得更暴躁，為了食物開始自相殘殺的例子比比皆是。」天生眼接著說：「自從哈魯路托隱而不現後，二十三區內有權有勢的軍閥開始蠢蠢欲動，現狀看來雖然不明顯，但檯面下絕對是暗潮洶湧，爭鬥不斷。」

「你知道為什麼會這樣嗎？因為我們是一個重視階級的種族，一階管理一階，形成完美的社會。當領頭者消失後，這個社會為了維持安定，經過一番殘酷血腥的淘汰是免不了的。你以為托賽因真主的死真的只是單純的侵略嗎？真主的死亡讓二十三區的競爭者又減少了一人。」

「也許你認為這和我們這些階級低的人無關，你可錯了。正因為現今局勢的不安穩，失去領主的你們就像失去人生目標，沒有繼續存活的意義。當新任領主出現時，為了糧食、為了生存、為了重拾戰鬥的本能，再加上與天界開戰，變節是理所當然的。這無關什麼忠誠的問題，因為當真主仍存在時，你們選擇盡忠義、守節操是對的；但當真主死亡後，你們已經是無主之人，再為自己選一名新主，找尋新的人生意義，這才是安茲羅瑟人的生存方式。你不應該責怪他人，因為這是整個大環境的趨向。」

「邯雨的侵略對人口抑制來說只是杯水車薪，但因為糧食不足引起的自相殘殺以及種族間的對立戰爭，這才是蒼冥七界調節人口的方法是嗎？哈魯路托的消失讓領主之間開始競爭，而失去領主的我們則開始尋找新的領主……嗯嗯。」天生眼的一番話令召隅內心陷入了很大的矛盾。

「我一開始就知道你想做什麼，我有讀心術。正因為我明白，所以我想勸你最好放棄刺殺亞基拉爾領主這個念頭。」

「……你沒有權力對我說這些。」召隅執拗的回答。

「年輕人，亞基拉爾領主不是偶然間一夕成名的人。魘塵大陸有將近七十九億的人口，統治者階級的安茲羅瑟人屈指可數，黑暗深淵領主階級的人數又更少了，可能只有五位，而哈魯路托僅有一位，獨一無二。」天生眼解釋：「對我們這些低等階級的人來說，領主他們的世界已經和我們截然不同，光是魂系神力的運用就天差地遠，你以為事情真的能如你所願嗎？」

亞基拉爾騎在一匹黑色鬃毛的獨角獸上，他帶領著一支名為孤零衛士的勁旅，氣勢十足地來到廣場。孤零衛士是一群效忠亞基拉爾的精銳勇士，為他翦除所有的反對勢力，以疾風暴雨的恐怖威勢率先殺入敵方前陣，陪著亞基拉爾打遍魔塵大陸上各種險惡萬分的戰場，在每一場戰役中立下汗馬功勞。

凡是他們的敵人，沒有一個不聞之色變。聽過孤零衛士的安茲羅瑟人多抱有敬畏之意，自動迴避讓道；沒聽過的人光是看到每一位勇士身上發亮的重甲以及露出寒光的武器，就知道他們絕非雜牌軍。那些勇士均散發出一股森然的魂系神力，即使不帶任何殺意也夠震懾人心。

亞基拉爾臉上掛著一貫自信的笑容，走在他前面的是貝爾，他為亞基拉爾引著那匹獨角獸向前行，看上去比較像是隨從。

「為什麼不讓我幫助那個人？」貝爾問：「他看起來餓了好一陣子，我們的食物夠，分一點給他難道不可以嗎？何況這裡將是你的領地。你對臣下以及自己的部屬都十分大方，對平民卻不是這麼回事。」

亞基拉爾輕拉韁繩，獨角馬停止前進。「貝爾先生，我和您說過什麼？」察覺到亞基拉爾臉色驟變，貝爾才緩緩的吐出囁嚅的聲音：「抱……抱歉，亞、亞基拉爾大人。」

「幫助有用的人，勝過幫助需要的人。」亞基拉爾說：「需要的人很多，他們從來就沒有滿足的那一刻，你無能為力，也幫不完，所以請收起氾濫的同情心。你幫那些需要的人，有用的人資源就減少一分，不是你能做的就去做，而是你該做的才去做。」

「大人——您也沒有滿足的那一刻啊！」貝爾冷冷的回應。

「善變的人心就像是許多跑著不同路徑的馬車，隨著時間流逝，馬車總會陸續到達各個終點，但它們不會有會合的一天。」

那個藍髮的人就是亞基拉爾嗎？召隅拎起他那包裹著暗殺武器的布包慢慢靠近隊伍，卻被那支莫名其妙的部隊散發出來的威勢給逼退。不止召隅本人，其他人也難近亞基拉爾分毫。

召隅內心開始猶豫，這樣做是否值得？

天生眼說的話對他產生影響，本來刺殺行動成功與否以及後果如何都不在召隅的考量中，他憑藉著的不過是一股不可撼動的信念以及非這麼做不可的理由來執行這個任務。如今，動搖的他變得躊躇不定，進退兩難。

亞基拉爾立下他在甸疆城的主權，底下的群眾全數歡呼。

真是瘋了，他是侵略者，為什麼大搖大擺的在別人的地盤大放厥詞，底下卻沒有半點反對的聲音。

「說穿了，其實安茲羅瑟人的堅強還是來自於我們的領主。為了領主盡忠而散發出來高漲的戰力，為了領主拼死的精神才能讓天界畏懼，我們是群體，也是一體。之所以如此，就因為獨立的我們將沒有足夠的力量。」天生眼說：「失去中心支柱的我們非常脆弱，很容易瓦解，不過就是一群衝動的散兵遊勇以及漫無目標的烏合之眾。這就是為什麼在哈魯路托消失之後，我們無力與天界抗衡的主要原因，就是缺乏凝聚團結的力量。」天生眼解釋道。

怎麼能如此？前任領主才死不久，馬上又去依附新的領主，為什麼得要如此？難道真主對我們的教化都只是一場夢、一陣風？就這麼毫無影響力？既然是對領主忠心不二，為什麼還能接受拜伏於新領主下的自己？

「再講得更明白點，你只是不承認托賽因真主的死亡罷了。」天生眼說：「其實你也沒錯，只要你心目中的真主還活著，你的本能就不會允許你有背叛的行為。依你現今的狀況，倒不如與你的真主一同歸入裂面空間。」

「我不會就這麼白死。」召隅回答。

「你執意不肯臣服，那就離開甸疆城吧！這座城的領主已經換人，再繼續留在此，你的心志被影響是遲早的事。我聽說托佛攻打邯雨的主力因為無法回歸，所以選擇在中立區建立自治省，領導者是宗王雷博多修將軍。不過你要考慮清楚，宗王的階級不過是上位指揮者，沒有凝聚力可言，只要任何一位統治者或黑暗深淵領主階級的菁英將他殺了或是使之臣服，這個自治省會立刻瓦解的。」

「我也沒有想過要這麼苟延殘喘的過日子。」召隅歎息著。「讓我活得像一個安茲羅瑟人不行嗎？」

「你這麼做和在阿特納爾那些對亞基拉爾領主發動攻擊的亞蘭納莽夫們有什麼差別？你還不

懂分寸嗎？」

召隅略感意外。「你知道阿特納爾發生的事？」

對方哼道。「別小看我們當天生眼所獲得的情報。」

召隅從人群中鑽出，亞基拉爾近在眼前。

到底是殺還是不殺呢？就在距離越拉越近時，答案就已揭曉。

「怎麼……怎麼會這樣？」召隅不是不能下手，也不是不想行動，而是根本無法做任何動作。

亞基拉爾只是坐在他的王位上一派輕鬆的刁著旱菸桿抽菸，旁邊的貝爾也漫不經心的東張西望，孤零衛士列於兩側戒備著，召隅面對亞基拉爾的距離還比他們更近。

「可怕的實力，這就是──亞基拉爾？」魂系神力與階級的差距令召隅動彈不得，他終於體會到所謂的現實，領導者與被領導者間的的確確是有一道完全無法橫越的透明高牆。正因為對方是領主，也因為自己只是低階的安茲羅瑟人，所以召隅無能力、也沒有力氣去對亞基拉爾做什麼事。

「有些人就是這樣，憑著優勢很輕易的就能當統治者、領主，一般的人再怎麼努力，再怎樣有實力，最高也不過就上位指揮者。也許你覺得不合理，但安茲羅瑟的階級制度就是這樣，是自然而然形成的，不是哈魯路托指派，而是天生就是領導人；反之，我們就屬於一輩子都要卑躬屈膝的人，認命吧！」天生眼說。

亞基拉爾的眼神游移到召隅身上。前所未見的強大壓力臨身，召隅莫名其妙的跪伏於地，儘管他內心有千百個不願意。

「大人，你剛剛莫非是故意的？」貝爾輕聲問。

亞基拉爾輕吐黑煙，就像是沒聽到貝爾的疑問。他的確是察覺到召隅不懷好意，所以才在眼神上稍微施加壓力。

「我希望你不要用這種方式讓我臣服於你，這不會是個好主意。」貝爾撇過臉，語氣凝重的說。

「你是安茲羅瑟人嗎？」亞基拉爾似乎意有所指的問。

「……不是。」貝爾遲疑了一會才回答。

亞基拉爾那輕飄飄的眼神移到貝爾身上，貝爾覺得這可比山還重。「我不是說過，不要……」

「你是安茲羅瑟人嗎？」亞基拉爾再一次詢問。

「不、不是，我不是。」貝爾神情緊張的否認。

「只要你有一點安茲羅瑟血統，那怕僅有四分之一，我只需彈指就可以叫你血濺當場。」

貝爾用盡全力抵抗亞基拉爾的魂系神力。

「嘿嘿嘿。」亞基拉爾不懷好意的輕笑數聲。「就是這樣，你就一直保持下去。在我面前你不許稱自己是安茲羅瑟人，以後也是這樣，你一輩子都不能以安茲羅瑟人自居，只有最純正的血統才配得上我們這個種族，了解嗎？」

貝爾點頭，他全身冷汗直流。

「在你的父親將你領回之前，我還得當一陣子褓姆，你們父子欠我的可多了。」亞基拉爾將酒杯中的酒喝盡，隨後又繼續抽著菸。

「父親他……還在嗎？」貝爾不安地問。

「我尊敬他，他是一名了不起的人，所以你也該以你父親為榜樣。如果你不想讓你的父親以你為恥，那就好好的表現。」

隨著亞基拉爾與他的手下離開，廣場上的人潮也逐漸散去。廣場又恢復冷清，獨留在此的只剩下內心五味雜陳的召隅。跪地的雙腿不曉得是因拜伏而屈膝或是受到壓力所致。無言的召隅就這麼一直跪著，空空盪盪的廣場只餘寂寥的陰寒，召隅的形體在偌大寬廣的地方變得渺小，他覺得這世界上再也找不到比他更卑微的人。

緩慢又拖沓的腳步聲由遠而近，一支乾枯的手輕觸召隅的肩膀。

召隅一臉垂頭喪氣的回頭，之後他的朋友將他攙扶起來。

「失敗了？」兩人互視後，接著是一段時間的沉默不語。「不論成功與否，至少你盡力了。」朋友拿出酒來，先倒了一杯給召隅，再給自己斟滿杯。

召隅無奈地又長嘆一口，他將酒一股腦地飲盡，彷彿就是打算連憂愁也隨著酒一同下肚。

一杯接過一杯，他從朋友的手上拿起酒瓶狂飲。

「我看還是打消念頭吧！」

「連你也這樣說！」召隅堅持自己的立場。「說什麼都不可能，絕不！」

遠處，號角聲如雷鳴般響起，在空闊的廣場上聲音特別的乾淨，聽得也很清楚。

「邯雨的軍隊又再一次取得了勝利，所有亞基拉爾陛下的領地全都會一致地鳴起號角。」朋友說。他抬著頭，一副感嘆的樣子。

召隅從話梗中隱約察覺了蹊蹺，但為時已晚。他雙腿癱軟，失去了支撐身體的力氣。朋友的利刃同時貫穿召隅的致命部位。「我宣誓效忠亞基拉爾陛下了，真是抱歉，我不想再顛沛流離當個無主之人，也不想再繼續過著挨餓的日子。」

召隅倒地，他的布包掉了出來，那裡面正是他準備用來行刺亞基拉爾的神力附魔匕首。可惡啊！召隅拼著最後一口氣，他打開布包，想拿起匕首給眼前這位不知羞恥的人狠狠一擊。沒想到布包裡面只是一把沒有神力的普通小刀，因為被特殊的布包裹，所以他也沒發現到內容物有假，事後也沒有確認。

原來從一開始朋友的立場就已經非常明確，召隅想嘲笑被耍著的自己，卻怎樣都笑不出來，滿心的懊惱於事無補，終於他咽下了最後一口氣。

「安息吧！」朋友說：「我刺你的這把短匕就是你自己原本要用來行刺的利器。」

天生眼從黑暗中緩步走出。「真是可惜，到最後他還是選擇了別條路。」

「幫我一下好嗎？」

天生眼搖晃著手。「我又得搬屍體了嗎？」

他們一前一後將召隅的屍體抬起，慢慢的移到廣場的草圃。

「不吃了他？」天生眼問。

「托佛人不吃托佛人。」

「和早上這傢伙說的話一模一樣呢！」天生眼暗自覺得好笑。

他們兩人使勁一丟，將屍體拋入草堆中，這時因為召隅身體的撞擊力道而彈出部分碎骨殘片，那是早上先被拋入的屍體，如今只剩下不完全的骸骨一具。

噁心的食肉植物沙沙地動著，之後發出喀吱喀吱的怪聲音。

## 副作用

亞凱搖晃的身影正步入一座美輪美奐的大房子中。那裡面有著庭園、有水池、有華麗的擺飾、有高大莊嚴的石樑柱，以及數不盡的名畫古董及精美雕像。

周圍明亮如晝，亞凱的視線卻越來越模糊。他歪歪倒倒地走著，臉色蒼白形態憔悴，明顯的非常虛弱。屋子內沒有半個人影，亞凱所到之處除了鮮明的色彩外，剩下的只有光。而照耀在亞凱身上的光令他整個人感覺更為白淨，但卻是那種沒有血色，氣若游絲的白。

亞凱強忍著痛苦，倒地後又再度爬起，以法杖撐著身體前進，在他雙眼可見的顏色都轉為黯淡並糊成一團後，最終失去了意識。

亞凱發出了痛苦的低鳴聲，他幽幽轉醒，環視四周這才知道自己身處於屋內的某個角落，旁邊有一間敞開著門，乾淨整潔的小房間。

身上配掛的藍色墜飾發出微弱的光芒，片刻後又再度恢復原貌。沒想到亞基拉爾多管閒事要他隨身配帶的護身符真的發揮功用，雖然吸收了部分痛苦，可是病痛的煎熬依然折磨著亞凱。

這間屋子非常的明亮，亮得沒有陰影，亮得毫不自然。牆上的畫以及屋內的色調全都是不協調的顏色揉合而成，亞凱還記得他第一次踏入這個地方後，就被這些詭異的顏色弄得頭暈目眩，腹部升起一股噁心感。儘管這裡整齊又明亮，但是錯亂的室內空間配置以及多不勝數又沒意義的房間讓亞凱如同置身迷宮當中，難以辨認方向。甚至於有時候光是看著一條房間外的走道就有種空間是扭曲的錯覺。事實上有些通道的設計還真的是上下左右都彎曲的，亞凱完全不明白這樣設計的目的何在。

「亞凱．沙凡斯，還記得你來到此的目的嗎？為了怕神力反噬的後遺症讓你神智不清，每隔一段時間都要錄音，好讓你自己明白目前的狀況與處境以及你該做的事。」亞凱從身上拿出微型錄音機，播放出來的是自己的聲音。

「很明顯的，那名天界人屋主尤列並不打算就這麼放你安然離開。那個道貌岸然的天界人把將你除掉這件事當成他的義務與光榮，讓你逃走會使他蒙羞，如果事情不是這樣發展的話，表示又出現變數了，你應該感到害怕並提高警覺。」

「正因為你和安茲羅瑟人有過接觸，所以尤列已經將你視為必殺對象，因此你也必須還擊。到贊神大殿找到他，結束掉這齣鬧劇。你不是因為害怕才逃離此處，而是因為害怕所以要除去這個威脅。」

亞凱的腦袋處於渾沌，他搞不清楚自己該幹什麼，連之前的記憶都有些模模糊糊，難道是因為神力反噬的後遺症嗎？太可怕了。

走到寬敞又乾淨的迎賓大廳，亞凱腦袋抽痛起來，部分回憶在眼中如跑馬燈般重複上演。

「來，沙凡斯先生，這是汝之後居住的地方。」

「啊！尤列先生，勞您費心了。」

「那裡，汝遠道自亞蘭納來此，吾盡地主之誼也是應該。不過在此地汝必需要自己打理一切，這裡沒有僕人能供汝使喚。抱歉，吾的腔調會令你不快嗎？」

「不會，請別那麼說。」

迎賓大廳不但豪華氣派更是一塵不染，不過在這樣的大屋子內卻不見其他人影，反倒顯現出這棟大宅邸的空虛。大廳北方有一處往下的寬闊通道，側邊則有樓梯通往二、三樓。西方也有一條較小的通道口，不曉得通往何處。東方很明顯的能看到一扇莊嚴的大門，看來是出入口。

亞凱挪動腳步，走到木製大門旁。正當他想伸手將門推開時，木門恍若雲霧般轉眼即逝，剩下的只是一片乾淨簡單的石牆。

「亞凱．沙凡斯，我不知道之後的我還記得多少東西或是已經忘得差不多了，總之未雨綢繆的事前準備是我現在很重要的一件事。我並不是患有失憶症，而是因為神力反噬的副作用讓我頭痛萬分，會有些許記憶喪失的狀況。平常並沒有特別礙事，但自從我來到這間屋子後情況變得非常嚴重，我的腦袋變得比以前更健忘，而且交錯混雜的記憶常常會令我搞不清楚狀況。我想是這棟屋子裡的聖系神力過於充沛以致於和我身體產生共鳴，才會發生這種事。」

「如果你嘗試離開別屋後發現遇到阻礙，那就放棄吧！尤列不讓你走出別屋，你就一輩子都別想離開。聽我說，你現在一定對這個鬼地方看不到人影感到納悶，不需要著急，等你完全了解後，你會發現天界人和安茲羅瑟人沒有什麼兩樣，他們只是一個把自己神格化的自大種族。也許你不能理解，自小到大那些庇護我們亞蘭納的天界人是多麼的神聖與慈悲、多麼的光明與純潔。但是根據我這二十多天來與他們的接觸後，那在我心目中完美的天界人形象早已毀於一旦，到頭來你會發現他們只是一群虛偽的人，他們所執行的不過是自以為是的正義罷了。」

「你現在所處的別屋是招待用的迎賓館。一樓以上全是空的客房，除了你以外沒有其他房客。有一條較小的走道是往倉庫及招待室，而主要的寬闊走道可以讓你前往主屋，你現在要做的就是往那條路前進。」

「不知道我之後會變成怎樣，若你還活著且正聽著這段錄音的話，對你絕對會非常有幫助。

我先給你打一記強心針，告訴你這間屋子的詭異與恐怖超乎你的想像，如果你真的是我的話，按照個性來說不論面對什麼困境你都會想辦法給自己找出一條生路，活下去就是你目前該做的第一件事。如果天要亡我的話，那也是無可奈何，但我相信這裡絕不是我人生的終點站。」

「你現在要注意的是別讓自己長時間處於光照之下，這會令你有頭痛、頭暈、噁心的不適感，嚴重的話可能會昏厥或失去理智，還要留意各種掛著的藝術畫作、裝飾品、擺飾物，這些東西有可能是尤列監視你的手段。另有一件非常重要的事，如果你發現有會移動的強光正靠近你時，請一定要遠遠的躲開它或是找到陰影處躲避，切勿靠近，因為那正是尤列的召喚物，會對你造成致命的打擊。真的無處可躲時，請利用亞基拉爾給你的項鍊，那會製造出短暫的黑暗效果，可以幫你躲避那些怪光。」

「黑暗的項鍊能不用也最好別用，因為項鍊上的魂系神力與你身上的聖系神力相斥，會造成你內傷出血。而且最近我發現有一股凝聚的不祥黑暗在追蹤我，很明顯是來意不善的安茲羅瑟人，他們都帶著濃烈的殺意而且無視這裡是天界地盤的事實。這種動向不明的危機感令我覺得非常擔憂，他們有可能會嗅出你身上的味道或憑著項鍊上的魂系神力找到你。」

「雖然我的情況很不好也沒任何外援，但我一直相信我是最聰明的人，光與暗不能並存這個道理大家都懂，該怎麼做也不用我再提醒自己了。」

根據錄音機裡錄下自己給自己的聲音留言指示，亞凱打算走那條能前往主屋的通道。

入口處有一扇紅豔的門，不過使盡力氣也推不開它，因為上面佈有天界設下的結界。

以亞凱的能力也許可以用聖系神力試著解開結界，可是現今他的體能狀況非常不好，沒有辦法聚精會神的使用神力，這便讓他和一名普通的亞蘭納人沒有兩樣。在無計可施的情況下，亞凱只能先暫時尋找其他開門的方法。

那條小通道內的牆壁上不論左右都各有標誌，左邊標示前往倉庫，右邊即往賓客招待處。倉庫的門雖然沒有結界，卻上了大鎖，想以人力強行破開是不可能的事，因此目前能進入的只剩賓客招待處。

才剛踏入房間，裡面的強光立刻引起亞凱的不適，當場頭痛如絞。

「需要吾幫汝治好身上的神力反噬？」

「是的，拜託您。」

「喔！吾感到很抱歉，這在吾的能力範圍之外，對於亞蘭納人出現這種病症吾是束手無策的。不過汝也不需要太擔心，放鬆心情在此好好休息，吾會為汝找出治療的方法。」

亞凱以手遮擋光芒快步奔入內廳，唯有在光線轉弱時他才得以喘息。

屋子的建材並非是透明的，內室也沒有任何照明設備，但光照就是這麼的明亮。亞凱有時候還會覺得他走進一間滿是鏡子的房間，光線經過反射才會那麼刺眼。事實上這裡面除了幾扇落地窗有玻璃外，根本沒有可以反射光的玻璃製品。

勉強找到個有陰影的角落，亞凱癱坐在地。魔塵大陸的天空完全不見天日；這個地方卻恰好相反，不論何時外面都如日正當中般光亮，這種環境讓亞凱神智迷茫，手腳都在顫抖。

玻璃窗外一片白芒，什麼都看不清楚，真不知道自己的身體還能支撐多久。

亞凱閉上雙眼稍作歇息，這是恢復精神與體力的最好方法。

幽暗，對……就是這種深邃虛無的幽暗，令人感到非常的自在、非常的舒服。

亞凱全身飄浮於開闊的黑暗空間，什麼都看不到，什麼都聽不見，這個世界上只有他一人，僅剩他一人。

這、這真的是我喜歡的嗎？不對，才不是這樣，亞凱急欲從黑暗中掙脫。

好濃烈的腐臭味，還沒看到任何景物，味道卻先撲鼻而來。

最先遠遠看見的是一排疊影，隨著視線快速的拉近，原來那是一座城市，只是不知為何畫面呈現出來的只有灰暗，沒有任何色彩。

亞凱．沙凡斯非常熟悉這座城市，這是安普尼頓的多菲鎮，是他從小到大成長的故鄉。而今，放眼所見只有一片斷垣殘壁，建築物上覆滿奇特的活體組織，從那些組織的孔洞裡不斷爬出矮小醜陋的怪物。牠們恣意妄為地破壞，毫無憐憫地殘殺亞蘭納人。

住手，亞凱想大聲喝斥，卻發不出聲音。

忽然，天空黑壓壓的厚雲層開始規律地轉動，像是旋渦狀般越來越快，眼前可見的所有事物都開始崩解，漸漸被吸入如同黑洞的旋流之中。

最後，從黑暗的天空中伸出一隻巨大無比的手臂，那隻手邪氣十足、型態恐怖，表皮上皆是眼珠模樣的疣狀物而且能靈活的轉動。當手臂上的眼珠疣盯住亞凱後，瞬間的寒意從背脊骨快速爬升，這道充滿惡意又陰邪的眼神讓亞凱受到極大的驚嚇，全身發麻動彈不得。

巨大的手掌將整座被破壞的多菲市鎮壓個粉碎，完完全全的輾平，不留任何活物。

亞凱瞪大雙眼，表情驚恐，心中充滿什麼都改變不了的無力感。接著，後方升起一股強勁的吸力，將癱軟的亞凱再度吸入無邊無垠的黑暗地帶，影象被無限拉長，最終支離破碎。

亞凱．沙凡斯慌忙的從床上跳起，也顧不得服裝儀容，直接衝到大廳堂內，裡面除了安坐於沙發上抽菸喝酒的亞基拉爾外，沒有其他衛兵或侍從。

「為何神色慌張？」亞基拉爾優雅地吐出一口黑煙，然後表情淡然地問道。

「那……那個惡夢，是、是真的會發生嗎？」亞凱神色匆忙地追問。

「三千多年前我體會過了，現在輪到你們。」亞基拉爾一副若無其事的模樣，他捧著酒杯啜飲一小口。

「安普尼頓，不是，亞蘭納真的會毀滅？」亞凱再問，他臉上滿是揮如雨下的斗大冷汗。

「請吧！」亞基拉爾指著出口。「你可以離開了。」

「安普尼頓將要被黑暗圈吞沒，我一定會回去。在這之前，我有些問題必須得到答案。」

「請吧！」亞基拉爾點頭示意。「我可是履行了我對你的約定，出了這裡後，塔利兒先生會為你打開前往聖路之地的傳送門。」

「那麼你們施法讓我看到那個恐怖的景象是什麼意思？是希望我對未來充滿絕望嗎？」亞凱搖頭。「不、不行，我要知道事情的原委，你說阿特納爾內的矮小怪物與生物體組織都和你無關，那巨大手臂的主人是誰？他為什麼要毀掉亞蘭納聯盟？有什麼辦法可以阻止？」

亞基拉爾沒有回答任何問題，他只是重複吸著旱菸、吐煙、喝酒這幾個動作。

「請告訴我，難道手的主人就是你們安茲羅瑟人傳說中的哈魯路托？」亞凱真恨不得撬開亞基拉爾的嘴，逼他說出所有的事。

「累嗎？還是要先喝一杯酒再離開也可以。」亞基拉爾在桌上的空酒杯內倒滿酒。「請喝。」

亞凱將視線移到酒杯數秒後，立刻搖頭。「我不喝。」

「這是亞蘭納的皇家雪玫花酒，氣味芬芳，酒味醇厚，不嘗嘗看嗎？對你來說應該無害才是。」亞基拉爾笑著，又將一杯酒喝乾。

「我知道，這是很貴的酒，我在宴席上也不常見到。」亞凱仍然婉拒著：「即使無害我也不喝，因為我根本不會喝酒。」

「凡事總有第一次。」

亞凱抿著嘴唇，猶豫了一會後才拿起酒杯以舌頭輕舔一口。「不行，我本來就是修道者，戒酒與美色。」於是他又將杯子放下。「你究竟想要我怎樣？」

「一盡地主之誼罷了。」

「不是，若不是需要我們，為何又將我與艾列金、貝爾等人帶到此？」

亞基拉爾哦了一聲，以饒富趣味的眼神看著亞凱。「我是亞基拉爾·翔，我擁有自己的領地、有自己的軍隊、有錢有勢有物資，你為什麼認為我會需要你們？」

「你別試探我，我和你們不一樣，沒有讀心的能力。」亞凱接著說：「我猜也許是黑暗圈的影響過大，處理這件事會讓你分身乏術，有可能嗎？你的手下與士兵那麼多，真找不到能解決的人？」

亞基拉爾冷笑，他給自己的菸管添了些菸草。

「黑暗圈因為在亞蘭納的領地發生，礙於天界的阻撓，所以才讓身為亞蘭納人的我們來解決。」亞凱一邊思考一邊講出他的猜測。「黑暗圈出現在阿特納爾也許不是偶然，莫非——引發黑暗圈的原因是亞蘭納人？」

亞基拉爾眼睛一亮，得意的笑開。「哈……作為交換條件，今後你得聽從我的指揮，如何？這完全取自你本身的意願，我不強迫。」

「你是這樣令人臣服的嗎？」亞凱頗不以為然地問。

「今後，你對我說話務必加敬稱，我可不喜歡當手下的人連談話該有的規矩都沒有。」

亞凱眨著眼。「等一下，你還沒告訴我黑暗圈的形成原因。」

點燃菸草後，亞基拉爾深吸了一口，接著宛如解放身心般地痛快將黑煙吐出。裊繞的黑煙燻得亞凱睜不開眼睛，亞基拉爾終究沒有回答他的問題。

夢，是夢嗎？亞凱微微轉醒，身心靈的狀況又恢復了一點。

遠處傳來響徹雲霄的戰鬥聲，依照神力的位置判斷應該是在主屋附近，即便亞凱現在沒有辦法凝聚神力，卻能準確的得知有四名安茲羅瑟人強行闖入了主屋並與守門的天界人交戰。

亞凱衷心希望這些人與天界鬥成兩敗俱傷，那樣肯定會減少許多不必要的麻煩。

內廳的書桌上有一張獸皮卷紙，直接看的話只是一片空白，因為上面的語言是以特殊的法術文字來書寫，對亞凱來說倒是沒有什麼閱讀上的困難。這是尤列的筆跡，最上方有一行標題：

「古老的附魔術。」

「以十字法器為基座，搭配兩顆充能水晶、綠螢稜石、純潔精華，將使彼獲得完美的融合，形成反制聖界特殊附魔，能更有效破解防護性神力的影響。」

「實驗暫時不進行是考慮到沙凡斯先生的身體狀況以及實驗後的影響。目前針對沙凡斯先生的來歷正進行調查，願光神保佑，不可因吾的失誤而拯救天界的敵人。」

桌面上擺著十字法器以及一顆綠螢稜石。旁邊的置物櫃裡則有一顆散發光芒的水晶球，這也是尤列來不及帶走的遺留物。當亞凱的指尖觸及水晶後，尤列的聲音瞬間貫入腦海，與亞凱身上的小型錄音器材有異曲同工之妙。

「烏薩拜朗總司令再一次違背光神的聖諭，總司令對光都五神座傳下的旨意越來越有微詞，這件事會連帶影響到天界的和諧以及五神座統御的權威。吾等只是盡心侍奉上帝的僕人，理應同心協力摒除邪惡才是，天界人不能因為意識理念的轉變而成為自己的敵人，萬萬不可。」

收起桌上的附魔專用道具之後，接下來的目標該是去尋找剩餘的材料。這也是直接在敵人的住處開戰的優點之一，他們來不及撤收的好東西都會變成幫助自己的資源。

正當他想離開內廳時，眼前的景物竟產生歪斜的現象，如果不是眼睛出問題或是空間又產生變異，那肯定是有一股聖系神力在此地凝聚並與亞凱體內的神力相呼應後導致他的雙眼暫時性的出現幻視。

強光聚而不散，而且可以看到那一團耀目刺眼的東西正靠近自己。

亞凱關上門退入內廳中，但那玩意兒很快的直接穿透門進入。它開始在內廳中遊晃並沿著屋內的空間巡視。

幸虧尤列的書桌背光又靠著牆，亞凱躲入桌底下，那陰影剛好能完全遮蔽全身。

尤列所召喚出來的怪東西被亞凱稱為光精靈，這只是他隨口取的名字，亞凱也不明白它到底是不是生物。光精靈顧名思義全身籠罩於刺目光團中，單以肉眼是看不清楚它的形貌，亞凱躲在桌下以透光的綠螢稜石觀察，仔細一看還是能從光團內辨識出它上半身明顯的人形，沒有五官，看起來也不像實體，它的下半身與光芒合而為一。

不確定它是否有視力，不過剛剛它的確是看到亞凱後才跟著追入內廳中。

輕微的聲音也能引起它的注意，由於屋子的神力遠大於亞凱身體所散發出的薄弱氣息，所以它也無法輕易的從室內的位置進行追蹤。此外，它對陰影的辨識力很差，只要全身沒入影子底下，它就無法察覺。

過了一會，光精靈失去它的目標，於是它穿過石牆，消失得無影無蹤。

趁此機會亞凱終於安然地離開賓客招待室。

在別屋內漫無目的閒逛其實是一件很危險的事，就像剛剛一樣，若是在無遮光處遭遇光精靈，現階段的亞凱可能毫無還手的餘地就結束生命了。

「二樓的走道盡頭是檔案管理室，我住在此地閒暇時會進去翻閱書籍與文件，反正尤列也不會介意，因為裡面的資料確實毫無用途。不過我得到一些資訊可能對之後的你有幫助，所以先錄音紀錄起來。」

「尤列曾經帶我參觀過地下牢房，而我在檔案室中也看過主屋與別屋的室內配置圖，雖然它立刻被尤列收起來，但我已記住最佳的路線。平常通往主屋的那條路線既寬敞又有很多尤列召喚的守衛在戒備著，與它們正面衝突非常不智。比起你走正常的路徑前往主屋，倒不如走地下牢房那條路會更好，因為那地方與主屋及別屋都有相通。所以我建議你到管理室中尋找，尤列將別屋所有房間的鑰匙都放在那邊，井然有序地集中管理。」

檔案管理室宛如一條長廊，書架與文件資料整齊的靠著牆擺放著，高牆上方的玻璃窗讓光無情的由上而下斜斜地照入，一觸及強光亞凱就頭痛不已，還是得快點找到鑰匙。

「沙凡斯先生，汝在魔塵大陸生活最好遠離安茲羅瑟人，可以的話讓吾助汝回到聖路之地。」

「抱歉，我還有非得留在此不可的理由。」

「安茲羅瑟人全是與天神背道而馳的怪物，汝能力不足，很容易受到蠱惑。」

「自從我來到魔塵大陸後，發現安茲羅瑟人也不盡是窮兇極惡之徒。」

「汝太愚昧了！受過天界教育的汝應當更有判斷能力才是。他們是蒼冥七界動亂的禍根，也是侵略爾等亞蘭納聯盟的外敵，汝受到欺騙了，應當及早醒悟。」

當真是如此嗎？仔細一想，這名天界人以誹謗他人來加強自己信仰的行為就和甸疆城裡的狂信者沒有兩樣，都是盲從的信徒。

頭痛得受不了，光線又刺眼，更糟糕的是耳邊竟然也跟著出現幻聽。

不、不對，好像真的有什麼聲音在空氣中迴響。似乎是——鋼琴發出的樂聲。

若有似無的聲音讓人感覺不出真實，連聲音的方位都無法辨別。這陣琴音就這麼伴隨亞凱的腳步前進，如影隨形。起初亞凱還沒什麼感覺，漸漸地旋律越來越古怪，產生一種不協調的感覺，莫名其妙地讓亞凱感到毛骨悚然。

在這兒待的時間越久，痛苦的時間就越長。自從亞凱來到安茲羅瑟的世界後，他沒有一天不受到折磨，如此凌虐著身心，有時候亞凱會想，倒不如就這樣死掉算了。

「這裡就是魁夏？」

「您好，亞凱．沙凡斯先生，我是魁夏的泰姆．海修。您就是亞基拉爾陛下安排來的學生嗎？歡迎來到我國。」

「說要讓我以遊學的身分來學習進修，但安茲羅瑟人也修習聖系神力嗎？」

「只有選擇的問題，沒有不能修習，但若要同時兼修聖系神力與魂系神力就很困難了。」

「那麼來到此可以令我更精進嗎？我在亞蘭納研修時遇到無法突破的瓶頸已經很久了。」

「當然是有原因的，亞基拉爾陛下的意思是讓你過來學習嗎？」

「這是什麼意思？難道不是？」

「世間萬物有其規律，有付出才有收穫，要有強大的力量也得要支付相對應的代價。你修習神力應該明白一件事，能使出極限以外驚人的招式，你消耗的絕不是只有體力、精神，那只是驅使這股能量的動力來源，真正的代價就是你的壽命。」

「這我明白，亞蘭納的神力使用者都壽命不長，我也沒想過自己能長命百歲，在我決定走這條路時就已有覺悟。」

「很好，你明白你現今的狀況嗎？」

「難道……可是你們安茲羅瑟人使用神力就不會有反噬的情況產生嗎？」

「當然，一樣要付出代價，只是後果遠比你們來得輕微。所謂的魂系、聖系、咒系等，本來就都不適合讓你們來施展，勉強使用神力與自殘沒有兩樣。就如同你一般，自小勤奮地練習到現在，累積在身體中的負面能量將要讓你承受不住，之後的你會連吃奶的力氣都使不出，更別說進步。」

可惡，當初要是直接留在魁夏就不會發生那麼多事。

他小心翼翼地進入管理室，從裡面拿走地牢鑰匙和倉庫鑰匙。

項鍊傳來非常輕微的震動聲，雖然音量很小，亞凱卻注意到了，他的心臟差點嚇得彈出來。無處可躲，亞基拉爾的項鍊及時發揮作用，暫時性地黑色陰影又讓亞凱躲過一劫。光精靈巡入房間後，發現沒有異狀又悄悄的離去。

幸虧項鍊有預警作用，不過那種怪物能自由自在的穿越障礙物實在非常危險，不知道什麼時候會和它們正面相迎。

說也奇怪，項鍊的能力似乎並不是使用魂系神力推動，而是一種非常晦暗、鬱悶的特殊力量。它不會對使用者造成什麼生理或心理的影響，不過每次使用完後，總會有一種意識被短暫抽離的怪異感。

這就好像——在黑暗圈內的那股隱而不發的深遂幽冥，卻又不太相同，這就是咒系神力嗎？救贖者善於應用的特殊神力。項鍊的來源肯定是亞基拉爾身旁那位光看外貌就足以讓人汗毛直立的男子——塔利兒。

「與魁夏毗鄰的是天界的據點嗎？」

「是的，西方不遠處有一座妙諾丁高牆，人稱風咽關，為天界八軍團指揮部的轄區。」

「原來如此，難怪我感覺到在西方有一股充沛的聖系神力源源不絕，連遠眺時都會讓我有種心平氣和的安適感。」

「哈哈，很快地你就會收回你口中的那句話。」

亞凱利用鑰匙順利進入被封鎖的倉庫，他輕輕的開門又靜靜的關上，深怕引來光精靈的注意。亞凱還是沒辦法確定光精靈有沒有聽覺，一切只是小心為上。

明明沒有僕人打掃，也是個塵封已久的地方，裡面卻光亮潔淨、一塵不染。即便是以前那個愛乾淨的自己也不會喜歡這樣的氛圍，亞凱在倉庫中一直心神不寧。

「我覺得神力反噬的問題越來越困擾著我了，即使只是日常生活的一些基本活動都會讓我頭暈目眩，身體各部位產生激烈的疼痛，神力也沒辦法凝聚。」

「這並不是小事，如果物理治療沒辦法發揮作用，那就只能依靠藥物。」

「我可以再相信你們嗎？我真是痛得徹夜難眠，猛烈的暈眩感也一再地折磨我的精神，真的……非常痛苦，我不知道我還能不能繼續忍受下去。」

「作為一名治療者也許我不該說這種話，但你自己應該也很清楚——你隨時都有可能會死亡。因為累積在你身體內的神聖結晶餘燼已經過量，遠超出你身體的負荷度，這也是神力者的隱憂。平常透過神力的運用能使身心靈達到平靜與安穩，一旦負面能量爆發後，之前壓抑的痛苦會一次全部連本帶利的還給你。看來我得要加快腳步改變療法才行，若你就這麼死亡，我對領主陛下可不好交代。」

倉庫內擺放著一些家具、繪畫、雕像、盔甲、空木桶等等，雖然擺得井然有序，卻好像沒什麼意義。從木櫃上找到兩顆充能水晶，附魔的道具只差一樣了。

拉開另一間儲藏室的門，一陣輕微的暖風吹拂出來，風中夾帶著一絲寂寥穿過亞凱的內心。翻找著屋內的置物架，忽然頭又再度昏眩，腳步不穩的他趕緊找東西支撐著快要倒下的身體，亞凱一個不注意將手掌直接撞上銳利的尖角，當場血流如注。

很快地身體馬上恢復正常，這陣子經常出現這種症狀，亞凱也有心理準備，不過這並不是能讓人適應的一件事。唉，真煩。亞凱一邊這麼想著一邊拿隨身攜帶的繃帶為自己包紮。

奇怪了，他納悶地看著一如既往乾淨的石製地板，為何自己滴落的血液不見了？

亞凱解開繃帶，血液順著手指滴落地面，隨即消失不見。難道這個地方會自動淨化污穢嗎？

旁邊看起來閒置許久的木桌上留有一張以墨水書寫，字跡非常潦草的皮紙。

看得出字跡隨著歲月變得有點模糊，不知道紙張是多久前所留下。

「我叫酷牙，是魁夏的領民。接著我寫得都是我的遺言、懊悔和不甘。天界對我的主人施壓，在他們的統治下只能任他們為所欲為。迫於壓力，主人命令我們四人一同前來協助蓋這間華苑大屋。尤列為人很友善，但我知道天界人很善於表面工夫，我們不吃他那一套。儘管如此，我們依然盡心的在工作，並不是因為懼於天界人，而是不想讓我們的主人再惹上無謂的麻煩。」

「這是個天殺的鬼地方，魘塵大陸任何一處都找不到比這間更令我作嘔的屋子。建造其間，天界人不提供我們飲食，我們得自己想辦法，而且在屋內也不能用餐，不能大聲聊天，除此還得忍受體內魂系與聖系神力的互斥。」

「好不容易等到大屋建造完畢，尤列卻以建築仍有未盡善的理由要求我們來到儲物間開會。該死的，我早該知道他的盤算。他是個無比噁心的卑鄙小人。在他說完：『希望在這裡，爾等能為以前的殺戮懺悔，願光神保佑爾等。』這句偽善的話後便將門反鎖，房間內的神力陣法啟動，我們的魂系法術無法施展，身體也癱軟無力。」

「即使是只能握筆的手，我也要寫下我對尤列這狗東西的憤恨！我詛咒他，我詛咒整個天界，希望他們永遠墜入裂面空間不再受諸神眷顧，渾沌與黑暗之神多克索會以他們的靈魂為餌食，讓他們永世困於黑暗。」

亞凱環顧房間內的各個角落，發現在架子的側角處有一顆變形的顱骨。他撿起骨頭好奇的看著，從變形的外觀已看不出它的原貌。不過所有的屍體都被淨化了，為何獨留這顆變形頭骨呢？莫非是怨念深到連天界的淨化術都起不了作用？

與頭骨相望的亞凱，意識很快被帶入那空洞的眼窩之中。

四名癱軟無力的安茲羅瑟人躺在地上嘶吼，他們的憤怒全指向同一個人，卻無能改變現狀。
「該死，我的身體好熱，好像要被蒸發掉一樣。」
「等我出去，我要撕碎尤列這個傢伙！」
「行了吧！你們還是放棄這個念頭，我們沒有生機了。」
「你怎麼這麼沒用？尤列你這個混帳給我出來，唔……啊……」
意識回歸，亞凱將頭骨擺於桌面，輕搖著頭。
找到透明玻璃盒中的純潔精華後，亞凱運用他自己曾學習過的附魔學知識將法器與道具合併。十字基座發出耀眼光芒，強大的威能緊握於亞凱手掌中。

亞凱以法器朝著聖系結界猛擊，巨大的聲響與衝擊產生的激烈光芒將他震退數步，就算亞凱失去使用神力的能為，附魔過的法器仍然發揮出應有的力量。法器雖然毀去，但結界也消失了，總算沒有白費工夫。
「怎麼會亮成這樣？好刺眼。」
「冷靜，光神的祝福無處不在，只要有澄清的心，一樣能看透世間萬物。」
「我都睜不開眼了要怎麼看？」

「汝修行還不夠，與安茲羅瑟接觸的污點也影響了汝的正心。」

「只要我懺悔就看得到嗎？」

「慈悲的主會接納你的，只要回頭就沒有罪人。」

唉！我沒有懺悔，但我什麼都看得到了。心不正的人是你尤列，還是我亞凱．沙凡斯呢？

長廊的構造全是厚實的岩磚構築而成，建於地底又密不透風，只有光亮是華苑大屋內不可打破的規矩，連這裡也不例外。不需要燈具或是火把，光線能自然而然地穿透，如同永晝的世界。

筆直的長走道讓亞凱得不時保持戒備，不管是前方或背後出現敵人，他都沒有足夠的遮避物，也不容易躲藏。剛剛破壞結界發出巨響，手掌上的血腥味也不曉得會不會吸引光精靈，他必須格外小心。

石牆亮如鏡面，地板反射銀光，長廊內灌滿熱呼呼的暖風，他走三四步相當於一般人走一步的時間。也正因為如此，在走廊轉彎處亞凱及時避過巡邏的光精靈，直到它離開後，亞凱才敢打開地牢的門，狼狽地躲入。

難道這裡不是地牢？亞凱露出疑惑的神情，他回頭看一下門上的指示牌，原來此處為儲物室。

忽然，房內的空間扭曲，萬點流光如金星耀日般擴散，可怕的神力陣法一啟動，所有的布置、物品包括亞凱本人全飄浮半空中。早該知道世界上沒有那麼順利的事，取物、破結界，一路暢行無阻，所以在此佈下陷阱等我自動送上門嗎？

與無重力狀態不同，自己比較像是在半空中載浮載沉，卻又沒有完全失去力道。

亞凱嘗試以飄浮術前進，他手中的法杖爍爍發光卻隨即消退，果然還是不行——他那一隻抓緊法杖的手無力地垂落著。也許借力使力的方法可行。他以腳踢著飄浮物，身體自然而然地往前推進，和游泳的方式很類似。亞凱覺得他現在的模樣一定很可笑，卻也對這種移動方式感到驚奇。畢竟這並非是讓亞凱體會樂趣的陣法，一隻光精靈朝他迎面而來，速度不快，卻在半空中暢行無阻，它那特殊的身體直接穿越所有的阻隔，目標只有一人。

光精靈用它那隻覆於光團中的細長左手輕揮，亞凱馬上踩著浮空的木架子彈開，但反應仍然不夠快，他的披風被燒出大洞。

沒有熱度，也沒有任何的衝擊力道，衣服卻破了！這是什麼道理？

從光團中的人形看得出它雙手向前齊推，自手掌射出一道神力光束，亞凱再一次向側邊彈開，他人在半空中翻滾，看起來有點失去重心，抓不到平衡身體的方法。神力光束射穿木架子，假如直接命中身體，恐怕當場被貫穿。他以法杖為支點，做出像是划船的搖槳動作撞擊一旁的高大書架，將身體順勢划了出去。雖然順利往前推進一段不小的距離，卻因為沒抓好力道導致身體撞上浮空的大木箱。旁邊突然閃出另一隻光精靈，神力光束瞬間射出，直接劃過亞凱的左肩。

痛的感覺是在急忙躲開第二隻光精靈的追擊後才產生，當亞凱注意到肩膀破了個大洞時，他的傷口噴出的血花就已經飄散於儲物室之中，形成茫茫多的紅色血珠。

背後兩隻光精靈緊追不捨，當其中一隻靠近亞凱想以手臂攻擊時，亞凱以法杖格檔。雖然成功抵住對方的攻勢，法杖也因此全毀，而衝擊的力道將他的身體再次大幅度地往前一推。

看到了，通往地牢的門。可是該怎麼過去呢？他現在的位置四周沒半個大型飄浮物，根本無力再前進。光精靈再次追上，這下連防身的武器都沒有了。

它們兩隻同時使用神力光束，亞凱明白他的大限已到，他以右臂擋住雙眼，這只是一個讓自己好過一點的動作，對即將到來的死亡沒法做什麼改變。

項鍊在危急的一刻發揮它的能力，開啟的防護力場完全擋住神力光束攻擊，不過神力爆炸的衝擊還是將雙方都衝開，亞凱的頭部不偏不倚地直接撞上通往地牢的那扇門，這讓他滿臉是血。

只要人還活著就好，沒什麼事比讓自己生存下去更重要。渴望求生的意志令亞凱精力充沛，他再度振作起來，也無視手的傷勢直接猛力的推著門，不過門卻毫無所動。

俗話說人急則無智，亞凱死勁地推了老半天才發現這扇門是上鎖的。真笨，自己不是有門的鑰匙嗎？

在亞凱尋找身上的鑰匙時，光精靈又死纏爛打的追上，在它們沒有澈底貫徹消滅亞凱的任務前這種追擊的行動就不會停止。

快啊！亞凱急上心頭，門卻依然打不開。

終於，亞凱在門開的一瞬間躲入，接著重重地摔倒在地。

飄浮的法術在地牢內沒起作用，亞凱負傷後又那麼重摔，使得傷口崩裂開，出血更加嚴重。

不行！那些傢伙會穿牆，自己必須逃到更安全的地方。亞凱如此想著，就在他往前小快步跑了一陣後，該死的暈眩感又再次影響到他的行動。

拜託……不要是現在！

無視亞凱的抗議，他的身體仍然垂倒在地，雙眼慢慢的朦朧，直到眼前變成一片漆黑。

「亞凱・沙凡斯，汝願為汝之前的罪行懺悔並贖罪嗎？」

「我該怎麼贖罪？你把我關在這個地方就是為了讓我反省嗎？哼，原來這是天界人的待客之道。」

「汝已不是天界的貴賓。」

「你說，要怎樣才肯放我離開？要我和亞基拉爾切斷連結嗎？我無所謂，但我希望你能讓我回到亞蘭納，就算我要死也想死在故土。」

「罪者之身無權提出要求。」

「你想關我一輩子嗎？」

「任何人都需要為其行為完全地負責，罪惡之身需要完全淨化靈魂才能獲得解脫，諸神會寬恕汝。」

「我是亞蘭納人，本來就無意介入你們天界與安茲羅瑟的鬥爭，這與我一點關係都沒有。你現在的一句話就定下我的罪行，還要我的性命，未免太過分。」

「天界有維護蒼冥七界和平的責任，吾等不允許任何會造成無辜生靈受害的惡障作亂。汝本為修道院的一份子，應該堅守信念不被迷惑。可是汝卻放棄了國家、放棄了自己、放棄了尊嚴與亞基拉爾合作，汝的行為是安普尼頓之恥、亞蘭納的叛徒，對於光神給的贖罪機會汝應該要好好把握才是。如今看來，汝並無反省之意，吾等會將汝的行為視為異端來裁決，汝就等待著審判結果的到來吧！」

誰定了我的罪？又是誰要審判我？尤列毫不講理，他調查了我並認定我與安茲羅瑟人勾結。不可理喻的他只想著怎樣除去我這個禍害，而不是浪費時間溝通。

亞凱的項鍊幫助他脫出牢籠，可是大屋內外已經設下重重關卡，不會讓他輕易離開。我才不會死，而你該為得罪我這件事付出代價。

……啊！我昏了多久？

亞凱迷迷糊糊地坐起身子，他的人就坐在隱閉的地牢入口，左右兩邊的走道上都看得到牢門。說實在話，這裡也是亮得沒有一點監獄的感覺。不過當自己被關入其中時才發現失去自由的不愉快及鬱悶感還是有的。況且每間牢房裡都有折磨自己身心的東西存在，他可不想久居於此。

想不到才剛回到這個地方，之前壓抑的憤怒記憶又出現在夢中了。

不過為什麼光精靈沒繼續追擊呢？是放棄或是有其他原因？亞凱發覺光精靈的數量比之前他所觀察到的還要少了許多。他扶著牆爬起，肩上的傷口仍然有微微的血沁出，項鍊雖然幫亞凱擋下關鍵的殺招卻也從此失去了庇護力，之後他將無法再依靠項鍊上的特殊力量。

亞凱露出無奈地苦笑，今天會變成這樣全是自己咎由自取，怨不了他人。

出發的那天，魁夏的泰姆・海修給了亞凱藥物，要他思考後再決定是否服用並在使用藥物前對他進行說明。「這個盤沙鹽能減少你體內微量的神聖結晶餘燼，使你暫時感到舒適、有精神，持續服用也許可以控制餘燼的累積，抑制神力反噬的情況發生。」

「能有奇效嗎？」

「這不是速效藥，沒有辦法一吃見效，必須不間斷的服用，而且每天要讓我觀察你復原的情況。你也別抱太大的希望，如果累積的負面能量過高，也有可能還沒發生作用前你就先死了。」

「你想要我賭運氣？」

「這是唯一的辦法，如果你還想活下去，還想要再次使用神力，你非賭不可。」

「我想先聽聽它的副作用。」

「使用初期會有沉靜感，能集中精神。當藥劑量在你體內逐漸減少時，會有盜汗、胸悶、難以呼吸的情況，使用過量會造成急性中毒，長期使用會出現較嚴重的症狀，如情緒容易緊張不穩、痙攣、出現幻覺等。」

「這有成癮性？這是毒品對吧？怎麼會是藥物。」

「原本是應用在針對與破壞神聖水晶而使用的附魔道具，經過研究與調製後便產生這個新型的藥物，目前也只有它能幫助你，所謂以毒攻毒就是這麼回事吧？」

「不，這只是讓我陷入另一個囹圄。」

「在你選擇以神力作為修習的課程時，今天的情況就該早有預料。假如你人在亞蘭納可能已經藥石罔效，回天乏術。在這裡我們也僅能提供你暫緩病情的方法，畢竟你們使用神力後的副作用與我們大不相同，安茲羅瑟沒有特別針對你的病情做更進一步的研究。」

「我得考慮一下，我不想吸毒。亞基拉爾一眼就看出我身體的病況，卻依然要我服從他，為何？」

「領主大人有其考量，救不回來雖然是遺憾，但你的屍體還是很有用。」

「你可真是老實。」

「你好好的想一想吧！藥我交給你了。」

雖然嘴上說會考慮，可是亞凱的內心早已經將這選項暗自刪除。他回到房間後，本想將盤沙鹽捏碎後丟棄，不過為了給自己留下一條後路，亞凱決定還是先收起來，畢竟能猶豫的時間可能不會太多了。他放棄在魁夏的治療機會，獨自一個人前往妙諾丁高牆，打算求助天界。

天界人以擅用各種神力聞名蒼冥七界，想必對於神力反噬的症狀會有解決方法，安茲羅瑟人畢竟還是不可靠。當然，泰姆的話也影響了亞凱的決定，天曉得這群傢伙會在我死後利用我的屍體做什麼勾當，絕對不能讓這種事發生。

一廂情願的亞凱將滿心希望寄託予天界，神聖又慈悲的信神者們肯定會為他伸出援手。

仔細想來，那時候頭腦渾沌的自己只不過是在盲目的求取生機而沒有去考慮後果。

當他到達高牆外，天界的守關士兵以未經授權不得通過為理由拒絕讓亞凱進入。天界直截了當的拒絕出乎意料之外，亞凱的思緒乍斷，他茫茫然不知道該求助誰，到底有什麼辦法可以救自己。

在他返回魁夏的路途上，他刻意避開主要大道，免得與陌生的安茲羅瑟人起衝突。他現今的身體虛弱到沒有和誰一戰的本錢，任何人隨便發動攻擊，亞凱本身都只有被重創的下場。他一想到自己死後曝屍荒野，還可能會成為別人腹中的一頓大餐就內心難安。

亞凱前往妙諾丁高牆一路暢行無阻，可是回程時他卻忘記原路該怎麼走。他選了一條人煙罕至的林道，沒想到因此迷失於無盡循環的森林迷宮中，無法脫困。林中的食肉植物與樹妖等怪物攻擊了落單的亞凱使他負傷，幸好亞基拉爾贈送的奇異項鍊有護身的能力，讓他保住一條命。

腳步蹣跚，他的體力慢慢流失，肚子飢餓難耐。即便還活著，可是只要一放棄，人生到此就要謝幕。放棄能扼殺一個人的性命，唯有拒絕放棄才能面對命運的束縛。

路是自己選的，亞凱．沙凡斯啊！你沒有再更多的機會了。眼前這條路是你自己選擇相信，認為會獲得生機的活路，如果天真要亡你，那就來吧！既然你用了自己的雙腳走到人生的最後一段路，那也沒什麼好遺憾的了。

在亞凱拖著孱弱的身軀走向命運的盡頭時，他的內心做好了準備。唯一遺憾的是，他沒有辦法死在自己的故鄉安普尼頓。

總算天無絕人之路，在樹林的深處，一棟華美的大屋獨立其中。當整棟華苑大屋的全景映在亞凱的眼簾後，他內心的欣喜難以言喻。他知道自己做到了，這片樹林不是埋葬他的地方，他會活下來，非常渴望能活下來。

華苑大屋的主人名叫尤列，第一眼給人的印象是前額微禿、面帶慈容的老人。對方的身上有一股令人心神安定的聖系神力，除了符合亞凱印象的發光雙翼外，仔細看還能發現老人的皮膚有種透亮感，他的身體會由內向外發出淡淡的螢光，非常特別。

尤列為人十分友善，他收留了落難的亞凱，為他提供住處以及食物，還治好他身上的傷痕。天界人不需要食物供給也可以生存，因此為亞凱準備的食物味道都不怎麼好，份量及菜色也差強人意，看來是為了應付客人才倉皇準備的。

亞凱倒不怎麼介意，光是能提供食宿這點就已經讓他感恩萬分。

「吾來自天界六天之一的光都，屬天界八軍團管轄，為天界的使者。」

「為什麼要在這個地方建立據點呢？」

「唯有靠近世人，才能以理念教化。」

「可是這裡離城鎮有點偏遠。」

「安茲羅瑟人對天界不諒解，此地已是最好的距離。汝不也因此得到幫助？」

尤列這段時間非常熱心的款待亞凱，也曾帶他參觀這座屋子的各處，兩人無話不談，彼此間就像很要好的朋友，沒有距離。

唯一讓亞凱感到奇怪的是，這棟大屋裡除了尤列外沒有其他天界人。不過他沒有迫切的想要知道這問題的答案，因為有更重要的問題困擾著他。

亞凱待了近十天，發現自己開始有記憶消失的現象，這讓他的生活出現了不少麻煩，為此他必須平常就不斷的靠著錄音來將重要的事紀錄下來，免得重要的資訊遺失。

第十一天，尤列先生的態度丕變。他開始要求亞凱要贖罪，命他跪在神像前祈禱、懺悔，對他諸多批評。尤列先生前後的態度完全判若兩人，亞凱也不明究理。後來他得知尤列在前十天一直在調查他的來歷背景，這段時間只不過是他的觀察期。當尤列明白亞凱與亞基拉爾的關聯後，他對亞凱的態度轉為冷漠，語氣也變得尖酸刻薄。亞凱不明白這是天界人的為人處事，還是尤列的情緒本來就容易變化。看在對方有恩在先，亞凱也就忍耐下來。

第十三天，尤列將亞凱關入地牢中，準備審判他的罪行。

等到亞凱被關入牢房內時，他才明白這間大屋是所謂的天界教化所。他們會以贖罪為名囚禁安茲羅瑟人，接著直接於牢獄中將他們殺害。

亞凱被囚禁的五天期間已經有三名安茲羅瑟人死在這個地方。那些人死前咆哮、咒罵，之後尤列都會用一些冠冕堂皇的理由審判他們的罪行。

他不確定尤列是用什麼方法殺害他們，可以肯定的是那些安茲羅瑟人死前都遭受極大的痛苦，而在他們死後屍體也被這間房子自然而然地淨化。

囚禁第六天，尤列帶了一名身穿軍裝的天界青年來探視亞凱。

「就是這名亞蘭納人嗎？」

「是，長官。」

「汝的來歷吾等非常清楚，不過吾要聽汝說關於亞基拉爾更深入的情報。」

「這不是待客之道吧？問話前先放我出去。」

「汝身上有微量的魂能，汝已經被惡魔的能力侵入，絕不可能輕易放汝離去。」

「你們囚禁無罪之人，我要你們馬上釋放我並給我誠心的道歉。」

「惡徒，在正義之前竟還如此態度傲慢！」

「尤列，別氣。告訴汝，吾名休萊格，為八軍團的巡防官。吾有責任維護好在轄區內的治安。亞基拉爾是罪行重大的惡犯，偏護他對汝沒有任何益處，這是汝悔改的最佳機會，為何仍然不醒悟？」

「老實說，你們與亞基拉爾的恩怨跟我一點關係都沒有，可是你們一天不放我，就休想從我的口中問出什麼。」

「尤列，此人就麻煩汝了，不需要太過大費周張，屍體也不必淨化，吾會從其腦中取得吾需要的訊息。」

「是的，光神賜予榮耀。」

「光神賜予榮耀。」

不能再坐以待斃，趁尤列尚未發現項鍊的奇特之處前，亞凱利用項鍊脫出困境。

華苑大屋外圍滿是巡邏的光精靈，憑一己之力想強行突破是不可能的事。

剩下唯一的一條路，只有殺了尤列才能活下來，這是亞凱心中最不願意選擇的路線，他也不想背上忘恩負義的惡評。如果唯有如此才是活下來的方式，那……只好抱歉了。

亞凱回到別屋中準備計畫籌備，卻在途中感到頭暈，神力反噬的症狀困擾著他，最後身體終究支持不住而陷入暫時昏迷。

地牢內的光線越來越亮，亞凱的雙眼快要睜不開。

這的確是地牢沒錯，但室內既乾淨又明亮，也沒有異味，不知道為什麼反而更讓人有種厭惡的感覺。他攙扶著牆緩步前進，因為沒有複雜的通路，不會有太大的麻煩，筆直的走就可以通到主屋。目前每個牢房都是閒置狀態，沒有囚禁犯人。

亞凱累了就坐在地上休息，他又餓又渴，衣衫襤褸還滿是血漬，憔悴的模樣就算不照鏡子他也認為自己和乞丐沒有兩樣。

哼，這像屎一般的人生。亞凱內心咒罵著。

即使是亞凱這種不願屈服於命運的男人，在萬般困境之下，內心也慢慢出現陰影，他埋怨著人生，腦袋中想的都是過去的事。

艾列金前來探視亞凱。「你每天那麼勤奮的修練，身體還好嗎？」

「不也就這樣嗎？日子還是要過，我的人生還長得很。」亞凱面帶苦笑。

「你可真樂觀。」艾列金席地而坐，他放下手中的木籃，接著掀開布巾從籃內拿出一瓶香檳和一瓶水及兩個玻璃杯子。

亞凱嗅到微風吹來的香味。「喔！是不是烤麵包和烤肉？我聞到味道了。」

「聞食物你還可以，聞女人身上的味道你可就不行。」艾列金將麵包與盛著香噴噴烤肉的盤子也一起拿出來擺在地上。「為什麼我得做這種事？你讓女朋友為你帶便當不是很好嗎？」

亞凱嬉笑著坐到艾列金旁邊，他雙手搓揉著，等不及要大快朵頤。「我們不是兄弟嗎？那還計較什麼呢？」他用母指和食指夾起一片烤肉，直接將軟嫩的肉吸入嘴內大口嚼著。「要我對女人用心，除非她們比這塊肉更美味。」

艾列金香檳喝到一半差點噴出來。「有這樣的兄弟真丟人，我看你八成連女孩的手都沒牽過。改天找個時間，我介紹你又嫩又香的美女。」

「我牽過我母親的手，這不算嗎？」亞凱用油膩的手將水倒入自己的杯中。

艾列金仔細的觀察亞凱。「你真的沒什麼事嗎？」

「沒事，怎麼了？」亞凱沒注意到艾列金的表情，他只在乎眼前的食物。

「你這樣日夜練習，體力負荷的了嗎？何況還有神力反噬的危機。」

「你幹嘛那麼為我操心？」亞凱突然有種想笑的感覺。「你都不吃嗎？」

「你慢慢吃，我不和你搶。」艾列金馬上又把話題拉回來。「神力反噬不是開玩笑的，很多神術修習者年紀輕輕就先一步走了。」

「我不會就這樣死的。不是每個人都像你一樣玩飛刀可以那麼出神入化，學個基礎神力及附魔就能強化飛刀能力，殺敵自保綽綽有餘。」

「我不是這個意思。」艾列金因亞凱的不聽勸而感到焦躁。「你多休息對體力的恢復也有幫助。」

亞凱張口大笑，「你多做點美食來就是幫我恢復體力了。」

同樣的笑容出現在地牢內的亞凱臉上，不過只是表情笑，卻沒有笑出聲音。

回憶是讓人痛苦的，因為不好的過去是痛苦；美好的過去不能重來也是痛苦。

「原來你在此。」

略為低沉的聲音引起亞凱的注意，他帶著驚惶與不安的神情看著那名被黑布兜帽罩著面容的人。「你……你怎麼知道我在此？」

男人輕笑，似乎為他嚇到亞凱的舉動感到愉悅。「你能永遠躲著我嗎？」

「給我離開，我不想看見你。」亞凱冷淡的回應。

男子揭開他的兜帽，露出棕色短髮。「我不想見的人，沒人見得到我；我想見的人，他不能拒絕我。」

「夠了嗎？」亞凱停下他的修練，目光熾怒。「我對你的忍耐有限度，我可不介意對你動手。」說完，他舉起法杖恫嚇。

「停下！」男人右臂微舉，手背上的靈印記號泛光，他正對著亞凱施法。

一瞬間，亞凱被莫名而來的重力壓住，癱在地上無法爬起。

「孩子，勤於修練是好事，但要找對方法。」男子慢步走近，蹲在亞凱前方。

面對亞凱的男子皮膚上刺滿異樣咒文，模樣飽經風霜。「你還是這麼執迷不悟。你瞧瞧，我可以在彈指之間就叫你永遠趴在這裡，何必堅持修練聖系神力呢？那是下賤的天界人在使用的。」

男人說話時眼神帶著瘋狂，亞凱就擔心這個人和他的雙眼一樣是失控的。「放我離開，你想怎麼樣？」

「這不是孩子該對父親說話的語氣。」

「父親？你才不是我父親，我爸爸已經死了，死在我的手上。」亞凱在地上掙扎，不過總是有無形的力量繼續施加在他的背上，讓他狼狽地趴在地上動彈不得。「你真想讓我一輩子待在此嗎？」

「撒嬌嗎？何不試著用自己的力量爬起？」那男人像是把亞凱當成了笑話般在戲弄。

「我辦不到，可以嗎？」亞凱接著說：「我要是有爬起來的能力，一定會揍你的鼻子。」

男人端視著亞凱。「我真搞不懂你，完全不明白你在執著什麼，亞蘭納人的身體根本無能承受神力帶來的副作用，每年總是會有不計其數的人像瘋子一樣在追求神力。我就這麼度過了千百年，沒想到我的兒子和我一樣傻。」

「你說誰是你兒子？我嗎？」亞凱露出陰沉的冷笑。

「難道你還要繼續承認你那無能的養父才是你的父親嗎？」

「別自命清高，生父也好養父也罷。一個拋棄人的尊嚴去當自甘墮落的惡魔；另一個是肆惡的叛軍首領，我兩個都不想要，也都不承認。」亞凱尖酸刻薄地說：「正是因為我體內流著這種充滿恥辱的血液，才能提醒我該做什麼事、該走什麼路。我很明白的告訴你，只要是你和我那死去的養父希望我做的事，我偏不去做；你們討厭的事，我就做到完美給你們看，即使是我那已經死亡的養父也一樣……偏要這麼做，你能奈何得了我嗎？」

亞凱的話像支利劍，不偏不倚的插在男人的內心，他的眼光閃爍著怒火。「你竟敢如此，那很好，不如我乾脆就殺了你。」

「你早該那樣做。」亞凱一副無所謂的神情。

男人咬牙切齒，捏緊拳頭，最後他仍然壓下自己的脾氣，語氣又緩和下來。「我知道你恨我沒盡到做一名父親應該盡的責任。」

「我恨你的地方可多了。」

「好吧！這件事我們先不講。」男人繼續說：「但是另外兩件事我就一定得要好好和你談。」

「哼，要談什麼你總得先放開我。你那該死的法術壓得我全身發麻，我非常的難受。」

男人隨即解除他施加於亞凱身上的神力法術。

亞凱覺得整個人輕鬆很多，他以前從來不知道原來自己的身體那麼地輕盈。不過他仍因為四肢麻痺而無法起身，只好換個仰躺的姿勢，這會讓他稍微舒服些。

「你不可以再繼續修習聖系神術，那神力反噬的痛苦我以前曾體會過，那是非人能承受的痛，我不希望你也嘗試。」男人說：「我也不希望你繼續待在席列巴托的身邊，你根本不曉得他是個城府多深的人，他在暗自計畫的東西將不止毀滅亞蘭納，更可能毀滅蒼冥七界。」

「你倒是說說看，我們的總統在計畫什麼事？他有什麼理由要毀掉他辛苦維持的國家？」亞凱覺得可笑。

「這我還不能確定。」

亞凱更想笑出聲，但他沒那麼做。「萊宇．格蘭特先生，好歹你也曾經是亞蘭納人的驕傲，說這種無憑據的事你都不臉紅嗎？我現在當你是在造謠生事，比起我那養父支持的暗流教派來說，你才更可能會毀掉亞蘭納。」

「小鬼，別質疑我的話，我不想看見你將來抱頭懊悔的模樣。」格蘭特搖頭。「我一個人孤苦無依的度過那麼長的歲月，你的出現毫無疑問是個意外；一個令我驚喜的意外，再怎麼樣我也希望你能安穩的度過一生。」

「好感人的意外，你對我來說也是意外。」亞凱好不容易才站起身子，他正顏厲色地說：「我剛剛說的話你似乎沒聽清楚。萊宇先生，我現在做的不是你所希望的事，而是你不希望的事，聽明白了嗎？現在，從我眼前離開，別再繼續貶低你自己的人格。繼續當個活在人民心目中的英雄，一個被歷史記載的英雄，在眾人還沒發現你那醜陋的面貌之前……」

真是討厭的回憶，什麼不想偏偏去回想那個令人生厭的男人。

我從來就沒和其他人提過萊宇・格蘭特這個男人，因為我以他為恥，不願意別人將我的名字與他連結，亞凱心裡如此想著。這也是他至今沒有改變姓氏的原因。

不過他說對一件事，那就是神力的副作用令人感到崩潰，亞凱的意識一直不斷反覆處於清醒與昏迷中，對現實生活的事容易淡忘造成困擾。

千百年來有這種症狀的絕不是只有他一人，亞凱仍然對找到解法有無比的自信。不過至少別昏迷時就一睡不醒，這樣的人生也太沒價值，太可笑了。

在此之前……他得要想辦法先離開華苑大屋。

亞凱在某間柵欄打開的牢房裡又找到一顆沒被完全淨化的頭骨。之前找到的那顆雖然變形嚴重，至少還看得出是什麼骨頭。現在亞凱手中拿著的則已經完全扭曲，不知道是生前太過痛苦還是外力造成的，他看了好久才確定是一顆安茲羅瑟人的顱骨。

和之前一樣，亞凱能從痛苦中讀出死者生前的部分回憶。他認為這項能力與天界無關，純粹是配戴塔利兒的項鍊後才擁有的。

「你找錯人了，我不善於打鬥，只是個無用的農夫。」

「諸神寬容、慈悲，上天雖然懲戒為惡的人，卻也帶給向善的人心靈平靜以及贖罪的機會。吾等接納任何懺悔，只要汝有心，天界將賜汝永生。」

……記憶轉換。

「天界沒人了嗎？你找我來幫你蓋房子？」

「世間沒有不勞而獲的事，汝為天界盡心付出，天界必回報汝甜美的果實。」

……記憶再次轉換。

「工作結束了，我要回自己的家鄉，從此天界與我不再有瓜葛。你們也不能再騷擾我，我們可是有約定在先了。」

「汝打算就這麼離開？吾為汝準備美酒佳餚，何不享用完再回去？」

「喔！這些酒夠我醉個三天了，這些肉也夠我飽好多頓。」

「如何？這些都是汝應得的，請隨便取用。」

「你還真大方，我就不客氣啦！哈哈，有這麼多吃喝的東西，誰還管明天？今天就是屬於我一個人的宴會。」

等到酒醒之後。

「喂！怎麼了？一陣暈沉後就在這兒，搞什麼？放我出去！有人嗎？尤列，你在幹什麼？不是要讓我回去嗎？關我幹嘛？放我出去！」

「很抱歉，汝犯的罪過實在太重了，必須在此好好的懺悔。」

「你說什麼？你出爾反爾嗎？去你的！呃……我的身體……好熱……啊啊！好痛、好熱啊！這個房間是怎麼回事？你設下什麼神術？」

「諸神保佑汝。」

「咳咳……尤列……該死的……」

亞凱回到現實，他將頭骨擺在鐵柵欄旁並向死者默哀致意。他在管理室中另外發現了尤列紀錄的事項。上面記載著一些人名，包括生平、犯罪紀錄等，而狀態這個欄位幾乎都是已贖罪。

「親愛的上帝，信徒每天誠心的祈禱，希望祢能回應信徒的請求。信徒沒有一天不對回到神聖的故鄉抱著朝思暮想的期盼。信徒將全身心靈盡諸奉獻，為淨化世間惡行之道不遺餘力，就是希望有一天能夠世界太平，讓宙源每一處都充滿神的祝福，每個人都心懷感恩的心，與人為善，那麼到時吾也能光榮地返回天界。以華薩之名，願上帝賜予祝福。」

除了尤列自己擅自記述的罪人名冊外，旁邊還有一顆水晶球，尤列的聲音也被錄製其中。

「吾靜靜地，帶著孤獨離開風咽關。無人送行，無人相隨。烏薩拜朗總司令希望能達成其所要的結果，司令的口諭堅如鋼，軍令重如山，不可違背，只有盡力。」

「吾建立華苑大屋，設為教化所，領區內不容允犯罪茲生。除了懲戒與教化的目的，更要宣達天界的善意。但吾仍有不足，功蹟遠遠不夠，吾得到的賞賜只有兩名新部下，司令將吾遺忘在荒地中，莫非只有在做更多更多的善事才能夠得到認可嗎？」

尤列遺留的聲音到此中斷，之後亞凱便沒再發現任何遺留的訊息。

「亞凱‧沙凡斯。」沒有什麼比憑空出現的叫喚聲更能讓亞凱受到驚嚇，起碼亞凱不會讓他自己在沒有任何心理準備之前就面對難題。

「是誰？」他左顧右盼，知道敵人可能來自各個方位。

牆中浮現光芒，壯碩的人影也逐漸明朗。

拜託，又是天界人！以前能讓人心安的正義使者，從他來到這棟大屋的那一刻起，變成讓人心驚的恐怖使者。

天界武士攔在亞凱前方，背後有兩名光精靈隨從。

好巨大，可能比自己更高出半截身。亞凱內心正盤算著逃跑的方式與路線。

「迷失的可憐人，汝的旅程到此為止。」對方雙手交錯抱胸，粗壯的肌肉線條非常明顯。他上半身赤裸，下半身與光團合而為一，全身透明發亮，身體沒半根毛髮，就連背後也沒有翅膀，有點類似光精靈的巨化型態。

「很抱歉，路還是要走下去，你們可是沒辦法攔我。」

武士的手指射出一道無比強烈的神力光束，將地板化出大洞。

糟糕，大話說得太早，應該先示弱才能找機會逃跑，亞凱想著。剛剛才破損的地面隨後又恢復原樣，天界真是個不容許一絲缺點的種族。

「我投降你們會饒我一命嗎？」亞凱輕笑。

「汝是如何離開教化房？」

「因為門沒關。」當亞凱開玩笑似的說完這句話後，他頸上的墜飾鍊子立刻斷裂，接著被那武士以念力取走。「這東西……汝從何得來？」

亞凱沉默不語，對方看著手中的項鍊，似乎找不出端倪。

「汝不願說出實情嗎？」項鍊在武士手中被捏碎。「吾等也會查出真相。」

武士與光精靈齊攻亞凱，雖然他早就預先做好閃躲準備，也在對方發動攻擊前往側邊跳開，但是左腰、左小腿以及右胸還是各有大小不均的傷痕。

負傷在前，第二輪的攻擊已經無法再躲，亞凱睜大雙眼，心跳加速，急迫的危機逼在燃眉。

亞凱反射性的以手臂擋在面前防禦，沒想到意料之外的援兵及時出現，兩隻光精靈一併消失，天界的武士倒落在地。發生什麼事？他甚至還來不及看清狀況。不過大致可以稍微推斷……天界人應該是被人偷襲了。

從後方襲擊天界的也是三人，不同的是這次是安茲羅瑟人。

領頭的人顱部扁平，下巴滿是蛇尾鬍鬚，膚色淺灰。亞凱曾經見過這種模樣的安茲羅瑟人，那醜陋噁心的外貌叫他印象深刻，永生難忘。

「謝、謝謝。」亞凱嘴上道謝，內心卻依然不敢掉以輕心。

他們邪氣十足，殺意濃烈，也許不屬於亞基拉爾一派。

「心臟。」領首者說。

「什麼？」對方果然有目的而來，亞凱不記得在什麼地方招惹這些人。華苑大屋的聖系神力減弱不小，相信也是他們造成。

亞凱一邊觀察對方的舉動一邊小心退後，他能做的抵抗不多，更何況舊傷未癒又添新傷。

「我想起來了。」亞凱恍然大悟。「你們就是這陣子在大屋外徘徊的安茲羅瑟人。」

「心臟。」

原來如此，亞凱總算了解對方的來歷與意圖。「托佛舊部竟然找到這裡，你們知道這是天界人的住所嗎？」

「只要為了真主，我們什麼地方都去，什麼人都不足懼。」

「哼，說得好聽。你是什麼身分，托賽因的心臟可以交給你嗎？」

「我是律政官拜權之子，現任自治省的默隆爵士。」

剛才倒地的天界武士恢復神智，他抓住默隆的右腳。「下等惡魔，這……這不是讓爾等為所欲為的地方。」他用盡全身力氣，以強大的力場制住默隆與他的手下。

「想要托賽因的心臟形同取我的性命，真的要討就憑本事。」亞凱趁隙逃出，直奔主屋。

無緣無故又招惹到托佛舊部的貴族，命運之神對待他的方式可真是越來越殘酷無情。

這顆心臟真沒辦法取出嗎？一想到自己與惡魔同身共心就令他感到彆扭不安。

那天，亞凱躺在病床上。「取出托賽因的心臟了嗎？」

亞基拉爾來到他的病床旁大口吸菸，吞雲吐霧。「塔利兒先生已經將心臟對你可能的影響完全隔離，你不用擔心。」

「這個意思是——沒拿出來？」亞凱簡直快崩潰。

「你目前孱弱的身體沒有辦法進行移心手術，現階段也沒有能夠為你施術的醫生，塔利兒對醫術並不精通。」

亞凱終於抵達主屋。

後方不斷傳來打鬥聲，那幾個跋扈的安茲羅瑟人完全激怒了天界人，但他們似乎不以為意。兩個強大的敵人互鬥，剩下的一方也會毀滅自己，亞凱明白這一點，他不想從中取利，只想找機會謀奪生機。

之前，尤列曾經帶他來過一次主屋，也就那麼一次，亞凱對這邊的印象只剩華麗、氣派與乾淨明亮。多虧亞凱擁有不錯的記憶力，他在檔案室瞥見室內配置圖的那一刻就強迫自己把主屋的各個配置路線都背下來。

第二次踏入主屋與第一次的感覺截然不同，這次有種被監視，完全暴露在某人的目光注視下的不舒服感。也許是自己太過敏感，當務之急要先治療傷口。

亞凱憑印象來到醫務室，一板一眼的天界人應該不會輕易變更他的室內配置。

醫務室內整齊劃一，不像有被更動過的跡象，房間中央的大牆掛著尤列的上半身畫像。

太好了，亞凱一度擔心他們會將醫療器材撤走，沒想到還是保留下來幫助敵人。不，也許櫃子都上了鎖。倘若是在亞蘭納，隨便動別人的東西一定會發出警報，而且會因權限不足無法開啟。也有可能那些醫藥是個陷阱，使用過後傷口出血量會加劇，天界人會那麼卑鄙嗎？

亞凱多慮了。這些所謂的急救設備都是一些恢復神力的道具，完全沒有適合治療肉體傷痕的用藥。原來如此，還真是一應俱全，可惜沒有絲毫用處。亞凱歎息，只能幫自己進行簡單的治療。在他轉身正準備離開醫務室的那一刻，他的確瞥見尤列畫像上的眼睛跟著自己移動。

奇怪？當亞凱直視這幅畫時卻又沒看出什麼端倪，他開始懷疑剛剛看到的是不是幻覺，最近這情況也不少見，不能排除這種可能。

不對，尤列的臉的確開始拉長，變得越來越奇怪。亞凱揉著眼睛，確定自己沒看錯，尤列的面貌已變得完全不像本人並逐漸淡化，最後頭部完全暈開化成一片火焰狀的模糊圖象。

亞凱確實有感到疑惑，華苑大屋因入侵者引來那麼大的騷動卻不見他本人出來平息風波，莫非他不在此處？絕不可能，能召喚那些光精靈並在屋外設置阻擋陣法的確實是尤列。

那麼不能出面是另有原因囉？亞凱心中無限揣測。

步出房間，他直往贊神大殿的方向走去，從禮拜堂的後方沿著樓梯上去就能到達。

嗯？亞凱腳步遲疑，兩眼游移不定、東張西望。難道記錯位置了？雖然他只來過一次，但就算沒憑藉印象來找路，自己應該也沒看錯室內配置圖上的標示。可是不論他怎麼瞧，這裡都不像是贊神大殿。也許迷茫中又走錯路了，他抱著納悶與不解的心情再次回頭重新尋路。

不會錯！莫名的神力改變了屋內的空間，不論屋子裡的人怎麼移動都到不了自己想去的地方。亞凱浪費數小時在屋內團團轉，明明配置都沒變，自己卻宛如鬼打牆般在原地盲目的兜圈。就連托佛的刺客似乎也受到影響，魂能在屋內的位置飄忽不定。既無法找到尤列，也無法離開主屋，完全形成一座牢籠將他們困在其中。

尤列終於有動作了，他不再苦於我們的強行突破，反而以逸待勞。

在空間錯亂的主屋內，只要亞凱與托佛人相遇一定會有死傷，同時也可以不斷耗損他們的體力，直到在這個迷宮屋中力竭為止。尤列絕對是打著這種算盤。亞凱如此想著，他一定要找到突破的方法。

時間拖得越久，對亞凱來說就越痛苦。他不知道自己在主屋內打轉了幾圈，又餓又累，眼睛看著不斷重複的景象也搞得他精神萎靡，意識迷糊混亂。

這裡就像一個無限循環的龐大迷宮，天界對空間的控制可謂出神入化。

托佛人體力充沛，在亞凱休息時仍然沒放棄，他們的魂能不斷地在屋內移動，也許他們真能找到破解之法。若托佛人真的有辦法離開這迷宮陣，那麼對天界人來說威脅最大的肯定是這些安茲羅瑟人而非亞凱。

那麼……亞凱選擇將精力集中，他專心判斷安茲羅瑟人的移動方向，之後再走與他們相反的路徑。亞凱果真發現移動的路線開始不再重複，內心有了自信。

不多久自己正行進的方向傳來爆炸響聲，亞凱急忙朝聲音方向尋去。

屋牆不知道為何被擊出一個大洞，地面除了留下一堆殘屑外還躺著一名天界女性。她右翼斷裂，傷口流出透明色的物體。

亞凱不敢大意，他小心地走近並打量眼前的天界人。對方面朝下，身體顫抖，似乎非常痛苦，而透明的血液相當炙熱，亞凱的指尖只是稍微接觸就感到灼痛。這也是天界人嗎？他第一次看見背生白色羽翼而非光翼並且會受傷流血的天界人。

「妳……妳是？」

「邪惡之徒……汝等……不會如願。」那人痛苦的坐在地上，臉上盡是冷汗。

「妳也是天界人？」

「汝以為……傷了吾就沒事嗎？亞蘭納人也與安茲羅瑟人合作，汝等將受到天罰。」

亞凱注意到破牆的邊緣的確留下殘餘的魂能，原來那群托佛渾蛋在屋外另有為他們接應的同夥。亞凱看不到對方，也不願意站在缺口處觀看，因為太過危險。

碎裂的牆開始自行修復，即使放任不管，牆面依然會恢復原樣。

就在破口還沒補齊前，第二波的攻擊迎面而來，亞凱往後躲開衝擊力道。而原本就受傷無法移動的天界人則屍骨無全，支離破碎。

亞凱斜躺在角落，他全身受到震盪，手腳發麻，驚嚇多過負傷。

原來施展迷宮術的人並非尤列而是那名死亡的女人，這下子道路應該暢通了，現在可不能浪費時間。

「你想到那兒去？」默隆冷不防地擋在亞凱面前。

「嘿，我正想找你。」亞凱故作鎮靜地笑道：「也許你們能先帶我離開這裡，取心臟的事我們慢慢再來商量。」

「不需要，不能離開的只有你一人，我們隨時都能走。」默隆詭異的右手劇烈顫動著，看起來很危險。「只要取了真主的心，我們會遠離這個令人厭惡的地方。」

「何必用那麼激烈的手段，我知道有名醫能將我的身體與貴主的心分離，卻不會損傷我分毫。」

「我們不在乎你的死活。」默隆帶著陰冷的氣息靠近亞凱。「你是個聰明人，每次都在盤算著如何全身而退，但這次我不會給你機會。」

默隆伸長的右臂尖銳如矛且直取亞凱腦門。沒想到意外由地面下浮現的光精靈剛好結實的承受這一擊，代替亞凱還了一條命。

唉呀！這是何等的幸運？亞凱嚇得出汗，沉澱的心也緩和下來。

從左右牆面一個接著一個冒出的光精靈圍住默隆。

「看起來你對天界的威脅值比較高，手下不在你可辛苦了。」亞凱拔腿就跑。

通往贊神大殿的路終於開啟，原來尤列還是有手下幫他拖時間，不過該出來面對的仍然躲不掉。路上到處都是混雜的能量，那是安茲羅瑟人和光精靈戰鬥過的痕跡。在這種地方亞凱也不會覺得安逸，他的頭傳來一陣又一陣的疼痛感。拜託！千萬不要是現在。

也許是受到外力的影響，主屋的架構開始不穩，連綿的地震持續不斷，隨時都有崩塌的危險。華苑大屋變得髒亂了，亞凱心想。以前享受過的舒適感現在一點都感受不到，地面傳來隆隆的作響聲不斷貫入亞凱的耳道，讓他產生耳鳴。

亞凱踩上與主屋相連的後塔石階，贊神大殿就近在眼前。

「此為華苑大屋中最神聖、純潔的地方。」

「我感覺的出來，一種和諧平靜的氛圍，讓我體內騷動不安的神力獲得紓解。」

「來到這裡，只有誠心禱告才能聆聽上帝的聲音，諸神保佑。」

「我的狀況連文明大國的你們都無法解救，禱告有用嗎？」

「唯有信仰才能助汝排除難關，光神會助汝一臂之力。」

進入內殿的通道被封鎖了，亞凱深信尤列就在其中。

這個地方只有一道畫著奇特法陣的石牆，沒有其他出入口。不過這對亞凱來說不是什麼難事，他讀過許多特殊神術的書，知道這並不是結界而是一種封閉通路的方法。

很明顯的，贊神大殿內除了神像外，左右參拜堂內各有儀式用的聖器，高樑處特意開的圓形氣窗映入光芒，剛好在跪拜的地方形成聖光倒影，這就是關鍵。

亞凱拿取祭臺上的聖器並將之擊碎，接著再利用聖器的銳利處在自己的左手腕割出一條傷口，任血滴落在地面的光圈內。

奇特的吟咒聲由耳傳入腦中，亞凱的腦門就像遭到鈍器重擊，他兩眼發黑，疼痛不堪。

這是非常褻瀆的行為，可是唯有阻隔神力才可以逆行特殊法陣，也是唯一的辦法。

亞凱本人倒不以為意，只是不知道身體能不能撐住。

哼，我學神術可不是為了對諸神有死忠的信仰，遙想自己叛逆的時候也曾做出對雙子之神撒尿、在神像上塗鴉、推倒神像等壞事，現在的行為算不了什麼。

再一次，還需要再一次。他蹣跚的走進另一間參拜堂，同樣在手腕上劃開傷口並滴血。

啊！亞凱受不了第二次的疼痛，倒在地上抽搐。

腦中一片混亂，這是什麼？

「小主人，他是祭司叔叔，以後你要和他好好學習，知道嗎？」

「祭司叔叔？」

「唉呀！好可愛的小孩，他就是沙凡斯家的小兒子嗎？我會好好照顧他，請回去轉告大人讓他安心。」

「亞凱，人民對你寄以厚望，但是你似乎不以為意。」

「貝爾，讓我告訴你吧！他們需要的不是英雄而是滿足他們欲望的政治及軍事工具，我就是一隻出頭鳥。」

「你的功蹟傳遍安普尼頓，不會有人那麼想。」

「我做的壞事更多，你知道我殺過多少人嗎？一個、十個、一百個。哼，會將一個殺人犯捧得高高在上，顯示出這個社會出現多大的問題。他們的問題不在於精神異常而是居心叵測、別有所圖。」

「不拔劍殺萬人的高官多的是。」

「和他們比較起來，我還是善良百姓囉？」

「亞凱，你晚上要小心祭司叔叔喔！他會來你床上，然後把你的衣服脫光亂摸你的身體。」

「祭司叔叔嗎？為什麼他要這麼做？」

「想吃就吃、想嫖就嫖、想殺人就殺人，功成名就後的生活就是這麼回事，亞凱你人生實在過得太無聊了。」

「艾列金，你自己過得好就可以了，我不想和你一樣。」

「叔叔，你……你要幹什麼？為什麼你要脫我的褲子？」

「別動，叫你別動聽見嗎？呵呵……讓叔叔好好看看你的身體。」

「孽子，你是個廢物！我說你就是個沒用的廢物，你丟盡了我的臉，沙凡斯家的榮耀被你踐踏在地！」

「弟弟？我沒有你這樣的弟弟，你別叫我大哥，我不會承認。」

「這件過錯就交給你擔下了，沒問題吧？二哥最近的狀況不好，小弟你就稍微為我設想一下，等風波過去後，二哥我一定會感激你。」

「走開！髒兮兮的小孩，真不懂沙凡斯家怎麼會有你這種孩子。沒有禮貌，不懂人情世故又骯髒。滾出我的視線去找你的親生母親，我是你父親的大老婆，沒有照顧你這個野孩子的義務。」

「當人妻妾總好過當正室，我可是很享受現在的生活。」

「那你的孩子怎麼辦？」

「我才不管他。喂！等一下，你要在這種地方和我親熱嗎？這可是沙凡斯大人的寢室，你是他的隨從怎麼能那麼膽大包天？」

「有什麼關係，沙凡斯大人不在我就是妳的大人。」

「那你可得好好的摸摸我，嗯……對對，就是這個樣子。嗯？先等等，亞凱為什麼站在這？快出去，討厭的小孩。」

「有什麼關係？被孩子看著讓我下面更興奮了。」

「嗚……嗚……為什麼？為什麼祭司叔叔要這樣對待我？」

「亞凱你聽著，沙凡斯大人並不是你的親生父親。」
「母親，妳、妳說什麼？」
「當時你的親生父親受了傷，一個人坐在橋下無人聞問，直到我遇上他……」
「萊宇・格蘭特？七聖者之一，亞蘭納的傳奇英雄？」
「不，我沒那麼偉大，我只是你平凡的父親。亞凱啊——我才是生你的人。」
「啊呀！快來人啊！祭司……祭司他全身是血。」
「是亞凱做的嗎？」
「我們發現亞凱時，他就站在倒臥血泊的祭司身旁，雙眼空洞無神，手中拿著沾滿血的刀子。」
「不行，沙凡斯家的孩子不能和這件事有任何牽涉，否則沙凡斯大人為了維護他家族的名譽會讓事情變得更難以收拾。」
「聽好了亞凱，不論什麼人問你什麼事，你都得回答這是強盜做的，知道嗎？」
亞凱痛苦的嘶吼迴響在贊神大殿內。過了一會，亞凱才從極大的痛苦中逐漸平復。他大口的喘氣，剛剛頭部的劇痛和交錯的痛苦回憶差點將他逼瘋。去你的，我是最無可救藥的存在，誰都不能解救我，能救我的唯有我自己。亞凱心想。

內殿是個被聖系神力包覆的奇特空間，淡藍色的流光就像一條繞著這個房間流動的銀河。天花板是透明的，看得見雪白的天空以及亮點閃爍。置身於此，宛如徜徉於無盡晝天之上，超然脫俗於世間。

尤列的身體飄在房間的正中央，原來他受了傷無法動彈，三根光球柱向他的身體射出復原能量，這是天界人的治療方式。

「果然，你被托佛人擊傷了。」

「沙凡斯先生，汝與吾都是光神的子民，理應同心協力。」

「你想殺我，我還與你同心嗎？」

「汝就是如此，還看不透真相嗎？有的時候吾真不知該拿汝怎麼辦。」

「我會這麼辦。」亞凱將自己的血灑在光球柱上。

「住手！汝身上來自托賽因的魂系神力會害了吾也會毀掉汝自己。」

「在那之前你會先我一步離開。」亞凱將血灑到另一根光球柱上。

「不，快停下，只要汝接受天界幫助，一定能讓汝的神力反噬完全消失。」

「太遲了，去死吧！」最後一根光球柱也在亞凱的褻瀆下產生反噬的能量。

「啊啊！愚……愚昧的下等人，汝會為汝的行為付出代價！天界會制裁汝，永生永世都逃不了，諸神會讓汝得到天罰！」尤列整個人發出劇烈的強光讓亞凱有一種不安感，沒有絲毫的正義、聖潔，他就這樣被光芒撕裂，完全消失在內殿裡。

「不——尤列！亞蘭納人，汝膽敢殺害天界人……」休萊格憑空出現，他的表情帶著姍姍來遲的失落感。

默隆從內殿入口進入，這次他的兩名手下也跟在後面一起來到。「我錯過什麼好戲嗎？」

「亞凱．沙凡斯，汝竟敢殺害天界的子民！汝的通緝令將發往蒼冥七界各處，汝將與所有天界人為敵，自己好自為之。」休萊格無意再與這裡的敵人爭鬥，他留下狠話後隨即離去。

就在天界人全數撤出華苑大屋後，一陣山動地搖的劇晃伴隨著強勁的風勢席捲整棟屋子，曾經高貴華美的地方變回一座看似荒蕪多時的廢墟。

「剩下我們的恩怨要解決。」默隆說。

亞凱輕擺著手。「太遲了，我的救兵來囉。」

黑壓壓的氣勢由天而降，宛若隕石墜地。從酸霧及爆裂開的碎土中，身著黑鐵重甲的騎士魁梧的挺立著。泰姆．海修振動著背上雙翼，金髮上長著兩根倒勾的獸角，傾斜的雙耳又長又尖，臉上表情不怒自威。「放人！他是亞基拉爾領主的貴賓。」泰姆強硬的說。

「休想。」默隆表示。

泰姆．海修以疾快的身法衝上前，默隆身後兩名托佛護衛挺身戒護，泰姆厲拳發出金光，兩名護衛一前一後勉強擋下這一擊。

「憑你們？」泰姆以上勾拳將前方那位護衛擊出，左掌的魂系神力緊接在後將另一名還來不及反應的護衛當場殺死，那人的身體與四肢被神力破開。

默隆的魂能有著強大的吸力，亞凱整個人瞬間被拉過去，他的心臟就在默隆的手掌底下。

「嗯，看來還不到取心之時。」

泰姆．海修想救回亞凱，這時後方卻出現偷襲的魔人逼得泰姆．海修不得不回身迎敵，魂系與魂系神力的強碰，頭戴獸盔的黑臉男子被震退，卻也達到牽制的目的。

「我是自治省騎士長布伍斯登，想要討回沙凡斯先生，叫亞基拉爾領主親自來自治省要。」布伍斯登口吐酸液迫使泰姆只能躲開，之後他潛入地層遁離。

等泰姆．海修回頭後，亞凱與默隆也同時消失在現場。泰姆氣急敗壞的揪起還沒死的托佛護衛。「你們自治省在那？」他厲聲問。

「埃蒙史塔斯家族轄下的翁鬱林地，在……在東北方。」

泰姆認為護衛交代完他的遺言，戴著鐵手甲的利掌便捏碎托佛護衛的腦袋。

「你真的不考慮不死身嗎？」

「維文，你不用再勸我了。人生還長得很，我才不想賭命。」

「不死身的體質會更適合修習神術。」

「何必想那麼多呢？生命自有出路。你看看天空，這是只有亞蘭納才有的美麗夜空與閃亮的繁星。聽說宙源外全都是光物質，每天都是白天而沒有黑夜。」

「在我從大屠殺中死裡逃生後，就未曾悠閒的看過天空。」

「為什麼？」

「看得見遙遠的星空卻看不見遙遠的未來，反正都是伸手不可及、人力不可改的事物，倒不如選擇眼不見為淨，做好自己。」

「怎麼那麼悲觀呢？」

亞凱雙眼微閉，慢慢地進入夢境中。

# 我行我素

「好美的聲音，好好聽的歌聲，真是悅耳。」

「空靈又乾淨的歌聲，完全超凡脫俗，令人有種沉澱心靈的平靜感。」

「啊！宛如天籟之音。」

「好想再聽一次，這是真正的天使之音。」

「天使？別開玩笑了。」

「知道歌聲的來源嗎？」

「讓我心醉神迷，想看看到底是誰唱的。」

「出任務中你們在做什麼？」

「抱歉，巴鐸大人。但是那首歌真是讓人禁不住一聽再聽。」

「好吧！我承認我聽得也有點入迷。不過歌聲到底是從什麼地方傳來的？在這種荒郊野外不可能有女孩在唱歌。」

「會是那個嗎？」

「咦？我看到了，站在山丘上的黑影。」

「看清楚點，你不是能眺望千里嗎？」

「報告巴鐸大人，可是我看不透那黑影的全貌，只看見黑影的四周圍有無數的東西在空中快速游移著，好像是……某種飛禽？」

「有鳥會唱這麼好聽的歌嗎？你真愛說笑。」

「不是鳥而是人，是那個黑影子發出的聲音，悠揚地歌聲隨風飄來。」

「還看不出什麼嗎？我有點在意，眾人最好小心一點。」

「真的很對不起，我沒有夜視能力，這是我的極限了。」

「怎麼會有人特地站在高處唱歌呢？一定有問題。」

「歌唱得好聽就好了，管他那麼多。」

「眾人別大意，亞基拉爾吾主才剛把我們從主力抽出，正要進行情報蒐集與騷擾作戰時就有意外狀況發生，說不定是天界的埋伏。」

「不可能吧！沒有感應到任何聖系神力，天界也沒有未卜先知的道理。」

「吵死人了，你們是來打仗還是來聽歌？安營紮寨的工作準備完畢後就去做各自的任務，別浪費時間。大人，我們該進行會議討論。」

「也好，我先調一小隊在周圍巡視戒備。」

「且……且慢。」

「怎麼了？」

「我……我看到了，那……那個人……是……是他。」

「講話吞吞吐吐的幹什麼？」

「咦？那群飛禽是不是朝我們飛過來？」

「啊，原來是那瘋子！快、快準備迎敵！」

甸疆城舊信仰中心無妄宮，今為暴君、哈魯路托治下黑暗深淵領主、神射手亞基拉爾・翔的行宮。領主亞基拉爾正忙著閱覽來自各地送來的文件報告，耳朵聽著手下影休的口述情報資料。

「原則上即使是細微小事，也要向您鉅細靡遺的報告。」影休神情肅穆，態度恭敬。

「大致戰況我都了解了。」亞基拉爾的手不停忙於簽署蓋章，仍能回應影休的報告。

「請問您還有差遣嗎？」

「上一次巴鐸所屬的大隊在虎丘全滅的報告，你整理好了嗎？」

「是的，吾主。」影休拿起書面文件讀著：「當我們的哨兵發現情況時，現場已經沒有半個活口。地面上血跡斑斑，屍體均成碎肉狀，營帳物資均毀。目前初步排除是天界所為，至於屍體的報告……」

「等等，你等等。」亞基拉爾制止影休繼續發言。「我不要聽這些，我是要與你討論。」

「因為沒有活口，所以把屍體送到塔利兒大人那裡鑑識，剛剛大人已經還原了士兵們死亡前看到的情況。」

「虎丘的事件之後，類似的案件還有發生嗎？」

「之後又發生了三件。」

「確定是同一人所為？」

「沒有目擊者，不過都有共通的疑點。」影休繼續說：「現場發現不明禽獸的黑羽毛。另外，屍體即使僅剩頭部，也會發出類似旋律般的聲音。」

「會唱歌的屍體，還有黑羽毛，結果不是很清楚了嗎？」亞基拉爾將整理好的文件交給下人進行歸檔。

「對方手段兇殘，殺人且毀屍，不留活口也不搶物資，只是個純粹的殺人狂。」

亞基拉爾抽起旱菸，好不容易偷了閒。「這年頭像他那樣為殺戮而瘋狂，為破壞而喜悅的安茲羅瑟人不多了，真是有趣。」

「庫雷大人為了手下巴鐸大人被殺的事感到很憤怒，他想申請為手下報仇的任務。」

亞基拉爾用布將桌面上的煙灰擦乾淨。「叫他安份點，再不完成我指定的任務就換我要他那顆頭。」

「屬下會通知各軍部提高警覺注意。」

「特別一定要傳達給特密斯將軍知道，那邊是我軍最前線，不容有失。」

「明白了。」影休行禮。「那麼黑羽殺人者該怎麼處理？」

「我自己親自處理。」亞基拉爾手指勁道一按，菸管碎裂。「邯雨可不是隨便任人欺負著玩的。」

北境大雪綿延，雪勢毫無止歇之狀，邯雨軍正觀察日魅關威靈城的一舉一動，等到時機適當再一鼓作氣發動攻勢。

「打從我長那麼大以來，第一次看過天空下黑雪。」艾列金·路易盤坐在壁爐前取暖。同在議事室中的還有軍部各分支的指揮官，他們正忙於進行圓桌會議，沒人理會旁邊那名無用的亞蘭納人。

「……以上，還有人有任何問題嗎？」看其餘眾人皆靜默無聲，布寧起身報告：「鑒於巴鐸大人發生的不幸事件，陛下特別提醒我們要各自留意，攻擊可能不止一起，務必做好防禦，小心周遭可疑的人事物。」

「沒有打算制訂任何報復行動嗎？」其中一位指揮官發問。

「陛下將親自制裁行兇者，不用我們費心。公文已經轉發到各單位，你們也要將命令往下傳達。」布寧高聲喝道：「沒事的話就散會，做好份內工作。」

眾人魚貫步出房間，留下艾列金與布寧。

「真佩服你們，燈也不點，你們知道誰在說話嗎？」

布寧整理好文件，卻看見艾列金仍然慵懶地坐在地上取暖，內心不悅。「你怎麼還沒出去？」

「我問你，剛剛你們提到的黑羽殺人者很強嗎？」

「你不懂看人的眼色嗎？這和你沒有關係。」布寧不客氣地回應。

艾列金隨便瞟了布寧一眼，嘴巴帶笑地問：「你有四隻眼睛，我該看那隻眼色？」

這輕浮的態度讓布寧的怒意攀升，所幸特密斯將軍先一步進房間，才化消兩人一觸即發的衝突。

「看來我該教教你這小孩什麼叫禮儀。」特密斯雖然晚進來，卻也知道發生什麼事。

「禮儀我非常懂，你不知道貴族小孩打從出生開始就得學那些沒意義的東西嗎？我就是討厭那些規規矩矩的行事作風。」艾列金說：「本來我以為你們的生活過得很自由自在，想做什麼就做什麼，沒有王法，因為力量就是一切，這種社會最適合我了。」

「你喜歡肆無忌憚的生活？」特密斯問。他找了張椅子坐下。

「嚮往已久。」艾列金像是吃悶虧似的猛抱怨著：「誰知道安茲羅瑟人一階管理一階，規矩比我全身的毛還多。用餐有入座順序、講話要加敬稱、各種行禮、喝茶喝酒有捧杯的禮儀，林林總總的一堆，真是囉哩囉唆。」

「沒錯，這是個被強者管教的社會，你不喜歡被管就不該留在魔塵大陸。何況在我轄下還沒人敢不聽我的話，你到裂面空間下後也沒人會教你規矩。」特密斯馬上語帶威嚇。事實上，他最近也有點受夠這個散漫的亞蘭納人。

艾列金從地上站起，他有點慌了。「慢、慢著，放我自由不可以嗎？隨便你把我丟到那去都沒關係，亞蘭納也可以，不過千萬別送我回安普尼頓，我受夠以前的日子了。」

「這裡你作主嗎？還能由得你選？」布寧斥道。

「好吧！寄人籬下就是得低頭。」艾列金面帶苦笑。

特密斯起身準備離開，他不忘回過頭對艾列金囑咐著。「接下來你有工作，好好聽從副官布寧的指示。」

艾列金的墨鏡反射著壁爐的火光。「也好，活動筋骨總好過在營區內無所事事還得被強迫學禮儀。」

布寧瞪了艾列金一眼。「最好是收起你的玩心，不然出任務死亡是很稀鬆平常的事，隨便就死一個無用的亞蘭納人也不會對我們造成什麼影響。」

「請別這樣說，我可是你們的貴賓，應該保護好我的生命安全。」

布寧嗤笑。「貴賓只有貝爾先生一人，你是附帶的。」

「我和貝爾情同手足，不能有一樣的待遇嗎？」

黑雪掩天加上視線不佳，尤道隘口簡直就像深不見底的幽冥深道，而今蟄伏在通道口外的一群人正不懷好意的掩藏著，更為此地添上幾分危機。

「今天讓我們來為此地多添點亡魂吧！」布寧笑道：「魔塵大陸的土地也渴望多吸收點新鮮的血液。」

艾列金即使穿著厚重的防寒衣加禦寒火石還是冷得直哆嗦。他一邊摩拳擦掌呵氣取暖，一邊跑向布寧。「他媽的，真是個凍死人又陰森的鬼地方，我的耳朵和鼻子好像快掉到地上了。」

「混蛋，躲好。」布寧不敢發出太大的聲音。

「我不想躲嗎？我是正拿自己的命開玩笑。」艾列金併入隊列中，與眾人躲在一起。

「事情辦好了沒？」

「我給天界發了信息，沒想到你們的科技還挺進步的。」艾列金話題一轉。「話又說回來，天界會相信嗎？他們不會求證真偽嗎？只要一被識破我們這次任務可就白挨凍。」

布寧不耐煩地向艾列金解釋著。「這裡只是七軍團的一個安檢站，他們不會立刻解析訊息來源，最重要的是他們目前情報不足，只要能夠使他們起疑心即可。」

「所以才叫我這個亞蘭納人來發出匿名消息增加他們的疑慮？」

「也可以這麼說。」布寧說話時嘴巴不時呼出白煙。「反正他們什麼人都不信，只要能讓他們派出軍隊出來查證，我們的目的就達成一半了。」

邯雨的部隊不惜挨凍的埋伏著，似乎是在等待某種時機出現。

安茲羅瑟人對於嚴寒有一定的耐性，可以在艱難的環境下保持專注與戰力；但艾列金不同，他只是個普通人類，穿得再暖、衣襟內藏著懷爐、火石都沒有用。黑雪這種魔塵大陸北境地區特有的產物與白雪的確有些許不同，除了讓環境更蒙上一層陰霾外，黑雪的冰冷度完全無視身上的防寒衣物，就像讓皮膚直接與冰雪接觸那樣的刺骨。

再不活動只怕就要凍僵了，艾列金心裡想著「好歹也讓我以神力禦寒」，可是布寧鐵定不會同意。

沒多久，雪地中出現野獸的低吟，三隻轟獸慢慢的在雪地爬行，速度雖不快，倒也不會被雪勢影響。

「來了，霍圖的商隊。」布寧輕聲問旁邊的隨從。「天界軍呢？」

「被我們引過來了。」隨從回答。

艾列金看著野獸踩著千鈞重的腳步前進，心中嘖嘖稱奇。原來這就是安茲羅瑟人的運輸工具之一，聽說是把物資通通塞進這些笨重的怪物體內，然後到達目的地再取出。功能與貨車差不多，只不過隨行人員沒有跟著一起進入怪物體內，他們選擇站在怪物的背上，讓牠們馱著前進。

因為風雪太大的關係，他們沒有發現邯雨軍隊的氣息。

尤道隘口說大不大，說小也不小，就只是一個天然地險形成的通路口。體內裝載物資的轟獸其體積快要把尤道隘口塞滿，發生狀況的話他們也只能往前，沒有辦法回頭。

雖然這裡很隱密，但是依然被亞基拉爾發現，反倒被利用。

由於天界與安茲羅瑟開戰後天空與陸路多處受到戰爭影響，不是被封鎖就是無法通行，安茲羅瑟二十三區的運補工作只能由各個領地自尋他法。天界則派遣各分隊到處打擊安茲羅瑟人的資源運補，一旦貨物支援中斷，對該領區必會造成一定程度的打擊。

天界的遠征支隊隊員騎著獨角獸在空中目視就可以看到三隻轟獸緩慢移動於隘口之間，這些有翼人二話不說匯集軍力後俯衝而下，六十餘名天界士兵封鎖前後出口，各自攔殺。雖然霍圖商隊有傭兵協助防守，但地利人和已失，情勢一面倒的傾向天界軍。

激戰正酣，卻有人將這齣好戲盡收眼底，看得正起勁。

「這下霍圖就再也不能保持中立了。」布寧笑得邪惡，他臉上四隻眼睛發出陰森的目光。

「還沒完呢！我準備了一些情趣用品來幫這群人助興。」艾列金不過就動動手指，隘口便傳出連環爆炸響聲。

「這是怎麼回事……」布寧還來不及了解艾列金話中所指，令他驚訝的事就發生了。

「剛剛晚回來就是要安排這一刻出現的時機。」

「你為什麼不顧我的命令擅自行動？」布寧雖有點生氣，心裡卻暗自稱許。「製造的死傷越多，霍圖更不會善罷干休，反正都要挑動雙方的情緒，怎麼可以讓天界人安然回去？」

艾列金意外的很懂得增加樂趣，像這種趁著雙方相爭還跑出來加油添醋的人真是惡劣，不過布寧倒是挺喜歡這種作法。「你會害我們的存在提前曝光，我們得離開了。」

北境雪原有一處名為風城的中立地，四通八達貿易頻繁，攘往熙來之間此地變成了重要的都市。比起威靈城那種更像軍事要塞的地方，天界人反而較喜歡此地。在他們正式控制這個地方後，許多高貴的天界人更常將風城當成暫時的棲身之所。

等到暴雪期一過，風城會轉變成宜人的居所，由西北方的日魅高地吹來的風使人神清氣爽。天界費了許多工夫將城池大為改造，他們毀掉兇惡噬人的安茲羅瑟植物，換植美麗的花草；在城的四周建立護城石牆，強化防禦。街道上的商家們櫛比鱗次，人潮洶湧。在天界人的治理下，風城變為一座與安茲羅瑟風格完全相異的地方。

尤道隘口事件過後，霍圖的最高領導者，人稱寒島王的愚蒙・冬日立刻遣特使至甸疆城與亞基拉爾締結同盟，建立對抗天界的同盟軍。

這件消息飛快的傳遍所有前線據點，提升了眾人的士氣。

「愚蒙老頭也加入戰線，完全在意料之中。」特密斯知道自己建功的機會接近了。

等到暴雪期將近結束時際，雪勢轉小，灰暗的天空開始有微弱的光芒從厚雲層透入，白天時可以看到雲間縫隙處染上臘黃的色彩。

在風城行動之前，特密斯帶領的軍事行動都能有所斬穫，僅管只是小規模的會戰，但屢屢得勝創造了好名聲。來自各地的無主安茲羅瑟人和流浪武士不斷地加入，使得軍隊總人數高達五十多萬。

那時天界七軍團遭逢辰之谷的無畏者加列斯‧辰風領主以及霍圖的愚蒙‧冬日領主所組成的聯合東征軍進攻，正疲於應付。

天界從風城抽調大批部隊協助防守東征軍，留於城池的只剩下一些巡邏的士兵，防禦能力大為削弱。等到特密斯認為機不可失，帶著大部隊兵臨城下後，天界才驚慌失措地以一半的軍力回攻。

兩軍初戰之時，特密斯的軍隊佔了上風；但得意的日子沒有維持太久，佔據風城的這段時間裡邯雨軍內部管理出現了狀況，等到天界再組織大軍前來奪城，雙方大部隊交鋒後，邯雨軍竟被一面倒的打得潰不成軍，出乎特密斯意料之外。

邯雨軍隊人數膨脹的太多、太快，超出領導者的掌握範圍。

其實特密斯早就預料到天界的回防能力極為迅速，也做好迎敵的準備。無奈的是他忽略了那些加入的散兵游勇是需要統整，也需要被規範。

等大軍剛進入風城時，這些無法無天的人自以為得勝便開始不顧一切的殺戮與掠奪，安茲羅瑟人失控的本性展現的一覽無遺。他們高聲大呼，甚至於在城裡開始插著邯雨的旗幟，縱火燒掉天界遺留的痕跡，城內的混亂可想而知。

特密斯雖然立刻制止手下的行為，也馬上擬定對陣的戰略。可是準備的時間太過倉卒，根本無濟於事。

兩軍戰力雖然懸殊，不過天界要以少量菁英對付特密斯這群沒紀律的部隊是綽綽有餘。由天界引以為傲的空中戰巡艦——迅風星舟、怒雷旗艦等組織而成的鋼鐵天空彌天蓋地殺到，風城臨時建起的防線被一舉突破，邯雨軍各自潰逃。

特密斯也只能和眾人一同撤退到百里之外，等到影休帶領的天巡者大隊前來支援後，情況才慢慢緩和下來。

風城一役失利，五十多萬大軍又再次散去，原有的核心部隊也受到了重創導致人數銳減。這仗的慘敗已經無法用任何理由來交代，特密斯可說是「狼狽至極」。

亞基拉爾的憤怒使得魘塵大陸北境所有的人民都感受得到，大地亦隨著怒氣而震動不已。北境的居民噤若寒蟬，無人敢再輕舉妄動。

承受敗仗責任與所有壓力的當然是特密斯將軍。亞基拉爾的聲音不靠任何機器便可遠從甸疆城傳到風城前線，這樣的能力足夠讓身為亞蘭納人的艾列金視為鬼神敬而遠之，他反倒慶幸待在亞基拉爾身邊的人是貝爾而非他自己。

特密斯直挺挺的站著聽訓斥，心裡已經做好準備接受任何懲罰，即便會被下令處死……

「為官之道的首務便是——管理好沒用的手下。你管不好底下的士兵，所以你是無用的指揮官；如果我現在放過你，我也成了沒用的人，你要讓我成為受人恥笑的領主嗎？」亞基拉爾的語氣異常地平淡，卻更叫人不安。

特密斯默不作聲，艾列金站在一旁無法從他惡魔般的外貌判斷出他的表情到底是悔恨還是懊惱。亞基拉爾既然能將聲音傳到那麼遠，也就表示他只要揚弓搭箭，隨時可用一支箭矢射殺特密斯。這一點艾列金很清楚，也希望亞基拉爾會這樣做。

「假如坐在甸疆城內的不是我而是托賽因，你會有什麼樣的下場自己心知肚明。不過即使要我背負著被其他領主冷嘲熱諷的譏笑也無所謂，我決定這次饒過你這條命。這個決定是否會讓我成為愚蠢的領主全看你之後的表現，機會僅只有這一次，懂嗎？」

那個在阿特納爾殘殺亞蘭納人的惡魔真的是亞基拉爾嗎？艾列金既意外又帶點失望，他竟輕易的放過特密斯，為什麼不維持他殘忍的本性呢？

其實艾列金一直不認為這是邯雨「意料之外」的挫敗，甚至他覺得亞基拉爾可能很早就已經知道風城一戰會失利。原因是亞基拉爾很熟悉特密斯的性格，也很懂他的帶兵方式，且在一開始流浪軍聚集時，亞基拉爾大有充份的時間可以利用靈魂連結的方式控制軍隊。但他沒這麼做，他放棄這支部隊，放棄風城，選擇袖手旁觀。難道是知道風城一開始就守不住，只是故意讓天界感到緊張而已嗎？

事後艾列金從貝爾那邊得知亞基拉爾真正的想法：特密斯佔風城的舉動是擅自作主，他早被亞基拉爾視為棄子。

一開始亞基拉爾的目的只是要特密斯壓住前線給威靈城帶來壓力，他無意成為北境各區在前線防守的主力，更不想收下來自四方的流浪士兵。

因特密斯急功近利的個性讓他下了攻打風城的指示時，亞基拉爾怒意熾盛，即便知道會使自己邯雨蒙受損失，仍是不願意幫特密斯分攤戰敗的責任，僅僅派出影休保住特密斯和他最後的部隊，這就算是他最大的寬容。

不管如何，特密斯的失敗無疑給邯雨軍帶來一大打擊，最高興的除了天界外，莫過於艾列金．路易了。他恨死特密斯這個自以為高高在上，每天對他頤指氣使的上司。事實上艾列金從來不當他是自己的長官，也看不起這位長官的外貌與腦筋。

他能得到今天的地位只是代表他力量很勇猛，跟著亞基拉爾的時間比較長罷了，有什麼資格管理人？

特密斯要面對來自內外源源不斷的壓力，他已無暇再管艾列金的閒事。

日魅高地的融雪匯流而下注入銀川中，變成一條在安茲羅瑟的世界裡最清澈、乾淨的大江。因其在天界的聖光照耀下會反射亮光，所以有諸神的銀色搖籃這種美譽。

紅水屬於銀川其中一條支流，在暴雪期過後的特定時間內會變成與銀川同樣是乾淨美麗的河流。一直到沿岸的植物與動物過了暴雪期再度恢復生機後，紅水就會受到汙染，河川染成一片如血漿般濃稠又呈暗紅的可怕景觀。

大戰過後，兩軍於紅水一線的兩岸佈防，相互對峙。安茲羅瑟天巡者大隊在空中來回盤旋，這是一支以飛行的巨獸與有翼的安茲羅瑟人組成的高機動性空軍，即便天界擁有強如鋼鐵天空的科技也不敢直攖其鋒。

不過這件事並不在艾列金．路易的關心範圍內。

風城一戰時，艾列金與布寧理所當然被召回指揮本部。布寧被要求作為另一支勁旅的指揮者，而艾列金則被當成巡守，派去偵查附近天界人的動向。

「叫我去當巡邏員，簡直是大材小用。」艾列金好奇的問布寧。「我在亞基拉爾的旗下也能闖出一番事業嗎？」

「安茲羅瑟人只服從強者，自憑本事吧！」

「很難以置信，你們不也是『非我族類，其心必異』的心態嗎？」艾列金狐疑地問：「你們真能容忍亞蘭納人爬得比你們更高？」

「那就看你能拿出什麼實蹟來制止別人的閒言閒語，在其他領主的轄區內，亞蘭納人擁有兵權是絕不可能的事。但吾主懂得識人用人，也許你能擁有這最佳的機會。」

自從尤道隘口的行動之後，布寧對艾列金那卑劣的性格與狡猾的小聰明越來越感興趣。原因也包括特密斯那種只憑強大的力量與軍力壓制敵人的做法實在太過單調無聊，布寧還是希望能從戰爭中尋找一些樂趣。話雖是這麼說，可是布寧始終不相信一個亞蘭納人能有什麼通天的本領。

結束完任務分配的會議，艾列金馬上去找布寧，他提議將巡邏員與布寧所率領的士兵合併組成一支特殊部隊。其目的本是用來攔截、巡查、阻止敵人援軍，實際上艾列金是打算將那些從風城內逃出的落單天界人半途截殺，為滿足他的殺戮欲望才組織軍隊。

布寧聽了艾列金的真實想法後，二話不說立刻答應他的請求。

這肯定很有趣，布寧真心覺得。

當特密斯的大軍攻破風城後，天界居民零零落落地逃出，沒有任何一位落難的天界人可以跑出艾列金的眼界。就像孩童在戲弄昆蟲一樣，如天界那麼自以為優越的種族現在卻被他們所瞧不起的亞蘭納人戲弄於掌心之間，內心的快感真是無可言喻。

「這些傢伙懂得使用傳送神術，記得干擾他們施法，一個都不要讓他們逃走。」

安茲羅瑟人才不會聽從艾列金的命令，不過這種大快人心的工作卻沒理由不去做。

艾列金組織的攔截隊將風城外所有的生路全數堵死，形成一面血腥的包圍網，獵物逃不出去而且只有死路一條。

「哈哈，真好玩。」艾列金看到天界人被虐殺，立刻變得像天真的幼童般開懷大笑。

「你恨天界人嗎？」布寧問。
艾列金搖頭。「不恨。」
「那他們的死為什麼會讓你感到開心？」
「從小到大，我玩任何遊戲就喜歡勝利的感覺，難道有人不喜歡嗎？」
布寧察覺到了，艾列金沒有其他亞蘭納人具備的慈悲與同情心，他把截殺行動當成遊戲，他殘忍與暴力的性格與安茲羅瑟人非常相近。
「你有想過被轉化嗎？只要你願意，我可以說服特密斯將軍，讓你永遠變成我們安茲羅瑟的一份子。」
布寧以為艾列金會滿心歡喜的接受，但他卻沉下臉來。「我？別開玩笑了！我就是我，我一出生就是亞蘭納人，一輩子都是，絕不會當惡魔。」
「你能得到很長的壽命而且不會衰老，身體能發揮更強大的力量，這些難道不吸引你嗎？以這些優越的條件當作籌碼，你能在更多遊戲中當你想要的勝利者。」
「你們原本就是這樣盤算嗎？哈哈……等我死了以後你們再拿我的屍體去亂搞吧！」艾列金表情不屑的哼道：「我要的勝利我自己會想辦法爭取，不需要你們多管閒事。何況你似乎搞錯了什麼，我是因為得勝而歡喜，不是看到屍體就高興。」
「有許多亞蘭納人以法陣召喚我們，希望得到永生，得到強大的力量，為什麼你不與眾人相同？只要你願意，隨時都能改變人生。」

「你們的永久是多久？我認為再久都不夠。悲哀的你們要一直活在無窮盡的明天，明天復明天，難道你覺得這是很有意義的事？當你們體驗過人世間的一切後，肯定會覺得非常空虛，最後終於受不了這漫無目的人生而刎頸自盡，多荒謬啊！我光是想像就覺得很愚蠢。像你們這些不能體會生老病死的傢伙，永遠不能稱為人，注定一世都當個可憐的惡魔。」

真是個奇怪的亞蘭納人，布寧心想。

哼，亞基拉爾竟放過了特密斯，雖然艾列金早料到結果本來就該是如此，但他還是感覺非常無趣。艾列金一邊想一邊用腳尖踢著圓石，最後使足全力將那顆小石頭踢得老遠。

即使特密斯就這樣被處死，艾列金也不會得到什麼實質上的利益，純粹就是一種心情罷了。

「我就是想要他死！」艾列金心中出現十幾種特密斯的死法，殺殺殺殺殺！

嘿嘿，反正也沒關係，現在特密斯走霉運後，好運很快就會降臨到我身上了。艾列金來到紅水沿岸的一處臨時基地，此地處於兩軍對峙的交界卻極不起眼，看起來像是獨立在野外的一棟房舍。當艾列金還沒靠近基地時，外面的泥地爬滿了人面蚓。這些軟趴趴的怪物大小約為一個成年的亞蘭納男子的手臂，可能還更大一些。牠們在地上蠕動，以屍體、殘屑為食，外貌不但長得恐怖且排泄物還有惡臭，紅水的河面會由清澈轉為棗紅色聽說就是這些怪物的污染所導致。

守門的兩名安茲羅瑟人都長得形貌猥瑣，看起來畏首畏尾。見到艾列金來也沒什麼反應，視若無睹。

「外面那些噁心的野獸不清走嗎？妨礙到我走路了。」

兩名惡魔依然無動於衷，艾列金認為他們根本不把自己當作是一回事，難免有些惱怒。

「有看到布寧嗎？」發問的同時，艾列金的右手擺到後腰，袖間隱約露出陰冷的寒光。

其中一位以歧視的口吻回答：「亞蘭納人，你以為你是什麼身分？竟敢直接呼喚副官的名字！」

在旁邊的惡魔也幫腔叫道：「別以為你是陛下的客人就可以對我們大呼小叫，比蟲子還不如的下賤人種。」剛說完話的惡魔，他的額頭卻在瞬間多了三支飛刀，那刀身鋒利處深深的插入血肉中，綠色的血液自傷口迸出。附有聖系神力的飛刀使對方受到創傷，那名惡魔倒在地上哀嚎。

「你敢攻擊邯雨的戰士！」

「攻擊你們又怎樣？」艾列金抽出右側腰際的短劍直刺入守門員的胸膛，左手拔出左腿上的手槍對準頭部連開二槍，速度之快，動作流暢如行雲流水，即使是安茲羅瑟人也只有倒地慘叫的份。

「不用浪費力氣掙扎，劍身與子彈都經過附魔，就算你們的身體有強大的自癒能力也不會在短時間恢復，這是給你們的懲罰。像你們這樣的雜碎來再多我也不當一回事，別以為亞蘭納人都只有乖乖挨打的份。」艾列金得意洋洋的將槍與劍收回。

「布……布寧大人不在。」

「早這麼說不就好了？皆大歡喜。」艾列金臨走前還不忘對他們自誇的說：「邯雨之中除了亞基拉爾以外，我誰都不怕，以後見到我要態度恭敬，明白嗎？」

艾列金在基地內以特殊儀式來嘗試召喚布寧，他以前曾經在書上讀過召喚惡魔的方法，可是一直沒有機會使用。因為在亞蘭納裡通常都是心術不正的人才會以這種儀式來呼喚惡魔，而這理所當然會被視為邪惡之徒的不法之舉，有許多術者因此被判死刑。

艾列金從來就沒有使用召喚術的經驗，因此他事前工作準備的很周到。在召喚的過程裡他小心翼翼地做好每個步驟，深怕會出錯。此刻他的心情非常的興奮，希望能得到滿意的結果。

沒多久，布寧回應了他的召喚，在濃烈的酸霧中現身。

「你也敢使用召喚儀式！難道你不怕回應你的是其他不懷好意的安茲羅瑟人嗎？」

酸霧刺鼻的味道令艾列金流淚且咳個不停。

布寧譏笑道：「你也就這點程度。」

「出來的時候，咳……別裝模作樣行嗎？弄得房間裡烏煙瘴氣。」

布寧看著地上的殘肢碎屑，疑惑的問。「你用這當祭品？」

艾列金聳肩，說：「我找不到雙頭蛇，找不到六腳蜥，找不到蟾蜍，所以我就隨便殺一個安茲羅瑟女人，成效還不錯。」

「如果回應的對象不是我，你該怎麼辦？」

「我會重新再召喚一次。」

「這並非是無償的召喚，你得支付一些代價。」布寧滿是鱗片的手臂上長著一根銳利的硬角，他揮舞著利爪攻擊艾列金。「就給我一隻你的手臂。」

「你幹什麼？」艾列金以神力強行將布寧彈開。

「好，那你想要什麼？長壽還是力量？智慧還是魅力，說吧！等我滿足你之後，你卑微的靈魂就屬於我的。」

「你以前曾經這樣對待那些召喚你的亞蘭納人嗎？我可不是那些蠢材喔！」

布寧以低沉的聲音說話，他似乎很認真的看待這件事。「不管你怎麼想，該償還的還是得還。」

「我已經送你一具女屍了。」艾列金不解的問。

「那只是儀式用的道具，許多無知的亞蘭納人總是有這種錯誤的認知，天下沒有不勞而獲的事。」布寧說。他正暖著手，隨時想要再發動攻擊。「目前還沒有亞蘭納人能逃得過我的獵殺，你的靈魂也是我的。」

艾列金咯咯的笑著，那笑容很陰沉，然而布寧聽起來就像是嘲笑聲，非常地不悅耳。「那何不來試試看？」

正合他的意思，布寧身體微動，整個房間的色調轉為血紅，牆上也跟著出現無數的血盆大口，可怕的低語聲就像回音般連綿不絕，嚴重干擾艾列金的心神，就連身經百戰的他都難得露出痛苦的神情。

「你後悔也來不及了。」布寧巨大的獸爪襲向艾列金的腦門。

「就這樣而已？」艾列金以奇怪的武器抵住布寧的爪擊。他整隻左手粗壯得與身體不成比例，皮膚呈黑褐色且凹凸不平，在坑坑疤疤的凹洞中會發出綠色的光，死氣沉沉。

「能承受住我的魂系神力，那隻手究竟是……」布寧轉為守勢。

「你說我這隻手嗎？」艾列金得意的展示他的新武器，他的指尖與掌心看起來就像一張野獸的嘴。「是你尊敬的陛下贈送給我的，為了這玩意兒我可是付出不少的代價，還得忍受痛苦的精神折磨。」

看著艾列金那囂張跋扈的表情，布寧終於知道他為什麼可以有恃無恐了，只要陛下為他撐腰，想殺他幾乎是不可能的事。「我聽到你對我手下說的話，我奉勸你最好別太自滿，現在的你還遠不如特密斯將軍，更遑論要挑戰陛下。」

「你有聽到我剛剛在門口說的話？」艾列金驚疑，他的左手同時恢復原樣。

「這裡是我的地盤，別以為說的話做的事都沒人知道。」布寧以腳撥開地上的碎屍塊。「你召喚我有什麼事？我還有軍務要忙，特密斯將軍命我管理三十六支小隊。」

「我也不是為了好玩才叫你這位惡魔副官百忙之中來陪我這閒人，反正你掌管那些軍團對你的仕途一點幫助都沒有。」艾列金坐在木椅上翹著腿抽起紙菸。

「這不是為了升官，而是我份內工作。」布寧認為對這個任性的男人不需要多說什麼，真懷疑他在亞蘭納擔任指揮官時是否也是這種恣意妄為的態度。

「說不定我很快會變成你的上司。」艾列金爽朗的笑著，一點也不避諱的和特密斯將軍最信任的副官如此說。

布寧並不覺得好笑，他正猜測艾列金到底打算做什麼？「回歸正題，到底是什麼事？」

「我的好朋友，難道你的讀心術沒發揮作用嗎？」艾列金搭著布寧的肩，故作親近。「還記得那一天我們在風城外的行動嗎？」

「那又怎樣？」布寧將艾列金的手拍開。

「那個被我抓到的天界女人就關在樓上。」

不過就是個天界人，為何不當場殺掉，還如此大費周張囚禁呢？兩人一同前往樓頂，布寧內心始終納悶著。

「枉費你是我見過的戰士中最聰明的一個，可惜觀察力還是需要加強。」艾列金一邊解釋一邊將捻熄的菸頭彈出去。「那一天我們圍殺的天界人中，只有那個天界女人被護衛團團保護著，這說明什麼？風城也曾經是天界貴族的暫居地，代表其重要性和地位不言而喻。即使抓住她不能讓我們從對天界的戰役中得利，但要獲得敵人的一些資訊還是可以的。所以我與你們這種報復式的攻擊不同，你們的虐殺只能得到一時的快感。」

布寧眼睛一亮，他又再次對艾列金改觀，他的小聰明總是能讓布寧感到驚奇。「你想藉著那個女人來立功？希望你的賭運很好，不會浪費時間。」

「我並不是賭她能帶給我什麼，我是肯定她能為我帶來什麼。」艾列金說：「特密斯承受噩運時就是我獲得好運的開始。」
「你希望我做什麼？」
「當天的情勢太過混亂，我也沒時間好好的審問，現在我希望憑你的印象看你認不認得那位天界人。即使她只是普通的天界平民也無妨，探知情報的工作就交給經驗豐富的你。」
布寧停下腳步，臉上浮現怒意。「憑什麼我要幫你做這種事？」
「這是為了亞基拉爾陛下喔，你不想為邯雨軍的勝利盡一份心力嗎？你真的那麼想嗎？那大人您要離開我就不阻止了。」
說得冠冕堂皇，其實艾列金早就打算叫布寧來幹這種下廝做的工作。他單純只是想試試布寧的底限，以及觀察他的能力到什麼程度。

真虧你們找得到這種地方當臨時據點，艾列金暗自覺得好笑，他第一次來到此處就發現這裡曾是天界人以前的舊禮拜堂。面貌磨損的神像、陳舊的聖物依然保留著，即使蒙上厚厚的塵埃還是不改莊嚴肅穆的氣氛。而今安茲羅瑟人在此進進出出，才會讓艾列金產生一種不協調的奇怪感覺。
「喂！開門。」艾列金以命令的語氣叫道。
把守大堂的衛兵充耳不聞，安茲羅瑟人上至將軍下至守門員全都不把亞蘭納人的話當一回事。

「你們沒看到我嗎？」布寧以副官的身分站出來，小兵這才主動將門拉開，恭敬的指引。

艾列金瞪了衛兵一眼，下一秒馬上做出驚人之舉。他那怪異手臂直接擊穿衛兵的胸膛，指掌處就像一頭兇惡的猛獸正張嘴撕咬，大口啃食衛兵的內臟，將他的血與生命力也連帶一併吸乾。

「嘿，毒虺蟲臂的威力不錯。」

「你這是做什麼？你拿我的手下試你那新武器的威力？」布寧冷冷的看著艾列金發洩情緒。

艾列金怒哼，將手掌從模糊的肉泥中抽出，「我最討厭這些瞧不起人的眼神與態度。屈於亞基拉爾或特密斯之下也就罷了，連這種貨色也看扁我，真叫人受不了。」

布寧注意到艾列金的自尊心比貝爾、亞凱等亞蘭納人還強。「你是一個想加官晉爵的人，和小小的守門人計較什麼。」

「要做大事的人更不能被看不起。」艾列金一腳踩碎衛兵那顆還有微弱氣息的頭顱。碎裂的腦與頭骨和奇怪的液體則濺得四處都是。

「是嗎？」布寧撇過頭。「那我祝福你早日成功，別再被人看扁。」

這群安茲羅瑟衛兵將天界女人綁在一根白色大十字架上，她的身體被黑色的魂系絲線纏繞，手腳被釘子穿入，背後原有一對潔白的羽翼，現在已被人用刀割下丟在她的腳邊。

她看起來氣若游絲，金色長髮凌亂地蓋住半臉，衣服又髒又破。

即使是高貴的天界人，淪為戰俘也只能以這種骯髒的模樣見人，艾列金以幸災樂禍的神情看著對方，內心升起一股愉悅感。

十字架的正後方是天界的主神：聖潔與光明的精靈之神艾波基爾，又被稱為啟示先知。神像下站著兩名持劍戒護的安茲羅瑟人，旁邊的儀式台也同樣有一名護衛。

「抱歉，我對她的身分並不了解，我沒見過這名天界貴族。」布寧端視那名天界女人後對艾列金如此說道。

「你不是安茲羅瑟人嗎？想了解她的身分那裡會是難事。」

「這不是我擅長的工作。」布寧問：「你確定她對我們真有幫助嗎？」

這個答案是肯定的，現在只需要把這名戰俘的價值發揮出來，艾列金正想用些什麼手段來達成他的目的。

「你不覺得此處的魂系神力變得有點紊亂嗎？」

艾列金認為自己還不至於遲鈍到需要布寧來提醒，打從他進大堂後耳朵就不斷傳來蟲鳴般的吟咒聲，讓他覺得心情煩躁，這裡肯定還有其他人，只是完全沒人發現他的存在。

到底是誰？天界人沒被救走，艾列金等人也沒受到攻擊，所以對方應該不是敵人。那又是出於什麼目的，為了什麼原因而來到此。

「在那！」艾列金以迅雷不及掩耳之速擲出三支飛刀射向十字架右邊三尺處。

但是飛刀落空，那裡什麼人都沒有。

「不在那裡。」布寧說。他正屏氣凝神的注意大堂內的動靜，而三名護衛則顯露出疑惑的表情。

「你也沒發現嗎？」

布寧搖頭。

「也罷！」艾列金走向天界人。「先辦正事要緊。」

不知道什麼時候，十字架旁多了名矮小的法師低著頭盤腿而坐，他右手拿一把女屍杖，左手的念珠是由很小的骷髏頭串連而成。

「咦！」艾列金驚愕之餘，一時不知道該做什麼反應。

烏黑的罩帽蓋住法師的臉，他手捏著念珠，口中唸唸有詞。

「原來就是你，那個一直在我耳邊吟咒的人。」艾列金怒道：「吵死了，住口。」

誦經聲戛然而止，取而代之的是大堂內靜默無聲的詭異氣氛。

矮小的法師抬起頭，正好與艾列金正面相視。艾列金一見到對方的面貌便被嚇得連退數步，接著不經意的咒罵起來：「他媽的，妖魔鬼怪！」

那法師蠟黃的臉上黥滿不明文字，無眉獨眼，鼻翼以下是一個巨大的傷口，他的骨頭清晰可見。

「你想做什麼？」艾列金也不知道對方能不能回答他的問題，畢竟那怪異僧人的嘴和下巴只剩一小部分是完好的。

「你是？」布寧看見對方後，反倒恭敬地行禮。「血祠院僧官惡胎法師。」

「難道又是亞基拉爾的手下？」

「我們同是哈魯路托忠心的麾下，但血祠院的僧官們只聽令於塔利兒先生。」背後又無端冒出一名陌生男人，這些神出鬼沒的人與那個陰森森的塔利兒真是如出一轍，怪不得會成為他的手下。

「難道你們不懂禮貌嗎？」艾列金沒好氣的問。

「這裡可是亞基拉爾領主的轄區，我們並不需要經過你的授權。」棕髮男人的衣著也是法袍兜帽，皮膚也刺著文字，身上邪氣十足；不同的是他給人一種飽經風霜、神態頹落的感覺，連衣袍也破破舊舊的，手持一根圓木杖，赤腳行走。

「你……你也是亞蘭納人吧！」艾列金從他的氣息和樣貌得出這個結論。

男人面露微笑而不語。

布寧行禮。「血祠院導師萊宇・格蘭特先生，您也來了。」

這名字聽起來很熟悉，奇怪的是艾列金一時之間卻想不起自己是何時何地從那裡聽過的。

「我們曾經在亞蘭納見過面嗎？」

「當然，我要感謝您對亞凱的照顧。」

「你是亞凱的什麼人？」

萊宇卻立刻將話題帶回。「艾列金先生，您做得很不錯，亞基拉爾領主會賜給您應得的獎賞，剩下的工作就交由血祠院接手。」

「會讓塔利兒先生派出兩位大人，難道艾列金真的抓到了身分特殊的天界人？」布寧疑惑地問。

「亞基拉爾的確神通廣大，這個行動明明是我私下籌備的計畫，他竟然完全掌握了我的動態。」艾列金口中雖是褒揚，心中卻很不是滋味。「不過這樣就想隨便弄個賞賜含糊帶過，未免說不過去。人是我抓的，應當由我負責。」

「您恐怕負責不起。」萊宇先生露出狡黠的笑容。

「她到底是什麼人？」布寧問。

「天界威靈城主的女兒。」

「公主？」艾列金問布寧。「她是一城的公主？」

布寧回答：「天界第七軍團的代表名詞為光輝，威靈城是其首都般的存在。既然是城主之女，重要性自然不同凡響。」

「威靈城主已經派人四處尋找她的下落，為免多生事端，明天我們就要將她送到甸疆城。你們隔離心靈傳音的事後工作做得還不錯，沒有讓這個地方被天界發現，但此處卻不是久留之地。」萊宇說：「布寧大人，您應該還有工作，可以先行離去。至於艾列金你明天就隨我們一同前往托佛，陛下會親自見你。」

艾列金在大堂內來回踱步，心情煩悶。就在布寧離去的同時，萊宇隨即將三名安茲羅瑟護衛殺害，理由是不想走漏風聲。

唉！真浪費時間。自從萊宇和奇怪的法師來到這裡後，原本不點燈還是會充斥著聖光的地方現在也與外面的世界無異，變得漆黑一片。

「叫我待在這個黑漆漆的地方幹什麼？」艾列金不滿的自言自語。「亞基拉爾到底是怎麼監視我的？為何我的一舉一動都在他的掌握中。」因為出於無聊，艾列金索性拿著鬼火燈走到天界女人的身旁，好奇地撥開遮住半臉的金色長髮，趁此機會一窺她的容貌。

當下，他的心跳變快，雙眸的目光已經無法從對方的臉上移開。「啊！天界女人果然美麗。」

她的姿色吸引了艾列金浮躁的內心，即使披頭散髮也遮不住她無瑕的美貌。

「別碰她！」萊宇輕聲地告誡。他不太信任這位同樣來自亞蘭納的年輕人。由於這個人質可能會將北境推向未知的局勢，萊宇不得不慎重處理。

「人可是我抓來的。」艾列金刻意裝出做作的笑容。「難道先生怕我放走她嗎？」

萊宇以木杖將艾列金的手撥開。「路易先生，很抱歉。在明天出發之前，我得好好的看住她。」

「自從她被囚禁後，你們問也不問，難道你們已經完全得到想了解的訊息？」

萊宇默不作聲，艾列金覺得在黑暗的室內與他四目交會真有一種說不出的毛骨悚然。萊宇皮膚上的咒文刺青好像蟲在蠕動，艾列金無法判斷對方到底想做什麼，只好小心的戒備。至少別讓自己落得和那些安茲羅瑟護衛一樣的下場。還有另一個長得更畸形的惡胎法師……一想到此，艾列金就有點受不了大堂內的壓抑氣氛，真想出去透氣或再找個方式來發洩鬱悶的心情。

「她為什麼一直昏迷不醒？」

萊宇冷漠地回答：「是我做的，因為我不希望她發出吵鬧的聲音。」當布寧還在時，萊宇臉上總是掛著帶有一點瘋狂氣息的笑容，現在他的嚴肅表情可比鋼石還要硬。

「那她叫什麼名字？」艾列金隨口一問。

萊宇靜默數秒才有回應。「嗯……愛特萊兒。」

「她留在風城的原因是什麼？」

「既然都成了階下囚，原因是什麼也不重要了。」萊宇顯然失去了耐性。

「呃……嗯……您說的對。」艾列金吱支吾唔的回答。

艾列金稍微觀察了一下四周環境，發現這個地形對他不利，此外對於萊宇的陌生感也令艾列金說話時語氣變得畏首畏尾。「我想問她一些事，至少能讓她清醒並開口說話嗎？」

「你讓我感到厭煩了，你想做什麼我心知肚明。」萊宇直接將話敞開來講。

艾列金聽完萊宇的警告後，有點羞愧地傻笑起來。「原來您也會讀心術，其實我只是太無聊在胡思亂想而已，請別放在心上。」

「很久很久之前，我也同樣是一個沒沒無聞的亞蘭納人……」萊宇輕聲的說：「只要是人都會有需求。」

「那等您變成安茲羅瑟人以後，世界有改變了嗎？」艾列金好奇地問。事實上，他本來只是因為無聊而興起的念頭，現在卻搞不好有成真的機會，這可叫他莫名興奮。

「哼，你們亞蘭納人的行為簡直愚蠢，那樣做對你也不會有任何好處，被淫慾牽著走的人實在可悲。就因為我不想成為你們這樣平凡又無知的人，所以我選擇改變自己的人生。」萊宇輕輕迴轉著圓木杖，愛特萊兒便從十字架上癱軟的倒落在地，同時她的意識逐漸清醒。

艾列金不懷好意地將她從地上攙起。「唉呀！我也只是想想而已，不過萊宇先生您可真是好人。」

「我雖然同意，不過可不會給你太多的時間。」萊宇輕敲著木杖，轉身就要離開。

「等一下。」艾列金急忙叫住萊宇。「那我要帶她到那去？」

「除了這裡外，你沒有其他地方可去。」萊宇撇過臉，以輕蔑的眼角餘光瞄著艾列金。「如何？在兩個人的監看下，你不敢做或難為情？」

「整個大堂都黑的快看不見自己的五指了，我有什麼好難為情。」

等到萊宇的腳步聲逐漸遠離，艾列金才緩慢且溫柔地讓愛特萊兒平躺於地上。

愛特萊兒以詫異的神情看著艾列金，她似乎想說什麼卻只有嘴唇在微微抖動，實際上是半點聲音都發不出來。

「其實我不是很喜歡這樣。畢竟對我來說若能先和枕邊的伴侶說說話、聊聊天，認識一下彼此，那麼在歡愉時才能投入更多感情。」艾列金說話的同時，他的眼神逐漸被邪念與欲望佔滿。

「這裡也不是什麼好地方，地板又凍又硬，環境也很糟糕。假如我和妳現在能躺在一張溫暖的大床上不知道該有多好，再加上舒適的枕頭以及可以遮蓋的棉被，最好能再來一杯事前酒，那就更完美了，妳說是嗎？」

愛特萊兒已經明白對方的意圖，可惜她卻無法做出任何的抵抗。

「妳別看我這樣，其實我很溫柔的。在亞蘭納裡我認識許多的女孩都是從談心開始，可惜我和妳沒這個機會。不過這也不要緊，妳只要相信我是一個多情的男人，打從我第一眼見到妳就深深的為妳美麗的容顏所吸引，我對妳的愛可以縮短我們之間的距離與種族隔閡。今晚之後，我們之間便再無任何藩籬……」

「令人作嘔的話說夠了嗎？從沒見過你這麼膚淺又幼稚的男人。」黑暗中傳來萊宇的聲音。「我給你的時間你嫌太多嗎？不管你說再多廢話，亞蘭納人與天界人的交配是連半個孩子都生不出來的。」

「做愛沒有半點前戲，彼此之間也沒什麼心靈默契，總不能連最後一點點浪漫氣氛都沒有，這樣和野獸交媾有什麼區別。」艾列金儘可能不想拉高分貝抱怨這種事。

「沒什麼區別，你的人生不也只是憑著本能在生活嗎？把時間用在佔有與玩弄她的身體會比你在口舌上做歪理之爭更好。」

萊宇的話直接戳到艾列金的難堪之處，讓艾列金差點欲望全消，他怒道：「我對愛是既認真又坦率的。」

連一點自制力都沒有的男人，他說的話全都可以當成吹牛，萊宇心中最鄙視這種人。當作你照顧亞凱的一點報酬吧！萊宇以這個理由說服他自己，好讓他對艾列金的行為能睜隻眼閉隻眼。

艾列金趴在愛特萊兒的身上，他右手輕撫著她柔嫩的臉蛋，鼻子則不時聞到她身上傳來的陣陣體香。啊！真是完美的女人。艾列金早就將萊宇剛才對他說的那些不愉快的話拋到天際雲外了，他眼中只剩下天界女人的存在，更多的是一種慾求不滿的貪婪。

「別怕，我會引導妳的。」艾列金的興奮程度從他的雙腿之間可以明顯感受的到。愛特萊兒無力掙扎，只能將頭撇開，不想與艾列金兩眼相望。

在亞蘭納裡，不管是為了艾列金俊俏的外貌或是為了他的萬貫家財、勢力、權力，總是有為數不少的女孩主動投懷送抱。他的情場與床上經驗還遠比他上戰場的次數多個百來次，即使一天換過一個也總是能夠有新人來陪他。這種事對艾列金來說實在太稀鬆平常，沒什麼特別。

不過這次他可是興奮到直發抖，就像初夜一般。與天界人這可是第一次，他認為自己搞不好還是第一個這麼做的亞蘭納人。同時，他又為天界人無瑕與完美的形象著迷。艾列金甚至覺得亞蘭納所有的平凡女人都比不上她，唯有天界人才是高不可攀的存在。現在能掌握她的，正是自己。他將愛特萊兒的外袍脫去，接著將絲質內衣拉下，她的身體赤裸地展現在艾列金眼前，此時已經沒人可以阻止他。

艾列金將嘴湊上，深深的吻著她的嘴唇，之後他輕舔愛特萊兒的耳垂，感受她身體的溫度與肌膚的輕柔。艾列金完全陶醉在美色與體香之中，他慢慢地由上沿著頸部輕吻而下，雙手輕輕的搓揉她的胸部。

他們的肌膚之親全看在萊宇的眼中，可是他卻毫無所感。轉化後改變的是外表還是內心呢？連萊宇自己都不明白。

儘管魔塵大陸的季節氣候毫無規則可言，不管冷熱都讓人備感煎熬，但是甸疆城卻始終如一，外面世界的確很難影響到這座建立在巨大深洞內的城市。

萊宇和惡胎法師不愧是塔利兒的手下，同樣都有通天的本領。他們以咒系神力打開傳送門，用最短的時間抵達甸疆城，不需要長途跋涉，也不需要經過會讓人身心凍結的大雪原。

「只要有這種法術，隨時都可以在敵人的營帳內神出鬼沒，勝利在望。」艾列金開玩笑的調侃道。

「你雖不精通安茲羅瑟的法術，好歹也是修習過天界基礎神術的人，可以不要說這麼幼稚的話嗎？亞蘭納人會以你為恥。」萊宇認真地看待艾列金所說的每一句話並且毫不留情的批評。

「我不是主修法術的人，何況在亞蘭納也看不到這麼令人嘆為觀止的能力。」艾列金繼續說：「我知道是因為托佛內有塔利兒為你們開門，所以才能那麼順利，對吧？不要那麼認真，只是個玩笑。」

「哼，閉上你的嘴。」萊宇這種反駁他的口氣就好像以前亞凱在譏諷他所說的話一樣，艾列金越想越熟悉。此外，艾列金對萊宇．格蘭納這個名字逐漸有印象，現在他正努力回想，究竟是在亞蘭納的何處聽過。

易主後的甸疆城與之前他第一次來到此地相比幾乎看不出有什麼太大的改變。唯一的不同就是少了肅殺的氣氛，畢竟現在整個托佛已經改朝換代，取而代之的是滿城的孤寂與冷清。

士兵到那裡去了？艾列金原以為會看到整齊劃一的陣列正在城內堅守以及巡視，結果什麼都沒有。放眼望去還是一樣能見度很低，石壁上會飄出藍紫色的螢光，土地上看到許多不知道是觸手還是植物的怪異生物在爬行，街道上全都是長得像被苔蘚覆蓋的安茲羅瑟人，他們默默的走著，身體特定部位也能自行發出光芒。

艾列金揚手將一團飄向他的紫光攫住，原來那是一種會在空中飄浮的蕈類，發光的也許是孢子或是菌絲。

當他們走進亞基拉爾行宮內室時，貝爾出現並攔住他們一行人。「領主大人現在有重要訪客，請在外面等待。」

「貝爾，你倒挺舒適的，在這裡吃香喝辣還不需要四處奔波。」艾列金已經一段時間沒見到他這位朋友，他眨著眼看向貝爾，覺得他的日子好像過得太安逸，忍不住想要埋怨。

「朋友，讓我們進去。」萊宇與惡胎法師都用兜帽蓋住頭部，完全看不到他們的面貌。

「不行！非常抱歉，不管你們是誰，領主既然下令我就得遵守，你們也應該聽從。」貝爾堅守他的崗位。

「既然領主大人那麼說就沒辦法，我們等個幾天後再過來。」艾列金將眼神別到愛特萊兒的身上，他又想起了昨天那個難忘的夜晚。

愛特萊兒被惡胎法師的神術禁住行動，也不能開口說話，不過她以凌厲無比的眼神瞪著艾列金，似乎就是在告誡他：如果我能脫困，我一定殺了你！那種充滿恨意的雙眼簡直叫艾列金欲罷不能，他把這視為魅惑的眼神，並且更加重他的淫念。

在那一瞬間，萊宇消失不見了！

貝爾正疑惑，他迅速地掃視四周，怎麼看都只剩艾列金等三人，萊宇竟像鬼魅般無聲無息的離去？

「艾列金，你有看見那個與你們隨行的人嗎？」

艾列金指了指。「不就在你身後？」

話剛說完，貝爾驚覺有人搭了他的左肩。

「你乖乖待在此！」

貝爾發現身體動彈不得，他意識到自己正逐漸石化，連反應的時間與反抗的機會都沒有。

看著貝爾的石像，艾列金不免有些擔心。「他這種狀態會持續多久？」

「十多分鐘。」

沒人敢在亞基拉爾的領地殺人吧？艾列金確定貝爾的性命無虞後也與萊宇等人一同進入行宮。

亞基拉爾舒適地高坐在他的王座上，嘴上叼著旱菸桿，模樣意氣風發。

「唉，我們可憐的貝爾先生真是太不懂規矩了。」亞基拉爾故作歎息地說。

宏偉的大殿內空曠到說話都有回音，除了坐在王座上的亞基拉爾外，階梯前還有兩名披著紫紅底色斗篷的安茲羅瑟人，斗篷後面鑲著被雙頭蛇纏繞的逆十字圖案。

大殿內也沒有士兵成行列迎接這兩位哈魯路托的使者，既然是安茲羅瑟人的最高領袖，不是應該更隆重的歡迎嗎？

「向哈魯路托的使者馬爾斯隊長及哥列提大人致意。」萊宇與惡胎法師不約而同地向他們行禮。

「萊宇導師、惡胎法師，我們又見面了。」馬爾斯也恭敬地回禮。這個安茲羅瑟人有一張青春洋溢的外表，烏黑的俐落短髮，看起和亞蘭納的學生差不多年紀。他也和艾列金行禮，不管和什麼人都保持禮儀這點似乎是安茲羅瑟人的習慣。「您好，我是馬爾斯。」

「我是安普尼頓艾列金．路易男爵。不過下次不需要打招呼了，我最討厭繁文縟節。」

「亞蘭納的貴族嗎？」馬爾斯笑容不變，眼神卻帶著睥睨。「原來只是個小孩，名字連聽都沒聽過。」

「小孩？」艾列金不由得怒火中燒。「我看起來像孩子嗎？你這長得像小孩的人對一個三十多歲的中年人這樣說話，你懂得長幼尊卑的道理嗎？」

萊宇將艾列金拉到他的身後。「你別丟人現眼。」

哥列提頭戴一頂灰色魔法師帽，形貌為沒有五官的石像人。「哈魯路托的旨意既已帶到，我們也就告辭了。至於領主大人托我們轉告的話我們也會如實的告知哈魯路托。」

亞基拉爾起身高呼：「願為偉大的哈魯路托而戰，恭送哈魯路托之子！」

「願為偉大的哈魯路托而戰，恭送哈魯路托之子！」萊宇將同樣的話覆誦一遍。

亞基拉爾的目光瞟向艾列金。

真倒楣，我也得跟著唸嗎？心不甘情不願的艾列金以毫無起伏的音調吟完祝禱詞。

使者離開後，貝爾才一臉驚慌的衝入。「唉，糟了！」

「別緊張，沒事。」亞基拉爾說。

「喂！該輪到我們了。」艾列金已經沉不住氣。

「說的對。」亞基拉爾說：「請惡胎法師先將光輝公主身上的禁錮解除並讓她能說話，只需要鎖住她的神力即可。然後，貝爾……」

「是的。」貝爾快速回應。

「麻煩你帶公主去客房，讓她整理儀容，接著好好的款待。」

貝爾領令後也帶著愛特萊兒離去。

「你不離開嗎？」亞基拉爾問艾列金。

艾列金先是詫異，之後轉為不滿。「什麼？我以為我能有獎賞。」

「是的，我都忘記了。」亞基拉爾先吐了口煙，接著說：「那麼我賜你兩箱靈魂玉以及十車糧食。」

「就這樣？」亞基拉爾給的獎勵與艾列金原先所想實在落差太大了。

「別貪得無厭。」一旁的萊宇冷冷的告誡。

「您到底想要什麼？」亞基拉爾神態自若，沒有些許慍色。

「至少，也該給我一個官位。」

亞基拉爾輕拍自己的額頭。「啊！說得是。」他笑說：「我的賞賜太吝嗇了對嗎？那好吧！在上位者應該是有功必賞、有過必罰，我現在就任命艾列金．路易為『業』的城主，即刻生效。」

「感謝領主，陛下英明。」艾列金雖然還不滿足，但他知道這可能就是亞基拉爾的底線了，再繼續貪婪的要求也許就有危險，他也無意就這麼一步登天。既然已經有個立足之地，那就先這樣吧！只是業到底是什麼地方？又是個怎樣的領地？

亞基拉爾允諾會贈艾列金一名貼身侍從，並且幫助他到業完成一切接任手續。

行宮外，馬爾斯與哥列提竟然還沒離去。

一見到艾列金走出，馬爾斯刻意拉高他自言自語的音量。「我覺得亞基拉爾領主的決定沒錯，下至獸欄清潔，上至隨侍打點事務都可以包辦到好，任何時候還可以聽到他們恭順巴結地講好聽話。」

「做為雜役再適合不過。」哥列提在旁邊幫腔。沒有五官的他究竟從那裡發聲，艾列金也搞不懂。

「但是他們身上窮酸低賤的味道似乎不管怎麼樣都無法改變。」馬爾斯拿出手帕輕拭鼻翼。

「最近我也開始有點過敏。」

艾列金完全不想忍耐這種意有所指的歧視對話，他毫不客氣地回應：「有本事你就當著亞基拉爾的面說這些話，不要做個在別人背後說人壞話的討厭鬼。告訴你們，我才不管你們這兩個哈魯路托的走狗怎樣，我也不是自願留在魔塵大陸，所以別隨便當我是可以欺負著玩的，你們這些惡魔。」艾列金點燃紙菸，他將煙霧吐向馬爾斯，並不畏懼。

「發怒了嗎？我惹怒你了嗎？呵呵呵。」馬爾斯搖著頭，隨後一改笑容，換作發狠的神情。

「你以為你踩著誰的地盤？你還想安然離開嗎？」

「那又怎麼樣？」艾列金一臉不在乎，要打架他隨時可以奉陪，他左手已經按在腰際的劍柄上，準備蓄勢待發。

「喔！別那麼認真，我是要歡迎亞蘭納的貴族加入我們的陣營，以後可請你多多指教。」馬爾斯攤開雙手，看起來像是要給艾列金一個擁抱。

「我受夠你們的多禮，也不喜歡你們的反反覆覆，惡魔就是惡魔，想攻於心計對我來個下馬威嗎？你們找錯人了。我情願看你們狠辣無情地殘殺敵人，也不要看你們這些虛偽做作的表情。」艾列金用力地將菸甩在地上，然後用腳尖踩熄。

一名身形矮小佝僂的安茲羅瑟人悄悄地來到艾列金身旁。「大人您好，我是為您引路至業的隨侍，我名叫阿權。」那人看起來模樣衰老，頭頂無髮、細長耳、滿臉皺紋，還有一雙細得睜不開的小眼睛，聲音尖銳，皮膚為深褐色。

「是恭敬的歡迎我去當城主吧！」艾列金糾正他的說法。

阿權以安茲羅瑟人端正的行禮方式向兩名使者請安。

「你有告訴這位亞蘭納來的先生業是個什麼樣的地方嗎？」馬爾斯假裝好意的詢問。

「我會請我的侍從好好地介紹。」艾列金遏止阿權發言，他正宣示他有的權力，同時也不想讓手下隨意回答其他人的問題。「現在，你該帶我去業，然後命令下人將領主賞賜給我的寶物一併運去。」

「那讓我來回答你如何？業位於歿午荒地的中心點，是個聞名於魘塵大陸的地方，著名的有去無回，荒涼景色連綿不絕，屍骸遍野。在業中鳥瞰淒涼風光，人則無所事事，安逸至死，是個修身養息及安養晚年的最好去處。只不過——我們是拿來流放罪犯的，恭喜你了。」馬爾斯幸災樂禍的笑著說完這段話。

艾列金一聽，氣急敗壞。「這傢伙說的是實話嗎？」

阿權面不改色，默而不答。

艾列金大吼。「我他媽的叫你回答！」

阿權點頭。「馬爾斯大人說的是實話，我們馬上就要出發，請做好準備。」

「一路慢走，我們還得等貝爾先生出來。」馬爾斯無奈地苦笑。「就連我們做為大使的人都得等他了，這亞蘭納人排場真大。」

「開什麼玩笑，當我是什麼？」艾列金轉身就要再進入行宮內找亞基拉爾理論，沒想到正逢萊宇從裡面走出來。

「領主大人的美意就該知足感恩的接受，這不也是你要求的嗎？」萊宇說。

「廢話連篇。」艾列金要走過萊宇身旁，但萊宇卻執拗地擋在面前。「你還想做什麼？」萊宇咄咄逼人，艾列金被磨得耐心盡失。

忽然，萊宇右眼的瞳孔發出死亡的綠芒，艾列金全身如同觸電般，劇烈的發麻且動彈不得。他這時候才想起剛才貝爾是怎麼被萊宇石化的，人急無智，艾列金實在太過大意。

「阿權，好好保護你的主人到業，這可是領主大人的交代。」萊宇吩咐道。

「真叫人崩潰。」艾列金以憤怒的一掌拍碎王位上的木製椅柄。「搞了半天被亞基拉爾耍得團團轉。」當艾列金的身體恢復活動力時，他已經在業的領土內了。

所謂的歿午荒地真的是名副其實，整片土地就是充滿死寂與淒涼。放眼望去一片紅沙滾滾，除了沙土、碎石及埋在土堆內的骸骨，還有只剩枝幹的矮小枯木外，其他就什麼都沒有了。

我到底做錯什麼？這個疑惑一直在艾列金的心中徘徊且驅之不散。

來自西方的陣風常常讓荒地揚起風沙，本來就昏暗的環境更是一片迷茫。

艾列金裹緊皮草，這裡雖然不下雪但溫度仍然偏低，身體一旦放鬆就很容易僵硬。

「主人，千萬不要想離開這裡，自古以來的業與其領導者都有連命，隨意離開業的城主可是會暴斃。」侍從阿權如此叮嚀著。

「你雖然叫我主人，可是我知道你叫的不是很情願，省下來吧！」

「不，既然領主大人要我服侍您，那麼屬下必定盡忠。」

「你的主人就是亞基拉爾，何必那麼勉強呢？」艾列金抿緊嘴唇，越想越不是滋味。「以為這小小的城能困住我嗎？我偏偏要離開給你們看。」

艾列金數次想要離開業，不過都在踏出城門口後立刻發生意外。不是無緣無故昏倒，然後醒來時發現人躺在房間中；不然就是四肢變得軟弱無力，雙眼昏黑看不到東西。

當他第三次從房間內轉醒並看到鏡中的自己消瘦憔悴的沒了人樣後，他終於無力地放棄離開業這個念頭。

事實上，那只不過是幻覺，一切都是亞基拉爾與阿權的惡作劇罷了。可惜艾列金完全沒有發現，他的頭腦裡只想著到底要怎樣才能離開這個爛地方。

艾列金唉聲嘆氣，這陣子總是獨自一人躲在房間中喝悶酒。「我要孤單的老死在此了。」

「主人。」阿權輕拍艾列金的肩。

艾列金像戰敗的勇士，一臉頹容，他躺在長椅上手拿著酒瓶子猛灌。

「幹嘛？」艾列金全身酒氣，看起來連神智都不太清醒。

「您既然得到了這地方，何不好好的運用這裡的人力與資源呢？只要力圖振作，相信還是會有不凡的成就，而屬下也會全力幫助您。」

「這荒涼的廢地出不去，糧食又缺乏，要什麼沒什麼，我還有什麼機會？亞基拉爾是想關死我。」說完又再度將酒猛烈地灌入喉中。

「那倒也未必，其實領主大人一直以來都固定運送糧食來此，至少保證衣食無虞，再來只要您肯打起精神就好了。」

「連澡都沒得洗了，還會有什麼精神？」

阿權認為自己不應該再勸這個沒用的喪志男子，他搖頭轉身就要走的時候，艾列金的一席話又叫住了他。

「我有個叫亞凱的朋友，他真的很悲慘，童年時期既沒朋友又沒親人，也只有我這種大方的人會接納他，與他做朋友。他因為很小就獨立的關係，養成了堅毅的個性，不管現實生活造成他多大的困擾，他就是不服氣，一定想辦法突破。我就與他不同了，路易家世世代代都是豪門望族，雖然小的時候我就無父無母，但是我有個非常疼我的阿姨，她對我照顧的無微不至，不管我闖什麼大禍，她都可以把事情處理的很完美，不會對我造成任何的影響。從小到大，我從沒被打罵過，每天豐衣足食，吃喝玩樂。在家有一堆下人供我使喚，在外有一群酒肉兄弟聽我指揮，多威風啊！長大後憑著本事，再加上家族的幫助，闖出了一點名氣。之後我和亞凱及貝爾三人聯手又幸運地瓦解了國內的叛黨組織，官位節節高升。在阿特納爾事件過後我成為倖存的三人之一，被捧成了亞蘭納的英雄，你說我這一路走過來是不是順暢無比的人生呢？」

「沒錯。」阿權雖然點頭同意，心中卻不以為然。原來你只是個紈綺子弟，不務正業的貴族少爺，怪不得連一點打擊都受不了，自此一蹶不振。

「呵呵，故鄉真那麼如意，那我何必留在受人歧視又生活困難的魘塵大陸呢？」艾列金喝完了酒，臉色紅潤，俏皮地吐著舌頭，不知道是不是在裝瘋賣傻。「我告訴你，我討厭死我阿姨了。她每天都要我學東學西，今天學個擊劍或飛刀，明天來學個天文或商學，後天可能又得學什麼禮儀或騎士道等，煩都煩死了。在家要像個紳士，拿個碗、舉個杯通通要照規矩來，每天叫我好好的待在家，別去交壞朋友，想不聽也不行。為什麼？因為她是供我一切生活起居的阿姨，只要她一句話，我就會落得一無所有。所以我很現實，人在屋簷下不得不低頭的道理從我小的時候就知道了。」

「年紀還小的時候可以和一些狐群狗黨出外幹些壞事，反正天塌下來有我阿姨頂著。我有一堆刺激的事、很壞的事都想去做，但是不行，因為我被約束的時間比自由的時間還多，完全沒有個人的專屬空間。長大後更加不行，為什麼？因為我是英雄，我不能做出敗壞門風的事，不能做損壞名譽的事，不能違背騎士精神，不能不從上司的命令，不能在國民的眼光下自在的生活，我討厭死那種無趣的日子了。我他媽的從來不知道自己是為誰而活，真是庸庸碌碌的一生。」

艾列金想再喝酒卻發現酒瓶空了，於是他負氣將瓶子擲出，酒瓶因此撞上石牆發出清脆響聲，滿地弄得皆是玻璃碎片。

「告訴你，我喜歡這個魔塵大陸。雖然你們安茲羅瑟人比我想像的還要多禮，但起碼這裡沒人認識我，而且只要有力量就可以過著沒有秩序的生活，自由自在，無憂無慮，我想幹什麼都沒問題。」

「聽說你拒絕被轉化為安茲羅瑟人？」阿權問。

「當走狗和想自由是兩回事。」艾列金回答：「亞凱比我慘多了，他都沒選擇安茲羅瑟人這條路。既然他都可以爬起來，那我艾列金．路易也同樣可以。」

阿權若有所思地打量著艾列金。「主人，你應該沒喝醉。」

艾列金咧嘴一笑。「我看起來像是會讓自己酩酊大醉到不省人事的樣子嗎？那只有與女人上床時才會這麼做。」他舔著嘴角，從椅子上慵懶地站起身子。「該是活動筋骨的時候了。阿權，我要你立刻去準備乾淨的水讓我洗澡，我不要那種有腐蝕性及混濁的泥漿水，你們安茲羅瑟人的膚質與我是不同的。」

「是的，主人。」阿權恭敬地行禮。

「等我洗完澡後，我會集合內棟和外棟的人，來一次真正的權力轉移。」艾列金恢復原有的自信笑容。

「主人，您已經清楚業是什麼樣的地方了嗎？」阿權還有點擔心。

「我怎麼會連自己的根據地都不清不楚？」艾列金伸展著左手，他滿意地點頭。「狀況還不錯，也該是讓你們安茲羅瑟人看看我辦事能力的時候了。我一定會重新站在亞基拉爾面前，讓他知道我還可以從業完好無缺的回來，到時候他會不會很驚訝？」

「肯定是不會的，陛下從不將您放在眼裡。」阿權不假思索地回答。

「那很好，等我回去後，一定讓他連作夢都記得我艾列金．路易。」

# 謊言

每年一到了雨季時節總是連日大雨連綿，今天也不例外。傍晚用過晚餐後，雨水宛如傾洩般倒落，一發不可收拾。

貝爾望著雨滴淅瀝滑落的窗外，天空雷雲密佈，陣陣悶雷聲不斷，就像是低鳴的獸吼，光聽聲音就知道情緒的轉變。這副景象也是貝爾目前心情的最佳寫照。他一直不喜歡陰鬱的雨天，因為他親愛的養父是在這種天氣下離開他們姊弟，這會令他觸景生情。

「你該去睡覺了。」麗莎收拾完碗盤後，催促著貝爾。

貝爾不為所動，只是眉頭緊皺，若有所思地怔怔看著窗外發呆。

麗莎將雙手搭在貝爾肩上，安慰著：「你明天還要上學呢！先去休息好嗎？」

貝爾一臉愁容，他轉頭問麗莎：「爸爸說在我十五歲生日的時候會回來為我慶生，但我生日就要到了，爸爸為什麼還不回來？」

「肯定會的。」麗莎露出溫暖的笑容，她輕撫著貝爾的頭。

「我好怕爸爸就這麼永遠不回來了。」

「別想那麼多，快去睡覺。」麗莎半推半催促地趕貝爾回房間。

當天夜裡，雷聲雨聲愈響，貝爾在床上翻來覆去，輾轉難眠。他坐起身子，想將床頭的紗窗打開一點來透透氣，沒想到外頭的風竟會將雨由窗縫處吹入，他立刻將窗再度關上。

貝爾離開房間，上了廁所，也到廚房去喝一點水。貝爾的精神感到疲倦，希望這一次回到床上能很快入睡。

就在他經過麗莎的房間時，忽然有一種奇怪的感覺襲上心頭，他的鼻子聞到淡淡的血腥味從房門的縫隙飄出，即便是睡意矇矓的雙眼也能清楚地看見姊姊那房間的木門竟逐漸染上一層漆黑的陰霾。

內心不安，貝爾急敲麗莎的房門。「姊姊，妳睡著了嗎？」

貝爾緊握的拳頭輕敲被染黑的門，裡面卻沒發出任何聲響，他感到恐慌了。貝爾的手勁加大，門依然一動也不動，毫無反應。他使盡全力推門，終於慢慢將門推開。

姊姊的房間原本該是個狹小卻布置的井然有序的臥房，如今取而代之的卻是瀰漫詭異氛圍的黑色濃霧，整個房間充滿不協調的暈眩感與刺鼻的血腥味，置身其中就像身處於異世界般。

熟睡的麗莎身體飄在半空，而在她的身旁則站著另一條人影。

是男是女，貝爾的眼睛看得並不清楚，因此沒辦法確定。

「你……你是誰？你要幹什麼？」貝爾下意識的衝到麗莎身邊，卻被一道無形的牆擋在面前。

對方身著白袍，同時還有一頭白色長髮，右手握著一根與身同高且外觀嚇人的骷髏長杖，宛如勾魂使者來到人間。

貝爾看到對方那鬼魅的長相，精神著實受到很大的驚嚇，沒有瞳孔的一對白色眼睛就像恐懼的烙印，深刻地印在貝爾的記憶中。

白袍妖怪一揚手隨即化煙消失，令人無法喘息的黑色空間也跟著一併恢復成麗莎原先的房間。

這是夢還是幻覺？貝爾揉著雙眼，似乎分不清剛剛看到的究竟是不是現實。

麗莎仍安然地躺在她的床上沉沉的睡著，她的身體完好無缺，看起來沒受到什麼創傷，呼吸頻率也很穩定，難道自己作惡夢嗎？貝爾不禁懷疑。

天際的落雷響徹雲霄，電光由窗外照入，一閃一爍地映在貝爾呆滯的面容上。

貝爾獨自一人來到餐廳用餐，這裡不但寬敞還乾淨的一塵不染，圓桌正中央擺著螢光蕈當作照明設備，雖不亮也足夠讓貝爾看清楚餐廳內的環境。這個時間點並沒有任何安茲羅瑟人在此用餐，所以顯得很冷清。

怪模怪樣的下人將菜色一一端上，開頭是一杯鮮紅的飲料。貝爾湊近一聞，這血腥味很濃烈的東西應該就是血液與酒的混合物，他皺著眉頭將杯子移開。

前菜是一盤炸過的手指頭、醃漬眼球、裹葉蟲沙拉，貝爾也不吃。

中間還有一碗雙色湯，那是水加肉泥、香料、調味酒以及乳樹樹汁熬煮而成的湯品。儘管乳樹汁對亞蘭納人來說是致命物，不過安茲羅瑟人倒很喜歡它的香氣和口感。

貝爾以湯匙輕嘗，湯的香氣幾乎就是乳樹特有的刺鼻味，聞起來很像硫磺，而味道則是微酸，稱不上是什麼美味。貝爾的舌頭和身體還是會因為乳樹的毒性而感到麻痺，除此之外對身體沒什麼傷害。

份量不多的湯一下子就讓貝爾以湯匙舀光。

主菜是肉餡餅與煎肉排。貝爾將肉餡倒出，將餅皮吃光，至於肉排因為不確定是什麼肉，他只吃了幾口便將之移開。

餐後甜點是被安茲羅瑟人稱為樂司蛋糕的極品珍饈。雖然說是蛋糕，但其外形與亞蘭納製作的蛋糕差異甚大，它既稠又黏膩，看起來像一塊軟泥，而且聞起來有酸敗的味道。小小的一塊，甜度卻高得嚇死人，貝爾一口就吃光了，心想安茲羅瑟人都喜歡這麼甜的東西嗎？

這一塊小蛋糕也許可以毒死幾百名亞蘭納人也說不定。貝爾已經明白亞凱與艾列金在魔塵大陸的生活真的非常不容易，太多他們不能吃的食物了。

「麻煩給我一杯水，只要純水就好，謝謝。」那蛋糕甜到完全將口中的唾液吸乾，貝爾覺得喉嚨很難受。他在安茲羅瑟的生活也不怎麼好過，貝爾實在太心軟了，很多食物光是想像的就夠讓他食不下咽，何況他一早還做了惡夢，現在也沒什麼食慾。

貝爾還記得他某次與亞基拉爾、加列斯、艾列金、亞凱等人一同用餐，那是非常恐怖的晚餐秀。眾人圍著大型鐵板煎台而坐，接著下人將一名赤裸的安茲羅瑟人推上煎台，直接在他的身體塗完油後便活生生地煎起人肉來。

貝爾至今都忘不了那如同地獄般的景象，那個人不斷地哀嚎及吼叫，他的皮膚與血肉因為煎台的高溫而不斷沾黏在鐵板上變得稀爛模糊，其他下人也頻繁地用長鏟翻動他的身體，直到他斷氣為止。

亞基拉爾與加列斯完全不以為意，他們仍在旁邊談笑風生。貝爾不忍心再看，將頭轉向另一邊，甚至以手摀耳，不願意聽慘叫聲。艾列金則像是看到什麼稀奇有趣的事，他瞪大雙眼，喜悅地拍手叫好。至於亞凱可能是裡面最難受的人，看得出他胃酸翻湧，一臉想吐的感覺，雖然從頭看到尾，但整個過程都露出極度厭惡的神情。

真是野蠻的飲食文化，貝爾實在沒辦法把這些安茲羅瑟惡魔同樣當成人類來看待，因為他們毫無慈悲心、同情心，是最殘酷無情的食人魔。

之後肉被切片盛盤上桌，亞基拉爾殷勤地招呼著。「吃吧！我們的廚師很專業的將內臟除去，淋過酒後再將肉用大火烤了一下，味道很不錯。」

貝爾只是盯著餐盤，他怎樣都無法動刀叉，完全吃不下去。

艾列金先聞一聞，之後好奇的吃了一口，發現味道似乎不錯接著便開心地大快朵頤。

亞凱面有難色，猶豫了半天才用刀切下一小塊肉，然後放進嘴中也沒怎麼嚼就直接吞下去。再來又切了一小塊，這次反倒嚼得特別久，他的表情很奇怪，看不出到底是美味還是難吃。第三次他將肉放到口中，沒過多久就把肉整塊吐出，接著拿起杯子猛烈喝水，後來就再也不動餐盤上的肉而改吃其他配菜。

加列斯大口地吃肉，大口地喝酒，非常豪邁。

奇怪的是亞基拉爾只是默默地看著料理，接著除了喝酒之外，桌上的餐點他連動都沒動。恐怖的回憶到此為止，貝爾離開了餐廳，回到房間稍微整理服裝儀容後便立刻到行宮庭院與亞基拉爾領主見面。

庭院內種植的都是托佛特有的植物，在貝爾看來，這些花花草草反倒像極了人體的內臟。

亞基拉爾在藍紫色幽光的包圍下，獨坐蕈傘亭內，他一如既往的在審核來自各地的公務文件。貝爾初次在阿特納爾見到他時，以為亞基拉爾只是一個破壞狂、殺戮魔王，沒想到返回魘塵大陸後，他每天都有處理不完的公務，幾乎沒有閒暇的時間做其他事，貝爾怎麼樣都想不透他為何事情會那麼多。

「今天不在辦公室內嗎？」貝爾好奇地問。

亞基拉爾還是瀟灑的叼著旱菸桿，他停下手邊的工作以笑臉迎接貝爾。「每天都待在室內，偶爾出來喘口氣也不錯。」

亞基拉爾這個不知道活了多少歲月的惡魔越看越年輕，年齡的刻痕似乎沒留在他任何一吋皮膚上，要不是他頭上多了兩根犄角，看起來就和二十多歲的亞蘭納青年沒有兩樣，安茲羅瑟的變形術實在太令人吃驚。

不過真正有在阿特納爾見識到亞基拉爾真面目的人，再一次看到他恐怖的外貌肯定會膽戰心驚。哼，惡性難改的惡魔就算披著人皮也還是難掩內心醜陋的事實。

「您這不像是在休息，不過是換個地方辦公罷了。」貝爾疑問：「大人您都不需要休息嗎？就算體力再怎麼充沛，也沒人可以日夜工作不停歇。」

「看看我們的貝爾先生，你晚上又沒睡好了嗎？莫非是惡夢之神半夜騷擾？」亞基拉爾將旱菸桿擺在一旁，然後將文件集中整理。「或許你比我更該休息，不過現在你有工作了，這可會讓你閒不下來。」

「喔，不！」貝爾搖頭拒絕。「領主大人，你沒忘記答應過我的事吧？」

「何必急於一時呢？還不到兌現的時間。」

「我很渴望早日見到父親，這也是我跟隨大人您的唯一原因。」貝爾歎息。

「別總把注意力放於此，真是軟弱的男人，你這一陣子最好離塔利兒先生遠一點。」

僅管亞基拉爾嚴加叮嚀，貝爾還是對塔利兒那張面容難以忘懷。他把姊姊的失蹤全歸咎於塔利兒，只要一回憶起這件事就令他咬牙切齒，甚至於午夜夢迴時總是因記憶裡那張扭曲恐怖的臉而驚醒。

貝爾曾抱著疑惑又含怒意的心情獨自去藥劑實驗室見塔利兒。

不管在邯雨或是托佛，亞基拉爾都會刻意劃立特定的空間給塔利兒進行各種試驗以及製作特殊藥劑、研究異法。唯有踏入他的實驗室才能體會其中的陰森恐怖。

在貝爾的頭頂上方有一整排吊於天花板上的屍體，而那些屍體全都殘缺不全。地上放眼望去大部分都被交錯複雜的管線覆蓋，密密麻麻的程度就像體內的血管分布，天曉得刺破這些不斷顫動的管線會不會真的噴出血來？

實驗室各角落擺著許多大型的藥劑罐，五顏六色的不明液體被盛裝其中，各種味道在室內交雜。難道這是化學工廠嗎？貝爾心中納悶。

塔利兒的專屬房間裡看起來就像是間刑房，才剛走入就看到一具屍體插在鐵架上，置物架上全都是頭顱與泡在防腐液中的器官，塔利兒正在實驗台上研究那具已經剖開的屍體，他兩名助手站在旁邊，全都戴著口罩露出陰冷的目光。

他們有注意到貝爾進入，只是全都視而不見，宛如將貝爾當成空氣般。

「塔利兒先生，我帶著領主的旨意而來。」貝爾以打量的目光掃視塔利兒，但他的注意力只專注在台上的屍體，無意理會貝爾。

怕塔利兒沒聽見，貝爾又再補了一句。「請移駕，領主大人不喜歡等人。」

貝爾越看就越確定塔利兒就是當晚出現在麗莎房間的那位神祕人，他究竟為什麼會在他姊姊的房內，他當時想做什麼？貝爾很迫切地想了解，但他不知道該從何問起。

當塔利兒又充耳不聞時，貝爾多年來的鬱悶讓他轉為怒氣，手上尖銳的紅光射向塔利兒，接著擊碎塔利兒身後的某種培養皿，終於引起他的注意。

其實他內心的懼怕更甚於怒意，貝爾的行為只能算是一種威嚇，他知道自己無意，也沒有能力真的去攻擊對方。

塔利兒的助手代替他發言：「請轉告領主大人，先生隨後就去。」

「塔利兒先生，我能問你一些私事嗎？」

貝爾走近實驗台，一股難聞的屍臭撲鼻而來。躺在手術台上的屍體全身長滿爛瘡，臉受到瘡的擠壓幾乎看不出那人原先是長得什麼模樣，臭氣就是從爛瘡的膿液混合著腐敗的屍身所發出的。助手立刻將貝爾擋開。「抱歉，崔恩症的傳染性極高，請迴避。」

某次的任務裡，亞基拉爾帶著邯雨的近衛軍親自到前線去探看戰況，回程途中經過一座村莊，而且不知為何突然與當地的村長發生爭執。

「你的意思就是說不肯為邯雨提供物資援助嗎？」遠征隊長質問著村長，貝爾也在一旁聆聽。

「不是不肯，但嚴格說來我們是屬於華馬的轄區，您卻叫我們支援邯雨，這於理不合。」村長回應。

「現今的華馬已經與我們達成同盟的共識，既然是友邦，在戰時更應該扶持相助，莫非你們想獨善其身？」遠征隊長憤怒地拔出劍。

「邯雨的士兵有什麼理由在我們的村莊叫囂？」村長也擺出強硬的姿態。

直到亞基拉爾本人現身後，他的目光一閃，村長的態度隨即軟化，之後轉為恐懼。

「陛下，請不要動武，我會與隊長勸他們的。」貝爾發現亞基拉爾神情浮現怒意，只好先一步跳出來緩和現場氣氛。

「你讓開，我們做事可不像你們亞蘭納人那種溫吞的行事風格。」亞基拉爾騎在他的黑暗駿馬上，那是一匹以魂系神力召喚的靈獸，有馬的外貌卻沒有真實形體，身體會散發出濃烈的黑蘊，神力的衝擊感很強烈。「我的耐性盡失了。」

「陛下，您只需一個眼神就可以讓這些不知天高地厚的人臣服於您，讓他們瞧瞧您的神威吧！」

「你正在教我怎麼做事嗎？」亞基拉爾的眼角餘光瞄到遠征隊長後，他的頭顱便瞬間迸裂開。貝爾發出一聲驚呼，他為亞基拉爾的開殺感到慌恐。

「唉呀！終究是止不住怒意，無心還是能致人於死，所以我希望看到的是你們的心甘情願，這樣才能讓事情和平落幕。」亞基拉爾的好言好語卻沒人感受到他的善意。

原先只以為這種輕而易舉的小事只要遠征隊長與貝爾一起去談就可以解決，但事實上並非如此。安茲羅瑟人首重靈魂玉，再來就是他們肚子飢餓度的問題。非到最必要時，他們絕不會輕易讓出自己的糧食，除非用高價的靈魂玉來兌換。

貝爾不認同他們的談判方法，簡直就是土匪在勒索，村民怎麼可能會答應。正如亞基拉爾所說，他的位階足以讓其他低階的安茲羅瑟人主動臣服，但他沒有使用這種能力，而是以皇帝的心態命令這群村民貢獻，似乎是故意在引發事端。

亞基拉爾的一念之間足以讓這座無名小村落瞬間覆滅，當他發怒時，已經沒有人可以制止他。

「可……可是我們自己的糧食也不夠。」村長說話時顯得戰戰兢兢。「如果可以的話……能換一些靈魂玉嗎？邯雨是二十三區的首富，這……應該不困難。」

「你的意思仍是不願意協助我邯雨嗎？」亞基拉爾繼續施加壓力。「每年邯雨撥予華馬的靈魂玉援助可足夠買下百座這樣的村落。就因為戰事急迫，物資運送有時間上的壓力，所以才需要你們提供幫助，難道連這點面子也不肯做給我嗎？」

「那麼……就……就都給你們吧！」

「很好，村長的好意我們就接受了。最後就讓我的士兵送你們一路順利前往裂面空間，以報答爾等的恩義。」

「啊！」貝爾一驚，連忙擋在亞基拉爾前。「這怎麼可以，村人已經願意援助了。」

邯雨軍在亞基拉爾的發號施令下，士兵們開始四處破壞村莊，見人就殺，將所有的物資洗劫一空。

「婦人之仁，滾開。」亞基拉爾喝斥貝爾。

貝爾愣住了。這不是他心目中泱泱大國該有的行為，亞基拉爾身為一國之君，卻做出和盜匪沒有兩樣的事，他的心中頓時升起無奈感。

搜括來的物資不過幾箱，還有一點點的靈魂玉，全都擺在廣場。而村民成堆的屍體也疊在一旁，非常悲慘的畫面。

亞基拉爾根本不是真心想要這些東西，貝爾也不覺得他會因為無法補給這微不足道的物資而讓戰爭失敗，莫非他只是想滿足個人的殺戮欲望才這麼做嗎？

士兵在廣場處插上邯雨的旗幟，亞基拉爾運用他的能力將這座村莊轉為自己的領地。貝爾更不懂了，他要一塊已經無人居住的領土做什麼？

貝爾沒有辦法詢問，亞基拉爾也不見得會回答他的問題。因此貝爾自己對這件事的解釋是：亞基拉爾想給華馬這個國家來個下馬威！不管他的猜測對不對，反正也得不到解答。

亞基拉爾與他的軍隊並沒有在此紮營的打算，他們以特殊的技術從村民的屍體取出靈魂並取其精華凝聚成一顆又一顆的小靈魂玉，由於村民都只是一些鄉野鄙夫，因此能萃取的靈魂精華並不多。

靈魂玉據說有著強大無比的功用，它擁有世界上最潔淨無瑕的能量，安茲羅瑟人能利用靈魂玉來洗煉魂系神力，得到突破自身界限的進步。

「你留守在此。」亞基拉爾命令道。

「我？」貝爾一臉茫然。「就我自己一個人？」

亞基拉爾點頭。

「留在這兒是什麼意思？人已經全死光了，為何還要指名我一人守在此呢？」

亞基拉爾瞪了貝爾一眼，那個眼神已經向貝爾說明一切；那就是只需要照我命令去做，你什麼都沒必要問，也沒資格問。

貝爾苦著臉，只能目送亞基拉爾與邯雨軍離去。他們帶走所有靈魂玉與其他可用的物資，但幾箱糧食卻完好無缺地擺在原地，一動也不動。說邯雨軍因為缺乏食物補給所以才殺人，這個理由真是天大的笑話。

擁有四分之一安茲羅瑟人的血統，貝爾很清楚安茲羅瑟人即使不吃不喝也不會因此死亡，或者只要補充過一點點食物就可以維持長時間的體力。一旦過度使用魂系神力，身體所消耗的不止是體力、精神，甚至可能留下永久的創傷，食物是對於恢復體能最直接的補償行為。

寂靜無聲的村落獨留貝爾一人坐在廣場，他升起營火為這個陰暗的地方添了些許光明。貝爾以營火烤著八爪蜥，這算是少數能讓貝爾下咽的食物了。他剝下烤得酥脆的蜥腳，然後放入口中咀嚼並發出清亮的響聲。

看著旁邊快堆成一座小山的屍體：有的人死不瞑目，睜著大眼瞪著貝爾；有的人死狀痛苦表情扭曲；有的人只剩顆頭，還有幾個不過是小孩卻也沒能倖免，貝爾能做的唯有一聲長嘆。

原諒我吧！我什麼都不能為你們做。貝爾心想，至少該讓它們入土為安，但安茲羅瑟人沒有這種習慣，不曉得這麼做算是尊重還是褻瀆死者。

用餐完畢，貝爾不願意再待在廣場，他提著幽微的鬼火燈在村子裡逛著。不管走到那裡都可以看到破壞的痕跡，四處盡是觸目驚心血跡，隨著燈光移動，還可以照到地上的斷肢殘骸，可見當時邯雨的士兵全都殺紅了眼，殘暴又無情。

守在這個死氣沉沉的地方到底要做什麼？

村長的家在這小村落中是個極顯眼的大型建築物。貝爾提著燈好奇地進入探索，反正他待在這裡的時間還很多。

安茲羅瑟人的建築物設計果真有其特色，貝爾感覺自己就像走進野獸口中般的不舒服，潮溼、黏膩又陰森。書房中有一具屍體伏在地板上，八成是被忽略而留在此的，否則照理說應該要被士兵一塊拖到廣場才是。他隨意地在書架上以手指點了一本書來看，碰巧是這村莊的歷史紀錄。從薄薄的一本書來判斷，這平凡無奇的地方大概也沒什麼大事好寫。

「距今約八百年前，貴族藍登爵士帶著其領民來到此地建立他的莊園。」

「六百五十二年前，藍登爵士與其衛兵在抵抗盜賊的入侵時戰死，其職位由嫡子貝古繼任。」

「六百三十七年前，貝古爵士娶妻古氏。」

「六百三十六年前，貝古爵士在餐廳裡享用完他的晚餐後猝逝，一個循環後古氏在書房中自殺身亡，村子由貝古姪女韓森繼承管理。」

「六百三十四年前，韓森與其夫亞多自殺身亡，屍體於庭院內被發現，其長女下落不明，由韓森的養子丘德繼任管理。」

直到昨天為止，丘德才與村人一同被亞基拉爾全數殺盡。整本書看完，貝爾更感到疑惑，亞基拉爾與村子的歷史看起來似乎也沒有什麼關聯。

貝爾將書擺回原位，心裡正想從書架上再拿幾本書打發時間，眼尖的他卻發現書架的位置有異，隨即將書架移開，果真發現一道被封死的木門。

木門的四個角被釘得十分牢固，無法輕易的打開。於是貝爾將手掌置於門的正中央，紅光從細縫中發出，隨後光芒化成銳利的尖刺將木門以暴力的方式破開。

這種行徑實在太過無禮了，不過村中既然已經沒有活人，那麼應該不會有人見怪吧？

門後有一道狹窄的樓梯，沿著只有貝爾半身高的空間向上走，最後來到一間密閉的閣樓內。

裡面空氣非常的悶，好像幾百年沒有新鮮的空氣注入般，貝爾被一股難聞的霉味嗆得直流淚。室內比起外面更加黑暗，貝爾以燈照耀房間各處，看得到的只有一張破舊不堪的被褥，旁邊還有一個矮小的二層式櫃子，櫃子上擺著舊燈台，裡面當然沒有燈油。

第一層櫃子內有許多乾燥的肉塊，不清楚是什麼的肉。

第二層櫃子內有一具動物的殘骸，大概是鼠或兔之類的屍骨。

牆上有些亂七八糟的塗鴉，看起來像是小孩畫的。作畫雖然糟糕，起碼看得出是在畫什麼。都是一些獐頭鼠目的妖怪圖案，大概是在畫以前的村人。

這麼矮小的房間難道是給小孩居住的嗎？不過既沒有窗戶，也沒有其他生活用品，怎麼看都不像是房間，還比較像監獄。

就算不看牆上怪異的塗鴉，基本上會在櫃子裡保存動物骸骨的人，心理大概也不會多正常。

以貝爾的身高待在這房間內會讓他彎腰駝背很不自在，正想離開時，房間正下方傳來微微的聲響，難道還有什麼玄機？

以拳頭輕敲地板會有回音，下面肯定是空心，貝爾卻怎麼也找不到開啟的機關。反正事已至此，就將全部的謎團一併解開吧！貝爾拳頭洩出魂系神力，籠罩著紅光的一擊將地板打個粉碎，隨後煙塵瀰漫，在密室中呼吸更是難過。等到灰塵盡散，房間的窟窿內擺著一個以咒文封條貼著的甕，好奇的貝爾將甕抱起，端詳一番卻看不出什麼，於是他將封條撕去……

離開村長家的貝爾返回廣場，在那之前順便將那本歷史紀錄也一併帶走。

「還是在外面的空氣比較好。」貝爾深呼吸一口。

「好重的屍臭味，這裡的空氣也不見得有多好。」這個名叫螢的安茲羅瑟女人身高只有貝爾的三分之一，她有三對在黑夜裡依然會發著光的蟲翅。就在剛剛貝爾將她從甕中解放後，她就一邊飛一邊繞著貝爾的身體，似乎跟定了貝爾。

「妳不用跟著我，雖然我不知道妳因為什麼事而被封在甕中，既然我放妳離開，妳就自由了。」

「那可不行，你讓我從幾百年的監禁中解放，從今天起你就是我的主人。」螢有一頭粉紅的長髮，外表看起來像娃娃，但因為身上妖氣很重，貝爾不太願意讓她跟隨。

「妳是為什麼被封印在那個房間底下？」

螢的表情一沉，淡淡的說：「村子的人相信只要有人能自願被封在閣樓之中，就會因此讓村莊躲過所有災厄。」

「妳是那個自願者？」貝爾表情不變，心中卻半信半疑。

「是的。」

「那麼妳被囚禁多長的歲月，還記得嗎？」

「應該……有三百多年了。」

「三百多年？」貝爾頷首低吟，隨後陷入沉默。

看著成堆的屍體，螢不自覺地露出冷笑。「村人全都死了嗎？」

貝爾的眼角餘光剛好看見螢那一瞬即逝的奇怪表情，在一剎那間貝爾心中感覺到怪異。他將營火再次升起。「是的，村人都死了。」他慢慢的吐出這句話。

「既然如此，我也不想再繼續留在這個傷心地了。」螢的翅膀在空中反射著營火的火光，貝爾越看她越像從墓地的屍骨中飛出的人面蛾。螢問：「主人，我們一起離開好嗎？」

「不！」貝爾斬釘截鐵的回絕。「領主大人命令我留守在此，我就不會擅離職守。」

「待在這個地方有什麼意思嘛！」螢在貝爾頭上盤旋後，飛到他的肩膀上休息。「主人的主人是那一號大人物啊？」

貝爾雖沒感覺到她的重量卻依然將她拍開。「別坐在我的肩膀，我很不自在，有負擔。」

「何必那麼冷淡呢？」

貝爾替營火加點柴薪，他發現手指縫間沾到了螢翅膀上的一點鱗粉，不曉得有沒有毒。他輕聞了一下，發覺有目眩感，那是一種會讓人產生幻覺的毒粉，貝爾連忙將手指與肩膀上的鱗粉拍乾淨。

螢饒富趣味地看著貝爾。「主人您好有趣。」

貝爾嘖了一聲。不屑地說：「這裡是亞基拉爾．翔領主的領地，我只是領主大人的一名手下。」

「亞基拉爾．翔？這兒不是華馬嗎？怎麼變成邯雨的領地？」螢的表情顯然非常的吃驚。

「妳有聽過吾主嗎？」

「面對邪神往昔之主奧底克西與光神費弗萊都毫無懼色的男子，他的事蹟流傳幾千年了，魔塵大陸上才沒有不認識他的人。」

如同一般安茲羅瑟人的印象，亞基拉爾響亮的歷史與名氣已經長久的留在每個人心中。事實上，他只是一個每天在房間內沒日沒夜地批閱文件的公務員罷了，貝爾暗自覺得好笑。

「沒錯，就是哈魯路托的左右手，邯雨的最高領導者。」

「哈魯路托是誰根本沒人知道也沒人見過。從以前到現在一直都是哈魯路托一派的亞基拉爾與加列斯打著他的旗幟出來宣揚威名，可是千年來卻連哈魯路托的影子也沒見著，這種畏首畏尾的安茲羅瑟之主是絕不會得到人民尊重的，我甚至聽說哈魯路托根本只是個虛構的稱呼，而並非真實的人。」

「妳也是安茲羅瑟的一份子，怎麼可以對最高領袖說這種大逆不道的話？」

「呵，只要哈魯路托一天不現身，他對我們就毫無統制力可言。何況——我不是安茲羅瑟人唷。」螢繞過貝爾的半身，黑溜溜的眼眸盯著貝爾的全身上下。「主人，您也並非是純正的安茲羅瑟人吧？既然如此為什麼對一個虛擬皇帝那麼忠心呢？」

「說話小心一點。」

「好吧！我遵從主人的信仰。不過心情上實在很難接受，嗯……反正亞基拉爾大人也是個名人。」

貝爾不理會螢的發言，他拿出村子歷史記錄出來閱讀。「妳知道這本書上的記錄有很多弔詭的地方嗎？」

螢不發一語，只是冷冷的看著貝爾說話。

「四年的時間共兩代繼承人與其妻一同死亡，時間接近到令人不得不產生懷疑的程度。」

「我怎麼可能知道這些事，我在這座村不過就三百多年的時間。」螢若無其事的說。「倒是主人你又不是村子的人，知道這些事有什麼用呢？」

「妳不知道？妳對亞基拉爾領主千年來的事蹟那麼清楚，卻不知道村子裡發生的大事？算一算這座村的領導人不過也才四代，身為村人卻一問三不知才是最叫人起疑的吧？」貝爾說話時也沒有將目光從書上移開。

「我被封印得太久了，記憶已經模糊。」

「是嗎？」貝爾語氣平淡的說：「在我的認知中，安茲羅瑟人真的很少有像妳一樣想要為沒名氣沒實力的主人來奉獻的精神，這樣還一直想跟著我，真是太了不起了。」

「嘻，你過獎了。」螢嘴上這麼說，表情卻沒有歡喜之情。「我還是得糾正您一下，我不是安茲羅瑟人。」

「妳剛剛看著村人的表情就像是在說丘德與其他村人根本是死有餘辜，當然這是我自己擅自解讀的。」

「喔！親愛的主人，你到底在懷疑我什麼呢？不如明說吧！」

「可以懷疑的地方太多了，從離開妳的房間後我就一直在想……妳放在第一格抽屜內那一條乾掉的肉塊到底是什麼，現在我知道了，那全都是舌頭。」貝爾終於將充滿警戒的目光轉到螢的身上。「在我小時候生活的世界有這樣一個傳說：『只要是說謊的人，死後必定會受到拔舌之刑！』」

那一瞬間，螢的臉變的十分猙獰恐怖。在營火照耀下，她就像是飛舞在空中的鬼魅般，現場的氣氛僵硬詭譎。

貝爾無懼無避，他也不甘示弱的以魂系神力壓過螢散發出的魂系神力。

「我以為我的主人不黯神術，沒想到意外的實力非常堅強，任誰都不會相信你是被轉化的亞蘭納人。」

「從頭至尾我都不相信妳說的話，妳跟著我到底有什麼目的？」貝爾以嚴厲的語氣問。

「沒有什麼目的，出於感激之情。」螢的態度軟化。「剛剛是我對您無禮，請讓我繼續跟隨您好嗎？」

貝爾身上的紅色神力退去。「我不是正統安茲羅瑟人出身，沒有階級觀念，妳不需要這麼做，我也沒有讓隨從跟在身邊的習慣。」

「不，請別這麼說。」

「不管妳是被害者或加害者都無所謂，向我坦誠對妳也不會是什麼壞事。」

螢同意的點著頭。「這是亞基拉爾領主大人的命令嗎？他想知道真相？」

貝爾為燒得火紅的營火再添新材。「我只知道領主大人一向是有所為而為，他不會在他覺得沒意義的事上浪費時間。」貝爾剛剛才烤好幾隻八爪蜥肉，他拿起一串問螢。「妳要吃嗎？給妳一串。」

螢搖頭回拒。「我以吸血維生，主人你可以讓我喝你的血嗎？」

「如果只是一點點的話倒沒關係……」貝爾如此說著，之後他捲起袖子，將手臂伸向螢。

「主人您還真可愛。」螢笑道：「您可以告訴我您的猜測嗎？」

貝爾清了清嗓子，語帶自信地說：「韓森為謀奪權位，先毒殺貝古爵士，之後將發現實情的古氏殺害於書房中。就在她繼承管理職的第二年，不知何故與其夫亞多發生爭執，亞多將她殺害後也因為精神不穩而自殺。」貝爾繼續說：「這當然是我胡猜的，畢竟四年內在沒有任何外侵的情況下兩代繼任者都死於非命，我才會懷疑這是樁謀殺。至於妳的身分，我猜妳應該就是韓森與其夫亞多所生的長女。」

「主人你說的對，這是謀殺，我的確是韓森的長女。」螢大方的承認，但不知為何，她的眼神閃過一絲慍色。「不過貝古爵士的死並不是韓森主導，一切都是亞基拉爾在幕後指使並暗中命令殺手將我的父母殺害。」

貝爾嗤了一聲。「妳栽贓的毫無道理，亞基拉爾大人是什麼人？他可以在翻掌之間就讓村子覆滅，為什麼還得為這麼一個小村子大費周張？妳們根本不值得大人將腦筋動在此。」

「也許是忌憚華馬的影響力吧！這我並不是很清楚。」

哼，貝爾並沒有接受螢的說辭，在他心中，亞基拉爾憑著強大的力量橫行無阻，他才不會那麼麻煩花四年的時間來對付這個鬼地方。貝爾低著頭喃喃自語，反正真相早晚會水落石出。

貝爾繼續駐守在村子內，等到第三天終於有怪事發生。他在睡夢中被拖曳的腳步聲吵醒，聲音並不大，但是貝爾的性格太過敏感，因此在他驚醒後立刻就進入戒備的狀態。

貝爾躲在廣場偏僻的一角，小心地觀察各處狀況。

「主人。」螢跟在貝爾身旁。她正要說話，卻讓貝爾制止。

一群屍骸成群結隊，擺開陣列的前進。它們踩著踉蹌的腳步，由於是骸骨的關係，感覺破爛不堪一碰就會碎成滿地。骸骨兵以出乎人意料之外的力氣將堆在廣場上的屍體一個接著一個搬離。到底想做什麼？貝爾看得一頭霧水。

亡靈軍隊的到來讓村子裡的屍氣更重了，不過這情況沒有持續太久，它們的效率很不錯，等到最後的屍體也被搬走時，壓抑的氣氛就隨之消失。

「這些骷髏軍隊是從那裡來的？以前村子常出現嗎？」貝爾問。

「應該是——救贖者的怨生魔偶，但這裡是北境，應該不會有救贖者才對。」螢似乎也感到相當詫異。

「救贖者？在亞蘭納時常聽到這個名詞，但今天可是第一次看見。」貝爾簡直不敢相信。

「不是這樣的，那些只是被操縱的屍骸，真正的救贖者並沒有出現。」螢飛到貝爾的正前方探看，接著說：「他們好像全部離開了。真難以置信，救贖者能夠突破天界與埃蒙史塔斯家族聯合設下的防線嗎？」

隔天，貝爾立刻收到亞基拉爾將他調回的命令通知，他終於不用再像個看屍人一樣繼續留守在停屍房，更別說屍體已經被搬光了。

邯雨建立在一處滿佈毒棘與綠毒霧的高山上，城中有一座高塔，塔頂向天空射出一道巨大的銀色光柱，近看非常壯觀，聽說遠在千里之外也能看見光柱，是屬於邯雨的特有奇景。

事實上，冥思高塔上的光柱會轉變成籠罩邯雨的力場，凡是天界人的精神體一旦進入邯雨中都會受到影響，聖系神力威能被削弱，這可說是一種防護性的措施。

邯雨還有另一個特色，那就是連綿不斷的驚人閃電。貝爾曾經被濃厚烏雲中的銀龍給震懾的說不出話來，那永不止歇的電光竄流在雲端，耀眼奪目卻也十分駭人，彷彿天神正展現祂威猛的怒氣。天際當然也常傳來雷鳴吼聲，不過並不響亮，反倒是閃電與光柱的奇景才叫人嘆為觀止。

看起來頗為不佳的天候卻從來沒下過一滴雨水，至少貝爾待在這裡的期間，他對邯雨的感覺是既乾燥又寒冷。氣候的特色在暴雪期來臨後便會暫時消失，邯雨亦如其他北境領區一樣，最後被雪勢覆蓋。

魔異坑獸是一種背著甲殼的巨獸，牠能在體內形成超空間，並由另一隻接收感應的坑獸口中製造出口，藉此縮短距離，安茲羅瑟人類似的移動方式還不少。不過這都比不上直接開啟傳送門來得快又方便，而且巨獸只能縮短特定的路程且必須人為控制。

不管如何，貝爾總算是用巨獸的能力迅速地回到邯雨報到。當天正逢士兵領取薪糧的日子，城中氣氛還挺和諧。

「亞基拉爾領主坐擁那麼多的資產，難怪他能收買那堆成山的士兵和軍備。」

貝爾不認同螢說的話。「流浪的戰士都是自願加入亞基拉爾的陣營，領主大人並沒有使用他的能力讓人屈服。」

「我親愛的主人，你也太天真了，這世界上沒有不服從領主的低階安茲羅瑟人。」螢以開導的語氣說著。「即便領主沒有給予任何獎賞，我們還是得依附領主，因為這就是天性。」

「也許吧！」貝爾語帶猶豫。「因為我真的很不了解安茲羅瑟人。」

「既然我們要成為安茲羅瑟的一份子，主人你就該努力學習他們的生活方式。」

喀伯羅宮是亞基拉爾在邯雨辦公與面會的場所，戒備森嚴。貝爾原以為亞基拉爾會繼續待在托佛，結果他卻返回自己的根據地。

「我也能進去嗎？」螢發出疑問。

「應該可以。」貝爾給了她一個不確定的回答。「王宮守衛沒有攔下妳，應該是領主大人同意了。」

當兩人行至長廊，螢卻突然反悔。「主人，我想我還是不去見領主大人比較好。」

「為什麼？怕見到兇手會讓妳氣憤難抑？」

「這是原因之一，我也不想回憶起不好的傷心往事，親愛的主人，請允許我離開好嗎？」螢懇求著。

「我也未曾限制過妳的行動，想要離開隨時都可以。」貝爾回答。

就在螢轉身要飛離時，殊不知亞基拉爾無聲無息地來到兩人後方。螢吃驚的哀了一聲，她大概作夢也沒想到竟與亞基拉爾正面相遇。

亞基拉爾並沒有帶著隨扈，他看起來一派輕鬆，身上穿著與頭髮同樣天藍色的軍服而非鎧甲，胸前別著許多金色的勳章，嘴上叼著菸桿。

人類模樣的亞基拉爾身上總是飄著一股迷幻的異香，由於他經常菸酒不離口，所以點燃菸草的氣味才會一直在他身上聚而不散。

「貝爾，你幹得不錯。」亞基拉爾揚起嘴角。「看看你帶回了什麼可愛的東西。」

「領主大人，她是村子的人，名字叫螢。」

「是嗎？」亞基拉爾問：「妳自己說，妳是誰？叫什麼名字？」

「我……我叫赫雪。」

「怎麼樣？看見滅村的殺人兇手在妳眼前，難道妳不氣憤嗎？」亞基拉爾發出陰沉的笑聲。

「貝爾，這鬼東西妖言惑眾，對她說的話可別照單全收。」

「領主大……大人，您的話……太……失、失禮了。」螢說話突然變得結巴。

「妳說妳叫赫雪？哼，滿口謊話連篇，我還是消滅妳這個無用的賤女人好了。」亞基拉爾舉起右手，蛇形刺青變成實體纏繞在他的手腕之間，這正是亞基拉爾的致命殺招之一。

「不，我沒說謊。」螢突然驚呼一聲。「啊！難道領主大人你知道以前發生的事？」

「我可是亞基拉爾唷，不是貝爾，妳以為可以瞞過我嗎？」

這時貝爾擋在螢前方。「陛下，請饒過她吧！」

「饒她，哼！」亞基拉爾張開手掌，瞬間的吸力將螢吸入他的掌中。亞基拉爾使力捏緊螢的脖子，痛苦不堪的螢只能哀嚎不斷。「我看就這麼把妳捏成碎片好了。妳以為我不知道妳打的是什麼主意嗎？哼，想利用邯雨的威名躲過華馬的通緝也就算了，竟愚蠢到踏入我的宮殿，簡直不知死活。」

「請……請饒了我。」

「妳真以為說過的話就不用負責任嗎？小妖精，妳是什麼身分，竟敢批評偉大的哈魯路托，沒有人可以質疑安茲羅瑟之主的，就算妳死千萬次也不夠償還妳的罪孽。」

「對……對不起。」螢已經氣若游絲，快要承受不住了。

貝爾見領主大人發怒，在一旁也不敢求情。

亞基拉爾終於鬆開他的手掌。「仁義又慈悲的我還是決定給妳一個贖罪的機會。記住，妳要好好的伺候貝爾大人，如果妳有異心，就算在千里、萬里之外，我的箭支也能射殺妳。」語畢，亞基拉爾的身影逐漸朦朧。

隨後，貝爾無奈地將虛弱的螢以雙手捧起，將她帶回房間照料。

「竟然敢在領主大人面前說謊，無知也該有個限度。幸好領主大人沒有下重手，否則妳的下場我光是想像就足以讓身體發抖。」貝爾看著螢那副像玩偶般的身體，倒覺得有些可愛。「安茲羅瑟人都有一種難以抹消的惡習，若說領主大人是多疑又無情，那妳就是說謊成性，一個滿口謊言的人可是會遭人怨。」

螢痛苦的喘息著。「啊！感謝主人。」

「不需要感謝我，妳好好休息。」貝爾再看了臉色蒼白的螢一眼，之後便搖頭歎息著離去。

邯雨的冥思高塔前方，今天士兵們將一整排被鐵鍊捆住的犯人押出，由亞基拉爾親自審判。貝爾的印象非常深刻，因為這是亞基拉爾給他單獨指揮的第一項任務。這群人全都是托佛的殘黨，為了反對亞基拉爾統治而聚集，卻又無力抵抗而落得被擒的下場。貝爾首次立功，卻沒有喜悅感，他只是滿懷不安地看著那些當初被他押回的罪犯準備上刑場受審，心裡對這些人的下場也已經有了個底。

「今天正逢高塔加注魂系神力之日，先拿幾個人來獻祭。」

士兵將三名犯人推到守護者石像前方，當齒輪旋轉形成動力讓石像升起後，下方基座便成了一個四方形的凹窟。士兵粗魯的將囚犯推入，接著讓石像再次降下，重力壓碎了犯人們的血肉，大量的血液從基座旁邊刻意打造的引流口流出。原來這個設計是用來這麼做的，貝爾有種恍然大悟的感覺，卻也覺得無比殘忍。

「來，我們偉大的領袖，現在你們這一群人全都落在我的手中，你有什麼話儘管說，我給你一次發言權。」

那召集人畏縮地看著亞基拉爾，好不容易鼓足勇氣正要開口說話，亞基拉爾卻立刻打斷。「給了你說話的機會卻不好好把握，要你的嘴巴有什麼用？」亞基拉爾指尖冒出的銀光直射入召集人的口中，隨著一聲悲嚎發出，他的頭部便被炸個粉碎。

「換你了。」亞基拉爾以剛殺完人的指尖指向第二個犯人。「你用你的眼睛看著我，仔細的看，然後告訴我在你的眼中看到的我是誰？」

「是……是亞基拉爾領主。」

「領主？我是你的領主嗎？那我是托佛的領主或是邯雨的領主呢？」

那名犯人回答不出亞基拉爾的問題。

「之前你把我看成敵人，現在又看我是領主，反反覆覆，你的眼睛出了問題，要了也沒用。」

亞基拉爾以魂系神力讓他的頭部爆裂，死法和前一位犯人一模一樣。

「我問你，你現在心中效忠的對象是我還是托賽因？」

犯人毫不懼於亞基拉爾給的壓力，他咆哮道：「我的心永遠向著真主，只要是托佛人都要啃你的肉！」

「哼，竟敢無視我的存在，來人啊！將他帶下去，以熱油鍋烹煮。」

貝爾自此終於明白了，原來這也是亞基拉爾陰暗的一面。平常整天埋首於公文中，沒想到他難得的娛樂竟然那麼殘忍。不管這些犯人怎麼回答，永遠只有死路可選。

這感覺就像他在阿特納爾初次見到領主大人那樣的絕望、可怕。

亞基拉爾以同樣的問題再問下一個犯人。「我問你，你現在心中效忠的對象是我還是托賽因？」

「當然是您，我在此宣誓對您永遠效忠，至死不變。」

「這句話你也同樣對托賽因說過吧！我要怎麼相信一個背叛前主，說詞反覆的人呢？來人啊！將他丟入獸欄中當飼料。」

貝爾快要受不了這種精神折磨了，即便受刑人不是他，光是在一旁看著亞基拉爾愉快的殺人也讓貝爾覺得很痛苦。

「我問你，你現在心中效忠的對象是我還是托賽因？」

這名犯人不敢回答問題。

「我問你話你不回答嗎？」亞基拉爾睥睨地看著對方。

那人還是不回答，他低著頭也不敢直視亞基拉爾。

「你是有口說不出話，還是有耳聽不到我問話？唉呀！這問題很嚴重了，我留一個殘障人士有什麼用呢？」亞基拉爾的神術讓那人的頭部鼓漲起來，隨後腦漿迸裂。其實犯人的死法都大同小異，但貝爾依然看得觸目驚心。

貝爾試著轉移注意力想讓自己分神的時候，他的腦袋中突然閃過當天執行任務時的一個記憶片段……

不同於其他以獸化原形示人的罪犯們，她的人形既柔弱又楚楚可憐的樣子引起了貝爾的惻隱之心。只要動作小且迅速，一定能救她。貝爾如此想著。於是他趁機移動到那名女犯所處的牢房外見機行事。

「你要放我離開？難道你不是亞基拉爾派來要逮捕我們的嗎？」

「沒錯，但是我覺得人都有自己的信仰自由，為了這個理由而去殺害他人，我不能接受。」

「那麼你為何不連我其他夥伴都釋放呢？」

「抱歉，我能做的就只有這麼多了。」

「……你叫什麼名字？」

「貝爾。」

「我叫芮文，我從來沒見過你這樣的傻瓜。」

那名女犯帶著蔑視的神情離去，這是貝爾最後的印象，記憶到此告一段落。

回到現實後，貝爾發現亞基拉爾仍專注於他的殺人遊戲上，而其他士兵圍繞著冥思高塔四周全神戒備，一群罪犯各個愁容滿面，灰暗地看著同伴一個接著一個的死去。

不曉得那名女孩過得怎麼樣？是不是安全的離開了，或是又讓邯雨士兵給抓去。

數日後，貝爾因公務需要而返回托佛。他的工作並不複雜，亞基拉爾總是要他去處理一些安茲羅瑟人都不喜歡做的瑣碎小事。有時還為了一點微不足道的事貝爾就得四處東奔西跑。不過對貝爾來說還真是無所謂，比起殺人放火他更喜歡做這些沉悶的工作。

貝爾為了直接宣導亞基拉爾的指令而召集了前線將領於會議室中進行講解。

室內空間不大，安茲羅瑟人只能以人形狀態進入，對於這種亞蘭納人的開會方式，參與的將領們好像都很不以為然。

當貝爾以投影片進行解說時，艾列金已經在台下玩起他的筆記型電腦，刻意把體型變小來上課的庫雷一臉昏昏欲睡，特密斯以不屑的神情在聽講，他的表情彷彿就是在問：「我為什麼得聽你這傢伙講話？」其餘的人不是在底下交頭接耳，就是無意參與的放空狀態，從頭至尾只有影休帶著嚴肅的態度一邊聽一邊做紀錄。

貝爾也很無奈，他只能儘快結束這尷尬的場面。

「別在意，這些軍人就是這樣。」會議結束後，影休以安慰的語氣笑著說。

貝爾露出苦笑。「不，我想我的演講的確太悶，您看連艾列金都沒在聽我說話了，其他人會有這種反應是很正常的。」

就在貝爾將公事處理完畢正要返回邯雨的路途中，他又再次遇見了芮文。

「真巧。」貝爾與芮文在堤道上相遇，卻是芮文先向貝爾打招呼。

「唉呀！原來是妳。」貝爾行走間整個人魂不守舍，當他看見芮文時真是又驚又喜。

芮文今天穿著一襲簡便的衣裝，淡黃色的長髮紮成馬尾，臉色紅潤看起來氣色不錯。「想不到我們真的又遇上了。」芮文輕笑著。

貝爾本來高興的想說什麼，可是卻又因為芮文的再次出現而為她感到擔憂。「妳……妳怎麼可以再出現？領主大人對妳的通緝還沒停止。」

「托佛是我永遠的家，離開了這裡你想讓我何去何從？」芮文問。

貝爾支吾回答不出。「……不過，妳這樣還是很危險。」

「不用替我擔心，我有自保的方法。」芮文走近貝爾，輕聲地問。「那天你為什麼要放我離開？」

貝爾的鼻子聞到芮文身上迷人的體香，心跳加速，令他不自覺的開始緊張起來。「我……我只是不喜歡領主大人的這種行為。」

「那我的夥伴們呢？」芮文繼續問：「你可以就這樣眼睜睜的看著他們死嗎？」

「不，我……」她想知道什麼？難道芮文還在懷疑我的動機？貝爾無法做出辯解。她是當天唯一以人形模樣出現的安茲羅瑟人，貝爾明知道她的下場所以無法置之不理。況且貝爾對她的樣貌頗有好感，這其中還夾帶這樣的個人因素導致他不知道該如何回答芮文的問題。

「見到亞蘭納人長相的妳會讓我於心不忍，這回答可以嗎？」貝爾草草地回答。

「可以。」芮文滿意地點頭，沒有想再追問下去的意思。

「總之，妳自己要小心一點。」貝爾一結束話題就想趕快回去覆命。

「請等等。」芮文攔住貝爾。「我對你的恩情還沒有償還。」

貝爾看著芮文，不自覺地露齒一笑。「行了，不用妳還。」

「一點都不行。」芮文搖頭。「我可是恩怨分明的人，難道你連這一點恩情都不讓我報答嗎？」

「我不是為了這個才救妳的。」

「難道你以為隨便在任何一條堤道上都能遇見我嗎？」芮文認真的答道：「我正是為了這個目的才來找你的。」

「那好，妳說吧！我正在聽。」

「如果你不嫌棄，我們先好好吃個一頓飯，可以嗎？」

貝爾又笑了。「有適合亞蘭納人的食物嗎？人肉我不太感興趣。」

「當然，歡迎貝爾大人。」芮文禮貌地行禮。

芮文的家是一處很普通的山洞，裡面大部分的擺設不是木桶就是木箱，與其說是家，倒不如說是倉庫。

「妳住這樣的洞窟？」貝爾感到意外。

「甸疆城內沒有我安身的地方，所以我只能暫住在此，環境都是差不多的，托佛人一向都以洞穴為居。」

「我不是指這個。」貝爾說：「我的意思是這裡看起來不太像家。」

「臨時居住的地方，勉強湊合著住，日子也確實不太好過。」芮文端了杯熱水給貝爾。「喝吧！你不冷嗎？」

「托佛的環境就是這樣，每次來到這裡總是大雪紛飛。」貝爾舉杯啜飲一口，身體暖和多了。比起甸疆城內常常從腳底下傳來蠕動的聲音，這洞穴顯得安靜許多，沒有怪異的爬行生物和食人植物，只有為數不少的螢光蕈長在牆上與洞穴頂端。畢竟是擺放東西用的倉庫，當作客廳的話真的大了點。

芮文將菜餚端上，除了烤餅、拌菜外，還有一盤蒸魔羌肉。貝爾光是聞到魔羌肉的香味就讓他的肚子就發出咕嚕聲了。「我好久沒看到這些東西了，真的全都是亞蘭納的菜色，妳去那裡弄來的？」

「這並沒有什麼困難的。」芮文以餐刀切了一片魔羌肉，然後將肉片夾到貝爾的盤子上。貝爾已經迫不及待要大快朵頤。「唉呀！我一刻都不想再忍了。」

「請吧！」

貝爾在肉片上灑了點椒鹽，他不想在美食之前裝矜持，手持鐵叉將肉片叉起後便痛快的享用。色香味俱全，真正人吃的食物指的就是這種。來到安茲羅瑟後，亞基拉爾招待他的全都不像是給人吃的東西，貝爾覺得現在要將口中咀嚼的肉片吞下反倒成為奢侈的事了。

芮文為他倒杯酒。「你吃得太急了，看你這模樣，難道亞基拉爾從不讓你飽餐一頓？」

「那倒不是，只是安茲羅瑟的食物多半不合我胃口。」在貝爾將酒咕嚕一聲完全送進喉嚨後，忽然聽到甸疆城的大鐘聲傳入芮文的居處內。

「是警戒鐘。」貝爾從位置上站了起來，他很清楚鐘聲代表的意義。「發生什麼事了嗎？警備開始往這裡聚集，難道是……」貝爾看向芮文。「妳的行蹤曝露了？」

「不管我走到那裡，亞基拉爾領主的手下總是糾纏不休。」芮文看著外面，冷冷地說道。

貝爾趕緊對她說：「那麼妳快逃吧！這裡有我在，我能暫時擋住追兵。然後……」貝爾的頭一陣暈眩，他快要站不住腳。「妳就……能……安然離開。奇怪，我的精神好像……有點恍惚。」

芮文帶著微笑走向他，那個親切的笑容變得邪惡猙獰。「大人，您需要休息嗎？」

「不……不需要。」貝爾在這一刻終於明白他的食物中被下了藥，可惜已經來不及說出口便頹然倒地。在他雙眼閉上之前，貝爾看見屋內所有的木箱與木桶應聲爆開，每一個容器內原來都藏著一名托佛逃犯，他們正手持利器慢慢的向他走近。

可惡，我才不會束手就擒。

貝爾試著使用神力，一股氣勁帶來的暖流自腹部開始上升到胸腔，可是運使到一半時突然產生窒礙感，血氣伴隨著神力而升，貝爾感受到體內的五臟就像被熱燄灼燒般的痛楚。

「唔哇！」貝爾發出難受的呻吟聲，接踵而來的是腦袋被人重擊過後的劇痛。在痛楚之中貝爾雙眼迷離，終於不省人事。

「起來！」

貝爾從昏暗中逐漸轉醒，他的意識還沒完全恢復，雜亂的記憶不斷地在腦海內交錯，頭痛得難以忍受。

桌上的鬼火燈搖曳著幽暗的火光，亞基拉爾歪斜的身影映在牆上，看起來有種詭譎感。

「陛下？」貝爾這才意識到自己不知何時竟回到旬疆城的臨時住處。

亞基拉爾坐在桌旁，一貫地翹著腿抽著菸，沒什麼變化的表情很難讀出他目前的心思。

「你要我叫你幾次才肯起來呢？」亞基拉爾給旱菸桿加了一點菸草。

「抱歉，我……我還搞不清楚現在的情況。」貝爾想下床，卻發現除了頭痛外，身體也使不上力氣。

亞基拉爾嗤笑，濃烈的黑煙從他的口中吐出。「也對，你從來就沒有清醒過，你還記得最後發生的事嗎？」

最後的事？

美味的餐點以及芮文最後那不懷好意的笑容、木箱中的刺客等，貝爾頭雖受了傷，記憶仍然猶新。「領主陛下，真的是非常對不起。」貝爾滿是愧疚。

「你不用道歉，我只是去追捕逃犯，順手救回一個半死不活的人而已。」亞基拉爾問：「你曉得你做錯什麼了嗎？」

「那個……我不太清楚。」貝爾吞吞吐吐地問：「請問那些逃犯怎麼了？」

「全逃了。」亞基拉爾笑道：「影休到達之後發現洞內就只剩你一人。那些膽小鬼以為你的致命傷在頭部，隨便將你的頭打個粉碎就認定你已身亡，接著看追兵還沒到便趕緊一哄而散。真是愚昧，一群無智又無能之徒。」

「抱歉，但這……這是一場意外。」貝爾知道亞基拉爾的性格，不管怎麼解釋他肯定不會接受。

「沒有確定你的生死就是無智；沒有殺掉你的能力就是無能。你死我一點都不感到意外；你沒死才真叫我感到意外。」亞基拉爾走近貝爾，他那張不怒自威的臉看了就叫人害怕。「你以為我不知道這全是你自己造成的嗎？」

貝爾完全無話可說，亞基拉爾早就知道他私縱犯人的事了，而且這一次還中計差點身亡，他完全沒有面目見領主大人。

「也對啦！美酒佳餚當前，還有個稱得上是美人的女人在服侍自己，想不沉迷也難。」貝爾連忙搖頭。「不不，我真的反省了。」

「那是當然的，自己闖的禍就自己收拾，我不會再浪費人力處理這件事了。」亞基拉爾語帶威脅的說：「如果你連這點小事都辦不好，你的父親可是會失望到不想再見他的兒子，就讓我幫幫你父親吧！怎麼樣呢？叫他那個沒用的兒子永遠永遠地消失。」

領主大人真的發怒了，他說出的話將不會改變，貝爾知道他自己完全沒有選擇的餘地，事情會變成這樣都該怪自己當時對芮文心軟。

「吃飯真的是人世間最享受的時刻，卻沒想到喉嚨正咽下食物時，突然有人將刀深深地插入自己心臟。哇！這種死法也挺不錯的，不是嗎？嘻嘻。」亞基拉爾臨走之前還不忘轉身提醒貝爾。「對了，你受傷的時候使用了魂系神力對吧？」

「啊！對。」貝爾點頭。

「沒人對你說過使用聖系或魂系神力是需要付出代價的嗎？還是你單純的以為只有亞蘭納人才會有神力反噬現象，就像亞凱那樣。至於安茲羅瑟人則能夠毫無保留，盡情地運用？」

「我、我不太清楚這種事。」

的確，那個時候想以神術自救時遭遇到困難，貝爾到現在還不明白確切原因。

亞基拉爾不懷好意的揚起嘴角。「不知道嗎？我告訴你吧！」他一腳踢開木椅，臀部靠著木桌。「不管是聖系、魂系還是咒系，這世界上都沒有無償取得這種事，你所有的力量都需要支付相對應的代價，只不過我們付出的遠比亞蘭納人來得少罷了，這就是我們天生的本錢。」

「那麼安茲羅瑟人的代價究竟是……」

「暗傷。」

「暗傷?」貝爾再一次覆唸這個詞。

「雖然是傷害,不過卻不是立即性的。」亞基拉爾說:「這種傷害會在你使用神術後不斷的在身體積累著,一旦身體表面或內臟真正受到傷害,這暗傷便會跟著一併爆發開來,傷上加傷的結果很可能會讓你瞬間死亡。」

貝爾愣了一下,正慶幸自己逃過一劫,沒想到神術帶來的副作用那麼可怕。

「不用擔心,你的暗傷與身上受的傷全都被治癒了,你不需要和亞凱一樣四處尋求解法。但這一次是幸運,下一次可就不一定了。」亞基拉爾表情轉為嚴肅。「魘塵大陸不是讓你這種渾渾噩噩的人過著退休生活的地方,這裡沒有你想要的幸福,有的只是殺戮和戰亂。好好的反省,把自己不足的地方補齊,鍛鍊神術之外還要懂得適時適地運用,把神術當成自己應有的玩具或神賜的超能力無疑是自殺的行為。」

貝爾在床舖上躺了大半天,身體狀況還沒完全恢復卻馬上得工作,同時還必須負起將芮文抓回的責任。貝爾回到住處換了件衣服就準備出發。

「我親愛的主人,您沒事嗎?」螢關切的問。

「嗯,沒事,別擔心我。」

「不,我覺得亞基拉爾大人真可憐,還得幫那麼單純的主人收拾善後,原來領主大人也不像傳聞中的那樣冷酷無情嘛!」螢看起來精神好多了,不過嘴巴可不饒人。「主人您好像常常將自己的臉皮往外丟，可是人家嘲笑的卻是領主大人喔！」

「我怎麼知道安茲羅瑟人都說謊成習慣呢？」貝爾刻意注視著螢。

「不是安茲羅瑟人愛說謊，是主人您太笨了。」螢以水亮的小眼睛盯著貝爾瞧。「聽說您的頭被打碎了，現在看來恢復的挺迅速嘛！安茲羅瑟人的血還是幫到您不少忙。」

「妳要在這裡和我說這些沒用的話嗎？」貝爾氣沖沖的轉身就要離開。

身後的螢仍喋喋不休地說個不停。「主人請小心，不要再被外表楚楚可憐的美貌女子給騙了。」

貝爾當下真是難為情，他希望自己羞紅的臉沒有被人看見。

在邯雨軍全面通緝之下，托佛的逃犯幾乎沒有安然離開的可能，所有人的行蹤均被一一掌握。貝爾帶著士兵在甸疆城郊一處雪林圍剿這群作亂份子，芮文看準雙方混戰之際趁隙而逃，貝爾則孤身一人追去。

林中視線紛亂，寒氣逼人。芮文身穿白紗絲袍，與周圍環境彷彿相融為一，如果是亞蘭納人早就失去目標。但是貝爾憑著芮文身上一丁點的魂系神力，仍舊精準的判斷方位並在後方緊追不捨。即使只是一片雪林，在魔塵大陸中也是充滿死亡危機的險地。倘若身上有任何傷口便會立刻吸引雪地的掠食動物或植物。因此貝爾相當注意自己的體溫，同時留意四周圍尖銳、危險的地形。相較於從小在托佛長大的芮文，貝爾在這種環境中活動顯然特別吃力。

貝爾受夠了這種無意義的追逐遊戲，他全身紅光乍現，強而有力的神術以迅捷無比的速度在林中劃出一條紅芒，隨後便將芮文撲倒在地。

貝爾喘著氣，口中的凍氣凝成白霧。他站到芮文身旁時，芮文才剛從地上踉蹌地爬起。「抱歉，為了攔阻妳使用了些手段，不過這並沒有造成什麼傷害。」

芮文惡狠狠地瞪著貝爾。「你抓到我了，高興嗎？把我交給亞基拉爾好邀功吧！」

「老實說，領主大人並沒將你們放在眼中，這一點功勞都沒有，而且為了私縱犯人一事我還可能被判刑。」貝爾納悶地問：「妳早就能離開了，為何不選擇安安靜靜的走卻反倒來害我呢？只要妳肯遠離托佛，也許今天的憾事就不會發生。」

「想走就走嗎？有誰能夠從亞基拉爾的眼皮底下逃走？」芮文猶豫一下，便主動走近。「你帶我回甸疆城吧！我也厭倦了這種躲藏的日子。」

「妳該知道這一次我不可能再空手返回。」貝爾嘆了一口氣。

芮文吃吃地笑開。「我明白，亞基拉爾有足夠令人害怕的實力。」

貝爾急欲為自己的窩囊辯解。「不是這樣的，做錯事的人是我，這只是我自己事後彌補，並不是懼於領主大人的壓力。」

芮文看著貝爾，一臉不解地問。「你……應該是經過轉化的亞蘭納人，居然會那麼服從領主的命令，真是讓我意外。難道亞蘭納人天生也流著被奴役的血嗎？」

「我確實不算是完整的安茲羅瑟人，可是我也不是亞蘭納人。」貝爾說話的音量越來越小，感覺毫無自信。

「你說什麼？我沒聽清楚。」芮文疑惑著。

當初他和艾列金一樣，確實迫於亞基拉爾的力量而不得不臣服。但不知道是否因為體內流著安茲羅瑟人血液的關係，艾列金與亞凱至今仍然能自由自在的過日子，腦中保持著獨立自主的想法；而自己卻已經完全服從亞基拉爾所下的每一個指令，難道真的是因為階級的關係嗎？才不是這樣，那是因為亞基拉爾與自己做過約定，為了見到父親所以現在聽他的話是沒錯的，就是如此。貝爾默默地在心中給自己找了個好理由來解釋自己被領主支配後產生的行為。

「帶我回去吧！晚了也許你的領主大人又要責怪了。」芮文長嘆一口氣。「明天，也許我們就會在刑場上相見，那肯定是我在世上所見的最後一個場景。」

「也許我能替妳向領主大人求情。」貝爾以憐憫的語氣說。

「不必了！我恨亞基拉爾，他殺了我的父母，殺了我的親人。」

「妳的父母——都死了嗎？」貝爾此刻竟想起了他的姊姊，還有兩人相依為命生活的那段日子。

「你能想像父母在自己眼前被入侵者燒死，兄弟姊妹的屍體被敵人啃食，那種種的錐心痛楚嗎？還是你以為安茲羅瑟人都是沒血沒淚的人，只有亞蘭納人才懂得什麼叫做悲傷？」芮文雙眼流下一行難過的淚水。「在他們死後，我也應該要死，應該要死的……我恨你們，恨死邯雨，恨亞基拉爾。」

「是的，妳的確應該恨，我明白失去父母親人的痛苦。」貝爾本來就不太認同那次的托佛屠殺事件，這次親身面對被害者，他又再度因為同情對方而軟下心腸。「妳走吧！」

「什麼？」芮文懷疑她自己有沒有聽錯而再問了一遍。

「我說妳走吧！」

芮文皺著眉頭，似乎在懷疑貝爾的動機。「你要再次放我離開？亞基拉爾那邊你該怎麼交代？」

「我不用向任何人交代，只是希望妳從今以後別再托佛出現了。」貝爾搖著頭，愁容滿面。

「對不起，真的是非常抱歉。」芮文激動地流下眼淚。

「不用了，妳自己好好的活下去吧！我知道妳的苦衷。」貝爾說：「也許我該先離開把事情處理得更完善，所以就……再見。」

兩人之間再沒有任何互動，也沒有任何多餘的言語，道別之後也許這將是他們最後一次見面。貝爾如此想著。

芮文突然收住啜泣聲。「再見，永別了。」

正當貝爾轉身的一瞬間，背部隨即傳來冰冷的刺痛感。

「妳真是……就這麼想致我於死地嗎？」貝爾身形不穩地退後一大步，他想將插在自己背上的利器取下，卻發現手臂的長度不太夠，要取下有點困難。

芮文瞪大眼睛一愣，那表情彷彿就是在說：你為什麼沒有倒下？

貝爾好不容易將利器拔出，原來是一柄帶有魂系神力的短匕。「刺魂短匕，妳想用這把匕首直接貫穿我的心臟嗎？」貝爾將兇器隨意地丟棄在雪地。「雖然它能無視魂系神力的防護對我直接造成傷害，但是我已經上過一次當了，不會沒有準備就來執行任務。」

芮文轉身要逃，卻發現由雪地下發動的血紅色結界已經將她的逃生路徑給封住。

「妳挺聰明，知道頭部不是我的致命處後就轉向攻擊我的心臟。」背上的傷痕湧出了鮮血將衣服沁溼，看來這出其不意的偷襲還是多少造成了一些傷害。「妳真的惹火我了，妳現在那裡都不要想去。」隨著貝爾上升的怒氣，深紅的魂系神力也環繞在周身，和血液融合為一。

判決下來了，亞基拉爾一向不喜歡拖泥帶水，芮文和她的同伴們明天會在廣場上一併處死。他們的頭顱會高掛在城垛向所有人展示，屍體若沒被吃掉則有可能被拋到城外的尖矛山上當作可怕的裝飾品。這全都是亞基拉爾用來威嚇、警告人的手段，手法雖低劣，卻很有效。

貝爾治療完傷口後就早早上床睡覺。儘管他身心俱疲，可是在床上翻來覆去的就是無法入睡。「唉！」貝爾焦躁到了極點，他跳下床，穿好衣服後便趕往牢房。

監獄內陰森可怕，貝爾隔著柵欄牢門與被囚禁的芮文會面。

芮文蜷縮在角落，披頭散髮，看起來神情低落。

這種昏暗死寂的地方也難怪囚犯們都毫無生氣。「我有件事一定非得要搞懂不可，為什麼妳那麼堅持要殺我？難道我做了什麼對不起妳的事嗎？還是安茲羅瑟人在殺人時都不需要理由？」

芮文對貝爾的疑問則保持沉默。

貝爾知道芮文不一定會回答他的問題，可是這一連串的事件讓他的心情實在壞透了，又找不到宣洩的地方，現在看來芮文真的要把貝爾需要的解答帶下裂面空間了。

「我的心中充滿了可悲的無奈感，妳能體會嗎？」貝爾站在牢門外呆呆地凝視芮文好一會，之後長嘆了一口氣準備離去。

「不應該是這樣。」芮文泫然欲泣的聲音讓貝爾的腳步停在原地。

「妳說什麼？」貝爾轉身問。

「不應該是這樣，我怎麼會被關在這裡等待著明天的死亡呢？不、不是這樣的。」芮文忽然激動起來。

「我給過妳兩次機會，只是妳不懂得珍惜，我也覺得很遺憾。」貝爾神情難過地回答。

芮文衝上前，雙掌貼在柵欄上，這突如其來的大動作確實讓貝爾稍微受到驚嚇。「機會不是你給我的，而是領主大人。」

「領主大人？」貝爾問：「妳指的是亞基拉爾大人還是托賽因呢？」

「是亞基拉爾大人。」雖然芮文還是繼續維持人形外貌，可是一靠近才發現她的樣子變得很憔悴。

貝爾完全不懂。「這和大人有什麼關係？」

「求你，幫我和領主大人求情，我全都是照著命令做的，沒有一絲一毫的違背啊！」芮文看起來就是恨不得能馬上離開這個地方。

「妳說的命令是什麼？我聽得很糊塗，妳得告訴我全部的過程。」

「求你，求你，我拜託你。」芮文情緒非常激動。

貝爾有點不知所措。「請等一下，妳的情緒太不穩了，我等妳冷靜之後再回答我。」

「不可以，明天我就要死了，不能再等下去。」芮文叫道：「是亞基拉爾大人，是他的命令，他讓我殺你的。」

「大人的命令？大人要殺我何必多此一舉？妳說這是什麼話！」貝爾完全不相信芮文的理由，他的直覺是眼前這個女人又在說謊了。

「這是真的，我在托佛淪陷後就已經宣誓臣服領主大人，只是領主大人不知何故要我一直待在作亂集團中。那一天你偷偷放我離開的事，其實領主大人是知道的卻故意不說而已。」

貝爾在一旁聽得半信半疑。

「領主大人說你這種會私縱犯人的手下太過無用，所以才要我設計暗殺貝爾大人你的圈套。你的致命處在頭部也是領主大人說的，我所收到的命令就是要我擊碎你的頭之後立刻逃離，誰知道衛兵卻緊追不捨。」

「然後呢？」貝爾問。

「我一路躲躲藏藏，直到又再次遇到你。我真的不敢相信你還活著，我以為你是要來殺我的，所以心中一直不相信你說的話。」芮文頓了一下，接著說：「我很害怕，所以才會用領主大人賜給我的匕首偷襲你。」

貝爾倒吸一口涼氣。「這件事我會親自去求證。」

芮文拍著柵欄。「是真的，我都是照命令行事，結果卻淪為死囚。」

結束與芮文的對話後，貝爾馬不停蹄的趕去喀伯羅宮見亞基拉爾。

由於貝爾太過急躁，因此造成了不少無禮之舉與失態，亞基拉爾與貝爾見面時就已經明顯面露不悅。「你連實話或謊話都分不清嗎？」亞基拉爾斥責道。

「抱歉大人，我真的頭腦有點渾沌不清。」貝爾道歉。

「連事情的真相都無法判斷的人沒資格與我談話，滾出去。」亞基拉爾語氣平緩，卻帶來巨大的壓力讓貝爾無法違背，他只能默默地退出房間外。

隔天在托佛的刑場上已經堆滿了死囚的屍體，他們還沒受刑之前就已經被全數殺害。

廣場上聚集許多看熱鬧的托佛人，他們交頭接耳，窸窣聲不斷。

芮文被綁在十字木樁上，眼與口都被封住，看不見東西也說不出話。她的後方站了兩名行刑者，地上還擺著一桶不明液體。即使隔了一段距離，貝爾還是聞到木桶裡傳來的燃油味。

亞基拉爾站在芮文的右側，殺意濃烈。同樣是人形狀態，亞基拉爾平時是個沉默不語的青年模樣，今天的他卻邪氣熾盛，十分駭人。

貝爾被迫站在芮文正前方，這是最接近犯人之處，他不明白領主大人叫他待在那邊的用意。除此之外，貝爾的左右側也站著兩名衛兵，這叫他內心更加異常的不安。

「大人，您不能再考慮一下嗎？」

「考慮什麼？這個女人三番兩次要殺你，現在你仍要為她求情嗎？」亞基拉爾以凌厲的目光看向貝爾。

「我只是覺得這其中可能還有些問題。」貝爾囁嚅的說。

「有什麼問題？最大的問題不就是愚蠢的你自己嗎？」亞基拉爾的語氣多為責備，貝爾甚至覺得這氣氛壓迫到讓他難以喘息。

「但是既沒有審判，也沒有訴說罪狀，這樣執行會不會讓人不服呢？」

「誰不服？我定的罪誰敢有異議？你嗎？」亞基拉爾提出一連串的質疑快要讓貝爾招架不住，他不曉得這到底是要處死芮文，還是在刑求自己。

「屬下只是覺得，可能還有隱情。」

「什麼隱情？你是相信這女人的話嗎？」亞基拉爾嗤笑著。「如果我說她是來挑撥離間我們之間的信任，恐怕你也不相信吧！反正她就要死了，隨口胡說一番就可能造成我和你的衝突。」

芮文激動地掙扎且拚命搖頭，後方的行刑人重重的打了她一鞭，叫她安靜。

「我、我已經不知道要相信什麼了。」貝爾難過地說。

「你也真是可憐，像你這樣單純的人卻來到這個病態的世界，活得相當痛苦是嗎？你被很多外在事物給混淆了，真是可悲。看在你這副模樣的份上我就告訴你實情吧！」亞基拉爾緩緩地開口，以刻意壓低的語調說：「沒錯，是我的命令，是我要她設計你的。」

不可能，這怎麼可能呢？「領主大人，這是為什麼？」貝爾瞪大眼睛。

「為什麼？你問我為什麼？你想將問題丟還給我然後讓我回答你嗎？很抱歉，我不會這麼做。你現在已經連動腦思考的能力都沒有了，我真替你感到悲哀。」亞基拉爾右手使勁地掐住芮文那張小而稚嫩的臉蛋。「看你的樣子，是喜歡她的這張臉，還是她會讓你想起你那個同樣可憐的姊姊呢？」

「不，陛下，求您別這麼做。」貝爾哀怨地懇求著。

亞基拉爾以指尖在芮文的臉上留下三道很深的抓痕，他舔著指甲上的血跡諷道：「貝爾，你好像真的喜歡上她了，我該怎麼辦呢？要成人之美嗎？」

貝爾喘著氣，胸腔起起伏伏，他的忍耐快到了極限。

「好，我決定將她賞賜給你。」亞基拉爾的話讓貝爾愣了一下。然後領主大人又壓低了語調，以可憎的口吻輕聲說：「把她燒焦的身體送給你。」

後方的行刑者將整桶燃油全倒在芮文身上，而亞基拉爾則滿臉歡喜地點燃火把。「所有人看著！我要將這個生命之火給點燃。」

「不要！」貝爾嘶聲怒吼。

亞基拉爾以強大的魂系神力立刻壓制住貝爾，全身乏力的他馬上被左右兩名衛兵架住，動彈不得。亞基拉爾大聲地命令道：「給我把貝爾的雙眼撐開，我要他看著這名女人全身燃燒，直到化成焦炭為止！」

兩名衛兵粗魯地掰開貝爾的眼皮，讓他連眨眼都沒有辦法，只能死死地盯著芮文。

「不要啊！她已經宣誓過臣服於陛下您了，為什麼還要那麼殘忍？」貝爾高聲抗議。

「哼，難道你在教我怎麼做事嗎？」亞基拉爾手持火把慢慢靠近芮文。「我告訴你，自古以來凡是說謊話或是包藏禍心的女人都被視為魔女，而這些魔女通通都要嘗到火刑之苦。」說完，他將手中的火把丟向芮文，只是一瞬間的畫面，芮文與十字木樁就變成了熊熊大火正猛烈地燃燒。

亞基拉爾喊道：「以哈魯路托之名，安茲羅瑟永遠不滅！」

所有人也齊聲高喊：「以哈魯路托之名，安茲羅瑟永遠不滅！」

芮文的身形在火焰中晃動得十分詭異，片刻後她就再也無法掙扎。

貝爾被迫看著這一切，他快要發瘋了，這可怕的一幕簡直比要他死亡還難受，他情願就這樣直接死去也不要受到如此精神虐待。

在場的群眾不停高呼祈禱詞，亞基拉爾的哄笑一直迴響於耳。眼睛看著芮文被活生生燒死，鼻子聞到陣陣撲鼻而來的焦味。這宛如惡夢的情景到底什麼時候才能結束？

良久，群眾終於散去。

亞基拉爾命令衛兵把失魂落魄的貝爾與芮文的屍身一同綁在廣場柱子上，讓貝爾忍受著挨餓、嘲笑、風吹、寒冷刺骨、芮文屍身臭味、無法行動、無法言語等痛苦，直到他下令釋放貝爾為止。

第十四天，亞基拉爾在深夜無人時獨自來到廣場上，親自為貝爾鬆綁。

身上的禁錮一解開後，貝爾便如同癱軟的棉絮般倒臥在地。

亞基拉爾揪著貝爾的衣領。「起來！你要軟弱到什麼時候？」

貝爾空洞的雙眼呆滯地看著亞基拉爾，不曉得有沒有聽見他說的話。

「你真要這樣的話我明天馬上送你回原來的世界。」亞基拉爾壓低嗓子，顯露出因為不耐煩而產生的怒意。

貝爾蒼白著臉，這些日子以來的折磨令他全身乏力，「那麼當初您為何要送我去亞蘭納呢？」他以無力的口吻問。

亞基拉爾哼了一聲。「你終於想起我是誰了嗎？二十多年來你在亞蘭納都做些什麼？都在玩樂過日子？」他將貝爾推倒在地。「現在呢？你以為安茲羅瑟人或天界人都很高興的和你做朋友嗎？照你的狀況是一輩子也別想見到你父親。」

貝爾悶哼著，從地上踉蹌地爬起。「我……我想繼續留下。」

「我可是給足了你選擇的餘地，你確定還要留在這個與你格格不入的世界？」

即使以後都得過這種生不如死的日子，但貝爾仍舊做出了繼續待在魔塵大陸的決定。「是的。」他點著頭。

「好，你就跟著我繼續怯懦又認命的過日子，也許我還能對你有所期待。」

貝爾獨自一人喝著悶酒。

這時螢卻帶著滿心的好奇飛到貝爾身邊。「主人，自從你回來後就成日哀聲嘆氣，和死屍一起被綁在廣場的日子很辛苦對嗎？」

「沒有，我早忘記那件事了。」貝爾想都不想就將這句話隨口說出。

「您在說謊，看表情就不是那麼一回事。」螢呵呵笑道。

刑場上的事件確實造成了貝爾內心不小的衝擊，這也並非他說忘記就能忘記。螢帶著惡作劇的表情一直不斷地提起貝爾錐心的痛苦回憶，這傢伙真是討人厭啊！貝爾心想。接著說：「提到說謊話誰比得上妳呢？我現在只是有點疑惑。」

「疑惑什麼？」螢不懷好意地笑著。「人都死了，再怎麼喜歡都沒有用。」

追著別人的痛處打很有趣嗎？為什麼安茲羅瑟人都是這種喜歡把自己的快樂建立在別人痛苦上的人呢？「我已經不知道誰說的話是對，誰說的話又是錯的。如果是妳的話，妳會覺得說真話的是領主大人還是芮文呢？」

「我怎麼知道呢？您就將愛聽的話以及喜歡的人所說的話全都視為真話不就好了嗎？這也沒什麼大不了的。」螢話題一轉，以充滿興趣的眼神打量貝爾。「不過，領主大人真的對您特別寬容，這是為什麼呢？您和領主大人間好像有什麼協議，能告訴我嗎？」

「妳想聽什麼？」

「對了，還有一件事，我早上看見一個怪里怪氣的男人將什麼東西交給了主人您，那是什麼？您不是要說真話嗎？不要隱瞞，我都看見了。」螢淘氣地在空中飛舞著，就像是飄飛的花瓣那樣輕靈。

這小傢伙除了嘴巴很壞以外，好奇心還很重。「那位是塔利兒大人，他將我姊姊的遺物項鍊交給我後就離開了。」

「項鍊嗎？」

貝爾將一條很普通的銀製墜鍊擺在桌上。「就是這條。」

「您姊姊的東西為什麼會在那位大人身上？」

貝爾聳肩。「我也很想知道，但是塔利兒大人是個既沉默又神祕的人，我從沒聽過他開口說話。今天也是，他將姊姊的遺物交給我後便一語不發地離開了，我也不知道他到底有什麼用意。」他難過的看著項鍊。「雖然如此，這東西讓我想起了姊姊，總是有種安慰心靈的感覺。」

螢再問：「您的姊姊是怎麼死的？」

貝爾覺得這個問題很唐突，但還是回答了。「姊姊她是抱病而終。」他歎息著。「從我有記憶以來就沒有見過我的父母，一直是我與姊姊困苦的相依為命。大概是我七歲還是八歲的時候，呃……我已經記不太清楚。那時我生了一場大病，姊姊束手無策，家裡也沒有足夠的錢可以讓我得到完善的治療，當時的我真的是在死亡邊緣掙扎。」

「但您仍然堅強的活了下來。」螢扁著嘴說。

難不成我死了以後，現在還能站在這裡和妳說話嗎？貝爾不悅地想著。「對的，我能活下來全要感謝一名男子。他來到了我們家並治好我的病，同時讓我們姊弟倆衣食無虞，大大地改善我們困窘的生活。我和姊姊將那男人視為父親，儘管我們並非他親生，但是關係卻遠比真正的父母還來得親密。」

「之後呢？」螢露出迫不及待要聽後續的樣子。

「這又不是什麼有趣的故事。我十五歲生日那年父親就不告而別，之後我的姊姊也因病去世，無聊的往事僅到此為止。」貝爾右手抓起用肉乾製的下酒菜一面吃一邊配著酒。

「看主人您的表情似乎對以前的痛苦回憶釋然不少。」螢接著問：「那麼到底是誰轉化主人您呢？」

「就是我的養父囉。」貝爾將酒杯倒滿酒後再加了兩顆冰球下去。這東西不但可以讓酒變得清涼，還能保持飲品的原味。

「安茲羅瑟人能夠使用轉化能力的全是高階上位指揮者，那麼您的父親也是位名人囉？」螢猜測著。

「不，就我所知父親以前用的只是假名，否則我也不用請領主大人幫我尋找父親了。」

「領主大人認得您父親？」

「按照大人的說法，不止是認識而已，還有相當程度的熟悉。」貝爾說：「在我十九歲時，有位藍髮少年幫助我前往亞蘭納，而他又與領主大人的人形狀態長得幾分相似，實在太過巧合了，也許是我的父親在暗中引導著我也說不定。」

「您的養父到底是誰真是讓我好奇。」螢沉吟一會，馬上又有新的疑問。「等等，主人您的上一句話有點奇怪，您不是亞蘭納人嗎？」

「嗯，我不是亞蘭納人又如何？妳也太追根究底了。」貝爾愉快地笑道。

「是您說的，彼此不應該隱瞞，互相坦誠一切不正是您的希望嗎？」

「妳說得很好，我對妳們村莊的過去，還有妳被封印百年的原因以及領主大人與村莊有何關聯，他又為何要率眾滅村等問題都有很大的興趣。妳可以全都告訴我嗎？」貝爾也以好奇的目光瞅著螢。

螢聽完貝爾的問題後，先是一愣，之後勉強擠出笑容。「其實這真的沒什麼好說的，我想到我還有事，那麼我先離開囉。」她一溜煙便不見蹤影。

貝爾笑著看螢逃跑似的飛離，接著將酒杯中剩餘的酒喝乾後，又再度心事重重地陷入沉思。

最後，貝爾那一對憂愁的眼神落在桌面上的銀製項鍊，內心紛亂的思緒逐漸獲得緩解。

# 辰之谷

曾經在那個遙遠過去的深夜裡，陌生的戰士遠道而來，孤零零的一個人站在此，那是個被孤寂、力量、神祕、怪異等特質包圍的地方。因周遭環境而形成的恐怖氛圍正以一股高壓籠罩著，就位在那個被冰雪覆蓋住的辰之谷中。

年輕的戰士帶著他過人的膽量，向那尊貴無比、高高在上的哈魯路托遞上了他的篡位者權利。恐怖魔王咧嘴一笑，接受年輕戰士的挑戰。然而，自信滿滿的他並不知道，眼前他輕視的這名年輕人即將取代自己崇高的地位並代替他成為數十億安茲羅瑟人的共主。

一代英雄，哈魯路托葬身於此。

哈魯路托的遺骨吸引了貪婪的冒險者，那些人熱衷於尋找前任哈魯路托身上遺留的完美潔淨靈魂玉。在地下墓穴中，到處都可以看到宵小們留下的破壞痕跡。至今，哈魯路托持有的武器、身上的青甲、潔淨靈魂玉、屍骸等都未曾被發現過。

前任哈魯路托葬身於辰之谷的往事廣為人知，但是那場篡位者之戰卻沒有任何一位目擊者。久而久之，遺留下的只有無數版本、捕風捉影的傳說故事。新一代哈魯路托的傳說也由此而起。

對於神祕的新主，世人除了抱持著高度關注外，更是對他的來歷極為好奇，辰之谷的探索者因此絡繹不絕。但是這名新主的長相、姓名依舊成謎，黑暗深淵領主與統治者們不知為何都絕口不提這位新任領袖，昭雲閣沒有放出任何資訊，他也從未在公開場合中露面。漸漸地，世人們開始心生疑惑，各個勢力不安的情緒浮現。

辰之谷是魔塵大陸北境裡地勢最低的領區，寒冷的雪吹落山谷形成霜暴。由於溫度極為嚴寒，生命體一旦受到霜暴波及，在短短數秒內即會凍結成冰，對於酷寒沒有抵抗力的人來說非常容易在此喪失性命。

由於辰之谷屬於邯雨的領地，再加上地理位置又靠近天界，因此有許多重兵駐紮在此。當暴雪期一過，對哈魯路托過往的歷史感到好奇的遊客、冒險者、士兵、學者等蜂擁而入，辰之谷人口又會再度增多。人多便出現商機，因此也會吸引商人前來做生意。

路文就是其中一名在此經商，尋找發財之道的安茲羅瑟人。

破爛的木屋裡，寒風從裂牆吹入屋內，使得屋子裡外的溫度幾乎沒有什麼差別，一樣的冰冷。陰暗視線不佳的房間，冰冷的石桌上躺著一名赤裸上半身的男人。身旁站著的是膚色淺白像風化的石頭，雙眼生翳的路文。此刻的他正拿著手術刀，輕輕地劃開楚的肚皮。

「安靜，別動來動去！」路文的雙手在另一名安茲羅瑟人那被剖開的肚子裡搜索著。

「找那麼久，到底找到了沒？我覺得有點難受了。」楚說。

「找不到啊！你真的把東西藏在裡面嗎？」路文問，接著立刻抱怨起來：「怎麼會有人把東西放在內臟裡面，你出門不帶個背囊嗎？」

「背囊？」楚悶哼著：「要是把東西放在裡面，肯定一下子就被人發現。」

「放在體內就不會被發現嗎？」路文繼續尋找。「我看看這是什麼？」

楚叫了一聲。「你在搞什麼？」

「這是？」路文手掌握著長條狀的內臟。「喔！我看錯了。」

「放回去，那是我的腸子，東西不在那裡面。」

「安靜地躺好，我會處理。」路文把焦急不安的楚按下。「我看看有沒有在胃袋內。唔……這個氣味，你的飲食習慣很不好。」

「沒在胃裡嗎？奇怪，你快一點，我很痛。」

「沒打麻藥當然會痛。」路文開始漸生不滿。「你閉嘴躺好，你知道我很難找嗎？等一下你的傷口要是復原了，要我再剖開你一次我倒沒意見。」

「那怎麼行？」楚咕噥道：「他媽的，到底跑那裡去了？」

「找到了。」路文從楚的內臟裡挖出一截指骨，上面蘊含微微的魂系神力。「就是它對吧？」路文粗魯的將楚的內臟塞回他的身體，接著用舌頭把指骨上的血、體液舔乾淨。「這種感覺，不會錯的。幹得好，我們會發財！這真的是前任哈魯路托的食指指骨，太好了。」

「不枉我們在辰之谷待了那麼長的日子，總算沒有白費，眾人的目標是對的。」楚想坐起身子，卻看到自己被剖開的肚皮還沒闔上。「幫個忙，你行行好，先幫我把傷口縫起來。」

路文的專注力全被哈魯路托的指骨吸引，他根本沒聽到楚的喊話。「你說這個可以賣多少錢呢？哈哈……」

「喂！老兄——」楚又叫了他一聲。

「等一下。」路文突然變得困惑。「這麼多年來，一堆冒險家和學者什麼都沒找到，結果竟意外被你小子發現遺骨，這肯定不是在哈魯路托的地下墓穴找到的對吧？」

「地下墓穴？那個地方只有騙人的陷阱和毒氣而已，除此之外什麼都沒有，根本就是晃子，就算被翻到爛也什麼都找不到的。我又不是那群傻瓜，還每天往洞裡鑽。」楚不以為然地說。

「那這個東西是從那裡……」路文心中隱隱不安。

「我從王者之塔帝尊裡面偷來的，可花了我好大一番工夫。」

「你敢偷無畏者加列斯．辰風的東西？你不怕死嗎？」路文震驚。

楚連忙摀住路文的嘴。「小聲點，你想找死嗎？人為財死有什麼不對？告訴你，我已經找到不錯的賣家了，搞不好能削個一大筆靈魂玉。」

路文把他的手推開。「找？你找根毛，這邊還是辰之谷，我們還在加列斯的勢力範圍，能安然離開再說吧！」

「你不說我不說，誰知道我們身上有遺骨？」

遠方人馬雜沓聲傳來，由遠而近。軍靴的踏地聲、鐵甲的摩擦聲隨著空氣傳遞至屋內。

「該死了，你這張臭嘴巴！他媽的，這群人還真的說來就來。」路文把指骨又丟進楚的肚子裡。「快，你先走。」

「記住，你什麼都別說，什麼都別承認。只要小心讀心術，他們拿你沒辦法的。」楚抱著肚子從床上笨重地爬下。「若我能脫困，我在日魅關等你。那邊是天界的領地，辰之谷的部隊不敢亂來。」

「廢話！」

「你自個兒小心。」楚看了門口一眼，慌忙地土遁逃去。

不久，十幾名士兵破屋而入。領首者在屋內四處張望，之後才以令人可憎的口吻說：「哼，我來找犯人的，你往那逃都沒用。」

「您找錯人了。」路文裝作若無其事的樣子。「我只是賣屍乾的商人，大人可能誤會了什麼。」

那隊長掐著路文的臉，半威脅地說：「是不是你進入王者之塔偷東西？」

「你看我的臉像那名偷東西的嫌犯嗎？身高有像嗎？各位大人們確定自己沒看走眼？」

隊長冷笑。「改變外貌有什麼困難？等我把你押回就有辦法讓你將東西吐出。」

衛兵押著路文進入冰冷幽深的血骨牢房。

「能紳士一點嗎？」

衛兵沒有回應路文的請求，依然以粗暴的方式將他整個人丟入牢獄內。

等到衛兵前腳一走，路文馬上衝到柵欄旁。「冤枉喔！犯人不是我。」當他的雙掌一觸碰到血骨柵欄的瞬間，蒸騰的血氣馬上燙皺他的手。

世間事總不能盡如人意，路文認命的在牢中待著，心裡思考著自己可能的一百種下場。每過一天，他就用指甲在地面劃上一痕。暗無天日的時間一久，他也開始麻痺，地上的刻痕也因為亂劃變得雜亂不堪。到底是打算讓自己生還是死？為什麼都經過十多天還沒有人來宣判罪行。楚不知道順利逃出了沒？是否已經平安到達日魅闕？

在牢中沒有什麼吃的東西，路文的體力下降變得昏昏沉沉。夢中，他的臉被衛兵用刀割著，下巴、鼻子、耳朵盡被割去，眼睛被剜出，整張臉血肉模糊，變得面目全非。路文從惡夢中驚醒，然後又鬆了口氣。

鐵鍊甩動的金屬響聲讓他的精神稍微恢復，看來他出牢的日子已經到了。

路文被人栓著，將他押到一處陌生的場所。裡面幾名辰之谷的士兵一字排開，一名肥胖、衣著高貴的男人正坐於木椅，他慘白的膚色加上閃著綠芒的雙眼讓他看起來很陰險，額尖有一根犄角，左半臉似乎是因為受傷而破損，下巴與嘴唇留著鬍子，鼻子戴著鼻環。

「老闆，就是這傢伙。」一名膚色黝黑、頭髮中分的醜男在胖子的耳邊說道。

路文仔細端詳著他，這個男人看起來就不懷好心，他的指爪與尖牙特別鋒銳，臀部有一條奸詐的尾巴在搖晃著。

「你也真大膽，竟敢偷無畏者大人的東西，這可是唯一死罪。」胖子鼻孔噴著氣說。「我是辰之谷官房長官，我叫黃玉，落到我手中可是你的不幸。」

一位天生眼在旁邊瞪著大眼睛紀錄著。

「哼哼哼，接下這份工作的我真是榮幸，我要為辰之谷鏟除禍害。」男人說。

「白肯。」胖子叫著那個男人的名字。「不要用遊戲的心態在工作。」黃玉盯著他，接著叼起一根雪茄，旁邊的下人連忙為他點火。

「是。」白肯點頭。

路文很快地掌握了現在的狀況。這群人利用天生眼紀錄我被人處決的過程，不需要審判，只要我這個嫌疑犯一死他們就可以交差，我卻連解釋辯駁的機會都沒有。最近的長官都會用這種方法來完結他們手中麻煩的案件，而這其中若不是他們想對上級敷衍了事，那就是這起指骨案另有隱情。「慢、慢著。」路文問：「我知道自己難逃一死，但在死前還有一個問題想問。」

「嗯？你問。」黃玉可真是大發慈悲，還肯給路文這最後一個發問時間。

「除了我之外，你們真沒抓到其他的嫌疑犯嗎？」

「哼，你想說什麼？想模糊我們的焦點嗎？太遲了。」白肯獰笑道：「根據我們的調查，你就是指骨案唯一的犯人沒錯。」

這太奇怪了，他們是有資格懷疑任何一個人，但是對於失蹤的指骨卻沒更進一步的詢問，也不問有沒有共犯或是犯案手法，這不是令人納悶嗎？難道他們不止是認定我是唯一犯人，而且還找回了指骨？

白肯凌厲的拳腳往路文身上招呼，他拉著路文的頭去撞柱子，穿著軍靴的腳大力的踢著路文的腹部，尖爪割破他的背、刺穿他的胸膛。白肯每一記攻擊都殘忍無情，一定要致路文於死地。但是路文此刻心中想的卻是楚的現況，不知道他的那個朋友現在究竟如何？

「真韌命。」白肯揪起路文，然後抓著他的頭去撞角柱。這一下不止讓路文頭破血流，還把他整個人幾乎快撞暈。

黃玉面無表情地抽著雪茄，他只是無趣的看著手下在凌虐路文。

白肯用腳大力踩踏路文的頸部，只聽到他的頸骨發出斷裂的聲音，路文便表情痛苦地發出嗚咽聲。

不……不行了，我快撐不住了。

「去你媽的。」白肯怒火上升。「怎麼還沒斷氣？」

黃玉冷冷地開口。「連個犯人都打不死，你是沒吃飯還是身手退步？」

「老闆我……」白肯支吾著，只見他惱羞成怒。「好，你再死撐看看。」白肯再揪起癱軟無力的路文，然後拉住他的頭髮，他讓路文的眼窩對準裂開木桌的長釘子。「看老子玩死你。」話一說完便拉著路文的頭往釘子用力一頂，路文倒地發出悽慘的叫聲，他的眼球爆開，透明的液體沿著耳垂流下。

「搞什麼！」白肯推的力道過大，釘子貫穿路文的眼窩時連白肯的手掌也跟著被刺破，鮮血汩汩流出。「他媽的，這個雜碎死之前還讓老子受傷了。」

路文痛苦地在白肯腳下翻來覆去的打滾，他的叫聲越來越微弱，生命力正一點一滴的消逝。

此時，白肯手掌的鮮血滑落，正巧滴在路文臉上。

白肯的血液在路文的皮膚上瞬即消失無蹤。路文僅存的一隻眼瞪大，瞳中閃著微微光芒。

眼前，楚虛弱的倒在地上滿身鮮血，和自己現在的處境差不多。他拚命的向白肯求饒，可是殘忍的白肯不理會他，依然把他的首級割下，嘴巴咬了他臉頰的一塊肉後吞下。接著他便得意的高舉楚的腦袋，向士兵們炫耀。

黃玉則默默地拿小刀割開楚的肚子，內臟流出，不久後那截哈魯路托的指骨也被發現了。黃玉拿起指骨，冷笑一聲，隨後帶著他的手下們得意的離去。

原來楚早就已經死了，黃玉和白肯都在說謊！

現在，路文已經清楚事情的來龍去脈。他知道自己雖然無能，卻也不是一無是處；儘管不是絕頂聰明，但也沒笨到坐以待斃。

「他媽的，你只剩最後一口氣了，老子就慈悲的送你下裂面空間。」白肯叫道。

「等、等一下，請……請等一下。」

「嗯？」黃玉又示意讓白肯暫時住手。

「我、我知道哈魯……魯路托的……指骨下落。」路文吃力的講完這段話，他看起來像是隨時都會斷氣的樣子。

「什麼？」黃玉驚訝的反應在路文的預料之中。

「我說的是……呼呼……我知道指、指骨在那裡。所、所以，請饒我一條命。」路文臉上混雜著血和冷汗。

黃玉聽完他的話後，平靜的表情變得嚴肅凝重，手中雪茄的煙灰輕輕飄落。

靜謐的室內隱隱透露著不安，路文的一句話令黃玉陷入猜疑，他雖為自己成功地延長了死亡時間，但情勢依然很惡劣。

「你他媽胡說八道什麼？」白肯因此大罵，卻也不再攻擊路文。

「我、我知道指骨的下落。」路文痛苦地趴在地上，嘴巴依然流著鮮血。

黃玉沉吟了一會兒，似乎是在判斷路文說的話。「好，你告訴我。」

「呵、呵呵呵。」路文滿嘴是血的苦笑。「您還沒答應我的請求。」

「好，只要你肯說出指骨的下落，我就饒你不死。」黃玉回答。

白肯轉身。「大人，請別上當，這分明是緩兵之計。」

「指骨的位置全天下……咳咳咳……只有我知道。」

「你瞎說。」白肯哼道。

「絕對沒人知道。」路文自信地說：「就連你們……也不會明白。」

「哈哈。」白肯說：「你想訛我？指骨明明就在我們這兒。」

「你、你說指骨在那呢？」路文又問了一次。

「就在……」白肯意識到自己說錯了話，卻已經來不及。

黃玉反手就是給白肯一記響又亮的巴掌。「蠢蛋，腦袋都裝什麼？」

「呵呵呵……」

「哼。」黃玉有些惱怒。「安茲羅瑟人真是一個不得不提防的種族，就連安茲羅瑟人自己也會這麼覺得。知道這些事，對你也不會有任何好處。」

「欲蓋彌彰，你們做得實在太不漂亮了。」路文身上的傷勢不再加重後，便開始慢慢恢復。

「無畏者大人也不是蠢材。」

「在大人知道前你已經死了。你想在死後給大人托夢嗎？」黃玉將雪茄丟向路文，菸頭碰到路文的臉，火花四散。

「儘管殺我吧！」路文繼續故佈疑陣。「您肯定楚只偷出一小截指骨嗎？」

「你想說什麼？」黃玉問。

「我將指骨拿出來賣，您想出價嗎？」路文問。

黃玉又再次陷入沉默，他不斷以奇怪的眼神瞧著路文。

「讀心術對我沒用喔！」路文強調。

「呵呵呵呵……」

「哈哈哈哈……」

兩人相視而笑，看得眾人一頭霧水。

路文在辰之谷內四處遊晃，黃玉和白肯與他保持一段距離，兩人始終緊跟在路文後方，他們想看路文最後究竟是能拿出什麼。

「別想逃，也別想耍著我們玩，我們正盯著你的一舉一動。」白肯傳音至路文的耳朵。「你要明白一點，即使隔一段距離，我還是能瞬間要你的命。你有任何怪異的行為，我會馬上察覺。」

路文無視對方的威脅，他帶著這群人在辰之谷內四處兜圈子，似乎是在浪費時間。

終於，黃玉沉不住氣。「你這傢伙到底想做什麼？」

「黃玉大人已經不耐煩了，我會建議他直接把你做掉。」白肯的聲音大到就像是在路文耳邊大叫。

「請各位大人稍安勿躁，我就要到達目的地了。」路文帶著陰陰的笑容說。

黃玉等一行人正感納悶之際，路文的前方迎面走來一支辰之谷的衛兵隊伍，而領首者長得一副闊臉方耳，體毛濃密，面貌兇惡。

「等一下，我叫你站住！」黃玉緊張的傳音。「別再往前走了，你知道走向你的是什麼人嗎？他是辰之谷的克隆卡士少將，你想找死嗎？」

「不！」路文卻露出微笑。「我想我看到目的地了。」

「什麼？」黃玉疑問。

克隆卡士攔住路文。「站住，想往那裡去？」

「大人，為什麼擋道呢？」路文裝作緊張的問。

「少裝了，你以為我不知道嗎？」克隆卡士瞪著路文。

克隆卡士的旁邊還跟著一名身穿青色長袍沒有雙手的男人，他青色的臉滿是枯燥乾裂的痕跡。「小鬼，我是辰之谷王下神戟守護者的一員，我叫班．戴因。你想隱瞞的任何事都逃不過我的雙眼。」他裂開的眉心中有一條血痕。「勸你最好安份的隨我們離去，免得發生無謂的爭執。當然，我們也不介意直接在此將你處決！」

黃玉在後方靜靜的看著事態的發展，他不曉得路文到底想幹什麼，因此內心忐忑不安。

只見路文臉上依舊掛著輕笑，接著雙膝跪地。「感謝大人不殺之恩。我為黃玉大人的手下，先前遺失的指骨已經尋回，真正的犯人則直接被我們處決。」路文將手擺向黃玉等人的方向。「吾等打算親自送回指骨，為了慎重起見，大人還在後方戒護著，幸虧沒出什麼意外便遇到兩位大人。」

黃玉和白肯被路文突如其來的舉止嚇得不知所措；克隆卡士和班則因為出乎意外而錯愕。這一連串的舉動，引起了路人側目。

克隆卡士臉冒青筋，強忍著怒意。「感……感謝您的忠心，無、無畏者大人會獎賞你的。」他有種硬被人拱起來的感覺。

數刻後，這些人在不驚動平民的情況下移往他處談判。白肯、黃玉、路文、班、克隆卡士五人在一間空空盪盪的石製平房內對話，其餘士兵均退至屋外。

「你等真是膽大妄為」班說：「盜竊國家寶物是死罪。」

黃玉眼神出火，死死地瞪著路文；白肯則滿臉憂慮的低著頭聽訓。

「請問大人，交回指骨後，我們會被做何種處置？」路文問。

「你沒聽清楚嗎？」克隆卡士斥道：「東西不但要還來，爾等的命也要留下。」

「不，這不公平。」路文搖頭說：「一來，東西依舊完整無缺的歸還。二來，指骨失竊案一定可以吸引神物崇拜者、學者、竊賊、遊客們的注意力，人潮一多，也能增加辰之谷的靈魂玉收入。」

「說什麼？你嫌辰之谷還不夠亂嗎？」克隆卡士罵道。

「若是兩位長官可以饒過黃玉大人，他必定肝膽塗地的相報。留著辰之谷的人才總好過內耗損傷自身戰力，不是嗎？」路文反駁：「再說，難道各位大人想讓王者之塔遭宵小盜竊這種不名譽的事流傳出去嗎？」

「你很機靈。」班不屑的冷笑。「反應、膽識都不錯。但是黃玉之前也要殺你，難道你不想有仇報仇嗎？你以為你們之前發生的過節我一無所知？在我的面前竟還想說謊！」

路文轉頭，他瞥了黃玉一眼，然後笑著說：「我為黃玉大人的手下，對辰之谷忠心不二。」

「哼，就你的樣子也敢說這種連禽獸都不信的好聽話？」克隆卡士罵完路文後，轉頭對著黃玉咆哮。「東西呢？還不快交上？」

黃玉嘆了口氣，越想越不甘心，但也只能無奈將哈魯路托的指骨送還。

克隆卡士接過指骨，確認無誤。「還算識時務。」

「你們很幸運。」班看著他們三人。「剛剛無畏者大人有裁示，只要取回指骨，這件事便既往不咎。你們三人逃過一劫，自己保重。」

等辰之谷皇家衛士全都離開後，白肯便搶著要興師問罪。「他媽的，全都是這傢伙在惹事生非，我們根本不該信他的謊話。」

黃玉大掌攫住路文的後腦，模樣氣憤難抑。「真有本事，差點叫我血本無歸。哼，本來一切都還在我的掌握中，現在東西也被回收了，你說我該把你整成什麼樣子才能消我心頭之恨。」

路文搖頭。「您也沒對我說實話，我的朋友楚已經死了，指骨被您獨吞不是嗎？」

「你明明就知道，裝傻嗎？」黃玉回答：「沒錯，楚本來就是我的人，指骨是我要他偷的，誰知道那個渾蛋自己找了買家，想偷偷將指骨賣出。」

「那也犯不著拿我當替死鬼。」路文不滿地說。

「為了利益誰都能死。」

「耶，不就是幾顆靈魂玉嗎？賺錢也有賺錢的方法，商人做生意也要有門道。」

白肯在一旁激動的要衝上前，卻又被黃玉攔下。「老闆，不要再信他了。」

「殺他那麼簡單，但是現在他的死已經對我沒什麼利益。」黃玉說：「在他死前，我得撈回一些本金。」

哈魯路托指骨被發現的消息已經大肆宣揚出去，來自各地的朝聖者絡繹不絕，甚至多克索的信奉者們原先還對哈魯路托葬身處的說法嗤之以鼻，現在也一窩蜂前來考證。

路文趁著順風勢幫黃玉在地下墓穴弄了些生意，趁機賺取這些過客們的靈魂玉而發了一筆不小的財富，黃玉的怒火也跟著煙消雲散。

「生意不錯嘛！」克隆卡士和他的一群保鏢來店內拜訪。「哼，弄得有模有樣的。」

「將軍，歡迎。」路文笑臉迎接，背後的黃玉卻不太歡迎這位稀客。

「把神聖的墓地變成這副德性，你們眼中還有哈魯路托的存在嗎？」

對於克隆卡士的質疑，路文回以一貫地笑容。「只是為遊客增加一些便利而已，何況也能提升我們辰之谷的形象。」

「辰之谷不需要這種形象。」克隆卡士斬釘截鐵的說。

「那政府有什麼需要我們也可代為效勞。」

克隆卡士拍著路文的肩。「我就代表政府！」

「那當然，只要是奉公守法的人民都會樂意合作。」

「很好。」克隆卡士擺著手，大搖大擺地往前走了幾步。「帶我認識一下這裡的環境，我很想看你們怎麼做生意。」

「沒問題。」路文正要跟上時，被黃玉往後拉了一把。

黃玉氣急敗壞的在他耳邊嘮叨。「你瘋了嗎？你想讓他分紅？我最恨別人來瓜分我的錢。」

「老闆息怒。」路文笑著安撫黃玉。「做生意嘛！那有一直都無往不利？就當是合作或是花錢消災囉。依克隆卡士大人在帝尊的關係，想要安然無事這是最好的做法，如此也可以省掉很多麻煩。」

黃玉依然怒氣沖沖，可他卻一句反駁的話都講不出來。

「要賺錢的話最好先把安茲羅瑟人的自私、勇武、衝動放下，這些都不需要。」路文說。

與克隆卡士的合作相當順利，黃玉和路文在辰之谷內的生意可以說是一帆風順，毫無阻礙。賺得不少靈魂玉的三人也慢慢的開始擴張他們的事業。

路文在黃玉的手下工作，由於其生意頭腦讓他的地位節節高升，這使得白肯很不是滋味，他想盡辦法要除掉這個和他爭權的討厭鬼。

「老闆，您看看路文那傢伙出的什麼餿主意，竟讓克隆卡士加入，害得我們少分了好多份。」

「別再講這件事了，一提我就來氣。」黃玉怒哼，他叼起雪茄，白肯為他點火。

「所以說嘛！一開始就不該全權交給路文負責。」白肯奸詭的在黃玉耳邊繼續挑撥。「反正現在生意也上了軌道，而克隆卡士又動不得，想要多分一份還不如殺了路文。」

「不要臉的東西，他幫我賺了多少錢你知道嗎？你這毫無用處的傢伙竟叫我殺了他，你還真厚臉皮。」黃玉罵道，他轉了一下雪茄，冷笑的說：「不過你的提議是可以考慮的，路文分的錢的確有點太多，我倒希望能全進我的口袋。」

「對吧！對吧！」白肯滿心期待能聽到黃玉宣布路文的死訊。

數天後，路文依舊安然無事，黃玉也沒有任何動作，這可把白肯急壞了。「老闆，您不是說要殺路文嗎？」

黃玉走在白肯前方，正執行他官房的任務在街上巡視著。「我考慮了一下，認為路文還有其功用，所以我決定留下他。」

「老闆，您別心軟。」白肯勸著。

「倒是你……」黃玉突然轉身，反手甩了白肯一巴掌。

白肯無辜的摸著臉。「老闆，為什麼打我？」

「聽說你接受了多克索信奉者的獻金，讓他們在墓穴內胡搞。還有，你吞了道路修繕工程的尾款，給我吐回來。」

「我……這……您聽誰說的？」白肯訝異的問。

「路文說的，你想否認嗎？」

白肯吱支吾唔無法給黃玉完整的解釋。

黃玉又踹了他一腳。「錢還不交回來嗎？下次再被我發現，就不會這麼簡單了。」

真是渾蛋，那傢伙怎麼會知道這件事？白肯鬱悶了好幾天，吃個悶虧後他心裡又氣又怒，可是不知道路文究竟是在什麼時候在什麼地方監視著自己，一想到這點讓白肯始終不敢再輕舉妄動。他派手下四處搜集對路文不利的資料，終於在路文管理的帳目上發現核對有誤，白肯抓準這點，要再次大作文章。他將此事以加油添醋的方式告知黃玉。「老闆您看，我早就說他手腳不乾淨。您前幾天的警告我們通通銘記在心，就只有路文他明知故犯，擺明要挑戰您的權威。」

黃玉最忌諱這種事，他明顯面露不悅。「也不想他的吃住是誰提供的……」黃玉猛然從椅子站起。「他人呢？」

「好像在澡堂洗澡。」白肯問：「需要我帶人去解決他嗎？」

「你讓開，我自己親自過去處理。」

公共大澡堂是平民放鬆休息的場所之一，浴池內滾動著黏滑的綠水，浴室內蒸氣繚繞、沸騰的水泡發出咕嚕聲。赤裸的安茲羅瑟人在裡面到處行走，吆喝聲不斷，簡直就像震天價響的叫賣聲般。

「你幹什麼？」黃玉喝斥白肯。

「他違背老闆您的意思，讓我帶人進去殺了他。」白肯振振有詞。

「蠢蛋！我是官房長官，你想讓我帶頭破壞公共秩序嗎？」黃玉推了白肯一把。「在外邊等著，沒我的命令別進來。」

白肯嘴裡唸唸有詞，看著黃玉慢慢走入澡堂。

「等一會聽到老闆的叫聲，我們就一起衝進去，然後把路文分屍。」白肯向手下們指示。

「但是老闆不是叫我們等著嗎？」

白肯打了那個說話的衛兵。「老闆是叫我們待命，不是叫我們來當木頭人。哼，等到路文一死就天下太平，到時候不管老闆說什麼我都可以應付，現在聽我的話就是了。」

黃玉進去了好一會兒都沒動靜，於是白肯稍微查探一下情況。起初，他看見黃玉與路文發生爭執。

打起來，快打起來吧！白肯滿心期盼他的劇本能夠快點開演。

兩人爭吵越來越激烈，黃玉開始動手推路文。

好極了，就是這樣。白肯對手下們使了眼色，準備要行動。

忽然間，裡面的爭吵聲突然停止了。白肯覺得納悶，等他再次探頭後，卻發現兩人交頭接耳、窸窸窣窣不知道在說些什麼，白肯拉長了耳朵也聽不太清楚。

「搞什麼？」白肯變得焦急。

「喂！白肯」黃玉大聲喝著。「給我進來。」

「是是是！」白肯唯唯諾諾地衝入。

「去準備酒。」

「什麼？」白肯有點搞不清楚狀況。

「我叫你準備酒，等會我要和路文邊喝邊談。」黃玉罵道：「叫你做事就做事，遲疑什麼？

你越來越不中用了。」

白肯憋了一肚子氣，他用眼角瞄向路文，結果對方只是悠閒地泡著澡，連正眼也不瞧他。該怎麼做呢？軟的不行，硬的也不行。做什麼都對路文行不通，好像什麼方法都會被他見招拆招。就在白肯想破腦袋都想不出計謀時，天上卻掉下了一個絕佳的機會。

幾名來路不明的人闖入辰之谷並與守備的警衛發生衝突，死了幾個安茲羅瑟人。為了迅速應變，克隆卡士馬上下令要官房負責去掃蕩這些人。

白肯腦筋一轉，終於讓他想到一個自以為了不起的殺招。

「老闆，我有計畫了。」

黃玉怒拍椅把。「吵死了，看不出來我正為任務煩惱嗎？」

「煩惱？老闆您沒什麼好煩惱的，這件事容易的很。」

黃玉的語氣漸緩，他狐疑的看著白肯。「你有辦法？說來聽聽。」

白肯奸佞的笑著。「就是路文啊，他不是很了不起嗎？這件事就全交給他去辦。一來我們可以省去人力，二來考驗他的辦事能力，三來搞不好還能藉機除掉他。老闆您想想，假如他失敗了，我們可以從他失敗的點馬上接手，順便把所有的責任歸屬全推到他身上；反之，如果他成功了，老闆您也可以攬下所有功勞。這事就讓他去做嘛！他最愛背黑鍋了。」

黃玉笑著拍白肯的肩。「你跟著我那麼久，就屬你今天最聰明。好，這工作就交給路文，你馬上去跟他說這是我的意思。」

路文為難地接下這份工作，他也知道白肯一直在刁難自己，但是又能怎麼辦？路文並不想對白肯採取報復，最大的原因就是不想讓黃玉有藉題發揮的機會，要衝突至少也得等自己羽翼豐滿時才有勝算。

這群入侵者身穿掩光衣，很明顯是來自天界的間諜，絕對留不得。

一般安茲羅瑟人是這麼想的，但路文卻覺得事情有些蹊蹺。

根據資料來看，他們並非準備由外入侵辰之谷，而是打算從辰之谷內離開。且不管他們的目的是否有達到，路文只知道他們本來想沿著黑雪山的山道返回北方，但是不慎與哨衛站的人接觸才會引發後續事件。照理說，按照他們本來的路徑應該是能順利撤離，卻不知道為什麼而偏離本來的路線。既然當初能偷偷摸摸的進入辰之谷，離開時應當不會那麼大意才對。

疑點二，既然是天界人，在他們與辰之谷衛兵發生衝突時卻選擇且戰且走，明明他們可以幹得更轟轟烈烈。路文認為也許對方只是無意戀戰，想找尋時機逃亡。但是在他們衝入人群時，利用了百姓當肉盾卻沒有殺害半名人質，落得最後被逼入死巷的下場，這就讓路文百思不得其解了。如今這一夥人全躲入雪洞內，外面則被軍隊團團包圍。

路文親自走一遭，現今洞門外已被結界封印，想要解開會非常耗時。於是士兵們在洞口處拉起警戒線，打算以時間換取勝機，困死這群天界人。

路文四處張望，這麼大的事件卻不見神戟守護者出面，難道他們真的信任官房可以解決這件事嗎？

「過來。」路文和手下們招手，之後在他的耳邊細語。那手下露出為難的表情，仍是點頭照辦。

好管閒事的白肯也來到現場，他的目的很簡單……

「我們的大英雄路文。」白肯搭著路文的肩。「事情辦得怎麼樣？」

路文看了一下肩膀，隨即把白肯的手抖掉。「託福，還在控制之中。」

「控制中？現在攻也攻不進去，一群人在原地發呆叫控制中？需要我教教你怎麼做嗎？找人鑿穿岩壁、找人潛入地層、找人開雲界傳送門或是直接把整個雪洞轟了，聰明如你難道想不到嗎？嘖嘖嘖，我是高估你了。」

「是啊，說到詭計我可不如您。」路文笑道：「不知道這件苦差事大人可不可以幫幫在下？」

白肯心情非常爽快。「跪下來求求我，也許還可以考慮幫你一把。」

說什麼廢話？路文嗤笑著不予回應。

他的手下搬來一箱怪東西，然後向路文使眼色。路文看著那箱物品，點頭回應後，心中已生一計。

白肯悶得發慌，他一邊掏著耳朵一邊說：「不需要阿？那好，我走啦！您慢慢努力，再見。」

「慢著！」

「嗯？」白肯頓了一下。

「我需要你的幫忙。」

聽到路文那麼說，白肯先是瞟了他一眼，接著馬上露出得意的笑容。「禮儀那去了？拜託別人的禮貌呢？」

路文抿著嘴，躊躇一下子後才緩緩開口。「求求你。」他故意沒發出聲音。

「你說什麼？」白肯沒有聽清楚。

「求求你。」路文依然沒有發出聲音。

「說大聲一點，你是蟲嗎？」白肯不耐煩地說。

路文把臉湊近白肯的耳旁，隨後以非常高分貝的吼聲叫道：「去你的！」

白肯耳根子震了一下，他整個身體嚇得抖動，立刻發怒。「你罵我？」他右爪飛快的撲出，但被路文閃過。

路文推他一把，白肯指爪再次掃去，路文卻突然又放低姿態。「請別打我，你和我在這邊打起來，不怕老闆怪罪嗎？」

白肯一聽，瞬間停止攻勢。

沒想到路文眼明手快，馬上朝白肯的臉打上一拳，將他擊倒在地。

「唉呀！反應真慢。」路文發出咋舌聲。

白肯隨手抓起箱子裡的東西就要朝路文扔去。

路文喝阻：「別丟，那是黑霾彈，這可不是玩具。」他故意說得很大聲，所有衛兵均看向白肯，每個人都帶著驚嚇的表情。

被激怒的白肯那聽得進去。「你還想唬我？去死！」

黑霾彈被扔出後，現場頓時漆黑一片，混亂不堪。衛兵們相互碰撞，叫喊聲此起彼落，魂系神力雜亂。路文戴上護目鏡，趁機拿取箱子內幾顆黑霾彈再看準地方拋去，藉以增加黑霾的擴散範圍。路文以神術傳音。「天界人，快解開結界和我走。別以為黑霾彈的效果能持續很久，遇到有夜視能力的安茲羅瑟人是毫無用武之地。我想幫助你們，但是請別連累我。」

結界解除，從雪洞內衝出六名披著褐色掩光衣的天界人，他們的面貌全都看不見。

「跟我來，我知道快速離開辰之谷的捷徑。」

天界人完全不懷疑路文，他們緊跟在他身後。辰之谷衛兵果真沒被黑霾彈困住太久，雖然雙方差了一段距離，但是憑著神力追蹤依然死命的跟在後頭。

好快！再這樣下去會被追上。路文憂心著，他問道：「你們用飛的難道飛不出去嗎？」然後他又看到天空在游移的影子，接著傻笑。「我太天真了，目標這麼大，怎麼可能飛得出去。」

天界人一路上沉默不語，他們除了跟隨之外並沒有其他的動作。

「好。」路文停下腳步。「你們從這條路繼續跑，應該可以越過邊境，這裡我來拖時間。」

沉默已久的其中一名天界人終於開口：「為什麼幫我們？我們雙方既是敵對關係，你與我們也素不相識，值得嗎？」

路文淺淺一笑。「我可不笨，很久以前我可是名斥侯，雖然對國家大事不太了解，不過我仍能從你們身上聞出一些情報味道，何況你說話時連天界人特有的口音都沒有。既然想走就快點走，不然等會我改變主意就讓你們逃不了了。」

「就你這樣子能幫到他們些什麼？」聲音由路文的另一邊傳來，沒有雙手的班．戴因行動倒是挺迅速，轉瞬已經來到眼前。

「大人，我……」

班忽略掉沒說完話的路文，筆直的朝著追兵的方向，一溜煙又消失。「停！」班喝住追兵。「這裡我剛搜過，天界人往其他地方逃了，快追！」

「但剛才明明見到他們逃往這兒。」

班的雙眼閃著怒燄。「你在質疑我的話？我警告你們，要是被天界人逃了，全是你們的責任。」

士兵們莫可奈何，只好依令行事。

路文看到班孤身返回，他知道事情解決了，自己的判斷也沒有錯。

「為什麼不依照我們事先安排好的路線離開？」班質問。

「有光的地方便是光神的勢力範圍，那條路已經不能走。」天界人回答。

「那也該先知會我們一聲，現在弄個那麼大的騷動，誰幫你們善後？吾主對此頗為不滿。好歹你也是名指揮官，做事請深思熟慮。」

「計畫永遠趕不上變化，盡力彌補就是。何況吾已降低和你們之間的摩擦，其實我們大可不必東躲西藏。」

「你會害檯面下的關係曝光。」班怒哼一聲。「趁我還能幫忙掩飾時快走，別當我們的累贅。」

「就這樣吧！」天界人說：「但是連番纏鬥，吾等需要一些靈魂玉修復神力。」

「沒有時間幫你們準備。」班搖頭。

「我有。」路文拿出腰袋，他搖著。「裡面都是無瑕靈魂玉，請收下。」

天界人接過腰袋，隨即打量著路文。「你很機靈，反應也很快，你叫什麼名字？」

「路文．黎。」

「我叫阿爾克努，我記住你的人情了。」六名天界人頭也不回的離去。

等他們走後，班才慢慢地將他的臉擺向路文。「看在你幫忙他們的份上，本來我打算為了封鎖這件祕密殺掉你，現在就算了。不過希望你別多問，以後也不許提起這件事；否則，無畏者大人隨時會取走你微不足道的小命。」

「屬下非常明白。」路文作揖。

王者之塔帝尊頒給路文一枚榮譽勳章，獎勵他孤身一人勇猛擊退天界人的英雄行為。路文手中緊握著有些沉甸甸的金色徽章，微笑的臉卻略顯緊繃，他明白這並不是他應得的，只是一個欺騙辰之谷平民的幌子。

白肯則與路文得到相反的待遇。由於他手拿黑霾彈丟向自己人，還有不少目擊者看到這一幕，因而導致天界人逃脫。這一筆罪責讓白肯挨了黃玉一頓揍，在職務上也被降好幾級。

為了慶祝路文得到王者之塔的獎賞，克隆卡士自掏腰包請他與黃玉兩人一同共赴酒席。宴席間，克隆卡士不斷向兩人敬酒，路文顯得很開心，而黃玉只要一提到手下白肯不光榮的舉動就顯得不快。

酒酣耳熱之際，三人開始無話不談。

「聽說你以前是偵查兵？」克隆卡士好奇地問。「那一個領地？為什麼跑到邯雨來？」

「我是在夜堂一個小村為當時的主人效勞的。因為沒有名氣，領區沒人收我，所以也沒宣誓，等到吾主死後我就離開夜堂選擇北上發展。」路文回答：「我沒學到什麼高深的技巧，幾乎都是靠我自己隨機應變的本事。」

「這也行？哈哈哈。」黃玉笑聲中帶點輕蔑。

「什麼地方不去偏偏來辰之谷。」克隆卡士點燃一根菸，黑色的煙霧繞著他的頭，都快看不清面容了。「雖然同是邯雨亞基拉爾陛下的同盟，但是你該知道無畏者大人與夜堂領主是水火不容的吧！」

「會影響我的晉陞？」

「倒也不是這麼說，依照我對我家老爺的了解，他應該不是會介意這種事的人。當然，老爺他心裡怎麼想的就沒人知道了，也許還是會心存芥蒂。」

路文喝乾杯中物，像是領悟了什麼似地點著頭。「好吧！我們不談這個。關於那群天界人，大人您知道些什麼嗎？」

「耶！」克隆卡士輕推了路文一下。「別在我面前想炫耀你的功蹟，一個人能對付那麼多天界人，你很不簡單了。」

「我不是想知道這個，我是想問他們到底來辰之谷做什麼？」

「那還用問嗎？平時你挺機靈的，這問題就很蠢。」黃玉說。

「是啊！天界人來安茲羅瑟人的地盤還能幹得出什麼好事，還不就那幾樣……」

聽了克隆卡士的回答後，路文肯定他並不知道那幾個天界人與辰之谷的合作關係。看來克隆卡士在辰之谷的地位還不足以讓他了解更高的機密。所有的人都以為路文鏟除了那些天界人，就連黃玉和克隆卡士也不例外。

「說說你以前工作時有遇到什麼樣的趣事。」克隆卡士問。

路文點頭。「有的，以前我曾經誤打誤撞發現一個極為神祕的地方。」

「嗯？」黃玉咽下一口食物，露出好奇的表情。

「用說的還不如直接去看，我讓兩位大人用眼睛仔細的瞧。」路文在這之後帶著黃玉、克隆卡士兩人離開辰之谷。他們進入邯雨，跟著越過一座山，最後來到一處郊野。

「讓我們大老遠的跑到這個人煙渺茫的郊區做什麼？還不讓我們帶隨從，那個是什麼鬼地方？」黃玉喃喃地抱怨。

「連個人影都沒有，你要我們看什麼？」克隆卡士問。

「不急，你們看。」路文手指著前方某個定點，那裡有個低矮的石洞。

三人過去後，洞內走出一位佝僂的醜男，膚色淡藍全身是斑點，留著灰白枯乾的長鬚，雙眼空洞無神。

「鬼老，好久不見。」路文打招呼，很快地又表明來意。「我來申請進入玉寶船。」

鬼老以低矮的目光由下往上瞧著路文。「你已具備二等賓客資格了不是嗎？」

「我想讓您寫推薦書讓我兩位朋友也進去。」

鬼老的目光盯著另外兩人，他沉吟許久仍不發一語。

「看什麼？你要錢嗎？我多的是。」黃玉不屑地說。

「錢，我不需要。」鬼老用沙啞的聲音回覆：「不是有錢就能進入，只要我不同意，任何人都無法登上玉寶船。」

「真的無論如何都不行嗎？他們兩位大人是……」

鬼老打斷他。「行了，我知道他們的來歷，你也不用和我多說。看在你當介紹人的份上，我就讓他們也登船吧！」他舉起藜木杖對天一揮，地面瞬即沒入巨大的陰影，鬼老矮小的身形也被影子吞噬。

「太好了。」路文轉身對兩人笑道。「歡迎來到玉寶船。」

辰之谷官房總部前，衛兵來回巡邏。為了辦理進入墓穴許可的人潮也很多，人來人往之間卻沒有太多的吵雜聲。

一名旅客低頭點菸。

「聽說霜暴期又快到了，不利用這段時間快找到哈魯路托的遺骨，恐怕到時候墓穴又要被冰封好長一段時間。」他的朋友在一旁說。

「會嗎？雖然冷歸冷，但似乎沒有一點下雪的跡象。」旅客抬頭望向黑暗的天際。「會不會改下黑雪呢？」慢慢地，由天空中浮現三個奇怪的物體。

「你呆呆的看什麼？」

「那個……」旅客指著天空。「是不是什麼東西正從空中跌下來？」

物體越接近地面，其形影便逐漸明朗。那是人！是三個人從高空掉落。
旅客與他的朋友們快速遠離，其他衛兵怕發生事故，進入戒備狀態。
地面發出三聲巨響，三個人分別跌落，雪地撞出人形窟窿。
「克、克隆卡士將軍！你們怎麼會從天上掉下？發生什麼意外嗎？」士兵認出其中一人，帶著詫異的神情問。
克隆卡士狼狽地從雪中爬起。「玉寶船開傳送門的方式是不是太粗暴了點？」
「其實我也有同感。」路文面朝雪地，吃了一口地上的髒雪。
「躲開，我不需要人攙扶。」士兵想要將黃玉扶起，卻被他一口拒絕。
他們進入屋內，整理好服裝儀容後才回到大廳繼續未完的話題。
「看不起人的傢伙，把我黃玉當成什麼？」
「但是確實有讓我開了眼界。」克隆卡士說：「原以為是天空的飛船，想不到卻是安寧地帶裡的一塊飄浮陸地。」
「我也是偶然之中才發現那個神奇的地方。」路文接著問：「黃玉大人有什麼感想嗎？」
「一路上說的都差不多了。擺在外圍的攤販只是一些名不見經傳的工匠、鑄劍師、珠寶設計家、附魔師、裁縫師等，買家冷冷清清也沒多少人，一路上都不見有什麼精良的物品。」
「那是當然的，外圍都以量取勝，接受大量的訂單，雖然品質參差不齊，總能挑到一兩件順手的。」路文回答。

「官房的戰備要添購也不會找他們，我們已經有自己的管道。」克隆卡士點頭，他接在黃玉的話後補充道：「話雖如此，藏寶閣內的東西琳瑯滿目，與外圍商家賣的東西相比就精良許多。我看到有幾件合適的東西，可惜沒有購買的權限。」

「一級賓客的資格只被允許購買外圍商家的貨品，想要進藏寶閣消費等到和我一樣擁有二級賓客的資格就可以買了。」路文回答。

「有靈魂玉要給他們賺還不要，奇怪的地方。」黃玉揮著手。

「在那個地方出沒的有錢人不是只有一、二個，他們不會在乎那種小錢的。」路文說：「想要提升購買權限，必需要和外圍商家打好關係，有他們的推薦才可以。」

「他們的說明我聽得糊塗，玉寶船對會員的審核和管控似乎很嚴格。」

路文給黃玉斟了杯酒。「沒錯，會員推薦還得要鬼老認可才授予一級賓客證。外圍商家的介紹能升至二級，藏寶閣一樓管理員可以將會員升至三級，四級以上需要藏寶閣幹部認可，五級由藏寶閣主人親自授予。」

「藏寶閣二樓專門出售他們認可的頂級商品，需要三級賓客資格。三樓可由客人指定商品，然後藏寶閣負責找來給客人，不過需要四級資格。」

「四樓就是你說的拍賣會？」克隆卡士問：「我們剛踏進一樓時就已經注意到在四樓有六股強得嚇人的神力，其中有魂系、聖系、咒系、元系，也就是說他們的客戶都是領主階級且來自蒼冥七界各地的強者？你真的不知道客戶裡面有誰嗎？」

「您太高估我了，我的資格既低，他們對顧客資料又非常保密，我那能得知呢？何況我的目的已經達到，我本來就是去那裡買東西的。」路文回答。

「專做大戶的生意，行事卻很低調。」黃玉忖思。「玉寶船的主人也不會是什麼省油的燈。」

「不曉得我家老爺知不知道這個地方。」

路文搖頭。「無畏者大人可不是一般的安茲羅瑟人，像大人那種高階領主最好不要由我們推薦。」

黃玉也認同。「是啊！如果大人知道玉寶船倒還好，不知道的話說不定會引起什麼不必要的麻煩。」

「好吧！我想老爺大概也只對他的木雕、石雕有興趣而已。」

「話說回來，你買的那兩個人有什麼特殊能力嗎？」黃玉很好奇。

路文聽了之後只是微微一笑，「慢慢發掘吧！有的是機會能讓他們兩個一展長才。」

白肯躲在牆角後面偷聽三人的對話，他越聽越來氣，本來坐在黃玉身旁和他侃侃而談、平起平坐的應該是自己才對，為什麼卻是路文？他只不過是個罪犯，為何能有現在的待遇？

若不是因為他，自己仍然能過著奢華富貴的日子。就因為他的空降連帶自己的地位受到影響，再加上天界人的黑霾彈事件，如今落得一無所有，他恨不得啃路文的骨頭。

一想到自己的遭遇，他再也忍不下這口氣了。白肯早在幾天前就已經策劃好，這次不成功便成仁，為了致路文於死地，他完全豁出去。這一回，他打算趁路文返回他的住處時，派手下在屋內埋伏，務必求得一次鏟除。

他已經鎖定路文的行動，針對他的生活模式、固定行為做了一番研究。等他公務結束後，白肯便一路小心跟隨，直到路文踏進家門為止。

「大人，我們看見路文了。」埋伏在路文家中的殺手以神術傳音。

「先別動手，看清楚再行動。」白肯要求謹慎為上。

果不其所以然，路文才剛回家就馬上又離開家門，幸好沒急著動手。

白肯緊隨在路文身後，跟著他在辰之谷內四處兜著。接著他進入地下墓穴，又回到官房，再前往帝尊。他的行動突然變得漫無目的，就像是在隨意散步般，與之前的規律生活完全相反，弄得白肯內心焦急、心浮氣躁。

一瞬間，路文忽然消失在眼前。白肯嚇了一跳，他四處探看，希望別丟失目標。不久終於又讓他發現路文的蹤跡了，他帶著一派從容的神情悠閒地走著，看起來他這次真的要返回家中。

白肯可不想再陪這個人四處團團轉，他傳了訊息給他的手下：「當路文踏進自己家的那一刻就動手，別放過他。這傢伙竟把我當白癡耍，我不會讓他再有第二次的機會。」

就在路文進門的同時，四名殺手一擁而上，屋內傳來激烈的打鬥。

「哼，死吧！」白肯怕手下沒辦法達成任務，他打算親自進去了結路文。

「白肯大人，您在這裡等我嗎？」熟悉的聲音從後方傳來，白肯在驚訝之餘回頭，想不到最不該出現的人竟就在面前。

「你是路文？那剛剛走進去的是？」白肯將眼神又轉回路文的雪屋，只見四具屍體被人從窗口內拋出，不正是自己的四名手下嗎？黃玉搖著紙扇，毫髮未傷的走出，嘴上還叼著雪茄。他的身後跟著一名塊頭高大的男人，綠髮加茶色皮膚，有尖耳及一對長角。隨後，那個男人遁入地面，氣息消失。

白肯整個人呆住，他身體因憤怒而顫抖。「你……你這是……」

「簡單的幻術而已，不過您不需要感謝我。」路文揚手一比。「這位是我新買的手下，你說你叫什麼名字？」

路文身旁的男子看起來很陰沉，灰髮蓋眉、右眼瞳孔歪斜，身穿破破舊舊的皮革大衣，左手拿著木環杖，右手拿著鐵酒壺。他一邊喝著酒一邊冷淡的看著白肯。「……叫我第二。」

「怎麼會有那麼怪的名字？」

「因為第一是主人您。」

路文呵聲笑道：「不算什麼高超的技巧，但他是咒術師是不爭的事實。」

「你這傢伙！」

「別動手。」路文用手擋著白肯。「您攻擊黃玉大人已經是死罪，辰之谷已沒您的容身之地，您確定現在不逃嗎？我可是給足了您機會與時間。」

白肯遲疑，內心怒不可遏卻也無可奈何。「你……你等著！我不會這樣就算。」他負氣離開，想必短時間不會出現在辰之谷了。

在霜暴期到來之前，多事的辰之谷又再添一樁意外。

那天，一行來自霍圖的軍人試圖從地下墓穴帶出他們發現的東西，但這在辰之谷是不被允許的行為，因而和官房的人發生爭執。

「地下墓穴裡的東西未經辰之谷的許可，任何人都不能將之帶出。」隊長宣稱。

「說什麼廢話？哈魯路托難道是辰之谷獨佔的嗎？」霍圖的士兵不滿地反駁。

「既然墓地建在辰之谷，那就得經過我們官房的許可。否則，任何人都不能動裡面的一草一石。」

悠長的咳嗽聲從霍圖軍列後方傳來，慢慢的靠近。

「佐權大人。」霍圖小兵低頭迎接。

「官房很了不起嗎？咳……」曼樹左手拿著獸皮書卷，右手以手帕摀著咳嗽的嘴。「故意擋在我軍前方可是會發生流血衝突。」

「大人，霍圖雖然與辰之谷結盟，可也不是能讓你們隨意來去的地方。」隊長解釋：「當初霍圖申請進入的程序已經沒有很完整，但我們仍是睜隻眼閉隻眼，現在又要帶走裡面的東西，這似乎說不過去。」

「你是什麼階級？」曼樹以手帕遮口，左眼被瀏海遮住，他的皮膚邊緣長了許多角質化像硬角的腫塊。

「呃、我？」隊長才不過遲疑一下，曼樹便舉槍對準他的眼窩並開火。

隊長發出驚叫，他的顱骨炸開，取代煙硝味的是充斥在傷口間的魂系神力。

「垃圾，叫加列斯．辰風親自來和我談！」曼樹收起槍並拿手帕抹抹手心。「我就這麼離開，你們又能奈我如何？」他踩過隊長的身體，大搖大擺的離去，其他霍圖士兵也有樣學樣。

當曼樹走到一半時，他留意到有人正以一道銳利的目光盯著他。

「嗯？」曼樹疑惑的順著自己判斷的方向看去，那裡有一位不修邊幅的男人坐在雪地上，背靠著冰石正喝著酒。

第二默然的看著曼樹，同時他搖動左手的木環杖。

帶著部下即時趕到的路文將霍圖人團團包圍，雙方皆不發一語，場面一觸即發、氣氛凝重。

曼樹以手帕遮著半臉，他快速地判斷現場情勢。然後，他揚起嘴角，但那並不是他歡喜的表情，取而代之的是更濃烈的殺意。

他的手下交給他一只小布包，曼樹單手接過來後便將它粗魯地扔在雪上。「我們離開。」

「可是佐權大人……唉，是的！」霍圖的官兵悻悻然離去。

「上次你帶我見識了玉寶船，這次換我請你去別的地方。」克隆卡士熱情地拍著路文的肩。

「什麼地方？」

「一間很高級的娛樂場所，你都只待在辰之谷內工作怎麼行呢？還不趁著霜暴期來之前好好的玩一下，到時候連門都沒得出了。」克隆卡士得意的說：「自從我介紹給黃玉大人之後，他每天都在那裡過得很開心。」

「不怎麼感興趣。」路文漠然的回答。

「去見識一下也不錯，那裡能滿足很多人的欲望。你要賭的、吃的、喝的、玩的、嫖的應有盡有。」克隆卡士滔滔不絕的說個不停。「何況那個地方也不是想進去就能進去，是符合身分地位的人才能踏入，你進去後說不定能認識很多高階貴族。」

在半拉半推間，路文仍是心不甘情不願地跟著克隆卡士前去。

王爵會所是一處豪華的大型俱樂部，距離辰之谷有一段頗長的路程，其位在邯雨的商業重鎮首都樸津。

很久很久之前，路文已記不起是什麼時候了。當時的他曾經帶著一些錢想要進入王爵會所，不過被守衛千萬刁難後拒之千里，無論如何都不得其門而入。所以當克隆卡士帶他來到王爵會所時，過往不好的記憶登時浮上腦海，一陣嫌惡感油然而生。

克隆卡士上前和門外著黑色正裝的守衛們交頭接耳，不一會竟然就可以進入了，不費什麼工夫。和以前的自己一比，真是此一時彼一時。縱然階級沒什麼變化，但是身分地位提高後就顯得與眾不同。

裡面布置的金碧輝煌、高貴華麗，出入者不論實力高低，但是絕對沒有平民百姓。和玉寶船相反，想在王爵會所內提升權限只需要靈魂玉，很多很多的靈魂玉，裡面只認錢，有錢可以暢行無阻。名流紳士在內中自由出入、談笑風生，沉淪在歡愉之中的是酒池肉林及極盡鋪張奢華的墮落生活。除了制度以外，王爵會所和玉寶船的運作模式可說是非常相似，唯有資格越高的人才可以到更下面的樓層。

兩人在會所內轉了一圈，卻始終沒有個目標似的。「你都沒有想玩的或是想做的嗎？」克隆卡士問。

「沒有，不怎麼有興趣，原來裡面也只不過如此。」話是這麼說，其實路文很想嘗試在賭桌上大展身手的感覺，他也想在高級餐廳內大快朵頤，想進鬥技場中看人較勁然後下重本賭生死。但是他掂了掂口袋後覺得深度不夠，只好光說不練。

「你是擔心錢不夠嗎？不是說好我要請你了嗎？別擔心。」克隆卡士向他掛保證。

「可是……」

克隆卡士直接拉著他。「是什麼男人那麼扭扭捏捏的？」

約過了三刻後，兩人帶著木納又困惑的表情走出王爵會所，似乎顯得有些呆愣。

「好像……什麼事都沒做到。」克隆卡士身上的靈魂玉全部花光。

「真是花錢如流水。」路文說。

兩人正想要返回辰之谷時，黃玉的手下卻神情緊張、匆匆忙忙地向他們跑來。「報、報告將軍與大人。」

「什麼事？」路文見他的樣子也猜到情況不對。

「黃玉大人他……他在王爵會所內和人發生衝突，被、被人帶走了。」

路文和克隆卡士在對方的指引下帶著手下一路前往霍圖。因為是對方的領區，再加上此行以談判為主，所以他們讓手下等在外面，兩人則不帶隨從進入對方本營。

這間大屋內陰森中帶著戰慄的不安氣氛，冰牆內隱約可見許多屍骨被冰封其中。

「唔呃……」路文經過透明的冰牆時恰好和一個全身爛掉被冰住的屍體眼神交會，他發現原來那人沒有死，還有哀嚎聲從牆內傳出。

黃玉被人吊在房間內，雙手及頸部各有吊著的繩索，他的兩腿已經血肉模糊，爛成肉泥。

房間內的溫度較室外還來得更低，除了幾名侍衛以外，另有三名神力與眾不同的將領身處其中。最靠近黃玉的那位將領讓兩腿跨在桌上，椅背靠著牆，坐姿更像仰躺，皮膚混雜數種顏色，眉心中有尖角，以睥睨的眼神瞥視路文。路文正前方那位將領雖然躺在長椅上，看得出是個高大的男人，身著霍圖的軍裝，胸前別有勳章，由於他隨後反向躺臥的關係所以來不及看清面貌。第三位將領右手執書卷，左手拿著手帕頻頻拭嘴，不就是日前在辰之谷惹事的佐權大人曼樹嗎？路文與克隆卡士嘴巴不動，卻相互以神術傳音。「麻煩了，為什麼是得罪這個人？」

「將軍，你認識他們？」

「拓爾．刃揚是霍圖執兵權的強者，個性惡劣出名。」

路文一個箭步向前，他從右手袖間拿出一張紙，恭敬地雙手奉上。「這裡是一百箱靈魂玉，請您笑納，還望能放了黃玉大人。」

著軍裝的拓爾輕翻身子，他有一頭棕紅色的捲長髮，額上有兩根乳白色的勾角，左臉有一條角蛇的黥面，雙眼發紅，戴著耳環、鼻環和唇環。「一百箱？」他輕篾地拿起路文給的支票後便隨意拋棄。「換成亞蘭納金幣不過一百萬而已，你想用這點小錢買我的怒意？不夠不夠。」

「我的氣難以嚥下。」翹著腿的男人說：「拿他的頭來給我擦鞋子還差不多。」

「蓋溫大人，何必逼人太甚？黃玉大人已經被您折磨成這樣，您也該消氣啦。放大人下來吧！他受的痛苦夠了。」克隆卡士勸道。

蓋溫帶著討人厭的笑容說：「操他媽的！他死活干我何事？你知道他對大人我做什麼事嗎？哼，賭桌上本有輸贏，大人我就是運氣好，他見不得我好便拿杯中的水朝我潑來，也不想想我是誰。」他指著衣服。「那！你們瞧，衣服都沒乾呢！」

在這種溼氣又重又冷的地方衣服會乾才怪。「大人就為了這小事……」路文憂慮的搖頭。

「小事？操你媽的，你是什麼身分什麼階級？不懂安茲羅瑟的規矩嗎？這樣和我說話？」

「蓋溫大人，這位就是在辰之谷和我起衝突的路文大人。」曼樹將書卷放下。「最近在辰之谷竄起來，他可出名了。」

「何必這樣？我賠償大人洗衣的費用，要多少錢都給，請您開個價。」路文發現事態不利。

「不必說了，得罪曼樹大人還有膽踏入我霍圖，你們兩個甭想出這個門口。」蓋溫斬釘截鐵的怒哼。

拓爾搖著手指。「看在無畏者的份上，只要再交五百箱靈魂玉，我就允許克隆卡士大人你離開。但只有你一個唷，其他兩個人必須留下接受制裁。」

「這於理不合。」克隆卡士解釋：「要是無端就殺我辰之谷兩名官員，恐怕無畏者大人震怒，對諸位大人也不是好事。」

「無畏者生氣，又怎麼樣呢？」曼樹一副若無其事的表情。

「說不定……說不定傳回邯雨，亞基拉爾陛下也會前來問罪。」克隆卡士搬出一個完全不可能到場的救星，連他自己也說得很心虛。

一聽到亞基拉爾的名字，三個人頓時笑了出來。那笑聲完全迴響在整個房間內，路文等人都聽得出其中帶著輕視、不屑的意味。

「這裡是霍圖，可不是亞基拉爾的領區，你以為北境就他最大嗎？哼，你這個白癡，竟拿亞基拉爾壓我們？看看你們站的地方，叫做霍圖，是伊瑪拜茲家族的領地，我們幹嘛要給暴君面子？有本事的話，叫他親自來霍圖見我們，不過你們三個有這個價值及能力請得出北境暴君嗎？」蓋溫哼道。

拓爾從長椅上坐起，他瞄向蓋溫。「小弟，剛剛那句話就有點過分。」

蓋溫也知道自己多言了。他拿起圓盤帽戴上後，便壓低帽簷不發一語。

「總之，克隆卡士大人您先走也無妨，錢的部分我會再派人和你拿，至於這兩個人一定要留下。」拓爾說。

蓋溫舉起右臂，他的手掌變換成一張血盆大口，隨著手臂伸長，滴著唾液的尖牙便死死地咬住黃玉的脖子。

「呃呀！」黃玉嘴巴噴出血，他的頭被扭轉了一圈，連同頸椎骨一起從血肉中分離。

「再來就是吃掉路文囉。」尖牙上的唾液含腐蝕性，將黃玉的腦袋化成血水，最終被手臂上貪婪的嘴給吸得一乾二淨。

黃玉的死亡讓克隆卡士神情慌張起來，他擔心路文也會落得這種下場。「難道真的不能討保路文嗎？」

拓爾張開嘴，從口中噴出兩顆雪彈，瞬間便射穿路文雙腿的膝關節。路文跪在地上，表情極為不甘願，又苦又恨。

「誰都不能討保他！」曼樹宣稱。

「真的是誰都不能嗎？」一條無聲無息的人影潛入房間內，他的聲音引起守衛們的驚嚇。

「若是我來討保呢？」

「影休大人？」拓爾舉手制止了本來要一起攻擊入侵者的侍兵們。「想不到陛下真的親自來保這個傢伙了。」他看向路文。「他擔任的是什麼職位？竟能讓邯雨的大官親自前來。」

影休並未回答拓爾的問題。「不管有什麼恩怨，黃玉已死、路文也傷，就到此為止吧！」

拓爾看著曼樹，正等待他的回覆。

曼樹經過一陣深思，決定還是不與亞基拉爾的人正面為敵。他緩緩地說：「一千箱靈魂玉，大家還可以做個朋友。」

影休只是笑著搖頭。「五百箱靈魂玉，吾主在王爵會所已設宴款待各位大人，希望以和為貴、化敵為友，另一方面也是賠償各位的損失，聊表一下吾主之意，三位大人不賞光嗎？」

三人面面相覷，心中已經有底。

「好，大人就帶他們離開吧！」曼樹態度軟化。

克隆卡士攙扶路文站起，向影休致意後就緩慢的向門口走去。

「蓋溫大人，您剛剛說的話可以和在下再說一次嗎？」影休撇過頭問。

蓋溫流下冷汗，一句話也不肯說。

「記住，不管在天涯海角陛下都能將箭矢準確的射中目標。以後可得留心您所說的每一句話。」

路文雙膝恢復狀況良好，期間一直都接受邯雨的治療。他完全不懂，自己與邯雨幾乎沒有牽扯，對亞基拉爾來說也沒有什麼利用價值，到底為什麼他肯花五百箱靈魂玉來幫自己解危呢？

傷好之後，路文受邀前往邯雨的宮殿。

喀伯羅宮裡面一個衛兵都沒有，偌大的空間只有漂亮的擺飾和經過設計的裝潢。

路文怔怔地看向窗外，冥思高塔的光柱依然耀目驚人，天空烏雲滿佈，雷聲不斷。現在的天氣就象徵路文內心的思緒般，那麼的忐忑不安。

影休走出，路文禮貌性的上前迎接。

「讓您久侯了，陛下想見您。」影休招呼著。「請跟著在下。」

路文畏縮的緊隨在後，緊張的心情溢於言表。

當亞基拉爾房間的大門被守門人打開後，第一個映入眼簾的竟是半人半屍的怪物。它沒有頭顱，身上的鐵甲破破舊舊，到處都是傷痕，胸前有一張鬼臉。從身上的藥水氣味及外觀看來應該是救贖者的怨生魔偶沒錯。

「你好啊！我們又再次見面了。」熟悉的聲音從右側傳來。那是一名長相陌生的天界人，耀目的白翼點亮整個房間。

「你是？」路文覺得聲音耳熟，卻想不起人是誰。

「我是阿爾克努，在辰之谷多虧你幫忙。」

第一次看見在安茲羅瑟領主房間不穿掩光衣的天界人，他果然不是敵人。阿爾克努捲曲的金色長髮垂落，自信的臉上始終掛著笑容，頭上則配戴閃亮的頭環。

「吾主，客人已到。」影休敬禮。

房間正中央坐著一名藍髮男子，他埋首於文件中。之後他放下筆桿，緩慢地抬起頭來，僅僅一個眼神就讓路文深刻的感受到階級的差距。亞基拉爾展現溫和的笑容。「歡迎，初次見面，我是亞基拉爾．翔。」

（未完待續）

獵海人

# 永夜的世界
## ——戰爭大陸（上）

**作　　者**　談惟心
**圖文排版**　周好靜
**封面設計**　蔡瑋筠
**出版策劃**　獵海人
**製作發行**　獵海人
114 台北市內湖區瑞光路76巷69號2樓
電話：+886-2-2518-0207
傳真：+886-2-2518-0778
服務信箱：s.seahunter@gmail.com
**展售門市**　**國家書店【松江門市】**
10485 台北市中山區松江路209號1樓
電話：+886-2-2518-0207
**三民書局【復北門市】**
10476 台北市復興北路386號
電話：+886-2-2500-6600
**三民書局【重南門市】**
10045 台北市重慶南路一段61號
電話：+886-2-2361-7511
**網路訂購**　博客來網路書店：http://www.books.com.tw
三民網路書店：http://www.m.sanmin.com.tw
金石堂網路書店：http://www.kingstone.com.tw
學思行網路書店：http://www.taaze.tw
**法律顧問**　毛國樑　律師

**出版日期**：2016年6月
**定　　價**：580元

**版權所有・翻印必究**　All Rights Reserved
本書如有缺頁、破損或裝訂錯誤，請寄回更換

**Printed in Taiwan**

國家圖書館出版品預行編目

永夜的世界：戰爭大陸 / 談惟心作. -- 臺北市：
獵海人, 2016.06
冊； 公分
ISBN 978-986-92693-8-4(上冊：平裝). --
ISBN 978-986-92693-9-1(中冊：平裝). --
ISBN 978-986-93145-0-3(下冊：平裝)

857.7 105007123